Aus dem Amerikanischen
von Nikolaus Hansen

Robert Stone

KINDER DES LICHTS

Roman

Rowohlt

Die Originalausgabe erschien 1986 unter dem Titel
«Children of Light» bei Alfred A. Knopf, Inc., New York
Umschlaggestaltung Ute Helmbold

Der Autor dankt für ein Stipendium der National Endowment
for the Arts und für einen Arbeitsaufenthalt in der
Villa Serbelloni, der großzügigerweise durch die
Rockefeller Foundation ermöglicht wurde.

1. Auflage August 1990

Satz Palatino
LibroSatz
Gesamtherstellung Clausen & Bosse, Leck
Printed in Germany
ISBN 3 498 06203 4

KINDER DES LICHTS

Als er erwachte, sah er wäßrig-flimmerndes Licht an der bläulichweißen Zimmerdecke – die Morgensonne wurde vom Swimmingpool vor dem Fenster reflektiert. In dem Augenblick, als er den Kopf hob, tat das Gift seine Wirkung; Durst, Übelkeit, ein stechender Schmerz hinter den Augen. Als er sich umdrehte, spürte er neben sich das warme Mädchen, nackt, auf dem Bauch liegend. Er streckte die Hand aus und ließ mit der zartesten Berührung, zu der er in seinem aufgeweichten Zustand fähig war, die Fingerspitzen ihr Rückgrat hinunter und über ihren Hintern und ihre festen Schenkel wandern. In den ersten Momenten des wiederkehrenden Bewußtseins hatte er sich nicht entsinnen können, wer da neben ihm lag. Der Kontakt mit ihrer jungen, kühlen Haut jedoch brachte die Erinnerung schlagartig zurück.

Er stieg so vorsichtig und leise wie möglich aus dem Bett und tapste über die Fliesen zu dem Stuhl, auf den er am Abend zuvor seine Kleider geworfen hatte. Er wollte sie nicht wecken, wollte trotz aller Einsamkeit allein sein.

Als er angezogen war, öffnete er die Schlafzimmertür und fand sich in ihrer riesigen Küche. Alles war schneeweiß, Stahl und Glas glänzten im Morgenlicht. Die Ellbogen auf den kalten Rand der Spüle gestützt, trank er in langen atemlosen Zügen aus dem Wasserhahn. Er machte die Hand naß und rieb sich das Gesicht. Als er aufblickte, sah er durch das Küchenfenster braune Berge, eine steile Kette, von Frühdunst gekrönt, thronend über einem hübschen grünen Tal. Es war ein schillernder Tag, buntscheckig und vielversprechend.

«Scheiß-Kalifornien», sagte er laut. Er war noch ziemlich betrunken.

Auch nach zwanzig Jahren war er gegen kalifornische Morgen nicht gefeit. Er vermutete, daß sie für ihn den Inbegriff des «Strebens nach Glück» darstellten.

Er schloß die Augen und klammerte sich an der Spüle fest. Seine Augen waren geschwollen. Die könnten zwei Pennies gebrauchen, dachte er. Pennies auf die Augenlider, wie bei Toten. Er holte tief Luft, schluckte und richtete sich auf.

Jetzt gehen, sagte er zu sich.

An die weiße Küche grenzte eine kleine Eßecke. Eine Wendeltreppe, die einer zarten spiralförmigen Skulptur glich, führte hinunter ins Wohnzimmer, wo er sein Gepäck abgestellt hatte. Er warf den Koffer aufs Sofa, öffnete ihn und wühlte nach sauberen Socken, Unterwäsche, einem frischen Hemd. Er nahm die Sachen, ging ins Gästebadezimmer und schloß, zum Schutz gegen die Schamlosigkeit des Morgens, die Tür ab. Er stellte die Dusche an und hoffte, das vertraute Geräusch des herabprasselnden Wassers werde ihn beruhigen. Seine Hände zitterten. Er war an der Schwelle zur Angst.

Sofort wurde ihm schlecht, er erbrach sich in die Kloschüssel, schweißgebadet, von Krämpfen geschüttelt. Für den Augenblick entleert ließ er sich auf den Toilettendeckel sinken, den Kopf in die Hände gestützt. Elend.

Natürlich hatte er eine Vergiftung. Seit Wochen vergiftete er sich ununterbrochen.

Als er unter die Dusche stieg, sah er sich kurz in der Spiegeltür des Arzneischrankes. Das Ding selbst. Natürlicher Mensch. Er ließ den Blick nicht verweilen.

Als er unter dem Schleier warmen Wassers stand, begann er zu rezitieren. Er sprach mit pompöser, ins Komische überzogener Stimme: «Du bist das Ding selbst«, verkündete er dem kleinen weißen Raum. «Der natürliche Mensch ist nichts mehr, als solch ein armes, nacktes, zweizinkiges Tier wie du.»

Danach fühlte er sich besser, allerdings nur für kurze Zeit. Eine Woge des Bedauerns hatte sich aufgebaut und rollte auf ihn zu; ihm blieb kaum Zeit, Luft zu holen, ehe sie ihn unter sich begrub. Bitterkeit – erstickend, säuerlich, von der Farbe des Neids, würgte ihn.

«Gieß fort», deklamierte er, «ich will's erdulden. In solcher Nacht . . .» Er unterbrach sich und schwieg.

In Phasen wie der, die er augenblicklich durchmachte, erschienen Walker, von Beruf Drehbuchautor, die Zeiten, die hinter ihm lagen, wie ein großes Durcheinander einzelner Bilder. Licht auf dem Wasser, seine Frau, zwanzigjährig, ein Himmel, eine Stadt, seine Kinder in zartem Alter. Das eine oder andere Bild aus der Erinnerung konnte ihn fast zu Tränen rühren, und im nächsten Augenblick kam ihm diese Gefühlsregung oberflächlich und verlogen vor, wie manche Szenen, die er geschrieben hatte. Die Phantome seines Gewissens, seine tiefsten Schmerzen erschienen ihm armselig, gewöhnlich und lächerlich. Solche Stimmungen erlaubten es Walker, sein Leben als Schrott zu betrachten – als einen verrotteten Gegenstand, Reparatur zwecklos. Während er beobachtete, wie sich die Dinge zu diesem trüben Schauspiel zusammenfügten, fragte sich Walker, ob er jemals auch nur flüchtig mit irgendeiner Art von Wahrheit in Berührung gekommen war.

Er faßte nach dem Haltegriff in der Duschkabine. Was wir in diesem Fall brauchen, sagte er zu sich, ist ein Traum, ein kleines Irgendwas, das uns über den Berg hilft. In den letzten paar Wochen hatte er sich mit Alkohol und einer Zehn-Gramm-Ration Kokain über den Berg geholfen, und mittlerweile war er so weit, daß er befürchtete, ziemlich bald zu sterben.

Er stieg aus der Kabine, trocknete sich mit dem Gästehandtuch ab und durchsuchte unter Vermeidung eines Blickes in den Spiegel den Arzneischrank. Zu seiner heftigen Freude entdeckte er neben einem Fläschchen Vitamin-B-Komplex auch ein Röhrchen Valium. Die perfekte Gastgeberin, dachte er. Ein wundervolles Mädchen.

Nachdem er eine Fünf-Milligramm-Tablette Valium und ein bißchen B-Komplex genommen hatte, schloß er den Schrank und sah sich erneut mit seinem eigenen Spiegelbild konfrontiert. Menschen in Walkers Alter wurden – und das war eine beunruhigende Feststellung – für ihr Gesicht selbst verantwortlich gemacht. Das seine war allerdings kaum eine Maske der Verderbtheit zu nennen. Er richtete sich auf und starrte es an, bis es seinem Blick nicht mehr standhielt. Einfach ein Gesicht, ein ziemlich durchschnittliches. Fasziniert legte er den Kopf zur Seite, um das Wesen im Spiegel zu betrachten. Es gehörte zu seinem Beruf, zu wissen, wie er aussah; er arbeitete gelegentlich als Schauspieler. Er fand, daß er aussah wie ein Mann in den Vierzigern, der trinkt. Den größten Teil seines Lebens hatte er jünger ausgesehen, als er war. Vielleicht lag es nur am Licht, dachte er. Er sah fort und stieg auf die Waage.

Walker stellte fest, daß er knapp über siebenundsiebzig Kilo wog, was er für jemanden von seiner Größe und Statur nicht schlecht fand. Er preßte zwei Finger unter die rechte Seite seines Brustkorbs, um nach Anzeichen für eine Vergrößerung der Leber zu suchen. Alles dort schien wie immer zu sein.

Als er von der Waage stieg, begegnete er unversehens noch einmal seinem Spiegelbild. Diesmal erstarrte er in Todesangst. Er wandte sich ab, lehnte sich gegen die Wand, schloß die Augen und zwang sich, tief durchzuatmen. Er brauchte eine Weile, bis er sich wieder beruhigt hatte. Seine inneren Reserven waren ziemlich aufgebraucht, dachte er. Bei dem gegenwärtigen Notstand mußte Valium helfen. Eine weitere Zeile aus dem *Lear* fiel ihm ein: «Doch hat er sich von jeher nur obenhin gekannt.»

Zum erstenmal in seinem erwachsenen, bewußt wahrgenommenen Leben fragte sich Walker, ob das nicht auf ihn zuträfe. Unmöglich, entschied er. Er kannte sich gut genug. Es war der Rest der Welt, der ihm zu schaffen machte.

Er zog sich an. Wieder in der Küche, füllte er ein Wasserglas halb mit Wodka und goß dann eine Mischung aus Muschel- und Tomatensaft dazu. Vorsichtig stieg er die Treppe hinunter, fläzte sich neben seinem Koffer auf das hellgraue Sofa und genoß die perfekte Behaglichkeit von Bronwens Wohnzimmer. Nachdem er ein bißchen an seinem Drink genippt hatte, griff er in das Futter des Koffers und holte den rosa Briefumschlag hervor, in dem er einen Teil seines Kokains griffbereit aufbewahrte. Er legte den Umschlag vor sich auf den Couchtisch, ohne ihn jedoch zu öffnen.

So jung, dachte er, und führt schon ein so großzügiges Leben. Er selbst war obdachlos, und das schon seit über einem Monat.

Walker arbeitete im Filmgewerbe, wo er vor siebzehn Jahren als Schauspieler gelandet war. Er hatte die Hagen-Berghof-Studios absolviert, um das Theater kennenzulernen, denn er wollte Dramatiker werden. Ein paar Jahre später hatte er das Buch und die Songtexte für eine sehr ernsthafte und ehrgeizige Musicalversion von *Jürgen* geschrieben und staunend mit angesehen, wie die Produktion binnen einer Woche mit Pauken und Trompeten durchfiel. Zu einem Theaterstück war es nie gekommen, und er hatte mittlerweile eingesehen, daß es auch nie mehr dazu kommen würde. Walker verdiente seinen Lebensunterhalt – und zwar einen recht üppigen – in erster Linie als Verfasser, Bearbeiter oder Co-Autor von Filmdrehbüchern. Im vergangenen Sommer hatte er wieder einmal selbst gespielt, hatte zum erstenmal als Lear auf der Bühne gestanden. Im Laufe der Jahre war er in der Hierarchie des düsteren alten Märchens schrittweise aufgestiegen. In verschiedenen Phasen seines Lebens hatte er zunächst den Diener Cornwalls, dann Cornwall selbst, dann Kent und schließlich den König gespielt. Er war immer noch ganz verleart, vollgepfropft mit trostloser Dunkelheit und todbringendem Gemunkel, kleinen Beschwörungsformeln aus dem Text. Sie waren seiner eigenen Situation nicht unangemessen; während er in dem Stück spielte, hatte ihn seine Frau verlassen.

Er stieg, den Drink in der Hand, die Treppe wieder hinauf, blieb in der Schlafzimmertür stehen und betrachtete die junge Frau. Eine so schöne Wohnung, dachte er. Zornig preßte er die Kiefer zusammen. Ein so hübsches Mädchen.

Er lehnte sich an den Türrahmen und betrachtete sie. Ihr Gesicht war ihm zugewandt, das rotblonde Haar fiel ihr über die Augen, zwischen den geöffneten Lippen leuchtete ein kräftiges Cowgirl-Gebiß. Sie schlief weiter, oder sie tat zumindest so. Ein dunkelblaues seidenes Laken bedeckte ihren nackten Körper; sie hatte sich darin eingewickelt.

Bronwen war Schriftstellerin, ein Mädchen aus dem mittleren Westen, glattgeschmirgelt vom frühen Erfolg und vom Besten, was Kalifornien zu bieten hat. Während Walker sie beim Schlafen beobachtete, oder besser beglotzte, erfüllten ihn Begierde und Abscheu in gleichem Maße.

Im Grunde konnten sie einander nicht ausstehen. Sie waren, jeder auf seine Art, Schauspieler, Komödianten; ein großer Teil ihres geselligen Umgangs äußerte sich in gegenseitigem Spott.

Sie hatte drei kurze Romane geschrieben, vergnüglich, originell und extrem unterhaltsam zu lesen. Witzig war Bronwen, da gab es keinen Zweifel. Alle ihre Romane waren von der Kritik und von der Öffentlichkeit mit großer Begeisterung aufgenommen worden; sie war berühmt genug, daß Walker, und diese Tatsache beschämte ihn zutiefst, aus einem Verhältnis zu ihr eine vulgäre Befriedigung zu ziehen vermochte. Sie war intelligent und kaltherzig, ein stacheliges, ganz auf Abwehr konzentriertes Wesen, dessen Inneres zerfressen war von kindlicher Gehässigkeit und voreilig unterdrückten Ängsten. Zuviel getreten als junger Hund, pflegte Walker hinter ihrem Rücken zu sagen. Das Spiel, das sie miteinander spielten, eines der Spiele, bestand darin, daß sie ihn durchschaute. Daß seine Tricks, um zu gefallen, seine Art, unterhaltsam zu sein, die politischen Aufrichtigkeiten, die es für ihn noch gab, armselige Klagelieder waren, die sie kalt ließen. Andere mochten ihn ernst nehmen – nicht sie, die harte Nuß, die Welterfahrene.

Er ließ den Blick über ihren langen Körper wandern und fragte sich, ob sie wußte, daß er von der Pistole wußte, die sie, in ein Halstuch gewickelt, zusammen mit ihren Ritalin-Tabletten in der Korbtruhe unter dem Bett aufbewahrte. Und ob sie ihn gut genug durchschaute, um sich eine Vorstellung vom Ausmaß seiner Wut zu machen, oder von den mörderischen Phantasien, die ihn heimsuchten – Phantasien, sie zu vernichten, ihre geschmeidige Jugend in einen Klumpen leblosen Fleisches zu verwandeln, sie zu zermalmen.

Sofort befielen ihn Gewissensbisse und Entsetzen. Immerhin mochte er sie, wirklich. Er mußte sie mögen, dachte er; es mußte noch etwas anderes geben als bloße Perversion. Sie war witzig; er genoß ihren Humor und ihre gute Laune. Und sie mochte ihn – dessen war er sicher. Sie konnte sich mit ihm besser unterhalten als mit all ihren anderen Freunden; sie respektierte seine Arbeit, das hatte sie gesagt. Plötzlich wurde ihm bewußt, wie wenig dies alles mit den Bedingungen des Herzens zu tun hatte, wie er sie früher einmal verstanden hatte; Liebe, Fürsorge, Treue. Dies war nichts weiter als eine rein zufällige Paarung, ein intellektuelles Marmeladenbrötchen. Konnte sie sich vorstellen, daß Gewaltphantasien ihn plagten, deren Gegenstand sie selbst war? Das konnte sie durchaus. Sie war erfahren und wissend; sie hatte ihn durchschaut. Und Gott allein wußte, in was für Phantasien sie seine Person einspann.

Im Wohnzimmer fand er seine Brieftasche auf dem Sofa, wo er gesessen hatte, dick von Geldscheinen, achtlos hineingestopft. Er erinnerte sich an das, was ihm in seinem jammervollen Zustand entfallen war, nämlich daß er am Tag zuvor in Santa Anita ziemlich viel Geld gewonnen hatte. Er war mit Bronwen dort gewesen; es war ein herrlicher Tag, und sie hatten im Clubhaus zu Mittag gegessen. Walker hatte einmal mit einem auf Platz zwei gesetzten Pferd und einmal mit einem sicheren Favoriten gewonnen, und einmal mit einem Überraschungssieger, bei dem die Wetten eins zu acht standen. Insgesamt hatte er über tausend Dollar abgeräumt, der größte Betrag, den er jemals auf der Rennbahn gewonnen hatte. Genug für das Abendessen in der San Gabriel Ranch und für eine Woche Miete im Chateau. Seit der *Lear* nicht mehr lief, wohnte er im Chateau Marmont; sein Haus in Santa Monica hatte er vermietet. Er legte keinen Wert darauf, alleine dort zu sein.

Walker streichelte das unordentliche Geldbündel zärtlich mit Daumen und Zeigefinger. Die Berührung der verknitterten hellen neuen Scheine rief in ihm einen leichten Ekel hervor. Er zog einen Hunderter heraus und betrachtete die feingravierten Verzierungen am äußeren Rand. Dann rollte er, einem Impuls folgend, den Schein zu einem Zylinder, legte eine Linie Koke aus und schnupfte sie. Herrlich. Er schniefte und rieb sich die Augen. Selbstvertrauen. Eine kleine Stärkung für den Weg. Im selben Moment wurde ihm bewußt, daß er im Laufe der kurzen Wachphase dieses Tages bereits Valium, Alkohol und Kokain zu sich genommen hatte.

Wir brauchen einen Plan, dachte er. Einen Plan und einen Traum, ein Ziel. Träume gehörten für Walker zum Geschäft, sie bedeuteten Leben. Wie Salz, wie Wasser. Herzblut.

Er tippte mit der Spitze des Zeigefingers auf die Platte des Couchtisches, um die dort verbliebenen Reste von Kokain aufzutupfen und sie sich in den Gaumen zu reiben.

Geh, dachte er. Er hatte das Gefühl, daß ihn der Tod an Ort und Stelle ereilen würde, wenn er nicht ginge. Er stand auf, packte seinen Koffer und ließ den kleinen Umschlag mit Kokain als Gastgeschenk auf dem Tisch zurück. Er hatte noch reichlich im Koffer.

Auf dem Sims über dem Kamin lag ein Stapel mit Bronwens drei Romanen; Walker stellte fest, daß sie in jeden eine höchst persönliche Widmung für ihn geschrieben hatte. Nun war es also an ihm, sie mitzunehmen und eine Nachricht zu hinterlassen. Er drehte das oberste Buch um und betrachtete Bronwens Bild auf der Rückseite des Umschlags. Ihre Augen waren auf eine mittlere Entfernung fixiert, ihre Lippen leicht geöffnet, ihre Wangenknochen hoch und attraktiv, ihr Kinn zierte ein Grübchen. Sie sah modern und sympathisch aus und war die zarteste Versuchung, seit es Po und Wade gibt. Er legte das Buch zurück auf den Kaminsims und ließ es dort liegen. Dann setzte er seine Sonnenbrille auf, nahm sein Gepäck und trat hinaus in den Morgen.

Während er über den Freeway fuhr, spielte KFAC die *Leçons de Ténèbres* von Couperin.

Walker betrachtete sich als einen Überlebenden. Er wußte, wie man Dinge ertrug und was man brauchte, um durchzukommen. Zum einen die Arbeit. Dann gab es Menschen, die man liebte, und Menschen, die einen liebten. Es gab, so hatte er immer geglaubt, eine Vielzahl innerer Ressourcen, auf die der kampferprobte Überlebende würde zurückgreifen können; dessen war er sich inzwischen nicht mehr so sicher. Die Vorstellung von inneren Ressourcen kam ihm an diesem Morgen vor wie einfältiger Mystizismus. Er hatte zu viele Drogen und zuviel Alkohol konsumiert, hatte zu viele Rollen eines vergilbten, in seinem Kopf zusammengeschnittenen Films gesehen, um noch Herr über seine inneren Ressourcen zu sein. Es war schon schwierig genug, zusammenhängend zu denken.

Was Arbeit anging – nachdem er wochenlang achtlos seine Lebenskräfte verschlissen hatte, bedurfte es einer fast ebenso langen disziplinierten Enthaltsamkeit, ehe er daran denken konnte, einen Job anzunehmen. Und Liebe – die Liebe hatte sich aus dem Staub gemacht. War nach London gefahren. Bei dem Gedanken an sie dort und ihn hier, verlassen, breitete sich eisige Kälte in ihm aus. Er verbannte die Vorstellung aus seinem Kopf, wie er es seit Seattle trainiert hatte. Er würde sich später damit befassen, er würde etwas unternehmen in dieser Angelegenheit. Wenn er wieder in Ordnung war. Ein Traum, dachte er. Das ist es, was wir brauchen.

Er verließ den Freeway am Sunset Boulevard und parkte in der Marmont Lane hinter dem Hotel. An der Rezeption kaufte er die jüngste Ausgabe der *L. A. Times* und eine *Variety*. Zusammen mit einem berühmten deutschen Schauspieler und zwei angeknallten jungen Frauen fuhr er hinauf in den sechsten Stock.

In seinem Apartment hing der schwache Geruch von schalem Alkohol und schmutziger Wäsche. Er öffnete die bleigefaßten Fenster im Schlafzimmer und ließ eine laue ölige Brise herein. Unter sich sah er den Swimmingpool, der gesäumt war von einer Reihe Bungalows. Welkes Laub trieb auf der Oberfläche des dunkelgrünen Wassers. Im Garten um den Pool mischte sich der Duft von Autoabgasen und Eukalyptus.

Diesmal würde es nicht einfach sein, wieder runterzukommen von den diversen Drogen. Er würde sehr sorgfältig zu Werke gehen müssen. Vor allem würde er es wirklich wollen müssen. Er würde einen Grund brauchen, und Walker wußte, daß ihn die Suche nach seinen ureigensten Gründen fürs Überleben auf gefährliches Terrain führen würde. Die Welt im allgemeinen, das hatte er sich schließlich eingestanden, brauchte weder ihn noch seine Arbeit. Seine Frau war gegangen – für immer, soweit er das beurteilen konnte; seine Kinder waren erwachsen. Er würde sich mit ganz eigenen Gründen aus dem Dreck ziehen müssen, allein und ohne Ansporn von außen, in einem

Hotel in West Hollywood. Wieder stieg der Geschmack von Tod und Vernichtung in seiner Kehle hoch.

Er beschloß, nicht länger darüber nachzudenken. Um die Gedanken einstweilen zu vertreiben, öffnete er seinen Koffer, nahm den röhrenförmigen Behälter für Körperpuder heraus, in dem er sein Kokain verwahrte, und klopfte ein kleines Häufchen des Inhalts auf den glatten, dunklen Marmor seines Nachttisches. Zum Schnupfen benutzte er den Hundert-Dollar-Schein. Wunderbar, dachte er. Für den Augenblick hatte sich die Frage nach der Motivation erledigt; er war wieder das Ding selbst. Das Ding selbst erlangte, als es in der Küche einen Wodka einschenkte, für einen kurzen Moment ein Bewußtsein von sich. Bestürzt betrachtete Walker den Drink, den er sich gemacht hatte. Er schniefte, richtete sich auf und leerte das Glas in den Ausguß. Er war mit seinem Agenten zum Mittagessen verabredet und konzentrierte seine gesamte Entschlußkraft darauf, diese Verabredung einzuhalten. Er mußte den nächsten Drink mindestens bis zum Lunch aufschieben. Eine kleine Geste in Richtung auf eine Erneuerung, nichts übertrieben Ehrgeiziges.

Ohne Drink ging er ins Wohnzimmer, machte den Fernseher an, machte ihn wieder aus und fing an, im Zimmer auf und ab zu gehen.

Das ist es, damit machen wir den Anfang, sagte er zu sich. Wir erfinden uns neu. Wir setzen einen Fuß vor den anderen, und wir gehen weiter.

Im nächsten Augenblick ging er zurück ins Schlafzimmer und schnupfte noch eine Linie. Dann ließ er sich aufs Bett sinken und starrte durch die Balkontüren auf die ruhige Oberfläche des Pools fünf Stockwerke tiefer.

Irgendwo im feuchten Blätterwerk des Gartens trillerte eine Spottdrossel vor sich hin, und es hörte sich an wie ein kleiner gepfiffener Marsch. Für den Bruchteil einer Sekunde war Walker verzaubert von einem Erinnerungssplitter, von dem winzigen Fragment eines alten Traums. Es war zu schnell wieder verschwunden, als daß er es hätte identifizieren können.

Er stand auf und stellte sich ans Fenster. Wieder hörte er durch das

Dröhnen des Verkehrs den Gesang des Vogels, der in seinem Gedächtnis etwas wachrief.

Er war von der Balkontür zurückgetreten und saß auf dem Bett, das Telefon in der Hand, als die Erinnerung an die Oberfläche durchbrach. Er legte den Hörer zurück auf die Gabel und wandte sich zum Fenster. Wieder trillerte der Vogel.

Er dachte an Lu Anne Bourgeois, die dem überwiegenden Teil der Menschheit als Lee Verger bekannt war. Sie war ihm schon im Frühling wiederholt flüchtig in den Sinn gekommen, aber Seattle, das Theater und die schrecklichen Ereignisse des Sommers hatten alles fortgeschwemmt.

Vor Jahren, als er und Lu Anne noch jung und furchtlos waren, in den Tagen der halluzinatorischen Drogen und Persönlichkeitsveränderungen, hatten sie sich gemeinsam ein Spiel für schlimme Nächte ausgedacht. Im Grunde war es weniger ein Spiel als ein Geisteszustand, dem man sich hingab, und sie hatten es Fledermaus oder Nachtigall genannt.

Fledermaus oder Nachtigall wurde in den schlimmsten Stunden vor dem Morgengrauen gespielt. Gewonnen hatte man, wenn man bis zum Morgen durchhielt, wenn man mit einigermaßen heilem Kopf die Nacht überstand, bis das Lied eines Vogels das Heraufdämmern des ersten Lichts und des Tages ankündigte. Das war Nachtigall. Verlieren bedeutete, daß man nicht durchhielt, daß man abdrehte. Fledermaus. Spottdrosseln mit ihrem unpassenden Geträller zu unheiliger Stunde verdarben das Spiel, machten einen glauben, daß es Morgen war und daß man es geschafft hatte, und dabei war man noch in den Klauen der tiefsten Nacht.

Er dachte an Lu Anne, und sein Herz begann zu klopfen. Sie war blaß. Sie hatte die dunkelblauen Augen einer Heiligen und ein Lächeln, das zwischen bloßer Spaßigkeit und Wahnsinn pendelte. Vor neun Jahren war sie mit einer Nebenrolle für den Academy Award vorgeschlagen worden; ihre weitere Karriere war, wie die Walkers, enttäuschend gewesen.

Vor Ewigkeiten, in der Zeit, als sie zusammen waren, hatte Lu

Anne ihm Kate Chopins Roman *Das Erwachen* gegeben. Die Geschichte spielte in Louisiana im späten neunzehnten Jahrhundert; Lu Anne kam aus Louisiana und Chopins Roman gehörte zu ihren Lieblingsbüchern. Er hatte eine Drehbuchfassung geschrieben, und in all den Tagen, während er daran arbeitete, war sie bei ihm oder in seinen Gedanken gewesen, so daß die Hauptfigur Edna Pontellier, als sie in ihren Szenen und ihren Dialogen erkennbar wurde, weitgehend von Lu Anne geprägt war. In jenen Tagen hatten sie davon geträumt, den Film zusammen zu machen, aber dazu war es nicht gekommen.

Zeit verging. Das Buch wurde von der Wissenschaft entdeckt und zu einem exemplarischen Werk feministischer Literatur erklärt. Lu Anne hatte mittlerweile eine neue Agentin, die energisch und literarisch gebildet war. Etwa anderthalb Jahre bevor Walker sich in Seattle an den *Lear* machte, zehn Jahre nachdem er zum letztenmal das Drehbuch überarbeitet hatte und sechs Jahre nach seinem letzten Gespräch mit Lu Anne wurde ein Team zusammengestellt.

Ein junger Regisseur namens Walter Drogue war engagiert worden. *Das Erwachen* würde Drogues vierter Film sein; er galt gemeinhin als intelligent, originell und aggressiv. Sein Vater, der ebenfalls Walter Drogue hieß, war einer der lebenden Buddhas der Filmindustrie. Drogue senior, der sich seinerseits fast fünfzig Jahre lang als Regisseur betätigt hatte, war öffentlich verprügelt, von eifersüchtigen Rivalen beschossen, auf die schwarze Liste gesetzt, gerichtlich verfolgt und in Frankreich mit einer Biographie geehrt worden. Der Name des Vaters, so wurde es allgemein empfunden, verlieh dem Projekt des Sohnes zusätzlichen Glanz, und der Preis des Sohnes war, wie der Walkers und Lu Annes, nicht unmäßig.

Ein halbwegs redlicher Produzent nahm sich des Projektes an. Für Finanzierung und Verleih konnte eines der großen Unternehmen gewonnen werden. Alles schien sehr werbewirksam, geschickt getimt und billig angelegt zu sein. Es bestand eine reelle Chance, daß die involvierten Interessengruppen am Ende einen anständig gemachten Film in den Händen halten würden, der gute Kritiken und

Preise bekommen und sogar einen anständigen Gewinn erwirtschaften konnte. Ein verkümmerter sozialer Impuls wurde mobilisiert. Irgendwo in den Tiefen des großen Jahrmarktes der Eitelkeiten hatten sich Leute auf ein kalkulierbares Risiko eingelassen.

Nachdem sie den größten Teil des Sommers in New Orleans gedreht hatten, zog die Produktion aus Gründen der Bequemlichkeit und der Kosten um nach Bahía Honda, der bevorzugten Baja-Location der Drogues. Drogue der Ältere hatte dort viele Jahre lang gedreht und über einen mexikanischen Strohmann einigen Hotelbesitz erworben. Auf diese Weise konnte er bei seinen eigenen Produktionen als Anbieter von Dienstleistungen auftreten.

Was Walker anging, so war es inzwischen ein wenig spät. Er war an den Drehort eingeladen worden und hatte abgelehnt. Wahrscheinlich, so dachte er, zu aller Erleichterung. Dann war da noch die Sache mit Lu Anne, seinem dunklen Engel. Zwar hatten sie ihren letzten gemeinsamen Ausflug überlebt, aber es hatte nicht viel gefehlt. Sie hatten überlebt, weil sie damals beide jung waren und verheiratet und motivierte und versierte Überlebenskünstler. Heute würde es anders aussehen.

Aber stoned, verlassen, verzweifelt – Walker lauschte dem Gesang eines Vogels und dachte an sie. Sein Herz schlug schneller. Es war noch nicht ganz sechs Jahre her, dachte er. Sie hatte ihm einen flüchtigen Kuß gegeben. Er versuchte, sich ihre Berührung in Erinnerung zu rufen, und als es ihm gelang, war die Frau, die aus seiner Erinnerung hervortrat, jene, die er vor zehn Jahren gekannt hatte.

Sie war wieder verheiratet, mit einem Arzt; sie hatte Kinder. Sein Job bestand im Augenblick darin, sich selbst und seine eigene Ehe zu retten, sein inneres Gleichgewicht wiederherzustellen. Was wir in diesem Zusammenhang brauchen, sagte er zu sich, ist *weniger* Wahnsinn, nicht mehr.

Dann dachte er: Ein Traum ist es, was ich brauche. Feuer, Bewegung, Risiko. Es war ein Trugbild der Droge. Die Nummer des Produktionsbüros am Drehort stand in seinem schwarzen Buch. Im nächsten Moment lag seine Hand auf dem Hörer.

Dein in den Reih'n des Tod's.

Gefangen in einer schwindelnden Stille wählte er die ferne Nummer. Beim ersten Läuten legte er voller Panik auf.

Ein paar Minuten später hatte er das Gefühl, es gehe ihm wieder bestens. Er griff zum Hörer, aber nur, um im Büro seines Agenten den Termin für das Mittagessen zu bestätigen.

In der Agentur hatte er Shelley Pearce am Apparat. Sie war die Assistentin von Al, Absolventin der Smithsonian Institution, und hatte ein paar Jahre nach Lu Anne die Schauspielschule in Yale besucht. Bei einem Theaterworkshop war sie Walkers Schülerin gewesen; er hatte ihr ihren ersten Job besorgt, als Best Girl bei einer Produktion von U.A. Er hatte sie mit Al bekannt gemacht.

«Hallo, Gordon», sagte Shelley. Sie schien erfreut, seine Stimme zu hören, und er war dankbar dafür.

«Wo hast du gesteckt?» sagte er. «Allabendlich durchpflügt mein Blick das Meer der blassen, reglosen Gesichter. Keine Shelley.»

«Du spinnst wohl, Gordon. *King Lear?* Glaubst du, ich habe Zeit für solchen Mist?»

Er lachte.

«Doch, Gordon», sagte Shelley, «doch, ich war da. Ich habe dich gesehen. Du warst großartig.»

«Wie das?»

«Großartig, Gordon. Großartig, okay?»

«Fand ich auch», sagte Walker. «Ich habe mich nicht richtig gewürdigt gefühlt.»

«Hast du nicht die *L. A. Times* gelesen?»

«Akzeptabel», sagte Walker. «Aber ohne Biß.»

«Sei nicht so unbescheiden», sagte Shelley. «Al wird dir noch ein paar Kritiken mitbringen, über die ihr beim Lunch geifern könnt.»

«Was hältst du davon, wenn wir beide heute abend zusammen essen?» fragte er sie plötzlich. «Was hältst du davon, wenn wir ins San Epo Hotel gehen?»

Sie schwieg einen Augenblick.

«Wie geht es dir, Gordon? Ich meine, wie kommst du zurecht?»

«Nicht besonders gut», sagte er.

«Klar», sagte sie. «Das San Epo, klar. Sonnenuntergang. Weißt du, wann Sonnenuntergang ist? Steht in der Zeitung.»

«Ich ruf die Küstenwache an.»

«Hast du was getrunken?» fragte sie. «Wehe, du versetzt mich.»

«Ich werde dort sein», sagte er.

Bei Musso and Frank's setzte Walker sich an einen Tisch auf der Empore und bestellte einen Martini. Als Keochakian mit einer Viertelstunde Verspätung eintraf, bestellte er sich gerade seinen zweiten.

«Bringen Sie mir auch einen», sagte Al zu dem Ober.

Keochakian betrachtete seinen Schützling. Er hatte harte, wenig vertrauenerweckende Augen hinter dicken getönten Brillengläsern, sein Gesicht und sein Gebaren erinnerten an eine *numéro* aus Marseilles Unterwelt.

«Wie geht's dir, Gordon?» Er schüttelte Walker die Hand und faßte ihn bei der Schulter. «Wie geht es Connie und den Kindern?»

«Gestorben, Al.»

Der Agent sah ihn ausdruckslos an.

«He, guter Witz, Gordon.»

«Du erkundigst dich jedesmal. Ich wollte nur wissen, ob du überhaupt zuhörst.»

Keochakian entblößte die Zähne.

«Ich höre immer zu. Es interessiert mich. Ich bin Familienvater. Ich bin nicht wie du, alter Pisser. Sie sind viel zu schade für dich.»

«Connie hat mich verlassen», sagte Walker.

«Das glaube ich nicht», sagte Al. «Das ist unmöglich, und ich weise es entschieden zurück.»

«Sie hat einen eindeutigen Brief hinterlassen. Eine ausführliche Anklageschrift. Sie schien wild entschlossen. Sie ist in London.»

«Weißt du, was ich glaube? Ich glaube, sie kommt zurück. Ich bin ganz sicher. Wenn du es willst.» Keochakian nippte an seinem Drink und verzog das Gesicht. «Ich nehme doch an, daß du es willst.»

Walker sah hinab auf seine gefalteten Hände und nickte langsam.

«Mach dir nichts vor, Mann. Ohne sie bist du am Arsch. Du gehst den Bach runter. Du mußt sie wiederkriegen.»

«Sie hat ihren Stolz.»

«Wird Zeit, daß du das kapierst», sagte Keochakian.

«Ich kann heute nicht darüber reden», sagte Walker. «Ich bin viel zu durcheinander.»

«Schon in Ordnung. Aber wenn du darüber reden willst, laß es mich wissen, denn ich habe zu dem Thema ein paar Takte zu sagen, und ich habe ein Recht auf eine Meinung.»

Walker kaute auf seiner Lippe und sah fort.

«Also, was willst du essen?» fragte Al.

«Da wir schon Martinis trinken», sagte Walker, «was hältst du von Leber?»

«Leber ist gut», sagte Al. Er gab dem Ober ein Zeichen und wurde sofort bedient. Sie bestellten. Unter dem tadelnden Blick seines Agenten verlangte Walker eine halbe Flasche Cabernet.

«Erzähl mir von Seattle.»

«Ich könnte für den Rest meines Lebens *Lear* spielen», sagte Walker. «Ich würde sie alle gerne spielen. Den Narren. Gloster, Cordelia. Das verdammte Stück ist ein Faß ohne Boden.»

«Shelley hat dich gesehen.»

Walker lächelte. «Hat sie mir erzählt. Sie ist meine Turteltaube.»

«Möchtest du arbeiten?» fragte Al. «Ich hab was Gutes.»

«Wann?»

«Die Probeaufnahmen sollen diese Woche sein. Aber sie haben ausdrücklich nach dir gefragt, ich schätze also, das ist eine reine Formalität.» Er runzelte die Stirn. «Hast du irgendwelche Verpflichtungen oder so? Warum spielt es eine Rolle, wann es ist?»

Walker gab keine Antwort.

«Arbeitest du an irgendwas? Krieg ich ein Drehbuch von dir?»

«Nein», sagte Walker. Er räusperte sich. «Ich überlege nur, ob ich runter nach Bahía Honda fahre und bei *Das Erwachen* vorbeischaue.»

Al blinzelte durch seine grün getönte Brille und schüttelte den Kopf.

«Warum?»

Walker zuckte die Achseln. «Weil es mein Kind ist. Ich will sehen, wie sie es behandeln.»

«Ich dachte, wir hätten das alles ausführlich besprochen», sagte Al. Der Ober brachte den Wein und ließ Walker probieren. Als eingeschenkt wurde, bedeckte Al zum Zeichen, daß er nichts wollte, sein Glas mit der Hand. «Ich dachte, wir wären zu einem Beschluß gekommen, und ich dachte, es wäre der richtige gewesen.»

«Ich habe beschlossen, daß ich vorbeischauen will.»

«Vorbeischauen», sagte der Agent wie ein tonloses Echo.

«Meine Gegenwart spürbar machen.»

«Die wollen dich da unten nicht», sagte Al.

Das Essen wurde serviert. Walker goß sich ein zweites Glas Wein ein.

«Sie hatten mich mal eingeladen», sagte Walker.

Keochakian nahm die Brille ab und zuckte die Achseln. «Es war ihnen vollkommen Wurscht, Gordon. Walter hat gedacht, er könnte dir vielleicht ein paar Ideen aus der Nase ziehen, aber jetzt kann er dich ganz bestimmt nicht mehr gebrauchen. Er wird lediglich das Gefühl haben, daß du ihm bei der Arbeit im Weg stehst.»

Walker nahm eine Gabel und sah auf seinen Teller.

«Das würde ich gern, um ehrlich zu sein.»

«Sie werden nichts bezahlen. Sie haben dich nicht angefordert.»

«Ich werde selbst bezahlen. Ich fahre als Privatperson. Um am Strand in der Sonne zu liegen.»

Al machte sich über seine Leber mit Zwiebeln her.

«Ich finde das unprofessionell.»

«Ich verstehe nicht, warum», sagte Walker. Als er anfing zu essen, bemerkte er, daß er sehr hungrig war. «Das hat es doch schon häufiger gegeben.»

«Du wirst Lee Verger sehen», sagte Keochakian. Er vermied es, Walkers Blick zu begegnen.

«Ich habe nichts dagegen, Lu Anne zu treffen. Sieh mal, ich habe gewisse Aktien in dem Film. Weshalb sollte ich nicht runterfahren?»

«Weil du deinen Lebensunterhalt verdienen mußt», sagte Al. Er sprach sehr langsam und sehr sanft. «Und weil ich Arbeit für dich habe.»

«Ich bin im Augenblick nicht bereit», sagte Walker ausweichend.

«Es ist eine komische Rolle. Eine große. Ein verschwuchtelter intellektueller Schurke. Das wird ein Mordserfolg für dich.»

«Ich verspüre das dringende Bedürfnis, für eine Weile runter nach Mexiko zu gehen. Wenn ich zurückkomme – werde ich frisch und erholt sein. Ich werde in der Lage sein zu arbeiten.»

Keochakian legte Messer und Gabel auf den Tellerrand.

«Laß mich dir eines sagen, Gordon. Wenn du dich dort am Set blicken läßt, gräbst du dir dein eigenes Grab.»

Walker lachte bitter.

»Du glaubst, ich mache Witze, alter Pisser?» fragte Keochakian. «Weißt du, wie du aussiehst? Du schwitzt puren Alkohol. Meinst du, ich könnte deine Augen nicht sehen? Meinst du, die Leute in diesem Geschäft wüßten nicht, wie Säufer aussehen?»

«Ich höre morgen auf, verdammt noch mal.»

«Oh», sagte Al mit einem humorlosen Lächeln, «der Herr hört morgen auf. Das ist ja großartig. Das ist gut, Gordon. Also, ich schlage vor, du tust das wirklich, alter Junge. Und ich schlage vor, du läßt verdammt noch mal Lee in Ruhe.» Er stieß seine Gabel in das Fleisch und legte sie wieder aus der Hand. «Ich meine, du solltest Connie zurückholen. Lee braucht dich nicht. Du bist das letzte, was sie braucht. Während dich Connie aus ihren eigenen kaputten Gründen sehr wohl braucht.»

«Ich brauche eine Reise. Reisen ist Therapie für mich.»

Al sah ihn an und beugte sich weit über den Tisch.

«Wenn du wirklich unfähig sein solltest zu arbeiten, dann leg dich in ein Krankenhaus.»

«Bitte, Al.»

«Gordon», sagte Keochakian, «vor zehn Jahren mag das vielleicht noch ein Witz gewesen sein, aber jetzt ist das kein Witz mehr. Mach eine Entziehung, Mann. Es gibt jede Menge Leute, die so was machen.»

Walker legte sich eine Hand auf die Stirn.

«Du hast das Geld. Tu dir selbst einen Gefallen. Zieh dich aus dem Verkehr und laß dich richtig austrocknen. Geh an die Ostküste. Neuengland. Es ist Herbst, da drüben gibt's ein paar hübsche Plätzchen, du begegnest keinem Menschen, den du kennst.»

«Ich würde durchdrehen», sagte Walker. «An einem solchen Ort.»

«Vielleicht mußt du da durch, Gordon.»

«Naja», sagte Walker in versöhnlichem Ton, «wir werden sehen, wie es läuft.»

Ein Commis kam und deckte ihre Teller ab. Walker schenkte Wein nach.

«Schade, daß du diese Sache nicht machen willst, die ich für dich habe. Damit könntest du ans Fernsehen rankommen.»

«Ist es das, was ich will?»

Keochakians Blick wirkte trüb. Er starrte ins Leere und kratzte sich das Kinn.

«Ich glaube, ich werde mir einen Bart stehenlassen, Gordon. Einen Spitzbart, was meinst du?»

«Prima, Al. Das wäre prima.»

«Untersteh dich, da runterzufahren», sagte Al. Er ließ seinen Zeigefinger vor Walkers Gesicht tanzen. «Untersteh dich, all die Arbeit zunichte zu machen, die ich investiert habe.»

«Klar, Al», sagte Walker. «He, was für Arbeit, Mann?»

«Leck mich am Arsch, Gordon.»

Walker wartete irgendwie darauf, daß er aufstehen und gehen würde. Sie saßen einander verkrampft gegenüber.

«Wir haben, finanziell gesehen, ein sehr gutes Geschäft gemacht», sagte Al ruhig.

«Mein bestes Honorar», sagte Walker. «Ein Rekord.»

«Genau. Außerdem hatten wir mit ein paar typischen Walter-Drogue-Marotten fertig zu werden.»

«Tatsächlich?»

«Ja, tatsächlich, Gordon. Vielleicht erinnerst du dich daran, wieviel Wert er auf die feministische Perspektive legte.»

«Das war mir nicht klar.»

«Walter hatte Angst, daß eine feministische Perspektive fehlen könnte. Er hat uns deswegen ziemlichen Ärger gemacht. Weißt du, was er im Schilde führte?»

«Kann es mir denken.»

Keochakian lächelte schmallippig.

«Er wollte eine Erwähnung als Co-Autor. Nicht für irgendeine Braut – für sich selbst. Er hat gemerkt, daß das Drehbuch gut ist. Er ging davon aus, daß die Sache läuft. Er wollte die Erwähnung als Co-Autor zur Befriedigung seiner Eitelkeit, und um noch ein paar Prozente mehr für sich rauszuschlagen.»

«Jaja«, sagte Walker. «Walter ist ein großer Feminist.»

«Ganz gewiß», sagte Al. «Ich habe gehört, daß sein Vater ein noch größerer Feminist war. Wie dem auch sei, die Sache wurde in alle Richtungen verhandelt, aber was die Co-Autorschaft von Walter Drogue anging, da war bei mir Schluß. Es ist uns gelungen, ihm diese Kiste auszureden. Wir haben dir deine Prozente und die alleinige Autorschaft gerettet.»

«Er hatte von dem Roman noch nie gehört, bevor er mein Drehbuch in die Finger kriegte.»

«Er meint, er hätte.»

«Vor einem Jahr um diese Zeit meinte er noch», sagte Walker, «*Das Erwachen* sei ein totgeborenes Kind. Jetzt meint er, er hätte das Drehbuch geschrieben.»

«So ist er eben, Gordo. Und wenn du da runterfährst und den Säufer raushängen läßt und es mit seiner Schauspielerin treibst, dann spielst du ihm direkt in die Hände. Er glaubt, er kann dich mit einem Schluck Wasser runterspülen.»

«Hat er das gesagt?» fragte Walker mit einem Lächeln.

«So was Ähnliches. Und denen geht allen der Arsch mit Grundeis, weil Dongan Lowndes unten ist und eine große Illustriertengeschichte über die Dreharbeiten schreibt. Sie haben Schiß, daß er sie als die letzten Idioten hinstellt und das ganze Projekt versaut.»

«Na und», sagte Walker, «das wäre doch nicht das Schlechteste.»

Dongan Lowndes war ein Romancier, dessen einziges Buch, vor acht Jahren erschienen, Walker sehr bewunderte. In den Jahren danach hatte Lowndes der Literatur den Rücken gekehrt und Artikel für sehr angesehene Zeitschriften geschrieben. In jüngster Zeit hatte er sich Themen angenommen wie Schlagersänger in Las Vegas, memoirenschreibende Tycoons, einfältige Politiker und die Filmindustrie. Er schrieb gut und böse und alle fürchteten ihn.

«Meint er, daß er Lowndes auch schlucken kann?»

«Sie versuchen, ihn auf ihre Seite zu ziehen.»

«Vielleicht mit Hilfe von Lee, was?»

«Es handelt sich um eine Charlie-Freitag-Produktion, Gordon. Du kennst Charlie. Er denkt . . .» Keochakian drehte die Augen zum Himmel. «Mein Gott, weiß der Geier, was er denkt. Er ist ein Abstauber in Sachen Kultur. Er meint, es handelt sich um einen hochklassigen Film, und er meint, Lowndes ist ein hochklassiger Typ. Er meint, er kriegt einen wohlgesonnenen Artikel, und er meint, das sei gut für den Film.»

«Während Lowndes in Wirklichkeit außer Verrissen nichts zustande bringt und es sowieso haßt, Leuten bei der Arbeit zuzusehen. Er wird sie erbarmungslos in die Pfanne hauen.»

«Das mußt du Charlie erzählen», sagte Al. Er beobachtete, wie Walker seinen Wein schlürfte. «He, du scheinst auch ein bißchen verbittert zu sein, stimmt's?»

«Lowndes ist ein prima Schriftsteller», sagte Walker. «Ich hoffe nur, daß er in seinem ganzen verdammten Leben keinen Roman mehr schreibt.»

«Spitze, Gordo. Du bist genau das, was die da unten brauchen. Du kannst Lee aus dem Konzept bringen und dich mit der Presse anlegen. Dich betrinken, Streitereien anfangen. Ganz wie in guten alten Zeiten, was?» Er lehnte sich über den Tisch und fixierte Walker mit seinem Vieux-Port-Blick. «Du wirst anderen Leuten weh tun. Du wirst dir selbst weh tun. Ich rate dir, halt dich da raus.»

«Ich werd's mir überlegen», sagte Walker.

«Bitte», sagte Al. «Bitte, überleg es dir.»

Er holte einen Schnellhefter mit Zeitungskritiken aus seinem Aktenkoffer und gab ihn Walker.

«Amüsier dich. Nüchter dich aus. Ruf mich in ein paar Tagen an, und wir besprechen, was du tun solltest.» Er bat um die Rechnung und unterschrieb, während der Ober wartete. «Ich meine, was ist, wenn Connie zurückkommt oder anruft und du treibst dich irgendwo rum und baust Scheiße? Tu lieber gar nichts. Fahr nirgendwo hin, ehe du nicht ausgenüchtert bist.»

Sie gingen hinaus. Der Morgen hatte sich zu einem typischen Santa-Ana-Tag mit einer trockenen, unerquicklichen Brise, einem heißen, dunstigen Himmel entwickelt. An der Ecke Bronson packte Keochakian Walker am Aufschlag.

«Die Leute beobachten dich», sagte er. «Die ganze Zeit. Böse Menschen, die dir übelwollen, beobachten dich. Du bist nicht unter Freunden.» Er wandte sich ab, ging ein paar Schritte und drehte sich um. «Vertraue niemandem. Außer mir. Bei mir ist das was anderes. Mir kannst du vertrauen. Glaubst du das?»

«Mehr oder weniger», sagte Walker.

Auf der Rückfahrt nach West Hollywood machte er Pause bei seinem Fitnesscenter, schwamm eine Runde und las in der Sauna seine Kritiken. Alles in allem waren die Kritiken gut. Eine war gut genug, um ihn mit Herzrasen aus der Hitze zu vertreiben. Sie bezeichnete seine Darbietung als eine Offenbarung. «Walkers gepeinigter König, der von einer hilflosen Raserei herabsinkt in einen beinahe weltentrückten, kindlichen Wahn, ist eine Offenbarung für all jene, die ihn nur von seinen gassengescheiten Filmszenen her kennen.»

Er fand das erheiternd, obwohl ihn die Schmerzen beunruhigten.

Zurück im Chateau, packte er seine Sachen, beauftragte den

Weckdienst und machte ein kurzes Nickerchen. Er hatte stürmische Träume. Eine Stunde später quälte er sich durch den Berufsverkehr südlich von Long Beach.

Irgendwo im Orange County verließ er den San Diego Freeway und fuhr quer hinüber zur Küstenstraße. Zu seiner Linken erblühte die Zukunft Kaliforniens; Kilometer um Kilometer fuhr er an neu erschlossenem Gelände entlang, in Grundstücke aufgeteilt durch Redwood-Zäune und Bougainvillea – die Illusionen von Ortschaften, gruppiert um einen Supermarkt und ein Bob's Big Boy. Dazwischen die Streifen leeren, verwahrlosten Landes, die auf die Bauunternehmer und auf bessere Zeiten warteten.

Zu seiner Rechten lag, dank der Strategie irgendeines Grundstücksmaklers, das Land brach. Hereford-Rinder grasten auf gelben Weideflächen; wilde Blumen und Erdbeerbäume gediehen üppig. Von irgendwoher wehte der Duft von Orangenbäumen herüber, als sei es Frühling und zwanzig Jahre früher. Heute waren die nächsten Orangenhaine kilometerweit entfernt.

Er fuhr in den Nebel hinein, der sich zwischen die trockenen Hügel legte; der warme Wind erstarb, und an der Küste war es grau und kühl. Das paßte besser zu seiner Stimmung.

Auf der Küstenstraße fuhr er gen Süden. Für ein paar Kilometer war alles maritime Vorstadtatmosphäre; es gab Apartmentkomplexe mit Marinas, Geschäfte für Taucherausrüstungen, Fischrestaurants. Weiter südlich wanderten die Herefords zwischen nickenden Ölpumpen umher – eine Landschaft der Steuerabschreibungen.

Um Viertel nach sieben, eine halbe Stunde vor Sonnenuntergang, erreichte er San Epifanio Beach, das letzte Refugium unverschleierter Scheußlichkeit im County. Vor dem Strand standen Ölbohrtürme im Wasser, und die Skyline des Ortes zierte ein gewaltiges, an deutsche Expressionisten erinnerndes Kraftwerk. Eine Fischerpier, die auf spindeldürren Pfählen den Wellen des Pazifik trotzte, schob sich so weit hinaus ins Meer, daß ihr Ende im Nebel verschwand. Im rechten Winkel zur Küstenstraße, garniert mit einer Reihe von rattenverpesteten Königspalmen, gab es eine Ansammlung von Anglergeschäften, Tacoständen und düsteren Cocktailbars: die Hauptdurchgangsstraße zum Strand.

Walker bremste an der Kreuzung, um eine Gruppe von Surf-Punks über die Straße zu lassen. Die grünen und orangen Streifen in ihrem kurzgeschnittenen Haar erinnerten ihn plötzlich an den weißen Fleck, der sich nach dem Auftreten von Gelenkrheumatismus im Haar seines Bruders gezeigt hatte. Die vier Jugendlichen funkelten ihn im Vorbeigehen mit unpersönlichen Drohblicken an.

Drei Blocks von der Hauptstraße entfernt erhob sich das San Epifanio Beach Hotel, ein neun Stockwerke hoher Ausbund an Exotik, der über dem Ortskern thronte. Es war ein unsägliches Gebäude aus einer anderen Zeit, spaniolische Stummfilmphase. Mit seiner abgeblätterten Stuckfassade, seinen Reihen schmieriger Fenster und verdreckter Läden war es ein so überdimensioniertes und verkommenes Gebäude, daß schon der bloße Anblick einem den schönsten Tag verderben konnte. Walker liebte es, weil er dort glücklich gewesen war. Er hatte vor Jahren in diesem Hotel in einem Zimmer neben einem Atelier gewohnt, in dem ein blinder Masseur mit Ramon Novarros mutmaßlicher Cousine in wilder Ehe zusammenlebte. Er hatte hier geheiratet, in dem schmuddeligen Ballsaal, umschwebt von Cannabisdüften.

Walker fuhr auf den Gästeparkplatz. Eine ruppig aussehende kleine Chicana mit Pferdeschwanz, Baseballmütze und Latzhose gab ihm einen Parkschein.

Er ging vorbei an der Markise über dem Haupteingang, die an eine Theaterdekoration erinnerte, und gelangte zur Strandseite des Gebäudes. Auf einer Veranda mit Ausblick auf einen weitgehend verlassenen Park standen ein paar leere Tische. Am anderen Ende des Parks spielten vier bis zur Hüfte nackte schwarze Teenager Basketball. Ein paar Hare Krishnas aus Laguna hatten zur Unterhaltung zweier älterer, in Pastelltönen gekleideter Ehepaare ihre Gesänge angestimmt.

Walker schlenderte durch den Park zum Strand. Es wehte ein scharfer Wind und war, der fortgeschrittenen Stunde entsprechend, kühl geworden. Die untergehende Sonne war von dunklen Wolkenbänken verdeckt. Walker beobachtete, wie sich die Wellen auf dem dunkelroten Sand brachen. Einmal hatte er hier Tümmler gesehen, sieben auf einmal, die gleich jenseits der Brandungslinie herumtollten. Er hatte an derselben Stelle gestanden, am Rande des Parks, kurz vor Sonnenuntergang. Seine Frau war bei ihm gewesen. Seine Kinder hatten im Sand gebuddelt, und sie hatte zu ihnen hinübergerufen und aufs Meer gedeutet, zu den Tümmlern. Sie waren ein gutes Omen in einem guten Jahr gewesen.

Er lief über den Strand, bis ihm kalt wurde, dann stieg er wieder die zwölf Zementstufen zum Park hinauf, in deren Ecken Plastiktüten und Bierdosen herumlagen und die nach Urin rochen.

Die Wände des Korridors zwischen dem Haupteingang und der eigentlichen Lobby des San Epifanio zierten schäbige gestreifte Tapeten, auf denen dicht nebeneinander scheußliche Seestücke hingen. Nachdem er sie passiert hatte, schlenderte er in die kerzenbeschienene Gemütlichkeit der Miramar Lounge, die konsequent mit Netzen und Fischerkugeln und Steuerrädern ausstaffiert war. Durch die Panoramafenster konnte man vom Sonnenuntergang nicht viel sehen, aber immerhin gab es gedämpftes Licht, und Bar und Tische waren verhältnismäßig gut besetzt. Die Gäste waren mittleren Alters, laut und zum Golf gekleidet – ein Publikum für harte Drinks. Walker setzte sich auf den einzigen freien Hocker an der Bar und bestellte eine Bloody Mary. Das, was man ihm servierte, schmeckte bitter – zuviel des billigen Wodkas. Starke Drinks waren ein Verkaufsschlager des Etablissements.

Auf dem Hocker neben Walker saß eine blonde Frau, die ziemlich gierig von ihrem Gin Tonic trank und mit einer Packung Virginia Slims herumspielte. Sie schien Anfang Dreißig und recht attraktiv zu sein, aber Walker war sich beider Eindrücke nicht wirklich sicher. Er war nicht ganz nüchtern, und es war schwierig, bei den Lichtverhältnissen in der Miramar Lounge Menschen richtig einzuschätzen. Das genau war es, was den Leuten hier gefiel.

Vor der Lounge, am Ende des Korridors, durch den er gekommen war, stand eine Telefonzelle, ein Modell aus guten alten Zeiten, verziert mit blauweißen Seepferdchen und Delphinen aus Keramik. Nach einer Weile nahm Walker seinen Drink und ging zu der Zelle. Er holte sein schwarzes Buch mit den Nummern der Baja-Location und seine Telefon-Kreditkarte aus der Tasche.

Er nahm einen großen Schluck, hielt die Luft an und wählte. Das Echo unterseeischer Tiefen rauschte in der Leitung, während er auf das Klingeln wartete. Als es einsetzte, schloß er die Augen.

Als das Telefon klingelte, war sie draußen, saß in einem Klubsessel im Sand und betrachtete das Nachglühen des Sonnenuntergangs über dem Horizont. Die Kinder spielten mit ihrem Vater am Wasser; sie hatte zugesehen, wie sich mit dem Schwinden des Lichts die drei Gestalten allmählich zu Silhouetten verdunkelten. Das weiche honigfarbene Glühen der Kinderleiber war in der rasch hereinbrechenden Dunkelheit verloschen; jetzt erinnerten ihr hastiges Herumsausen und die Bewegungen, die die dünnen Glieder ihres Mannes vor der weiß strahlenden Brandung und dem magentaroten Himmel vollführten, an ein Puppentheater. Das war ein böser Gedanke, und sie jagte ihn fort. Sie ließ das Telefon klingeln, bis sie sah, daß ihr Mann es gehört hatte; er stand knietief in der Brandung und hatte sich umgewandt, als das Geräusch ertönte. Sie erhob sich und nahm die Sonnenbrille ab.

«Ich geh ran», rief sie ihm zu.

Sie rannte hinauf zur offenen Tür des Bungalows, streifte auf der Strohmatte den Sand von den Füßen und lief zum Telefon.

«Lu Anne», sagte die Stimme am anderen Ende, als sie sich meldete. «Lu Anne, hier ist Gordon. Gordon Walker.»

Sie hatte geahnt, dachte sie, wer es sein würde. Während sie den Sonnenuntergang beobachtete, hatte sie an ihn gedacht und sich vorgestellt, daß er an diesem Abend anrufen würde.

»Hallo? Lu Anne? Hörst du mich?»

Seine Stimme drang so klar aus dem Hörer in ihrer Hand, als wäre er in Mexiko, irgendwo im selben Hotel.

«Lu Anne?»

Langsam, schuldbewußt, legte sie den Hörer auf.

Es war dunkel geworden in dem steinernen Bungalow. Nur das Stück verblassender pastellfarbener Himmel, das der Türrahmen freigab, warf etwas Licht herein. Sie setzte sich in einen Korbsessel mit hoher Rückenlehne und sah hinaus. Sie spürte, wie sich in der Dunkelheit hinter ihrem Rücken etwas zusammenbraute. Ein Durcheinander von Geräuschen klingelte in ihren Ohren, und eines der Geräusche war Walkers Stimme, die ihren Namen sagte. Wachsam, ohne sich zu rühren, blieb sie, wo sie war, bis sie eine Gestalt im Türrahmen auftauchen sah. Zunächst vermutete sie einen Zusammenhang mit dem, was sich hinter ihrem Rücken abspielte; fasziniert, eigentlich ohne Angst, beobachtete sie, was geschah.

«Señora?»

Da wußte sie, um wen es sich handelte.

«*Sí, sí*», sagte sie und streckte die Hand nach der Lampe aus, die über dem Telefon hing. «Hallo, Helga. Guten Abend.»

Helga Machado war die Kinderfrau, die ihr vom Hotel auf Anweisung der Produktion zur Verfügung gestellt wurde. Die kräftige, hellhäutige junge Frau betrachtete Lee Verger unter ihren dichten Augenbrauen heraus mit Zurückhaltung und einem höflichen Lächeln.

«Jetzt», sagte Helga, «soll ich die Kinder jetzt mit zum Essen nehmen? Sonst kann ich später noch mal wiederkommen.»

Lu Anne blinzelte in der plötzlichen Helligkeit. Die Zurückhaltung in Helgas Ausdruck entging ihr nicht.

«Naja», sagte sie fröhlich. «Mal sehen. Vielleicht sollten wir sie rufen, und sie können zum Essen gehen, und ich sage ihnen später gute Nacht, wenn wir zurückkommen.»

«Wie Sie wünschen, Señora.»

Lu Anne ging an Helga vorbei aus der Tür. Lionel und die Kinder spielten trotz der Dunkelheit immer noch unten am Wasser. Dort, wo sie liefen, leuchtete das flache Wasser phosphoreszierend auf.

«David, Laura», rief Lu Anne zu den Kindern hinüber. «Abendbrotzeit, ihr beiden.»

Sie sah, wie die dunklen Gestalten stehenblieben, lauschte dem murrenden Protest ihres kleinen Sohnes. Sie würden früh schlafen. Wenn sie die beiden am Abend nicht mehr sah, bliebe ihr am Morgen nur sehr wenig Zeit für den Abschied. Sie und Lionel waren zum Abendessen in Walter Drogues Casita eingeladen. Es war eine Pflichtveranstaltung – ein Abschiedsessen für Lionel –, und es hatte keine Möglichkeit gegeben, abzulehnen.

Als die Kinder vom Strand heraufkamen, nahm Lu Anne beide an der Hand, führte sie in den Bungalow und beugte sich zu ihnen herab. Sie waren nur anderthalb Jahre auseinander; David war fünf, Laura sieben. Sie hatten das rotblonde Haar ihres Vaters, allerdings eine Nuance dunkler, und die blauen Augen ihrer Mutter.

«Ihr beiden geht mit Helga und spült euch den Sand und das Salz ab. Dann eßt ihr euer Abendbrot wie zwei artige Kinder, und dann könnt ihr oben im Apartment *The Wizard of Oz* sehen.»

Die Kinder, auf diese Weise bestochen, murmelten ihre Zustimmung.

«Laura», rief Lu Anne hinter ihrer Tochter her, «vergiß deine Brille nicht, mein Schatz. Sonst kannst du den Film nicht sehen.»

«Wenn ich Kontaktlinsen hätte», sagte das kleine Mädchen, «könnte ich sie nie vergessen.»

In der Tür blieben Helga und die Kinder vor Lionel stehen, der inzwischen vom Strand heraufgekommen war, und wechselten ein paar Worte mit ihm. Sie hörte, wie er mit ihnen scherzte.

«Wer war dran?» fragte Lionel, als er hereinkam. Er war über einsachtzig groß und ungewöhnlich dünn; sein schmales Gesicht wurde beherrscht von einer hervorragenden Nase. Sein Haar war schütter, und die von der Sonne gebleichten Strähnen klebten an seinem braungebrannten Schädel. Lee saß vor dem Schminktisch; Lionel beobachtete sie im Spiegel.

«Oh», sagte sie, «es hat einfach geklingelt und dann aufgehört. Es muß an der Vermittlung gelegen haben oder so.»

Ihr Mann stand neben ihr, während er sich die Badehose auszog und Gesicht und Brust eincremte. Ihre Blicke trafen sich.

«Hast du dein Medikament genommen, Liebling?» fragte er.

Er hatte einen bestimmten Ausdruck in den Augen, wenn er sie nach dem Medikament fragte. Ein Starren. Er wirkte in solchen Momenten grausam und gefühllos, obwohl sie nur zu gut wußte, daß er weder das eine noch das andere war.

«Merkst du das nicht?»

«Tut mir leid», sagte er. «Ich benehme mich wie ein altes Weib, was das angeht. Ich werde mich bessern.»

Sie hatte vor zehn Tagen aufgehört, die Tabletten zu nehmen. Hatte die Luft angehalten und aufgehört. Manchmal gab ihr alter Freund Billy Bly ihr etwas, damit sie durch die Nacht kam. Sie hatte ein schlechtes Gewissen, aber es mußte sein. Die Dinger zerstörten ihre Konzentrationsfähigkeit. Sie zerstörten alles.

«Es scheint dir sehr gut zu gehen», sagte Lionel. «Ich meine», beeilte er sich hinzuzufügen, «du scheinst glücklich zu sein. Das ist der entscheidende Punkt, nehme ich an.»

«Ich habe gearbeitet», sagte sie. «Es gibt nichts Besseres.»

«Es tut dir gut, nicht wahr? Das hier.» Er meinte den Film.

«Ja. Glaube ich jedenfalls. Edna – ich liebe sie.»

«Glaubst du, sie ist wie du?»

«Fragst du mich das als Arzt?»

Er hatte die Eigenart, besonders ernsthaft zu wirken, wenn er scherzte. Manchmal wußte man nicht, woran man war.

«Als Fan.»

«Naja, natürlich ist sie nicht wie ich. Ich meine», sagte sie mit einem Lachen, «es ist so schon alles schwierig genug.»

Sie betrachtete ihn im Spiegel und sah, daß er lächelte. Er streckte den Arm aus und faßte sie an der Schulter, und sie legte ihre Hand auf seine. Nach einer Weile ging er ins Badezimmer und sie hörte, wie die Dusche angestellt wurde.

Wenn er wollte, dachte sie, könnte er die Tabletten zählen. Dann wüßte er Bescheid. Sie betrachtete sich in dem hell erleuchteten Spiegel, beugte sich ihrem Spiegelbild entgegen.

Vor einem Monat hatte sie eine Anzeige für Gesichtscreme gemacht, die in sämtlichen Frauenzeitschriften erschien. Man war auf sie gekommen, weil sie sich wieder in der Öffentlichkeit zeigte, wieder arbeitete. Es hatte sich um eine Werbung für Frauen gehandelt, die die Mitte Dreißig hinter sich hatten, und es war richtig gewesen, daß sie den Job angenommen hatte, denn in der Anzeige wirkte sie glatt und geschmeidig und sexy. Sie hatte dem Fotografen einen Gesichtsausdruck präsentiert, der sich für sie mit Rosalinde in *Wie es euch gefällt* verband – eine Rolle, die sie als Dreiundzwanzigjährige in New Haven gespielt hatte.

Lu Anne betrachtete im Spiegel ihr Rosalinde-Gesicht, sah sich in die eigenen Augen. Es muß Leute geben, dachte sie, die sich die Anzeige genau ansehen, die in diese Augen schauen.

Sie würden nichts finden, was sie bloßstellte. Rosalinde war ein Ausbund geistiger Gesundheit. Lee Verger liebte sie mehr als alle anderen Frauen.

Rosalinde im Spiegel lächelte, eine winzige Bewegung der Lippen auf einer Seite. Ich bin Rosalinde, die mit gutem Grund jemanden windelweich prügeln oder vollkommen grundlos rasend wütend werden kann.

Lee Verger erwiderte das Lächeln im Spiegel. Eine Stimme kam ihr in den Sinn, die sie jedoch nicht hörte – sie stellte sich lediglich vor, was die Stimme sagen könnte. Sie schloß die Augen, ballte eine Hand zur Faust und legte die Stirn darauf.

Als Lionel aus dem Badezimmer kam, richtete sie sich auf. Er hatte sich nach dem Duschen eine weiße Segeltuchhose und ein philippinisches Hochzeitshemd angezogen; er glühte. Wieder stand er neben ihr – genau dort, wo er vorher schon gestanden hatte –, kämmte sein spärliches rotblondes Haar und summte dabei «Don't Cry for Me, Argentina».

«Wie geht es dir?» fragte er nach einer Weile.

«Ganz gut», sagte sie und lächelte ihm zuliebe. «Hauptsächlich müde, glaube ich. Diese historischen Kleider, puh . . .» Sie schüttelte den Kopf. «Da kriegt man Mitleid mit den Frauen aus jener Zeit. Die Korsetts. Die Haarnadeln.»

«Hast du dein Medikament abgesetzt?»

«Oh, Liebling», sagte sie, «bitte hör auf damit.»

«Es tut mir sehr leid», sagte Lionel. «Es tut mir wirklich leid, wenn ich dich dränge. Aber ich muß es wissen.»

«Hast du sie gezählt?»

Er zögerte. «Ich hab kurz nachgeschaut.»

Sie war sich seines Mißfallens und seines Blickes, der auf ihr ruhte, bewußt und senkte beschämt den Kopf. Sogleich streckte er eine Hand aus und begann, ihren Nacken zu massieren. Sie konnte sich nicht entspannen. Seine Berührung, die kräftigen Finger, die ihren Hals kneteten, wirkten mechanisch und lieblos, getrieben von einer nervösen Unruhe.

«Du kannst dir nicht vorstellen, wie das ist», sagte sie.

«Nein. Sieh mal», sagte er sanft, «du hast dich benommen, als hättest du ein schlechtes Gewissen.» Er spitzte die Lippen, verlegen. «Wenn du ein schlechtes Gewissen hast, könnte das bedeuten, daß etwas nicht in Ordnung ist.»

«Du kannst dir nicht vorstellen, wie es ist, sich abzumühen und zu arbeiten, wenn man unter diesen verdammten Dingern steht. Die Augen schmerzen, und man kann sie nicht benutzen. Der Kopf ist tonnenschwer.»

Lionel zog seine Hand zurück. «Ehrlich, ich wünschte, wir hätten schon früher darüber gesprochen.»

«Lionel», sagte Lu Anne, «ich möchte etwas versuchen. Ich empfinde es als sehr anstrengend, unter dem Mittel zu arbeiten, und ich möchte versuchen, es eine Zeitlang abzusetzen.»

Sie sah zu ihm auf, aber er hatte den Blick auf einen Punkt irgendwo hinter ihr fixiert. Er wich ihren Bedenken, ihrem Unwohlsein aus. Er wollte es auf die einfache Tour, mit Tabletten. Sie fand, daß sie ihm das kaum zum Vorwurf machen konnte.

«Wann hast du aufgehört?»

«Vor einer Woche», sagte sie. «Mehr als einer Woche.»

«Und du fühlst dich gut?»

«Ja.»

«Du hast nicht halluziniert?»

«Oh, Lionel», sagte sie. Ein abwehrendes Schaudern und ein mitleidiges Lächeln schienen ihr die geeignete Reaktion.

«Erzähl mir keinen Blödsinn», sagte er scharf.

«Das tue ich nicht. Es ist mir gut bekommen.»

«Bist du sicher?»

«Ja», sagte sie.

«Wenn du das Medikament absetzt», erklärte Lionel, «kann ich nicht fahren.»

Lu Anne holte tief Luft, sah in den Spiegel und bedeckte die Augen.

«Halluzinierst du jetzt?»

«Nein», sagte sie.

«Sieh mich an!»

Sie starrte auf die Fußbodenfliesen. Plötzlich hob sie den Kopf und sah ihm in die Augen.

«Was erwartest du zu sehen?» fragte sie kalt. «Erwartest du, es zu sehen?»

Lionel nahm seine Brille ab und putzte sie mit einem Tuch. Er rieb sich die Augen.

«Als würde es», sagte sie, «meine Augen entstellen. Und ich müßte sie vor dem göttlichen Blick des Doktors verhüllen.»

«Es tut mir sehr leid», sagte Lionel. «Manchmal kriege ich solche Angst, daß ich nicht mehr normal reagiere.»

Sie beobachtete, wie er sich verwirrt abwandte, und ihr Herz war erfüllt von Mitleid und von Liebe für ihn.

«Es ist mein Feind», sagte er und sie glaubte, ein unterdrücktes Schluchzen in seiner Stimme zu hören. Er sah sie an. Seine Augen waren trocken. «Es macht mir angst. Ich hasse es.»

Sie ging zu ihm und nahm seine rechte Hand und küßte den

schwieligen Knöchel seines Zeigefingers, auf dem er in seinen Anfällen von Schrecken und Wut herumbiß. Er erduldete diese Anfälle, so dachte sie, um ihretwillen.

«Du bist mein Held, über alle Furcht erhaben», sagte sie zu ihm. «Mein Ritter.»

«Ich bin inzwischen soweit, es mir als das Böse vorzustellen», sagte Lionel. «Das ist ein Begriff, den ich immer vermieden habe.»

«Als unwissenschaftlich», sagte Lu Anne mit einem Anflug von Boshaftigkeit.

«Als bedeutungslos. Als ein Wort, das einem falschen Bewußtsein entspringt.»

«Er ist bar jeder Moral. Dieser . . . Zustand. Bar jener Moral, mit der du etwas anfangen kannst.»

«Das Böse», gab Lionel zu, «gehört nicht gerade zu den Begriffen, mit denen ich etwas anzufangen weiß.» Er hob seine Brille vor das Deckenlicht und prüfte die Gläser. «Schon sonderbar, daß es sich dabei um eine Stoffwechselerscheinung handeln soll. Wie Gicht.»

«Ein unverdautes Stück Fleisch», sagte Lu Anne, «wie Jacob Marleys Geist. Eine ungare Kartoffel.»

Lionel schlug sich so heftig in den Nacken, daß Lu Anne zusammenfuhr.

«Hier stehe ich, siehst du, Spezialist auf einem Gebiet der Medizin. In meinem Spezialgebiet gibt es zwei, vielleicht drei pathologische Grundzustände. Du liebe Güte», rief er, «vielleicht sogar nur einen einzigen. Ich kann ihn nicht heilen. Ich kann ihn lediglich behandeln. Ich durchschaue ihn nicht einmal!» Er ließ von seinem Nacken ab und starrte mit wildem Blick in den Spiegel. «Ich sollte mit einer Schüssel voll Blutegeln rumlaufen. Ich hätte Wahrsager werden sollen.»

Sie ging zu ihm und streichelte seine Wange. «Jedem seinen Arzt», verkündete sie. «Du bist der meine.» Sie spürte, wie er mit den Tränen rang; irgendwie gelang es ihm immer, sie niederzukämpfen. Sie hingegen hatte angefangen zu weinen.

Bei all seiner Weisheit war er unfähig, sie zu heilen. Ein Teil in ihr genoß die damit verbundene Freiheit; jener Teil, das bezweifelte sie nicht, der verrückt war und böse und den zu kennen Gefahren in sich barg. Dieser Teil genoß die Immunität gegen seine Fähigkeiten, seinen Scharfsinn und sein Mitgefühl. Es gab ein Gehölz, durch das hindurch er sie mit seinen heilenden Pfeilen nicht zu treffen vermochte, und es gab einen dunklen Fluchtturm.

«Nun», sagte er nach einer Weile, «ich soll also mitten in einem Film abreisen, nachdem du auch noch dein Medikament abgesetzt hast. Und was dann?»

«Ich krieg das schon hin.»

«Wirklich?»

«Lionel», sagte sie, «es ist genauso, als würde man unter irgendeiner anderen Droge zu arbeiten versuchen – Gras, Valium, Kokain. Man weiß nicht, was man tut. Man weiß nicht, wie man ist.» Sein starrer Blick unter den zusammengekniffenen Brauen schien nicht teilnahmslos zu sein. «Ich meine», fuhr sie fort, «ich kann meine Augen nicht benutzen. Ich komme mir vor wie ein Roboter. Das mag ja angehen, solange man nur mit Alan Cranston Tee trinken muß, aber wenn es um die Arbeit geht – naja, warum sollte jemand ausgerechnet mich engagieren? Die Auswahl ist unbegrenzt. Es gibt jede Menge Leute, die *ohne* Drogen eine miese Vorstellung geben können.»

«Ich verstehe, was du meinst», sagte er ungeduldig.

«Was ist mit den Nebenwirkungen? Mit nervösen Zuckungen als Folge übermäßigen Konsums von Psychopharmaka? Haben wir darüber schon mal gesprochen?»

«Lu», sagte Lionel, «mach dir keine Gedanken wegen irgendwelcher verdammter nervöser Zuckungen. Mach dir Gedanken darüber, daß du durchdrehen könntest. Mach dir Gedanken wegen eines zweiten Vancouver.» Er lief im Bungalow auf und ab. «Ich rede ganz konkret von Zwangsjacken, verstehst du? Ganz konkret von Gummizellen. Hast du Lust, das mal auf mexikanisch zu versuchen?»

«Ich will aufhören mit dem Zeug», sagte sie matt. «Ich will wie eine normale menschliche Schauspielerin zur Arbeit erscheinen. Ich möchte ein kleines, vorsichtiges Experiment . . . ich möchte ohne das Zeug auskommen . . . eine Zeitlang.»

«Ich kann das nicht zulassen, solange ich weg bin», sagte Lionel. «Die Risiken sind zu groß. Wir sind nicht zu Hause. Du könntest in einen sehr schlimmen Zustand geraten.»

Er setzte sich neben sie aufs Bett. Sie nahm seine Hand und sah ihm in die Augen.

«Wir waren uns immer einig, daß irgendwann eine Zeit kommen würde, wo ich es alleine versuchen müßte», sagte sie. Sie schluckte und leckte sich die Lippen – Manierismen, die sie sich abtrainiert hatte, die sie nie mehr hatte benutzen wollen, es sei denn ganz bewußt, in einer Rolle. Naja, dachte sie, jetzt spiele ich ihm etwas vor. Vielleicht tat sie das immer, tagein, tagaus. Vielleicht war alles, was jenseits der Schatten und der Alten Freunde lag, bloße Schauspielerei. Am Ende gab es gar keine Lee Verger.

Diese Vorstellung war so furchtbar und beängstigend, daß sie seine kräftige, magere Hand noch fester drückte.

«Jetzt ist der richtige Augenblick», sagte sie. «Solange die Kinder mit dir fort sind. Solange ich etwas tue, von dem ich so überzeugt bin. Mein Gott, ich möchte diese Tabletten aufgeben und diese Frau sein und ich selbst sein.»

Lionel sagte nichts. Sie hielt seine Hand, ohne ihn anzusehen.

«Vertrau mir, Liebling. Vertrau mir, und du wirst stolz auf mich sein. Ich werde ich selbst sein und es wird wunderbar sein.»

Etwas an seinem Schweigen beunruhigte sie.

«Wenn was schiefläuft, weil ich die Tabletten abgesetzt habe», sagte sie, «zeigen sich da nicht rechtzeitig irgendwelche Symptome?»

Sie hörte sein trockenes, bitteres Lachen. Vorsichtig löste er seine Hand aus ihrer und setzte sich in einen der Korbschaukelstühle, die die Kinder von der Veranda hereingeschleppt hatten. Die Stühle gehörten eigentlich zu den Requisiten, waren aber so bequem, daß jeder versuchte, sich einen unter den Nagel zu reißen.

«Ich beobachte die Symptome schon eine ganze Woche lang», sagte Lionel.

«Du hast mir nichts davon gesagt.»

«Ich habe gehofft . . .» setzte er an. «Ich wußte, daß du aufgehörst hast. Ich habe gehofft.»

«Und, war es verkehrt?» wollte sie von ihm wissen. «War es verkehrt zu hoffen?»

Er zuckte die Achseln. «Was weiß ich.» Es lehnte sich in seinem Schaukelstuhl zurück, legte die Füße in den Sandalen aufs Bett und schloß die Augen. «Ich habe gehofft.»

Sie ging zu ihm hinüber und kniete sich neben seine ausgestreckten Beine. Er schwieg wieder; es schien, als sei in dem Schweigen eine Botschaft für sie enthalten, aber sie konnte sie nicht entschlüsseln.

«Es war ein Wunder, daß in Vancouver nicht alles aufgeflogen ist», sagte er schließlich. «Ein Wunder, daß wir es unter Kontrolle behalten konnten. An jeder Kasse in jedem Supermarkt in ganz Amerika hätten die Illustrierten mit deinem Titelbild gehangen.»

«Ich war in erster Linie betrunken», sagte Lu Anne reumütig.

«Ich war dabei», sagte ihr Mann zu ihr. »Du warst betrunken und hattest deine Medikamente abgesetzt.» Er hielt die Augen geschlossen und rieb sich die Augenbraue. «Das geht bei dir Hand in Hand.»

«Du mußt mir vertrauen», sagte sie. «Dies ist der richtige Zeitpunkt.»

Noch mehr Schweigen. Dann nahm er die Beine vom Bett, stand auf und zog sie vorsichtig mit sich in die Höhe.

«Findest du, daß du besser arbeitest, seit du aufgehört hast, die Tabletten zu nehmen?»

Sie lächelte. «Ich nehme an, das ist eines der Symptome, die du beobachtet hast. Du hast die Muster gesehen, Lionel. Du weißt, daß sich meine Arbeit verbessert hat.»

«Mein Gott», sagte er.

«Ich will das nicht verlieren», schrie sie ihm ins Gesicht. «Es geht mir blendend. Ich will sie nicht wieder nehmen.» Heulend wandte sie sich ab. «Und wieder ein Sklave sein und meine Arbeit verlieren und unser Sexleben, wie ein Zombie. Ich will nicht, Lionel.»

«Es stimmt», sagte er. «Deine Arbeit hat sich verändert.» Seine Stimme war sanft und gedämpft, als würde er zu einem unbeteiligten Beobachter sprechen oder zu sich selbst. «In den Mustern machst du einen anderen Eindruck.»

Sie lachte und drehte sich auf dem Absatz um.

«Ich bin jetzt lebendig beim Drehen! Ich habe Gefühle und es gelingt mir, sie zum Ausdruck zu bringen. Ich meine, es ist so schwierig, einfach nur mit einer Kamera, Lionel. Aber jetzt schaffe ich es. Spielen nennt man das. Spielen und nochmals spielen.» Wieder tauschte sie mit der Rosalinde im beleuchteten Spiegel ein heimliches Lächeln. «Irgendwann», sagte sie, «solltest du Blakely überreden, dir seine Sammlung mit alten Mustern zu zeigen. Er hat eine ganze Truhe voll mit uralten Probeaufnahmen und Mustern – Zeug aus den goldenen Zeiten, die alten Stars. Mein Gott, wenn du Leute sehen willst, die abgefuckt gearbeitet haben, unter Beruhigungsmitteln, total kaputt, solltest du dir das ansehen. Monty Clift zum Beispiel. Die Junkies und Alkoholiker und ruhiggestellten Irren.» Sie faßte sich an die Brust wie eine Büßerin. «Es ist faszinierend, Lionel, aber es ist kein besonders schöner Anblick.» Sie hatte ihm den Rücken zugewandt, während sie sprach; als sie sich umdrehte, war er verschwunden. Aber er war nur hinausgegangen auf die Veranda. Die Dämmerung hatte einer sternklaren Nacht Platz gemacht. Die Tiki-Fackeln an der Böschung zum Strand brannten.

Er stand mit dem Rücken an die Wand aus Lehmziegeln gelehnt, die Fäuste geballt und das Kinn vorgestreckt.

«Ich habe eine seltsame Ahnung», sagte er zu seiner Frau. «Ich stelle mir immer vor, daß ich eines Tages über meine Schulter sehe – oder um eine Ecke biege –, und da steht eines von diesen Wesen und wartet auf mich. Eines dieser Wesen, die du siehst.»

«Sie haben einen Namen», sagte sie. «Das hilft, sie zu neutralisieren.»

«Sprich ihn nicht aus.» Hastig fiel er ihr ins Wort. «Nimm ihn niemals in den Mund.»

«Schon gut», sagte sie. Sie sah ihn an und verstand plötzlich, was das wiederholte Schweigen hatte bedeuten sollen, die raschen Übergänge von Wut zu Resignation, von obsessivem Besitzanspruch zu völliger Indifferenz. «Dr. Kurlander hat mir genau dasselbe gesagt. Daß ich ihn nicht laut aussprechen soll.»

Er würde fortgehen. Der chirurgische Griff, der wie Zärtlichkeit aussah, die wechselnden Stimmungen – das also war es, was sie zu bedeuten hatten. Er war müde, und er war fertig mit ihr. Acht Jahre geduldig ertragenen Martyriums, und endlich brachte er sich selbst in Sicherheit, sorgte für sein eigenes Wohl. Und warum auch nicht? dachte sie. Es war Versagen auf der ganzen Linie, bei ihm und bei ihr.

Eine kleine elektrische Lampe, die aussah wie eine Gaslaterne, verbreitete ein weiches Licht neben der Verandatür. Der Nachthimmel funkelte von Sternen. Er wandte sich nicht zu ihr um, während sie ihn über die Schatten hinweg ansah.

«Ich möchte, daß du engen Kontakt zu Kurlander hältst», sagte Lionel zu seiner Frau. «Ich werde mit ihm telefonieren, und er wird sich jeden Tag nach dir erkundigen. Wenn du Probleme hast, ruf ihn an. Du kannst es dir nicht leisten, das Medikament ganz und gar abzusetzen, du kriegst einen Zusammenbruch. Aber wenn du jeden Morgen eine halbe und abends eine halbe nimmst, kannst du dich vielleicht in dem augenblicklichen Zustand stabilisieren. Vergiß nicht, daß du schlimme Anfälle möglicherweise als eine gewisse Euphorie erlebst.»

«Also», sagte sie, «wenn ich anfange, mich allzu gut zu fühlen, stecke ich in der Patsche.»

«Du wirst dich nicht lange gut fühlen. Aber bloß keine Panik. Nimm wieder deine übliche Dosis.» Er drehte sich zu der cremefarbenen Wand und schlug dagegen. «Kein Alkohol, kein Gras, kein Dope – so leid es mir tut. Wenn die Dreharbeiten vorbei sind, sofort Rückkehr zu deiner gewohnten Dosis. Irgendwann», sagte er und streckte die Hand nach ihr aus, «wer weiß? Vielleicht finden sie etwas, das genauso gut ist, aber mit weniger Nebenwirkungen. Vielleicht hören deine Anfälle auf. Vielleicht stirbt einer von uns.»

«Der andere wäre immer noch da», sagte sie. «Und da wären immer noch die Kinder.»

«Vielleicht fällt die Bombe.»

«Oh, hab Vertrauen zu mir, Liebling«, sagte sie. «Hab Vertrauen zu mir, und ich werde dir etwas Wunderbares schenken.»

Lionel lächelte. «Einen Film.»

«Magst du keine Filme, Li?» fragte sie verbissen. «Eines sage ich dir, Schatz – und wenn sie mich auf einer Bahre von diesem Set tragen müssen, ich werde arbeiten.»

Er stand wie festgenagelt an der Wand, ohne sich zu rühren. Sie starrte ihn an und wußte, daß er sich nicht umdrehen würde, daß er Angst hatte vor ihrem Wahn. Süßer Lionel, sagte sie schweigend zu ihm. Ich werde den Boden hinter deinem schwindenden Schatten küssen. Nur laß mir meine Kinder.

«Du darfst nicht weinen», sagte er, als er sich schließlich zu ihr wandte.

Sie wischte sich mit dem Handrücken über das Gesicht.

«Warum bleibst du bei mir?» fragte sie ihn nach einer Weile.

«Weil», sagte er, «du für mich das Leben bist. Und das Leben werde ich nicht verraten. So einfach ist das.»

Einen Moment lang glaubte sie, daß sie sich geirrt hätte, daß er nicht gehen würde. Er küßte sie auf die Lippen, erst zart, dann heftig, dann ließ er sie los. Und da wußte sie, daß sie ihn verloren hatte.

So ist das also, wenn du das Leben verrätst, dachte sie. Aber du lebst trotzdem weiter.

«Und du», fragte sie ihn. «Wirst du zurechtkommen?»

«Ja, sicher», sagte er.

Sie nickte und wußte, daß das nichts weniger als die Wahrheit war. Er würde leiden, und dann würde er bestens zurechtkommen. Und ich werde dein Lied alleine singen, *mon cher*, sagte sie zu ihm. Wenn ich meine Kinder behalten darf. Im Zwielicht auf der unbeleuchteten Seite der Veranda nahm eines der Wesen Gestalt an.

Es waren vier Kinder, wenn man, wie sie es tat, das tote mitzählte. Die beiden kleinen Goldenen, Lionels perfekte Kreationen. Charles, das tote, in der Obhut der Alten Freunde. Ein Mädchen, das aussah wie sie und das sie kaum kannte, das in Baton Rouge bei ihrem Ex-Mann Robitaille lebte, weil Mama in Kalifornien verrückt spielte. Sie ließ ihre Hand an der Innenseite seines Arms herabgleiten und spürte die warme Seide, und sie hielt seine Hand, die Hand des Mannes, der all seinen Mut zusammennahm, um sie zu verlassen. Sie standen eine Weile beieinander, und Lionel sagte mit einer theatralischen Geste: «Nun denn! Uns bleibt immer noch die Hoffnung auf unser vornehm spätes Dinner, nicht wahr? Sofern wir nicht vorher verhungert sind.»

Sie brachte ein höfliches Lächeln zustande.

Lionel schnupperte die würzige Luft. «Ich glaube, ich mache einen Spaziergang», sagte er. «Ich werde mich verbergen und den Stand der Vorbereitungen für das Festmahl ausspionieren. Ich weiß nicht einmal mehr den Weg, so lange ist es her, daß wir zusammen bei ihm eingeladen waren.»

«Es ist nicht schwer zu finden», sagte sie zu ihm. «Es liegt am Ende des linken Weges. Ganz oben.»

«Wo sonst?» sagte Lionel und trat hinaus in die Dunkelheit. «Ich meine, Dinner mit Walter Drogue – wir haben es wirklich geschafft, meinst du nicht?»

«Absolut», sagte Lu Anne. «Alles zerfällt zu Staub, mein Schatz, aber spricht man von Dinner mit Walter, dann ist alles gesagt, was es zu sagen gibt. Sie sollten es als Programmpunkt in die Besichtigungstour bei Universal aufnehmen.»

Sie sah ihm nach, als er sich auf die Suche nach dem Weg machte; der Geschmack seines verräterischen Kusses lag noch warm auf ihren Lippen. Sie machte sie mit, die Universal-Tour. Als er aus ihrem Blickfeld verschwand, fühlte sie sich wie das Leben selbst, wie sein verdienstvoller Handlanger und Repräsentant.

Die Alten Freunde versammelten sich in der Dunkelheit; sie hatte jegliche Angst, jeglichen Zorn überwunden.

Sie hatte ihr Bestes gegeben – dessen war sie sicher. Für Lionel, diesen starken, entschlossenen, wahrhaft liebenden Mann, galt dasselbe. Sie meinte, den kleinen Charles weinen zu hören; sie hob eine Hand zum Mund. Alle hatten ihr Bestes gegeben.

Sie durfte ihn nicht hassen; es wäre verkehrt, und es konnte nichts Gutes daraus folgen.

Dann wurde ihr klar, daß Gordon Walker kommen würde.

Walker versuchte nicht, noch einmal anzurufen. Er nahm seinen Drink, den er neben das Telefon gestellt hatte, und ging zurück zu seinem Barhocker.

Vielleicht war sie am Apparat, dachte er. Vielleicht hatte sie einfach die Angst gepackt, als sie seine Stimme hörte. Vielleicht hatte sie ruhig überlegt und sich zu einem Nein entschlossen. Vielleicht war jemand anders am Apparat gewesen.

Aber es war Mexiko gewesen, das mexikanische Telefonsystem. Ebensogut war es möglich, daß er in eine tote Leitung gesprochen hatte, in eine sorglose, unbeschwerte Vergangenheit. Es gab soviel zu sagen, dachte er, ehe man eine Sache ruhen lassen konnte.

Die blonde Frau auf dem Hocker neben ihm hatte sich eine Zigarette zwischen die Lippen gesteckt, die sie mit einer Konstruktion aus Zeige- und Mittelfinger stützte. Das ganze erinnerte an eine kunstvolle Geste, dem *film noir* entliehen. Walker hatte das Feuerzeug in seiner Jackentasche bereits in der Hand, doch er widersetzte sich dem Impuls. Er wollte sie nicht abschleppen. Und obwohl er neugierig auf sie war, hatte er keine Lust, ein Gespräch zu erzwingen.

Er betrachtete sie im Kerzenlicht. Nicht schlecht fürs San Epo, dachte er. Die prinzipiell unerwünschten Eigenschaften, mit denen man bei Eroberungen in der Lounge normalerweise konfrontiert war, schien sie nicht zu besitzen, denn sie sah weder wie eine Prostituierte aus noch wie ein Mann im Fummel. Sie schien in der Tat eine gesunde, verwirrte und ein wenig unglückliche Frau zu sein, die auf einem Barhocker in San Epifanio Beach nichts zu suchen hatte. Er war im Begriff, ihr aus gewohnter Höflichkeit Feuer zu geben, als von irgendwo hinter seinem Rücken eine Flamme hervorschoß und sie ihre Zigarette herabneigte, um sie anzustecken. Sie lächelte unsicher über Walkers Schulter hinweg und murmelte einen Dank. Walker, der sich nicht umgedreht hatte, vernahm ein heiteres männliches Gelächter in einer sonderbaren Tonlage. Eine Stimme erklang, die sämtliche anderen Geräusche im Raum übertönte.

«Ich hatte kürzlich die Gelegenheit, Mount Palomar zu besuchen», verkündete die Stimme mit unsäglicher Ernsthaftigkeit, «und war erschüttert von der reinen Schönheit, die mich dort empfing.»

Eine solche Tonlage, überlegte Walker, ließ sich nur hervorbringen, wenn man die Luft hinab gegen das Zwerchfell preßte, seine eigene Stimme verschluckte und dann die Luft nach oben drückte, wie beim Singen. Verblüfft hörte er zu, wie die Stimme weiterplärrte.

«Überall, wohin ich in Kalifornien komme», singsangte sie, «bin ich – zutiefst berührt – von den herrlichen Ausblicken.»

Der ist hochgradig verrückt, dachte Walker.

«Haben Sie nicht ähnliche Erfahrungen gemacht?» wollte die Stimme von der jungen Frau an der Bar wissen. Es handelte sich wirklich um einen irritierenden Klang, die Tonlage war so schräg, daß sie kaum noch menschlich genannt werden konnte.

Zu Walkers Verblüffung lächelte die Frau immer breiter und begann zu stammeln. «Ich, natürlich . . . ja . . . das tue ich. Die Ausblicke sind umwerfend.»

«Was für ein wohltuendes Erlebnis», schmetterte die Stimme, «einer nicht minder begeisterten Anbeterin der Wunder der Natur zu begegnen.»

So unauffällig wie möglich drehte sich Walker zu dem Sprecher um. Er sah einen Mann von etwa fünfzig Jahren, dessen Nasenbein und Backenknochen offensichtlich irgendwann einmal gebrochen gewesen waren und der sich mit einem Haarteil, einem Hauch Theaterschminke und hellem Eyeliner geschmückt hatte. Walker krümmte sich zusammen und widmete sich wieder seinem Drink; er hatte gefürchtet, ein Gesicht zu sehen, das zu der Stimme paßte, und genau das hatte er gesehen. Es war ein lächelndes Gesicht, und das Lächeln entblößte zwei Reihen permanent zusammengebissener Zähne wie bei einem Bauchredner. Er fragte sich, ob er vielleicht halluzinierte. Er verscheuchte den Gedanken.

«Es gibt so wenige», behauptete der Mann, «die es vermögen, die Wunder auch tatsächlich zu sehen, die die Natur vor ihnen ausbreitet.»

Wie wahr, dachte Walker.

Der Mann schob sich zwischen Walkers Hocker und den der Dame und ergriff Besitz von ihrer Gesellschaft, während er Walker, seinem aus dem Feld geschlagenen Rivalen, eine massige Schulter zeigte. Walker drehte seinen Hocker ein wenig, so daß er sie weiterhin beobachten konnte.

«Ich weiß», sagte die Frau mit einem nervösen Lachen. «Der Durchschnittsmensch kann blind sein für Schönheit. Selbst wenn er direkt davorsteht.»

Walker schlürfte seinen Drink. Das Gespräch seiner Nachbarn begann ihn zu deprimieren. Er riß den Blick von den beiden neuen Freunden los, wandte sich um und stellte fest, daß Shelley eingetroffen war. Sie stand in einer offenen Tür, die auf die windige Terrasse hinausführte; sie lächelte, sie hatte ihn gesehen. Sie hatte einen gelbbraunen Kamelhaarmantel über die Schultern gehängt, trug eine Hose in der gleichen Farbe und dazu hohe Stiefel. Unter dem Mantel hatte sie eine Matrosenbluse und einen weißen Rollkragenpullover an. Ihr dunkles Haar war kurz geschnitten.

Sie winkte ihm zu, und er beobachtete, wie sie sich einen Weg durch das Barvolk bahnte. Als sie bei ihm ankam, stand er auf und küßte sie.

«Du siehst hübsch aus heute abend, Shell», sagte er ihr ins Ohr.

«Und du sieht auch hübsch aus, Gordo.» Sie legte ihre Hände wie einen Trichter um den Mund und krächzte: «Warum flüstern wir?»

Walker legte einen Finger auf die Lippen und richtete den Blick vielsagend auf das Paar neben ihm. Shelley betrachtete die beiden prüfend und sah dann mit einem Ausdruck erwartungsvoller Heiterkeit zu Walker. Ihre schwarzen Augen leuchteten so intensiv, daß er sich fragte, ob sie Drogen genommen hatte.

«Gehe ich recht in der Annahme, in Ihnen eine weitgereiste Besucherin unserer Strände vor mir zu haben?» fragte der dicke Mann mit seiner entsetzlichen Stimme. «Aus Großbritannien vielleicht?»

Die junge Frau, deren Akzent vermuten ließ, daß sie aus Süd-Indiana oder Illinois kam, erklärte zögernd, daß sie keine Besucherin aus Übersee sei.

«Welch eine Überraschung», ließ der Mann durch seine Stimme verkünden, während sein schweres Gesicht Überraschung zum Ausdruck brachte. «Ihre makellose Aussprache ließ mich mit Sicherheit davon ausgehen, daß Sie von den Küsten jenseits des Ozeans kommen.»

Walker sah weg. Shelley versteckte sich hinter ihm auf dem Hocker, legte ihr Kinn auf die Hände und grinste wie verrückt die Flaschen hinter der Bar an.

«Lassen Sie mich raten», tönte der Mann mit seinem morbiden Dauergrinsen. «Die Neuenglandstaaten vielleicht. Ich hab's. Ich vermute, in Boston liegt der Grund Ihres vornehmen Wesens.»

«Nein«, sagte die Frau. «Ich bin in Illinois geboren.» Sie kicherte. «Ich stamme aus dem tiefsten Binnenland.»

Walker sah Shelley an. Sie zwinkerte ihm zu und setzte einen Ausdruck naiver Herzlichkeit auf.

«Ah», krähte der dicke Mann. «Wie herrlich. Das Land Lincolns.»

Sie hörten, wie er sich als Ulrich oder Dulwich oder so ähnlich vorstellte. «Darf ich Sie zu einem Cocktail einladen?» fragte Ulrich oder Dulwich heiter. «Die Nacht ist jung und mir will scheinen, verwandte Geister könnten sich in uns vereinen.»

Shelley legte eine Hand auf Walkers Arm. Sie hatte einen freien Tisch entdeckt. Sie standen auf und gingen hinüber.

«Wie kommt es, daß du so was nie zu mir sagst, Gordon? Wie wär's, wenn du mich zu 'nem Cocktail einlädst?»

Er rief eine Kellnerin und bestellte auf Shelleys Wunsch einen White Russian. Gerade wollte sich die Kellnerin mit der Bestellung auf den Weg machen, da rief Shelley sie zurück.

«Sehen Sie den Mann dort an der Bar», fragte sie das Mädchen, «den Dicken mit der blonden Dame?» Die Kellnerin folgte Shelleys Blick. «Wir möchten ihm gerne einen Drink spendieren.»

«Laß den Quatsch, Shelley», sagte Walker.

«Wenn Sie ihm den Drink bringen», sagte Shelley, «sagen Sie ihm, daß wir es sind, die hier heute nacht die Arschlöcher ins Bett bringen. Und daß wir seine Nummer kennen.»

«Halt die Klappe», sagte Walker. «Vergessen Sie's», sagte er zu der Kellnerin. Die Kellnerin war groß und dunkel und hatte ein langes, melancholisches Gesicht. Ihr einer Mundwinkel zuckte und verriet den Ansatz eines sonderbaren, gleichgültigen Lächelns.

«Sie», sagte sie zu Shelley, «Sie haben doch mal hier gearbeitet.»

Shelley schlängelte die Augenbrauen à la Groucho Marx.

«Das stimmt«, sagte Walker.

«Und», fragte das Mächen, «Sie wollen also nicht, daß . . .?»

«Natürlich nicht», sagte Walker.

«Ich für meinen Teil stamme aus dem tiefsten Tougaloo», sagte Shelley zu Walker. «Darf man fragen, woher Sie kommen?»

«Es ist grauenhaft» sagte Walker. «Wie ein Kurzfilm über das Leben in freier Wildbahn.»

«Was für ein Tier ist er, eh, Gord?»

«Ich weiß nicht, warum wir immer noch hierherkommen», sagte Walker.

«Ich bringe dich hierher, damit du dir Dialoge anhören kannst», sagte Shelley. «Schließlich bin ich Freitag, der dienstbare Geist deines Agenten. Das gehört zu meinem Job.»

«Es ist so verdammt deprimierend.»

«Scheibchen vom richtigen Leben, Gordo. Das ist es, was wir von dir haben wollen. *Verismo*.»

«Siehst du den Typen? Sieht der wirklich so aus? Oder stimmt mit mir was nicht?»

«Nein», sagte sie. Sie sprach langsam, wohlüberlegt. «Das ist ein Kurzfilm über das Leben in freier Wildbahn.»

«Sie sieht ihn nicht.»

«Anscheinend nicht, nein.»

«Das ist Einsamkeit», sagte Walker. Er schüttelte den Kopf. «So schlimm kann es werden.»

«Oh, tatsächlich, Gordon? Erzähl mal.»

«Ich hoffe nicht», sagte er, «daß du mich hierher gelockt hast, um auf mir rumzuhacken.»

«Nein, mein Schatz, nein.» Sie tätschelte ihm die Hand und lächelte traurig, schüttelte heftig den Kopf und schnitt Grimassen.

Er beobachtete sie und fragte sich, ob sie auf Speed war. Natürlich ließ sich das bei Shelley schwer sagen, dachte er. Sie war ein unruhiges Wesen, immer in Bewegung. Selbst wenn sie still war, warfen ihre Phantasien Schatten, und hinter ihrem Schweigen verbarg sich eine mindestens dreifache Ironie. Sie stand ständig unter Strom.

«Und was treibst du so, Shelley?»

«Naja», sagte sie, «manchmal habe ich Rendezvous in schäbigen Hotels an der Pazifikküste. Manchmal fahre ich angeknallt durch die Wagenwaschanlage.»

«Wie ist es, machst du irgendwann deinen eigenen Laden auf?»

Sie betrachtete den Mann mit der Stimme und seine Begleiterin. Sie zuckte die Achseln.

«Ich bin nicht sicher, ob ich Agentin sein möchte, Gordon.»

«Natürlich willst du das», sagte er.

«Sieh mal», sagte Shelley und deutete mit dem Kinn auf den Mann, «er zündet sich 'ne Virginia Slim an. Die Eier werden ihm abfallen.»

Ein untersetzter Mittsechziger, eine akustische Gitarre in der Hand, kam an ihrem Tisch vorbei.

«Hiya, Tex», rief er Shelley zu. «Wie geht's dir, Kleine?»

«Hi», erwiderte Shelley strahlend und parodierte ihren eigenen Texas-Akzent. «Echt gut, hey.»

Der Alte sagte nichts darauf. Shelley kehrte ihm den Rücken zu, und er ging weiter, stieg auf die winzige Bühne des Miramar und fing an, sein Instrument zu stimmen.

«Der Wichser», sagte sie zu Walker. «Er denkt, er ist 'n Kumpel von mir. Als ich hier gearbeitet habe, hat er mich ohne mit der Wimper zu zucken eine Nutte genannt.»

«Ich kann mich gar nicht erinnern, wie lange es her ist, daß du hier gearbeitet hast», sagte Walker.

«Kannst du nicht, Gordo? Ich wette, das liegt daran, daß du nicht willst. Acht Jahre. Als ich von Paramount weggegangen bin.» Sie nippte von ihrem Drink und sah aus dem Panoramafenster. Die letzten Reste von Tageslicht waren im Himmel versickert, aber in der Miramar Lounge wurde kein Licht angemacht. «Ja, meine Güte. Acht Jahre ist es her, auf den Tag genau, wie man so schön sagt.»

«War 'ne witzige Zeit.»

«Oh, Menschenskind», sagte Shelley. «Und hatten wir es nicht herrlich? Klar hatten wir das. Und war ich am Arsch? Klar war ich das.»

«Ich erinnere mich schwach.»

«Ich erinnere mich glasklar. Bei mir gab's so kleine nette Besäufnisse. Erinnerst du dich an meine netten Besäufnisse?»

«Bis in alle Ewigkeit», sagte Walker.

«Jau», sagte sie. «Kleine nette Besäufnisse, und ich wollte Schauspielerin werden, und ich wollte deine Freundin sein. Wilde alte Zeiten, gar nicht übel.»

Der Alte mit der Gitarre fing an, auf der kleinen Bühne herumzutanzen. Er schlug auf seine Klampfe ein und spielte eine herzzerreißende Version von «Mackie Messer», die Frank Sinatra alle Ehre gemacht hätte.

«Diese Rattensau von einem alten Wichser», sagte Shelley. «Ich weiß nicht, ob ich das ertrage.»

«Wie kam er dazu, dich eine Nutte zu schimpfen?»

«Ach, Scheiße, ich nehme an, er hat's wirklich geglaubt.» Ihr Blick war auf den Sänger fixiert. «Also hab ich ihn zur Rede gestellt. Also hat er mich zum Teufel gewünscht und mich gefeuert. Jetzt bin ich eine alte Freundin von ihm.»

«Und das dir, der Tochter eines Rabbi.»

«Yeah, das stimmt, Gordon. Du erinnerst dich, wie? Scheint dich zu amüsieren.»

«Die rabenschwarzhaarige Tochter des Rabbi. Was für ein Bild.»

Sie blies ihm Rauch ins Gesicht. «Mein Vater war Seelsorger an einem Krankenhaus. Er war Klinikpsychologe, aber er war ordiniert, oder wie man das nennt.»

Walker nickte. «Ich glaube, das hast du mir auch schon erzählt.»

«Ich hab dir alles erzählt, Gordo. Mein ganzes Leben. Du vergißt mich allmählich, merkst du das?»

Er schüttelte langsam den Kopf. «Nein.» Er spürte, daß ihr Blick auf ihm ruhte.

«He, du machst keinen allzu guten Eindruck, alter Kumpel. In Seattle hast du besser ausgesehen.»

«Ich hatte gerade 'ne kleine Saufphase. Entsprechend seh ich aus.»

«Du hast 'ne Meise, Gordon. Du führst dein Leben, als wärst du fünfundzwanzig. Ich bin angeblich ziemlich hart im Nehmen, aber mit dir kann ich nicht mithalten.»

«Es handelt sich um einen Zusammenbruch der inneren Reserven. Was mich betrifft, meine ich.»

«Du solltest deine Vitaminpillen regelmäßig nehmen.»

«Connie hat mich verlassen», sagte Walker.

Er sah, daß sie ihn mit ihren sargschwarzen Augen fixierte. Shelley. Sie war immer auf der Jagd nach den Hintergründen. Vielleicht war es aber auch mehr, dachte er. Vielleicht machte sie sich Sorgen.

Sie richtete sich auf und betrachtete den Rauch ihrer Zigarette. Um ihren Mund lag ein bitterer Zug; für einen Augenblick wirkte sie gealtert und trübsinnig.

«Nun», sagte sie, «vor acht Jahren hätte ich mich gefreut, das zu hören.»

«Tut mir leid, daß du es vor acht Jahren nicht zu hören gekriegt hast», sagte Walker. «Dafür kriegst du es jetzt zu hören.»

Sie lächelte ein schmales, trauriges Lächeln.

«Um ehrlich zu sein», sagte sie, «Al hat es mir schon erzählt.»

«Ah. Du wußtest es also.»

«Ja», sagte sie. «Ich wußte es.»

«Und ziehst hier eine eiskalte Nummer ab.»

«Spiel dich nicht so auf, Gordon. Du kannst dich nicht an meiner Schulter ausweinen. Das ist doch alles nichts weiter als ein beschissenes Ritual. Sie wird schon wiederkommen.»

Er wandte sich von ihr ab. Die Kerzenflammen, die roten und grünen Laternen und die Gesichter der Gäste spiegelten sich in dem Panoramafenster auf der Seeseite. In der Scheibe wirkte alles warm und herzlich, ein gemütlicher Hafen.

«Ich hoffe, du hast recht.»

Sie nickte nur, ohne daß sich ihr schmales Lächeln veränderte.

«Vielleicht sollte ich es nicht so ernst nehmen», sagte Walker. «Aber ich fürchte, ich nehme es ernst.»

Ein Anflug von Zorn huschte über Shelleys Gesicht und zerstörte das komödiantische Lächeln. Ihre Brauen zogen sich zusammen.

«Tust du das wirklich, Gordon? Warum zum Teufel bist du dann . . .» Ihre Stimme bebte. Sie unterbrach sich mitten im Satz.

«Bin ich was, Shell?»

«Nichts. Ich misch mich da nicht ein.» Sie saß mit dem Gesicht zur Bar, und ihr Blick blieb einmal mehr an dem schmachtenden Verführer und seiner Auserkorenen hängen. In ihren Augen lag Beunruhigung. «Sieh ihn dir an, Gordon. Der frißt Scheiße, der Typ. Der ist die reinste Hyäne. Laß uns ihn rausschmeißen.» Sie drehte sich zu Walker um und faßte ihn am Ärmel. «Los, Mann. Du schaffst das. Früher hättest du das gemacht. Dem Dreckskerl eins auf die Zwölf gegeben.»

«Ich bin auf seiner Seite», sagte Walker. «Er ist ein *bon viveur*. Er ist ein Genießer wie ich.» Er nahm den Drink, der vor ihm stand, und leerte das Glas.

Shelley Pearce schüttelte traurig den Kopf und stützte ihn in eine Handfläche.

«Oh, Mann», sagte sie.

«Wir könnten natürlich eine Rettungsaktion für die Dame starten», sagte Walker. «Wir könnten sie bei uns auf dem Zimmer verstecken.»

«Bei uns auf dem Zimmer?» Vielleicht war sie wirklich überrascht. Ihm kam ihre Spätzündung ein bißchen übertrieben vor. «Wir haben ein Zimmer?»

«Ja, wir haben ein Zimmer. Für den Fall, daß wir eins brauchen.»

«Wie viele Betten hat es?»

«Wie viele Betten? Ich weiß nicht. Zwei, nehme ich an. Was macht das für einen Unterschied?»

Shelley war aufgestanden.

«Laß es uns ansehen. Ich glaube, ich würde gern ein bißchen im Pool schwimmen.»

«Im Pool», sagte Walker und lachte.

Sie lachte mit.

«Genau. Erinnerst du dich an den Pool? In dem heute abend vor acht Jahren die Angestellten nicht baden durften? Hast du eine Badehose mit?» Sie zerrte ihn aus dem Stuhl und hängte sich an seinen Arm. «Los, los, den letzten beißen die Hunde.»

Er folgte ihr an der Bar vorbei nach draußen. Der schmachtende Mann zwinkerte ihnen gelangweilt zu.

«Mögen Sie große Musik?» fragte er die blonde Frau gerade. «Symphonien? Concertos? Divertimenti?»

Sie fuhren mit dem Aufzug zum obersten Stockwerk und folgten dem schmutzigen Läufer bis vor ihre Tür. Das Zimmer dahinter war groß, mit hoher Decke und gelben Wänden, von denen die Farbe blätterte. Das Mobiliar war alt und hatte einen leicht chinesischen Einschlag. Die Klimaanlage lief auf Hochtouren, und es war sehr kalt im Zimmer. Walker ging zum Fenster und stellte sie ab. Eine Flügeltür führte auf einen schmalen Balkon, von dem aus man den Strand überblickte. Er schob den Riegel zurück, mit dem sie verschlossen war, und stieß sie auf. Eine wollüstige Brise von See vertrieb die schale Kälte im Raum.

«Das gefällt mir», sagte Shelley. Sie untersuchte die Betten und probierte, ob sie lang genug waren. Walker ging hinaus auf den Korridor, um Eis zu holen. Als er zurückkam, war sie auf dem Balkon und beugte sich über die Balustrade.

«Die Leute haben immer Eis runtergeschmissen», erzählte sie Walker. «Wenn wir die vorderen Tische bedienten, haben uns die Leute aus den Zimmern mit Eiswürfeln beworfen. Das machte einen total verrückt.»

Sie kam ins Zimmer, nahm Walker das Eis ab und zog aus ihrer Tasche eine Flasche warmen kalifornischen Sekt. Während sie den Draht vom Korken abdrehte, sah sie sich mit skeptischer Begeisterung im Zimmer um.

«Na», sagte sie, «die Einrichtung läßt an Scheußlichkeit wirklich nichts zu wünschen übrig, oder? Alles perfekt aufeinander abgestimmt.» Ihre Augen leuchteten.

«Bist du auf Speed, Shell?»

Sie drehte mit Hilfe eines Badehandtuchs den Korken aus der Flasche und goß den Sekt in zwei Wassergläser.

«Ich nehm kein Speed mehr, Gordon. Ich habe mit Drogen ziemlich wenig am Hut. Naja, ich hab uns einen Joint mitgebracht, und ich hab ein bißchen was geraucht, bevor ich losgefahren bin.»

«Es geht mir nicht darum, dich bei irgend etwas zu ertappen», sagte Walker. «Ich hab nur gefragt aus . . . Neugier oder so.»

«Klar», sagte sie und lächelte süß. «Du hast dich gefragt, ob ich immer noch ein pathologischer Fall bin. Bin ich aber nicht. Mir geht's einfach gut.»

«Mußt du dich anknallen, wenn du mich triffst?»

Sie neigte den Kopf und bedachte ihn unter zusammengezogenen Brauen heraus mit dem Blick einer Nymphe. Sie zündete einen Joint an. «Helfen tut es auf alle Fälle, Gordo.»

Walker nahm den Joint und rauchte ein paar Züge. Im Spiegel eines Toilettentisches am anderen Ende des Zimmers konnte er sich selbst den Rauch auspusten sehen. Das Licht war milde, das Gesicht im Spiegel weit weg und unscharf.

Auf Shelleys Kassettenrecorder lief «In a Silent Way» von Miles Davis. Sie nahm den Joint von Walker zurück; sie saßen schweigend da und atmeten die traurige, erhabene Musik. Das Dope war stark und süßlich. Nach einer Weile zog Shelley sich aus und kämpfte sich in einen aalglatten einteiligen Badeanzug. Er stand auf, um sie zu stützen, aber sie legte ihm die flache Hand auf die Brust und schob ihn sanft von sich.

«Ich will schwimmen», sagte sie. «Und zwar, solange ich noch weiß, was ich tue.»

Walker zog sich seine Badehose an. Sie sammelten Badetücher und ihre eisgefüllten Sektgläser zusammen und fuhren im Aufzug hinunter zum Pool.

Das Licht am Pool des San Epifanio Beach wurde allseits von der Dunkelheit bedrängt; schwarze Löcher und Schatten verbargen den Rost, den Schimmel und die Ratten auf ihren Beutezügen. Unter Königspalmen gab es Tische, pastellfarbene Badehütten, einen künstlichen Wasserfall.

Walker ließ sich in einen Klappsessel sinken; er war sehr high. Er spürte sein eigenes schlaffes Lächeln, während er beobachtete, wie Shelley zum Sprungbrett ging, sprang und sich in einem köstlichen Bogen der glänzenden, bewegungslosen Wasseroberfläche näherte. Auf der seinem Platz gegenüberliegenden Seite des Pools flackerten in der Lounge die Kerzen, das Geschnatter der Gäste war gedämpft, hinter Glas. In einem Stuhl in der Nähe lag schnarchend ein rotgesichtiger Mann mit offenem Mund, himmelblauer Windjacke und zitronengelber Schlabberhose.

Shelley tauchte auf, drehte sich wie ein Seehund auf die Seite und bedachte Walker mit ihrem vollkommensten Esther-Williams-Lächeln. Er trank seinen Sekt aus und schloß die Augen. Er hatte das Gefühl, etwas Angenehmes erwarte ihn, eine heitere Vorfreude sei angebracht – wenn er sich nur erinnern könnte, worauf sie sich bezog. Gemächlich, lächelnd, ließ er seine rauschhaften Phantasien durch die kunterbunte Landschaft streifen. Ein Kalifornien, das einmal gewesen war, die «Streben nach Glück»-Vergangenheit.

Was ihn überfiel, war Angst. Wie eine Explosion ließ sie ihn in die Höhe schnellen. Er saß wie erstarrt, hielt die Armlehne umklammert, kämpfte gegen den Tremor, den Schüttelfrost. Im Pool, ein paar Meter von ihm entfernt, zog Shelley Pearce ruhig ihre Bahnen.

Walker stand auf, ging zum Beckenrand, setzte sich auf die Fliesen und ließ die Beine ins Wasser baumeln. Shelley hatte ihr Sektglas dort stehenlassen. Er trank es aus und zitterte.

Kurz darauf kam Shelley zu ihm geschwommen.

«Willst du nicht baden?»

Er sah in das erleuchtete Wasser. Es fühlte sich faulig an, schleimig, wo es seine Knöchel umspülte. Er fand, daß es nach Katzenpisse und Ammoniak roch. Shelley streckte die Hand aus und berührte sein Knie. Er schüttelte den Kopf.

«Alles in Ordnung?»

Er versuchte zu lächeln. «Klar.»

In der Lounge sang der musikalische Geschäftsführer «Bad Bad Leroy Brown». Benommen und keuchend erhob sich Walker.

«Ich glaube, mir ist ein bißchen kalt», rief er Shelley zu.

Sie paddelte zu einer Leiter und kletterte aus dem Becken.

«Du siehst nicht gut aus, Gordon. Dir ist schlecht, nicht wahr?»

«Nein», sagte er. «Es ist nur das Gras. Es ist mir total in den Kopf gestiegen.»

Sie gingen händchenhaltend nach oben. Walker stellte sich unter die Dusche, wickelte sich in einen Bademantel und legte sich aufs Bett. Shelley Pearce stand nackt vor der Balkontür, sah hinaus auf die schwarze, dunstverhangene Fläche von Himmel und Ozean und rauchte. Es lief ein J. J. Johnson-Tape – «No Moon at All».

Als das Stück zu Ende war, spielte sie das Band noch einmal von vorne und summte leise die Melodien mit. Sie ging wieder zum Fenster und stand da wie eine Tänzerin in Ruheposition. Den einen Handrücken hatte sie auf die gebogene Hüfte gestützt, die andere Hand, am Gelenk im rechten Winkel abgeknickt, hielt eine Zigarette. Ihr Kopf war leicht zurückgelehnt, ihr Gesicht, das Walker nicht sehen konnte, der Dunkelheit draußen entgegengestreckt.

Er stieg aus dem Bett, ging durchs Zimmer, kniete sich hin und küßte sie auf die Schenkel, streichelte sie, das übliche Spiel. Seine Begierde gab ihm ein Gefühl der Sicherheit, der Ganzheit. Nach ein paar Minuten strich sie ihm durchs Haar, dann ging sie gleichgültig, traurig zum Bett, machte ihre Zigarette aus und legte sich auf die Seite, das Gesicht ihm zugewandt. Er hatte das Gefühl, daß sie weinte, als sie miteinander schliefen. Als sie kam, stieß sie einen sanften, klagenden Ruf aus. Nachdem er sich verausgabt hatte, war er fröhlich, er lachte, seine Angst war verflogen. Aber es lag etwas in ihren Augen, das ihn beunruhigte; sie leuchteten starr, ausdruckslos.

«Hallo», sagte er.

«Hallo, Gordon.»

«Hat Spaß gemacht, was, Kleine?»

«Ganz wie in alten Zeiten», sagte Shelley.

«Warum hast du mich wegen der Betten gefragt?»

«Weil ich arbeite, um meinen Lebensunterhalt zu verdienen», sagte sie. «Ich brauche meinen Schlaf. Wenn hier nur ein Bett gewesen wäre, hätte ich nach Hause fahren müssen.»

«Du gehst besser mit dir um als früher.»

«Yeah», sagte sie. «Alle gehen inzwischen besser mit sich um. Das muß man auch.» Nach einer Weile sagte sie, «He, Gordon, wieso schnüffelst du eigentlich hinter Lee Verger her?»

«Komm», sagte Walker. «Laß das.»

«Ich würde zu gerne von dir wissen, wieso du das für eine gute Idee hältst.»

«Schließlich ist es mein Drehbuch», sagte Walker. «Ich habe mein Bestes gegeben. Jetzt will ich sehen, was sie daraus macht. Übrigens möchte ich, daß ihr das für mich organisiert, du und Al.»

«Al will nichts damit zu tun haben, Bubele.»

«Dann mach es auf eigene Faust. Stell dich dumm. Sag ihm, du dachtest, es sei alles in Ordnung.»

«Warum gönnst du dir keine Ruhe?»

«Ich brauche keine Ruhe», sagte Walker.

«Ich wußte, daß du damit kommen würdest», sagte sie. «Al hat mir von eurem Lunch erzählt. Hat mich nicht überrascht.»

«Hast du bei ihnen angerufen?»

«Ich hab Charlie Freitags Büro angerufen und mit Madge Clark gesprochen», sagte Shelley mit tonloser Stimme. «Ich schätze, ein oder zwei Tage werden sie dich ertragen. Charlie mag dich. Charlie mag jeden. Sie müssen es mit der Produktion vor Ort besprechen, es wird also noch ein bißchen dauern, bis alles klar ist.» Sie starrte ihn an wie ein verängstigtes Kind. Er wich ihrem Blick aus.

«Wie wäre es, wenn du andern Leuten ein bißchen Ruhe gönnst? Connie zum Beispiel? Oder Lee. Warum läßt du sie nicht in Ruhe?»

Er schüttelte nur den Kopf.

«Sie ist eine gottverdammte Psychopathin.»

«Das hast du gesagt, Shelley.»

«Natürlich ist sie das, Gordon. Sie ist verrückt wie Katzenscheiße, und du solltest sie besser in Frieden lassen.»

«Ich will sie sehen», sagte Walker.

«Du gehörst in ein Krankenhaus», sagte Shelley Pearce.

Er lächelte. «Dein Boss hat mir genau das gleiche gesagt.»

«Klar», sagte Shelley. «Wir haben uns gegen dich verbündet.» Sie stand auf, ging zum Fußende des Bettes und lehnte sich gegen das Fußbrett. «Weißt du, was Verrückte am liebsten machen, Gordon? Am liebsten machen sie andere Leute verrückt.»

«Ihr irrt euch», sagte Walker, «du und Al.»

«Ihr Mann ist bei ihr. Ihre Kinder auch. Und da willst du dich reinmischen?»

«Ich will arbeiten», sagte Walker langsam. «Ich will wieder reinkommen. Ich brauche ein Projekt, das mir am Herzen liegt. Ich muß mit Menschen arbeiten, die mir am Herzen liegen.»

«Du bist total voller Scheiße, Gordon.»

«Werd nicht ausfallend», sagte Walker.

«Du bist ein Mörder, Mann. Es kümmert dich nicht mal, ob du am Ende überhaupt gefickt wirst, solange du eine Frau unglücklich machen kannst.»

Sie stand neben dem Bett und hielt sich zum Schutz gegen das grelle Lampenlicht eine Hand über die Augen. Dann kehrte sie ihm den Rücken zu, verschränkte die Arme und ging mit gesenktem Kopf zum Balkon.

«Jedesmal, wenn ich dich sehe, reden wir über dein Liebesleben. Nie reden wir über meins.»

«Wie steht's mit deinem Liebesleben, Shell?»

«Danke der Nachfrage», sagte sie.

«Ernsthaft.»

«Ernsthaft?» fuhr sie ihn an. «Naja, solange du nicht darin vorkommst, läuft alles ganz gut. Ich komme ohne dich klar . . .»

«Sehr gut.»

«Yeah», sagte sie. «Das ist der Stand der Dinge. Ich komme sehr gut ohne dich aus.» Sie drehte sich zu ihm um, und auf ihrem Gesicht lag ein verzerrtes Lächeln. «Das ist die reine Wahrheit. Keine Frage.»

«Gut», sagte Walker.

Sie hatte sich wieder abgewandt und sah hinaus in die Schwärze hinter der Scheibe; sie sang:

«I get along without you very well,
Of course I do.»

Sie sang es zweimal, schnippte dabei mit den Fingern und mußte sich anstrengen, den Ton zu halten. Er beobachtete, wie sie zurück zum Bett kam.

«Willste nich mitsingen, Gord?» Sie hob mit der Handfläche sein Kinn. *«Except when autumn rain . . .»* sang sie. *«Da dum de da da dum.* Erinnerst du dich, Gord?»

«Nein.»

«Nein», sagte Shelley. «Nee. Na, dann isses gut, Gordon. Denn dann brauch ich mich um dich nicht zu sorgen. Oder du dich um mich.»

«Oh, ich weiß nicht», sagte Walker mit einem Achselzucken. «Die Leute sollten sich schon umeinander sorgen.»

«Glaubst du das wirklich, Gordon?» fagte sie. «Glaubst du wirklich, Leute sollten sich umeinander sorgen?»

«Vielleicht», schlug Walker vor, «findest du ein solches Gefühl banal?»

«Nein, nein», sagte Shelley. «Nein, Baby, ich finde es bewegend. Ich finde all deine Gefühle bewegend.» Sie legte sich neben ihn. «Willst du noch ein bißchen ficken? Oder bist du zu betrunken? Sag's Mama.»

Langsam beugte sich Walker vor, griff nach der Sektflasche, die neben dem Bett stand, und trank. «Hör auf damit», sagte er ruhig.

«Ja», sagte sie. «Ja, schon gut.» Sie nahm ihm die Flasche aus der Hand. «Warum sie? Warum Lee?»

Walker schüttelte den Kopf. «Ich weiß es nicht.»

«Du glaubst, du hast sie erfunden», sagte Shelley. «Es wird dir noch leid tun.»

«Zweifellos», sagte Walker und schlief kurz darauf ein.

Liebliches, kostbares tropisches Dunkel hatte die Villa Liberia eingehüllt; sie war im Budget enthalten und sollte der Produktion den rechten Glanz verleihen. Irgendwo jenseits der Tiki-Fackeln gab es angestrahlte Zäune und bewaffnete Männer. Zusammen mit dem Jacaranda erinnerte Lionel diese Umgebung an Südafrika, den Houghton, an Zuhause.

Begleitet vom Rauschen der sanften Brandung stieg er den elegant geschwungenen Plattenweg zum Hotel empor, bis er zu einem breiten Absatz kam, von dem aus man die Bungalows und die Hauptgebäude mit ihren verborgenen Gärten und Swimmingpools überblickte. In der Lagune unter ihm, zu seiner Linken, dümpelten, mit hellen Lampen zum Nachtfischen ausgerüstet, ein paar Dorys an ihren Ankern. An der Küste in südlicher Richtung, jenseits des Zauns, waren die Lichter des Dorfes zu erkennen.

An dem Absatz teilte sich der Weg. Ein leicht abschüssiger Pfad führte hinunter zum düsteren Strand, eine Treppe mit korallenroten

Stufen hinauf zu den Casitas im oberen Teil des Hanges. Lionel lehnte sich gegen die Steine der Brüstung und kramte eine Zigarette hervor.

Am nächsten Morgen würde er nach Hause fliegen – Los Angeles, dann Rio, dann Johannesburg. Er war acht Jahre fort gewesen. Keines seiner Kinder hatte je die Großeltern gesehen. Ebensowenig kannten sie das wunderschöne, gegeißelte Land, die Winterrosen, Apartheid. Der Gedanke an die Reise, an die bevorstehenden Entdeckungen der Kinder und seine eigene Rückkehr erregte ihn. Die Kinder würden dort ihre Unschuld verlieren, ein klein wenig von den Lasten der wirklichen Welt auf ihre Schultern laden, Angst kennenlernen. Es war dort nicht alles so steril wie in Bahía Honda.

Er rauchte und dachte an seine Angst und an die Angst, die seine Kinder erben würden. Er und Lu Anne hatten über die Gefahr gesprochen. Sie waren sich einig gewesen, daß sie nicht sehr konkret war, daß die Nacht der langen Messer mit großer Wahrscheinlichkeit nicht gerade in genau diesem Monat dieses Jahres stattfinden würde, nur um ihre Kinder zu verschlingen. So schlecht meinte es das Schicksal selten. Und doch, dachte er, wird dort irgend jemandes Schicksal sich erfüllen. Irgendwann, früher oder später, würde irgend jemand auf einer Reise durch dieses Land nachts an der Seite seiner Kinder erwachen, vom Schicksal geschlagen.

Derzeit war es eine eingebildete Angst. Er machte sich keine Sorgen um sich und die Kinder, nicht wirklich. Seine langfristigen Befürchtungen waren ernst. Seine Eltern waren zu alt, um noch davonzulaufen, seine Schwester war verheiratet und hatte Söhne, alte Freunde aller Hautfarben waren selbstgerecht oder betrieben eine gefährliche Politik. Viele von denen, mit denen er seine Jugend verbracht hatte – in Houghton, Durban, am Kap – waren politisch aktiv, und er hatte nur eine vage Vorstellung von dem Leben, das ein solches Engagement ihnen aufzwang.

Er lebte als wohlhabender Arzt in Los Angeles, in einer anderen Welt; ein Hollywood-Psychoanalytiker, ein Klischee. Verheiratet mit einer Schauspielerin, deren Name der eine oder andere in Pietermaritzburg oder Maclear oder Aliwal North schon einmal gehört haben würde.

Dann kam ihm zu Bewußtsein, wie glücklich, wie froh er war, wegzufahren. Er zündete sich noch eine Zigarette an und beobachtete die funkelnden Lichter der Dorys.

Er stand da und rauchte und dachte an das lächerliche emotionale Elend, auf dem sein derzeitiger Broterwerb beruhte. Er war so erregt, daß es eine Weile dauerte, bis er begriff, daß die eigentliche Ursache seiner inneren Unruhe – seines Glücks vielmehr – die Tatsache war, daß er von hier fortkam. Von ihrem eingehend analysierten Wahn, ihrer alptraumhaften Unterwasserschönheit und ihren enttäuschten Augen.

Das Lachen einer Frau schreckte ihn aus seinen Gedanken. Das Lachen war so laut und selbstbewußt und unbekümmert, seiner einsamen Verzweiflung so fern, daß es ihn wütend machte. Er sah die Böschung hinauf und erkannte im märchenhaften Schimmer des Patios eine blonde Frau, die ihm den Rücken zuwandte. Sie saß auf einer der niedrigen gekachelten Mauern, die um die Whirlpools gezogen waren, und sie schien nackt zu sein. Soweit er erkennen konnte, hatte sie breite Schultern und eine schlanke Taille, war attraktiv im Sinne der neuesten kalifornischen Mode, einer Mode, die bei dieser Produktion Konvention war. Wie Lionel fand, sahen sich die Mädchen alle ziemlich ähnlich. Als er näher kam, erkannte er, daß zwei Männer brusttief in dem Whirlpool hockten, auf dessen Rand die Frau saß.

Ungewollt war Lionel auf das Gelände des Herrn Regisseurs geraten. Er begann, den Weg zurückzugehen, den er gekommen war, aber überraschenderweise entdeckte ihn einer der Männer in der Dunkelheit. Er hörte, wie sein Name gerufen wurde. Die Stimme verriet ihm, daß es sich bei dem Mann um Walter Drogue handelte. Die Frau war Drogues Frau Patty.

«Lionel», rief Drogue. «*Bienvenidos!* Kommen Sie her und trinken Sie einen mit.»

Mit einem Gefühl der Befangenheit trottete Lionel hinüber zum

Patio. Als er sich näherte, erhob sich Patty vom Rand des Jacuzzi und hüllte sich hastig in einen burgunderroten Bademantel. Der zweite Mann im Becken stand auf und kletterte ins Trockene, ohne daß er versuchte, seine Blöße zu bedecken. Er war älter, hatte graue Brust- und Schamhaare, sein Körper war schlaff und ausgemergelt. Er setzte sich in einen Stuhl und beobachtete aus schwarzen, aufmerksamen und ausdruckslosen Zigeuneraugen, wie Lionel näher kam.

Der Regisseur blieb im Becken und lächelte zufrieden. Er war sonnengebräunt. Sein dunkles Haar, das ihm in der Stirn klebte wie Napoleon in einer Cognac-Reklame, war kurz geschnitten und über den Ohren und im Nacken mit fast militärischer Präzision ausrasiert.

«Lionel», verkündete Drogue, «Sie und Patty kennen sich.»

«Natürlich», sagte Lionel. «Guten Abend.»

«Hi», sagte Patty und richtete ihre bernsteinfarbenen Augen auf ihn.

«Das ist mein Vater, Walter senior», erklärte Drogue seinem Gast und deutete auf den nackten alten Mann, der neben Patty Drogue saß. «Er wird die nächsten zehn Tage bei uns bleiben. Dad, das ist Lionel Morgen, Lee Vergers Mann.»

Walter Drogue senior war eine Gestalt aus den Nebeln der Legende, ein Zeitgenosse von Walsh und Sturges und Hawkes. Die Tatsache, daß er dieser berühmten Gestalt vorgestellt wurde, wirkte auf Lionel nicht gerade entspannend. Er war von der Nacktheit des alten Drogue peinlich berührt. Drogue senior bot ihm nicht die Hand zum Gruß, sondern legte sie – sie war übersät von hervortretenden Adern und Leberflecken – auf die karamelbraune Schulter seiner Schwiegertochter.

«Tja», verkündete Lionel mit einfältigem Enthusiasmus, der ihn selbst schon beim Zuhören ärgerte. «Es ist mir eine Ehre, Sie kennenzulernen, Mr. Drogue.»

«Yeah?» fragte der alte Drogue.

«Ich habe nur den Weg erkundet, wissen Sie. Wir waren noch nie im Dunkeln hier oben.»

«Ich bin froh, daß Sie gekommen sind», sagte Walter Drogue der Jüngere. Er war bis zum Kinn in dem strudelnden grünen Wasser verschwunden. «Das gibt uns die Gelegenheit, mal ganz informell miteinander zu quatschen. Ganz unter uns. Was möchten Sie trinken?»

Obwohl er verzweifelt eine Gelegenheit zur Flucht suchte, entschied Lionel, daß er gegen einen Drink nichts einzuwenden hatte. Und es gab wirklich Dinge, über die er und Drogue sich abseits der üblichen Gesellschaft unterhalten sollten. Die Gegenwart Pattys und des Alten würde er in Kauf nehmen müssen.

«Nun, da sage ich nicht nein», erklärte Lionel leutselig. «Ob ich wohl einen Whisky haben könnte? Einen Scotch?»

Er hatte seinen Satz kaum zu Ende gebracht, als sich Patty Drogue dem Griff des Alten entzog und in den Bungalow eilte.

«Na», sagte Drogue junior aus den Tiefen seines Whirlpools, «Sie halten's wohl nicht mehr aus hier, was?»

Lionel sah hinab auf den untergetauchten Regisseur und beschloß, davon auszugehen, daß er als Außenstehender freundschaftlich auf den Arm genommen wurde.

«Um ehrlich zu sein», sagte er, «ich habe die Zeit hier außerordentlich genossen.»

Patty Drogue kam mit einem Tablett voller Flaschen und Gläser und eisgefüllter Shaker zurück. Um Lässigkeit zu demonstrieren, griff Lionel nach einer Flasche Unblended Scotch und schenkte sich pur ein.

«Das ist gut», sagte der junge Drogue. «Es ist schon ziemlich verrückt, ganze Wochen so zu verbringen. Besonders, wenn man nicht richtig mitspielt. Es gibt eine Regel, die besagt, daß sich Locations und Ehepartner schlecht miteinander vertragen.»

«Wir sind ganz gut klargekommen», sagte Lionel. «Ich glaube nicht, daß wir uns gegenseitig behindert haben, Lu und ich.» Er sah hinüber zum Pool, wo Patty und der alte Drogue in Liegestühlen Platz genommen hatten. Offensichtlich gab es in diesem Familienkreis keine Gespräche ohne Zeugen. «Und wie ich sehe, haben Sie

Mrs. Drogue mitgebracht.» Der Whisky war weich wie ein guter Brandy. Lionel trank selten, aber dieses Glas wärmte ihm das Blut.

Patty Drogue lachte. Ihr Lachen hatte einen beunruhigenden Beiklang, als hätte er etwas Albernes gesagt.

«Das stimmt», sagte Walter. Auch er schien sich insgeheim zu amüsieren. «Ich nehme Mrs. Drogue überall mit hin.»

Lionel stellte eine selbstsichere Heiterkeit zur Schau, um zu zeigen, daß er in der Lage war, mitzulachen.

«Südafrika», sagte der junge Walter Drogue, «ist es einfacher in Südafrika?»

Lionel erhielt sein Lächeln aufrecht.

«Sie müssen wissen, daß meine Eltern dort leben. Meine Mutter schaffte es im letzten Moment, von Europa dort runterzukommen.» Er schwieg einen Augenblick. «Und natürlich legen sie großen Wert darauf, ihre Enkelkinder zu sehen. In ihrem Alter können sie nicht mehr mit allzu vielen Besuchen rechnen.»

«Ich wollte nichts gegen Südafrika gesagt haben, Lionel», sagte Walter. «Ich meine – warum sollten Sie dafür geradestehen? Sie sind schließlich von dort weggegangen. Um hier zu praktizieren.»

Lionel spürte, wie eine Anspannung sich in ihm ausbreitete. Er leerte sein Glas, und ehe er ein Wort sagen konnte, reichte ihm Patty Drogue einen neuen Drink.

«Ich bin weggegangen», sagte er. «Ich denke, ich hätte auch bleiben und mich dem Widerstand anschließen können. Ich meine ... Freunde von mir haben das getan. Aber meine Eltern wollten, daß wir alle weggehen. Ich und meine Schwestern.»

«Ihre Eltern spielen eine mächtige Rolle bei Ihnen, was?»

«Das mußt du gerade sagen», meinte Patty Drogue beiläufig zu ihrem Mann.

Walter junior zuckte gutmütig die Achseln. Der alte Drogue betrachtete sie aus seinen leeren, wachsamen Augen.

«Klappe halten, Exil, Gewieftheit», sagte Drogue senior aus der Dunkelheit. «Und jetzt hören Sie sich die Zipperlein der reichen Amerikaner an. Ihre Eltern können stolz auf Sie sein.»

«Was haben wir Lionel schon vorzuwerfen?» fragte Walter Drogue nachsichtig. «Wir haben unsere Filme da unten in rassengetrennten Kinos gezeigt. Das gleiche haben wir in unseren eigenen Südstaaten getan. Wir müssen für einiges geradestehen.»

«Wenn ich recht erinnere, war Mr. Drogue mal im Gefängnis», sagte Lionel und rülpste einen Teil seines Drinks herauf. Er fürchtete, unterwürfig zu erscheinen. «Vielleicht bin ich nicht aus dem gleichen Holz geschnitzt.»

«Vielleicht», sagte der alte Drogue. «Ich stand unter Anklage. Ich habe nie eine Strafe abgesessen. Das Leben besteht aus vielleicht. Vielleichts.»

«Laß ihn in Frieden», sagte der junge Drogue. «Er wird nicht dafür bezahlt, daß er sich diesen Mist von dir anhört. Fahr deine Attacken gegen einen Profi vom Team.» Er wandte sich mitfühlend an Lionel. Morgen meinte, allmählich ein Verhaltensmuster zu erkennen, dem zufolge jeder der Drogues irgendwann die Gelegenheit ergriff, ihn vor den anderen zu beschützen. Vielleicht würde ihm beim nächsten Angriff sogar der alte Herr zur Seite springen. Er starrte in die dunkle Ecke, wo Drogue senior auf der Lauer lag; es schien alles in allem eher unwahrscheinlich.

«Lassen Sie sich von ihm nicht beleidigen, Lionel. Er meint, das politische Bekenntnis sei seine Erfindung. Er meint, es sei seine Erfindung, sich der Gefahr einer Gefängnisstrafe auszusetzen.»

«Naja», sagte Lionel, «was mich angeht, hat er schon recht. Ich hatte Freunde, die sind ins Gefängnis gewandert, weil sie die Apartheid bekämpft haben, aber mir hat niemand ein Haar gekrümmt.»

«Wißt ihr, was die Contras sagen?» wollte der alte Drogue wissen. «Sie sagen, trau keinem Mann, der nicht gesessen hat.»

«Keiner verlangt von Ihnen, daß Sie mir trauen, Mr. Drogue», sagte Lionel. «Ich reise morgen früh ab.»

«Es liefen schon Wetten, ob Sie tatsächlich abreisen oder doch bleiben würden», berichtete der junge Drogue. «Stimmt's, Pat?»

«Muß ich sagen, was ich gewettet habe?» fragte Patty Drogue besorgt.

«Wetten?» fragte Lionel. «Ich verstehe nicht, warum man darüber hätte wetten sollen. Alle wußten von Anfang an, wie lange ich bleiben würde. Schließlich haben Ihre Mädchen meine Tickets besorgt.»

«Yeah, sicher» sagte Drogue. «Aber wir dachten, wenn Ihnen die Pistole auf die Brust gesetzt wird, würden Sie vielleicht ein bißchen flexibler in Ihren Plänen.»

«Mein Zeitplan ist alles andere als flexibel, Walter. Ich habe meinen Urlaub an der Klinik bis zum letzten Tag ausgereizt. Ich bin zigmal nach New Orleans und zurück gefahren. Ich habe ein Jahr gebraucht, meine Termine für diese Reise zu organisieren.»

Der junge Drogue warf ihm einen langen kühlen Blick zu und zuckte leutselig die Achseln. Patty starrte in das chirurgisch grüne Licht des Whirlpoolbeckens. Der Alte war im Spielzeugdschungel des Patios nicht zu sehen.

«Wir haben unsere Pläne nicht geändert», sagte Lionel. «Ich verstehe nicht, warum das irgend jemanden überraschen sollte.»

Walter stieg nackt aus dem erleuchteten Becken und schlüpfte in seinen seidenen Boxermantel, auf dessen Rücken YOUNG DROGUE gestickt war. Die geballte Nacktheit der Drogues begann Lionel zu ekeln und peinlich zu werden. Nach seinen Erfahrungen hatte bei solchen gemischten Begegnungen die bekleidete Seite gewisse Platzvorteile. Auf dem Terrain der Drogues schien das Gegenteil der Fall zu sein.

«Okay», sagte Walter Drogue der Jüngere.

«Tja», sagte Lionel, «da ich im Begriff bin, abzureisen, dachte ich, wir sollten uns vielleicht noch ein wenig unter vier Augen unterhalten.»

Der junge Drogue setzte sich auf einen Plastikstuhl, reckte sich und gähnte genußvoll. «Was für eine hervorragende Idee», sagte er zu dem Psychiater. «Patty», befahl er seiner Frau, «bring mir einen Drink, bitte. Und bring dem guten Doktor auch noch einen. Und dem ergreisten P.» Walter Drogue senior fluchte hörbar in seiner dunklen Ecke.

«Wir beuten Patty ein wenig aus», erklärte Walter Lionel. «Aber sie will es nicht anders.»

«Ich möchte unter vier Augen mit Ihnen sprechen», sagte Lionel.

«Das hier ist unter vier Augen, Lionel», sagte Walter Drogue. «Weniger Augen können wir unter gar keinen Umständen zulassen.»

«Es geht um Lu Anne», sagte Lionel.

«Machen Sie keine Witze.»

«Ich dachte, ich würde gerne wissen . . . aus einer zweiten Quelle, muß man wohl sagen . . . wie alles so läuft.»

Walter schenkte ihm ein mildes Lächeln. «Prima, Lionel. Alles läuft prima.»

«Sie ist ziemlich gut, oder?»

«Oh, ich würde sagen, das ist eine Untertreibung, Doktor. Sie ist immer gut, Ihre Lu Anne. Aber das hier ist was Besonderes.»

«Und der Film? Haben Sie, was den Film angeht, auch ein gutes Gefühl?»

«Lu Anne und ich sind der Film», sagte Walter Drogue. «Wir beide zusammen. Und wir sind einfach zum Anbeißen gut.»

«Ich habe mir immer gleich die Muster angeschaut, sobald sie kamen», sagte Lionel zu Walter Drogue, «und ich bin schwer beeindruckt.»

«Wir sitzen auf einem Schatz, mein Freund. Wir werden die Welt in Staunen versetzen.»

Patty brachte ein neues Tablett mit Drinks.

Lionel putzte seine Brille. Er hatte Kopfweh von dem Whisky.

«Ich dachte . . .» setzte Lionel an. «Ich wollte sichergehen, daß mit ihr alles in Ordnung ist.»

Der Regisseur schwieg. Lionel leerte sein Glas.

«Möchten Sie noch einen?» fragte Patty Drogue.

«O nein», sagte Lionel. «Im Augenblick nicht.»

«Es macht ihr Spaß, Drinks zu holen», erklärte Walter Drogue.

«Das ist meine Art der Wiedergutmachung», sagte Patty.

«Sagen Sie mir, was Sie denken», sagte Walter Drogue nüchtern. «Sie sind ihr Mann, Sie leben mit ihr zusammen. Sie sind . . . Spezialist, was das menschliche Verhalten angeht. Was meinen Sie, wie es ihr geht?»

«Ich glaube nicht, daß sie, seit sie nicht mehr auf der Bühne steht, sich jemals so mit einem Projekt identifiziert hat», sagte Lionel.

«Und das», sagte Drogue und blickte mit seinem strahlenden Lächeln in die Runde, «ist doch zweifellos eine gute Nachricht?»

«Naja», sagte Lionel, «schon.»

«Aber?»

«Ihre Augen», ließ sich der alte Drogue aus der Dunkelheit vernehmen. «Ich erinnere mich an ihre Augen aus der Zeit, als sie zum erstenmal in einem Film auftauchte.» Alle wandten sich ihm zu. »In den Hochglanzanzeigen kam das nicht richtig zum Ausdruck», fuhr der alte Drogue fort. «Da hätte man sie glatt überblättern können. Auf der Leinwand war's, da warfen einen ihre Augen glatt um. Ich erinnere mich», sagte er. «Als sie zum erstenmal in einem Film auftauchte.»

Lionel starrte auf die in der Dunkelheit kauernde Gestalt und überlegte, was er sagen sollte.

«Vor dem Ton», sagte der alte Drogue, «wären alle auf ihre Augen geflogen.»

«Was die Zeit angeht, kannst nicht einmal du mitreden», sagte Patty munter. «Kann man wirklich sagen: ‹Vor dem Ton›?» Sie machte sein tiefes Krächzen nach.

«Er war schon vor dem Ton dabei», erklärte ihr Mann. «Er hat bei *House of Sand* mitgemacht.»

«Man muß sich bloß mal die Augen aus jener Zeit ansehen. Das waren richtige Augen.» Er grunzte – ein Lachen oder ein Räuspern. «Die wußten, was ein hartes Leben ist.»

«*House of Sand!*» rief Patty Drogue. «Ich liebe das! Ich liebe es», erzählte sie Lionel, «wenn sie ‹vor dem Ton› sagen.»

«Das war der letzte Film von Everett French. Er war damals schon ein Säufer. Ich habe die Zwischentexte geschnitten.»

«Wie romantisch», sagte Patty Drogue. «Everett French, dessen Geist dem Gin verfällt. Wie Fitzgerald.»

«Also, erzählen Sie *mir* etwas», sagte der junge Drogue und wandte sich an Lionel. «Wie geht es meiner Schauspielerin und Ihrer Ehefrau?»

«Hören Sie», sagte Lionel. Er hatte Walter Drogue am seidenen Ärmel gepackt, am Ärmel seines Boxermantels. Als er bemerkte, daß die Drogues auf seine Hand starrten, zog er sie zurück. «Es gibt einen bestimmten Typus von Künstler, da werden Sie mir recht geben», sagte er in die Runde, «der sich als *halluciné* beschreiben ließe.»

«Dickens», sagte Patty Drogue begeistert. «Joan Miró. Was meinst du, Walter?»

Das Lächeln des jungen Drogue, Marke *faux naïf*, verkrampfte sich.

«Sicher», sagte er, und schon dieses eine Wort verformte sich in seinem Mund zu einer zynischen Nachahmung. «Dickens und Joan Miró.»

«Wagner», sagte der alte Drogue von seinem unsichtbaren Platz. «Mahler. Max Reinhardt.»

Lionel war beeindruckt von ihrer Bildung. «Das alles sind», sagte er, «wunderbare Beispiele.»

«Wie wäre es mit noch einem Drink?» fragte Patty.

«Nein, nein», sagte Lionel. «Ihre Gäste kommen bald. Ich muß gleich zurück, um Lu Anne zu holen.»

«Bela Lugosi hat bei Reinhardt den Hamlet gespielt», ließ sich der alte Drogue vernehmen. «Er wurde als der großartigste Hamlet des deutschsprachigen Theaters gefeiert.»

«Aber hier», erklärte Patty Drogue, «warteten Leute wie Abbott und Costello auf ihn.»

«Weil er ein Junkie war», sagte Walter, immer noch lächelnd. «Weil das hier Hollywood war.»

«Naja», sagte Lionel, «so jedenfalls schätze ich Lu Anne ein.»

«Als *hallucinée* also, Lionel?» fragte Patty. «Nicht als Junkie.»

«Nein, nein», versicherte Lionel. «Als *hallucinée*.»

«Wie Dickens», warf der junge Drogue ein.

Lionel schwieg einen Augenblick, dann lachte er höflich. «Nun ja, Walter, ich bin sicher, Ihnen brauche ich das nicht zu sagen. Aber einige Schauspieler legen ein gewaltiges emotionales Engagement in ihre Rollen. Sie können sich nicht beherrschen. Sie zahlen für ihre Arbeit einen sehr hohen Preis.»

«Und das gilt für Lu Anne, nicht wahr, Lionel?» fragte der junge Drogue.

«Nun», sagte Lionel, «ja. Ich meine, ich verstehe nicht allzuviel von der Schauspielerei – wie das von innen heraus funktioniert. Das ist für mich ein Geheimnis. Wie alle Geheimnisse finde ich es ein bißchen beängstigend.»

«Sie sind ein Philosoph, Lionel. Ein Forscher der Seele. Und Sie meinen, der Preis, den Ihre Frau in ihrem labilen Zustand für diese Arbeit bezahlen muß, könnte ein kleines bißchen zu hoch sein. Die Szenen, die wir von jetzt ab drehen, sind die intensivsten des ganzen Buches. Es ist ein Jammer, daß Sie dafür nicht bleiben können.»

«Tut mir leid», sagte Lionel. «Ich habe mittlerweile soviel Zeit hier unten investiert, daß ich mir schon vorkomme wie ein Leibwächter. Man hatte mir gesagt, die Dreharbeiten in Mexiko würden um diese Zeit abgeschlossen sein.»

«Das war letztes Jahr.»

«Ja. Aber letztes Jahr habe ich meine Reise geplant. Ursprünglich wollten wir gemeinsam fahren. Meine Eltern haben sich darauf eingerichtet. Mit der Schule der Kinder ist alles abgesprochen. Warum behandeln Sie mich wie einen Deserteur?»

«Kommen Sie, Lionel», sagte der junge Drogue. «Das tue ich doch gar nicht. Wissen Sie, wer Gordon Walker ist?»

«Er ist der Drehbuchautor.»

«Wußten Sie, daß er herkommt?»

«Ich habe was in der Richtung gehört», sagte Lionel. Kein Mensch hatte ihm ein Wort davon gesagt.

«Alter Freund von Lu Anne, stimmt's? Eine Art zweiter Dickens.»

«Ich weiß, wer er ist», sagte Lionel. «Ich weiß, daß er mal was mit Lu Anne hatte. Worauf wollen Sie hinaus?»

Der junge Drogue streckte ihm die offenen Handflächen hin. «He, Lionel, ich will nie auf irgendwas hinaus. Wenn ich was sagen will, dann sage ich es einfach.»

«Für mich hörte es sich so an», sagte Lionel, «als wollten Sie etwas andeuten, was Sie nichts angeht.»

«Nicht im Traum, Lionel. Nichts dergleichen. Sie müssen fahren, also fahren Sie.» Er seufzte. «Ich dachte nur, jeder von uns sollte wissen, was der andere empfindet. Sehen Sie, wir sind Kalifornier. Wir sind von einem zwanghaften Mitteilungsdrang. Wir sind übertrieben leutselig, und wir sind neugierig. Nehmen Sie uns das nicht übel.»

«Ich würde mir wegen Gordon Walker keine Gedanken machen, Lionel», sagte Patty Drogue besänftigend. «Ich meine, schließlich gibt es viel weniger Sex bei Dreharbeiten, als die meisten Leute glauben.»

Lionel drehte sich entgeistert zu ihr um. «Wie bitte?»

«Ach, soll er doch kommen», sagte der junge Drogue. «Vielleicht wird eine gewisse Spannung ihre Leistung noch steigern? Was meinen Sie, Lionel? Ich halte das für möglich. Wie dem auch sei», sagte er gutgelaunt zu Lionel, «wenn's drauf ankommt, spül ich das Arschloch mit einem Schluck Wasser runter.»

«Sie wird schon klarkommen», sagte Lionel. «Wir sind uns einig, daß es Zeit für sie ist, die Sache allein in den Griff zu bekommen.»

«Kein zweites Vancouver?» fragte Drogue vorsichtig.

«Sie wird klarkommen», sagte Lionel.

»Und Sie haben Kurlander darauf vorbereitet, daß er im Notfall einspringen muß? Hat er zugesagt, daß er kommt, wenn es nötig ist?»

«Das ist privat vereinbart.»

«Sollen wir ihn auf die Gehaltsliste setzen?» fragte Drogue. «Vielleicht sollten wir das machen.»

«Ich habe mich darum gekümmert. Ich glaube nicht, daß Sie ihn brauchen werden.»

«Ich bin sehr froh, daß wir Gelegenheit zu diesem Gespräch hatten», sagte Drogue. «Damit ist für uns alle klarer, woran wir sind. Übrigens, haben Sie das Drehbuch gelesen?»

«Natürlich», sagte Lionel Morgen. Aber er hatte es nicht gelesen. Er hatte einen Blick in das Buch von Chopin geworfen und ein paar der Szenen durchgeblättert, in denen seine Frau spielte. Das war alles. Sofort ärgerte er sich über seine defensive Lüge.

«Wir hatten gedacht, Sie würden bleiben», säuselte Patty Drogue. «Wir hatten gedacht, Sie würden zu dem Schluß kommen, daß Lee Sie braucht, und bleiben.»

«Ich habe angeboten zu bleiben», sagte Lionel teilnahmslos. «Trotz all der damit verbundenen Schwierigkeiten. Sie hat zugestimmt, daß ich fahre.»

«Nun ja», sagte der junge Drogue heiter, «Sie sind der Arzt.»

Getrappel und Rascheln auf der unteren Terrasse kündigte das Eintreffen der ersten Gäste an.

«Phantastische Augen», sagte der alte Drogue. Lionels Augen hatten sich an die Dunkelheit gewöhnt und er sah, daß der alte Drogue in seiner finsteren Ecke rittlings auf einer Hängematte saß, die zwischen zwei Dattelpalmen gespannt war. Er sah aus, dachte Lionel, wie ein alter Papagei auf einer schaukelnden Stange. «Aber ihre Filme spielen kein Geld ein.»

Lionel dachte an die Augen seiner Frau und daran, wie sein eigenes Gesicht sich in ihnen spiegelte. «Sie hat gesagt», erklärte er den anderen, «daß sie, wenn sie diesen Film nicht ohne mich zu Ende bringt, ganz Schluß macht.»

«Damit wäre ja alles klar», sagte der junge Drogue. Er stand auf und legte Lionel den Arm um die Schulter. «Sind Sie so gut und holen unsere Hauptdarstellerin rauf, Doc? Ohne sie können wir nicht feiern.»

Patty Drogue schob einen ganzen Dolly beladen mit belegten Broten über das Kopfsteinpflaster des Patios.

«Aus dem Weg», rief sie. Die Worte, mit denen sie in die Dunkelheit hinein die ankommenden Gäste begrüßte, hallten über den Abhang. «Hallo, Leute. Macht euch schon mal ein paar Drinks, solange wir uns umziehen.»

Walter Drogue entließ Lionel nicht aus seiner Umarmung, während er ihn zum Weg zurück begleitete. Am oberen Ende der roten Treppe schob Lionel Drogues Arm von seiner Schulter und begann langsam und schweigend den Abstieg, ohne die Leute zu beachten, die ihm entgegenkamen. Er gelangte zu dem Absatz, an dem er auf dem Hinweg stehengeblieben war, um die Lichter zu betrachten.

Drogues teurer Whisky rumorte in seinen Eingeweiden. Für einen kurzen Augenblick des Selbsthasses meinte er, sein eigenes Parfüm riechen zu können, aber es war nur der überreife, süße Duft der Umgebung.

Sie hatte ihn ihren Ritter genannt, und er ließ sie mit diesen Leuten allein. Er war wie betäubt angesichts seines eigenen Verrats. Auch wenn sie alles falsch verstanden, hatten sie auf ihre Weise recht damit, ihn zu verachten. Er liebte Lu Anne. Aber ihr Wahn war zuviel für ihn. Dieser Wahn war stärker als er selbst, und dieser Wahn war das Böse.

Das Böse, ein Wort, das einem falschen Bewußtsein entspringt.

Nun würde er abreisen, zusammen mit seinen Kindern, und in seinem fernen Land würde er über alles nachdenken, und dann würde er weitersehen.

Und vorher, erinnerte er sich mit Schaudern, galt es noch ein Dinner durchzustehen. Dinner mit den Drogues.

Das Dinner mit den Drogues fand unter der Weite des Sternenhimmels statt. Lionel war schweigsam und unbestimmt. Leute, die ihn nicht kannten, merkten nicht, daß er betrunken war, und meinten, er sei möglicherweise schwerhörig oder gar ein wenig langsam – wie jemand, der sich von einer Gehirnoperation erholt.

Lu Anne dagegen hatte ihren Mann noch nie in einem derartigen Rausch erlebt. Er machte eher den Eindruck eines betrunkenen Kricketspielers als den eines Doktor Svengali mit dem schizoiden Trilby im Schlepptau. Wer gekommen war, um mitzuerleben, wie er sie mit dem Löffelchen fütterte, wurde Zeuge, wie sie ihn auf dem Heimweg zu ihrer Casita beinahe tragen mußte.

Im Schlafzimmer blieb ihr nichts anderes übrig, als ihn auszuziehen und ihn mehr oder weniger ins Bett zu bringen. Er war überhaupt nicht mehr da, für sie nicht mehr als für irgend jemand anderen. Sie bemühte sich sehr, nicht an seine Abreise zu denken, und sie war müde und ein bißchen betrunken, und das half.

Als sie schließlich nebeneinanderlagen und der Mond durch das Fenster der Casita fiel, nahm er ihre Hand. Falls sie etwas sehen oder hören sollte, erklärte er ihr – irgend etwas, das vielleicht nicht wirklich da war –, bräuchte sie nur seine Hand zu drücken und ihn aufzuwecken. Als ob das möglich wäre, dachte sie. Sie versammelten sich bereits. Aber in dieser Nacht würde sie wenigstens schlafen.

Als sie schon glaubte, er sei tief entschlummert, überraschte er sie damit, daß er noch einmal ihre Hand nahm.

«Ich habe entdeckt», verkündete er, «wie es die Amerikaner angestellt haben, Sex zur Obszönität zu machen.»

«Was?»

Verwirrt raufte sie sich aus ihren Träumen. Aber er war schon wieder eingeschlafen, ohne ihre Hand loszulassen. Und so war sie allein mit der Dunkelheit. Mit der Einsamkeit. Was für ein schönes Wort, dachte sie. Und so schön auch auf spanisch, *soledad*. Es war der Name eines Gefängnisses.

Während sie weiter die Hand ihres Mannes hielt, begann sie zu beten.

In dem schmuddeligen Frühstückszimmer ließ sich Walker Roggentoast und Tee servieren. Ein harter, gleichmäßiger Regen hämmerte gegen die Scheiben der seewärtigen Fenster. Die rostigen schmiedeeisernen Scharniere klapperten im Seewind, und durch die vergammelten Rahmen drang Regenwasser und sammelte sich in kleinen Pfützen auf dem Schachbrettmuster des Fußbodens.

Er rauchte, sah hinaus in den Regen und würdigte die Morgenzeitung, die ausgebreitet vor ihm auf dem wackligen Tisch lag, keines Blickes.

Shelley war gegangen, als er noch schlief. Sie hatte ihm eine Nachricht hinterlassen mit dem Befehl, in der Stadt zu bleiben, bis er von der Agentur Näheres hörte, und sie am Nachmittag anzurufen.

Nach ein paar Minuten nahm er die Zeitung und ging auf sein Zimmer, um zu packen und das Ende des Regens abzuwarten. Kaum hatte er die Tür hinter sich geschlossen, präparierte er sich eine weitere Ladung Kokain. Er hatte keinerlei Pläne für den Tag, lediglich den Traum, nach Süden zu fahren. Wider alle Vernunft löste der Traum in ihm ein Glücksgefühl aus, er bedeutete für ihn Zuflucht und Flucht. Durch das Koke wurde er zum unentrinnbaren, zum mythischen Verlangen. Sein Puls ging schneller, als er am Fenster stand, auf die regengepeitschte See hinaussah und daran dachte, was ihn erwartete. Er spürte, daß es das einzige war, was ihm blieb.

Der Regen wurde stärker. Walker ging im Zimmer auf und ab. Seine Gedanken kreisten um das Drehbuch für *Das Erwachen*, und in ihm regte sich das Wohlgefühl des Besitzerstolzes. Er hatte das Drehbuch seit Wochen nicht in der Hand gehabt. Jetzt, als Gefangener des morgendlichen Regens, überkam ihn plötzlich ein heftiges Verlangen nach seinem Werk, und er fürchtete, daß er in dem Zustand innerer Leere, auf den er sich reduziert hatte, vergessen haben könnte, es mitzunehmen. Er holte seinen Koffer aus der Abseite und fand sofort beide Exemplare mit den blauen Einbänden. Er nahm eines und setzte sich in einen der muffigen elefantenfarbenen Lehnsessel, um darin zu lesen. Als er das Deckblatt aufschlug, rutschte zwischen den Seiten ein Luftpostumschlag heraus und landete auf seinem Schoß.

In dem Umschlag war ein Brief, einen Monat alt, den ihm sein jüngster Sohn aus dem Internat geschrieben hatte. Der Brief war gleich nach dem Ende des *Lear*-Engagements in Seattle gekommen, und Walker hatte ihn in der Absicht, ihn zu beantworten, mitsamt den Manuskripten weggepackt und ihn dann vergessen.

Nun saß er da, betrachtete den unbeantworteten Brief seines Sohnes und schmachtete in Schuld und Scham. Er war so betroffen, daß er ihn beinahe beiseite gelegt hätte. Seit seine Söhne aus dem Haus waren, hatte er ihnen stets regelmäßig geschrieben und verlangt, daß sie antworteten. Auch als die schriftlichen und telefonischen Antworten seines Ältesten, Tom Moore, genannt Deak, ausblieben – er überhaupt verstummte –, hatte Walker ihm weiterhin geschrieben und, wie er es nannte, kleine Strafpredigten für ihn verfaßt. Daß er Stuarts Brief vergessen hatte, machte ihm deutlich, in welch desolatem Zustand er selbst sich befand.

«Liebe Eltern», hatte Stuart Walker geschrieben. «Als ich heute morgen aufwachte, habe ich mich gefragt, wo wohl mein persönlicher Wechsel der Jahreszeiten bleibt? Hier ist es Mitte September, und der Zuckerahorn nimmt ehrfurchtsgebietende Farben an. Alles ist so, wie es sich gehört, nur ich nicht, weil ich es einfach nicht *fühle* . . .»

Walker faltete den Brief zusammen, legte ihn beiseite und stand auf, um aus dem Koffer sein Adreßbuch zu holen. Er sah auf die Uhr: In Maine war es kurz vor zwölf, und wenn er Glück hatte, erwischte er seinen Sohn jetzt zwischen der letzten Vormittagsstunde und dem Mittagessen auf dem Zimmer. Er suchte die Nummer, wählte und fragte den Jungen am anderen Ende der Leitung nach Stuart Walker. Sein Sohn kam an den Apparat.

«Mein Gott, Junge», sagte Walker, «es tut mir leid, daß ich nicht auf deinen Brief geantwortet habe. Es war ein wildes Durcheinander. Ich hatte zu tun.»

«Das ist doch prima, nicht?»

«Yeah», sagte Walker und gab sich Mühe, seine Stimme so klingen zu lassen, als sei es prima. «Lieber was zu tun als Däumchen drehen.»

«Hey, Dad», sagte der Junge. «Du weißt, daß Mom hier war. Sie war auf der Durchreise nach London.»

«Richtig. Wie ging's ihr?»

«Sie hat ziemlich rumgedruckst.»

«Tatsächlich?»

«Ehrlich», berichtete Stuart seinem Vater. «Sie war zum Brüllen. Gute alte Mom.»

«Das klingt gut», sagte Walker vorsichtig. Sein Sohn war schwer zu durchschauen, ein echter Politiker. «Dann war also alles bestens?»

«Es ging ihr prima», sagte Stuart. «Du mußt dir um sie keine Sorgen machen.»

Walker spürte, wie eine Welle gärender Wut in seiner Brust hochschwappte. Es gelang ihm ziemlich gut, sie zu bändigen.

«In deinem Brief hast du gesagt . . . du hast gesagt . . . daß du den Wechsel der Jahreszeiten nicht spürst. Ich hab mich gefragt . . . ob, weißt du . . . bei dir alles in Ordnung ist. Und wenn es dir irgendwann schlechtging . . . ob es dir immer noch schlechtgeht. Und wenn ja . . . habe ich gehofft», stammelte er weiter, «daß es inzwischen besser ist.»

«Ist es», sagte der Junge. «Naja, ist ja auch schon ein paar Wochen her.»

In der Tat, dachte Walker. Wie unbeirrbar dieses Kind Buch führte. Deak tat das nie, zumindest nicht auf diese unbarmherzige Weise. Auch Walker selbst nicht. Seine Frau schon, aber sie war sanfter. Sie konnte verzeihen. Das konnte ihr Jüngster nicht.

«Klar», sagte Walker senior. «Natürlich.»

«Ich glaube, ich war schlecht drauf, weil ich kurz davor mit Deak zusammen war. Du weißt ja, was in letzter Zeit mit ihm los ist.»

Walker hatte eine vage Vorstellung davon, in welcher Verfassung Deak im Laufe des vergangenen Jahres gewesen war, und sein Herz erstarrte vor Angst.

«Er schreibt nicht und ruft uns nicht an», sagte Walker zu seinem jüngeren Sohn. Ein Hauch von Wehleidigkeit hing auf seinen Lippen, ein Anflug von verständnisheischendem Gejammer. «Wir wissen nicht, was mit ihm los ist.»

«Manchmal werde ich wütend auf ihn», sagte Stuart. «Dann zieht es mich runter, weißt du, und ich wünschte, es gäbe irgendwas, was ich ihm – naja, einfach sagen könnte. Aber was soll ich ihm schon sagen? Es war immer Deak, der mir gesagt hat, wo's langgeht.»

«Was mir Sorgen macht», sagte Gordon Walker, «sind die Drogen.» Es fiel ihm nicht leicht, das auszusprechen; seine Söhne wußten über seine eigenen Vorlieben gut Bescheid. Und doch war es das, was ihm Sorgen machte.

«Yeah», sagte Stuart, und weiter nichts.

Walker zögerte.

«Und», fragte er schließlich, «habe ich Grund, mir Sorgen zu machen?»

«Nein», sagte der Junge ohne Überzeugung. «Ich glaube nicht.»

«Dealt er?»

«Das mußt du *ihn* fragen, Dad.»

«Ich dachte», sagte Walker, «weil wir ihn doch beide lieb haben ... daß wir uns ... so wie die Dinge stehen ... ein bißchen beraten könnten.»

«Oh», sagte Stuart. «Oh, na klar.»

Walker biß sich auf die Lippe.

«Hat deine Mutter ihn gesehen?»

«Yeah. Wir sind in Portland essen gegangen.»

«Gut», sagte Walker. «Und, wie war's?»

«Er war ein bißchen neben der Tasse», sagte Stuart. Der Anflug eines gutmütigen Lachens lag in seiner Stimme.

«O Gott», sagte Walker laut.

«Ich finde, wir sollten uns alle irgendwo treffen. Wir könnten alle zusammen nach London fliegen. Darauf würde Deak abfahren.»

«Ich weiß nicht», sagte Walker.

«Ich glaube», sagte Stuart Walker, «ich bin ein bißchen naiv.»

Walker seufzte. «Es feut mich, daß dir die Sommerferien mit der Theatergruppe Spaß gemacht haben.»

«O ja», sagte der Junge, «es war toll. Sie haben gefragt, ob ich wiederkommen will, klasse, was?» Zum erstenmal während des Gesprächs schien Stuart ohne kalkulierte Überlegung zu reden. «Nächstes Jahr, wow, ich freu mich drauf.»

«Und bist du dieses Jahr bei der Schulaufführung dabei?»

«Hey, Dad», sagte Stuart, «machst du Witze? Du weißt doch, daß ich dabei bin. Das heißt hier nicht Schulaufführung», fügte er hinzu. «Das wird hier nicht gerne gehört. Sie nennen es Maskenspiel. Weil wir hier alle so preppie und so präprofessionell sind.»

«Das ist es wahrscheinlich», sagte Gordon Walker, «wofür ich bezahle.» Er hörte seinen Sohn höflich lachen.

«Hör mal, Junge», sagte er. «Paß auf dich auf. Wir sehen uns Weihnachten.»

«Wie soll das dieses Jahr laufen, Dad?»

«Ich weiß noch nicht. Ich ruf dich an. Und Stu –» rief er, ehe der Junge einhängen konnte, «wenn du was von Deak hörst – wenn du ihn siehst –, sag ihm, daß er mich verdammt noch mal anrufen soll.»

Nach einer Weile nahm er Stuarts Brief und las ihn noch einmal. Die Lektüre bedrückte ihn; am Ende empfand er jene Mischung aus Niedergeschlagenheit und Sorge, die man gemeinhin als Weltschmerz bezeichnet.

Der Brief war gut, genau beobachtend, witzig, jungenhaft trübsinnig. Ein paar Sätze über den Beginn des neuen Schuljahres und ein paar Zeilen über Deak, besorgt und humorvoll zugleich. Größtenteils ging es um Stuarts Erlebnisse bei einer Sommertheatergruppe auf Rhode Island. Er berichtete ausführlich von den beiden Stücken, die gespielt worden waren – eine zehn Jahre alte Broadway-Komödie und *O Wildnis!* Er beschrieb die Demütigungen durch die gleichaltrigen Mädchen, die ihn wegen seiner Jugend aufzogen und zugleich um die älteren Schauspieler warben. Er beschrieb, ohne Namen zu nennen, wie er in geschickter, höflicher und liebenswürdiger Manier die Annäherungen eines homosexuellen Schauspielers abgewehrt hatte, der ein alter Freund seines Vaters war. Er schrieb vom wechselnden Publikum, von der Stadt, der Jugendszene, von einer Schauspielschülerin namens Blanche, die ihn einen nervtötenden Hanswurst geschimpft hatte. Es war ein köstlicher Brief. Jeder, der ihn las, mußte vermuten, daß sein Verfasser ein offenherziger, großzügiger und liebevoller Mensch war – lauter Eigenschaften, die, wie Walker wußte, auf seinen Jüngsten nicht zutrafen. Für Tom – Deak – galt all dies, oder es hatte für ihn gegolten.

Stuart Walker war begabt und hatte das gute Aussehen seiner Eltern. Für einen Siebzehnjährigen verfügte er über eine außergewöhnliche literarische Bildung, und er war gut in der Schule. Mit fünfzehn hatte er für ein paar Vorstellungen in einem surrealen englischen Stück auf einer Off-Broadway-Bühne gestanden. Seit jenem Debüt wurden ihm durchschnittlich zweimal im Monat Rollen angeboten. Die Erfahrung in einem Sommertheater war seinen Eltern als eine Möglichkeit erschienen, ihm ein wenig Demut beizubringen, und er hatte nicht widersprochen. Er war von einer frühreifen Lebensweisheit, war bereit abzuwarten, weiter zu studieren, zuzuhören und zu lernen. Bisweilen betrachteten Walker und seine Frau ihren Jüngsten mit abergläubischer Ehrfurcht, so strahlend erschienen seine Möglichkeiten.

In seinem Hotelzimmer mit Meerblick prüfte Walker den Brief ein weiteres Mal. Er entdeckte jetzt einen der Gründe, weswegen er ihn nicht gleich bei Erhalt beantwortet hatte, einen Grund, den er damals nicht erkannt hatte, der jetzt aber offensichtlich war. Stuart hatte den Brief als Gelegenheit genutzt zu demonstrieren, mit welch geradezu unheimlicher Perfektion er seinen älteren Bruder zu imitieren vermochte. «Unheimlich» war eines der Worte, mit denen die Kritiker Stuarts schauspielerische Leistung gepriesen hatten.

Er war ein gewitzter, zurückhaltender Knabe, vier Jahre jünger als Deak. Die äußeren Umstände oder ein strengeres Wesen hatten ihn verschlossen gemacht, hatten ihn härter und härter werden lassen, bis sein Herz zusammenschrumpfte. Stuarts Kindheitsjahre waren für Walker und seine Frau eine turbulente Zeit gewesen. Sie waren beide ehrgeizig, eifersüchtig aufeinander und wollten alles vom Leben. Connie hatte versucht, weiter zu arbeiten, zu proben, zu studieren. Die Geschichte mit Lu Anne fiel in jene Zeit. Wahrscheinlich waren sie beide nicht genügend dagewesen für das Kind, nicht auf die richtige Weise. Sie sprachen niemals davon, obwohl sie es beide wußten; es war zu schwierig.

Stuart hatte sich im Verborgenen gehalten und überlebt. Deak, liebevoll und sensibel, war in die Schlinge gegangen; als die Drogen kamen wie ein strafendes Unwetter, das alle unbehüteten Kinder hinwegfegt, hatten ihm weder sein Humor noch sein Charme geholfen. Der genügsame Stuart kam blendend zurecht.

Und um zu gefallen, zweifellos unbewußt, hatte Stuart nun Teile von Deaks Verhalten in sein unheimliches Repertoire übernommen und strahlte eine anheimelnde Wärme aus, die nicht die seine war. Die ganz Deak gehört hatte, als Deak noch kräftig und vom Schicksal begünstigt war.

Walker knüllte den Brief zusammen und dachte an Deak, sein leidenschaftlich geliebtes Kind, seinen Engel.

Geschwächt von innerem Schmerz stand er auf und ging zum Fenster. Wenn er – vielleicht, nur mal angenommen – einfach hindurchginge und über das Balkongitter, hätte die Qual ein Ende. Es gab so viele Möglichkeiten.

Wenn er hinausginge, würde er Deak töten. Deak würde ihm irgendwann folgen, wie er ihm in allem gefolgt war. Vielleicht würde er auch Stuart töten. Stuart würde aufblühen, würde seinen Ruhm und sein Glück genießen, aber irgendwann würde sein Niedergang beginnen. Für die Zugeständnisse, die er machte, würde er am Ende bezahlen müssen.

Also kamen Sprünge aus Fenstern und andere todbringende Maßnahmen nicht in Frage. Der Luxus, die Hoffnung einfach zu begraben, war ihm nicht vergönnt. Vielleicht würde die Hoffnung ihn zum Idioten machen und seinen Schmerz vertiefen, aber er war an sie gekettet wie jeder andere auch. Im Namen seiner Söhne, seiner selbst, sogar seiner Ehe. Er lehnte sich gegen das Sims neben der Balkontür, schloß die Augen und sog in tiefen Zügen die Hoffnung in sich ein. Es war eine Frage der inneren Reserven. Es war eine Frage der Fähigkeit, über den Tag zu kommen.

Als er reisefertig war, checkte Walker an der Rezeption des San Epifanio Beach Hotels aus und fuhr zurück auf den San Diego Freeway. Nach knapp einer Stunde war er am Bootshafen nördlich von Rosa Point.

Er fand eine Lücke auf dem Clubparkplatz, stieg aus und spazierte über die Pier. Der Regen hatte aufgehört; blasses Sonnenlicht drang durch die niedrige Wolkendecke. Vor der Landspitze lag ein Boot mit Anglern vor Anker, aber die See war noch unruhig und es waren wenig Segelboote unterwegs. Von der Bucht her wehte eine steife Brise und ließ die Riggs der Boote im Hafen klappern, lose Fallen mit einem endlosen metallenen Klirren gegen die Masten schlagen.

Eines der Motorboote im Hafenbecken war eine Vierzig-Fuß-Chris-Craft mit Flybridge; am Heck, auf einer glänzend lackierten Holzplatte, stand der Name SAM THE MAN. Walker blieb bei dem Boot stehen, lehnte sich an einen Pfahl und rief in die Kajüte hinunter.

«Quinn?»

Ein stattlicher Mann, sonnengebräunt und mit sandfarbenem Haar, kam aus der Kajüte und blinzelte Walker an. Sein Oberkörper war nackt, und er war kräftig gebaut, auch wenn sich über den Bund seiner Arbeitshose eine Speckfalte wölbte. Er trug ein rotes Tuch um den Hals.

«Hey, Gordo», sagte er und wischte sich den Mund, als wolle er ein Lächeln verbergen.

«Hallo, Sam.»

«Willst du 'nen Drink?»

«Ich will 'nen Schluck kaltes Wasser», sagte Walker.

Quinn tauchte wieder hinab in die Kajüte und kam mit zwei Flaschen klarer Flüssigkeit zurück. Eine reichte er Walker; die andere setzte er senkrecht an und trank in tiefen Zügen.

«Kannst du mich mitnehmen, Gordo? Ich vermute, du bist sowieso auf dem Weg zur Ranch rauf, stimmt's?»

«Klar», sagte Walker.

Sie gingen zurück zu Walkers Wagen und fuhren auf die Küstenstraße. Ein paar Kilometer südlich der Landspitze kamen sie an einem sichelförmigen Strand vorbei, der zwischen zwei Felsklippen eingezwängt war; im Meer davor lauerten mindestens zwanzig gierige Surfer mit ihren Brettern im kabbeligen Wasser auf eine Welle. Walker hielt an, und sie stiegen aus und stapften durch das Eiskraut, das vollgemüllt war mit Bierdosen und Plastiktüten.

«Unkraut vergeht nicht», sagte Quinn.

Walker blieb dicht vor dem Rand der Klippe stehen und zündete sich eine Zigarette an.

«Ich hatte mal einen Traum», sagte Quinn. «Ich träumte, ich hätte ein Netz, fünfhundert Meter breit. Ich hätte einen Schlepper, eine Galeone mit schwarzen Segeln.» Er wandte sich zu Walker um, der sich in die Sträucher gehockt hatte. «Im Schutz des Nebels würde ich mich anpirschen, verstehst du, und ich würde mein Netz ausbringen und die ganzen jungen Gockel fangen und mit dem Netz einholen. Meinen Laderaum vollpacken mit ihnen. Jungens. Mädchen. Ganz egal.» Er griff in die Hosentasche, brachte einen Joint zum Vorschein und zündete ihn an. «Würde die ganze Küste zwischen Mendocino und Imperial Beach abfahren. Dann, wenn ich einen guten Fang beisammen hätte, würde ich nach Dschidda segeln. Das ganze Gesocks als Sklaven an die Araber verkaufen.»

Walker ahnte, wie stark der Joint sein würde, und lehnte ab, als er an der Reihe war.

«Du hast Lu Anne von der Idee erzählt», sagte Walker. «Ich kenn die Geschichte von ihr.»

«Süßes Ding», sagte Quinn. «Sie arbeitet unten in B. H.»

«Ich weiß», sagte Walker. «Ich fahre runter, um sie zu besuchen.»

Quinn grinste ihn von der Seite an. Eine der Kronen auf den Vorderzähnen des Mannes war mit einem goldenen Totenkopf verziert.

«Wunderbare Frau. Gib ihr 'nen Kuß von mir, Mann.»

Sie stiegen wieder ein und fuhren weiter bis zu einer Stelle, wo der Highway von einer Schotterstraße gekreuzt wurde, die beiderseitig von Gewächshäusern gesäumt war. Dort bogen sie ab. Hinter dem letzten Gewächshaus folgten Reihen von Avocadobäumen, dann stieg die Straße an und wand sich an der Seite eines Canyon empor. Die Hügelkuppen waren von gelbem Binsengras überwuchert. Auf den Hängen landeinwärts wuchsen Mooreichen und Kakteen. Die Straße führte über zahllose ausgetrocknete Flußbetten und Seitencanyons, bis sie vor einem Viehgatter endete. An dem

Holzzaun hing ein Schild mit der Aufschrift: VORSICHT! SCHIESSWÜTIGER WAFFENFREAK. Auf einem weiteren Schild stand: UNBEFUGTE RISKIEREN LEIB UND SEELE. Jenseits des Zauns war ein Pappelhain, und hinter den Bäumen lag ein altes weißes Fachwerkhaus mit einer angrenzenden Scheune und einem Ententeich.

Walker parkte vor der Scheune neben einem staubigen Bentley, dem ein Rad fehlte.

«Im großen und ganzen alles wie gehabt?» fragte er Quinn.

«Ja und nein», sagte der große Mann. «Es tut sich hier und da ein bißchen was. Und wie läuft's bei dir?»

Walker erzählte ihm, daß seine Frau nach London abgereist war, berichtete von dem Stück in Seattle und von seinen Plänen, Lu Anne zu besuchen. Quinn bekundete mit einem kurzen Nicken seine Zustimmung.

«Connie war schon immer 'ne Bürgerliche.»

«Connie war ein verdammter Held», sagte Walker.

Ihn überraschte das Ausmaß des Trennungsschmerzes, den er verspürte, wenn er an sie dachte. Er fing gerade erst an zu begreifen, daß es ein für allemal vorbei war mit ihren Heldentaten und daß sie nicht zu ihm zurückkommen würde.

Jahrelang war es ihrer ruhigen Entschlossenheit und ihrem guten Gespür zu verdanken gewesen, daß er überlebt hatte; plötzlich nutzte sie diese Eigenschaften in ihrem eigenen Interesse. Damit hatte er nicht gerechnet. Er fühlte sich betrogen.

Was ihn anging, so hatte er niemals aufgehört, sie zu lieben. Jetzt mußte er sie aus seinen Gedanken verbannen, mußte sie in jenen weißen Hohlraum tief in seinem Innern sperren, in dem er alle Elemente seines Lebens verwahrte, über die nachzudenken ihm allzu große Schmerzen bereitete. Er könnte es schaffen, dachte er; er war zäh und selbstsüchtig genug.

Mit zunehmendem Alter wuchs die Zahl der Dinge, die er aus seinem Bewußtsein zu verbannen suchte, und in gleichem Maße wuchs seine Fähigkeit, diese Verbannung dauerhaft zu gestalten.

«Wie du meinst, Gordo.»

Hinter dem Haus war ein kleines Gelände mit einem Hundezwinger, einem Rinderpferch und einem umzäunten verwilderten Garten. An dem Zaun hingen in Abständen leere Milchkannen, die sich im Wind drehten. Die Ranch lag gut geschützt in einer warmen Mulde; die Hügel hielten den Seewind ab. Der Himmel war blau.

Walker und Quinn trugen Stühle auf die Veranda.

«Lu Anne», sagte Quinn nachdenklich. «Ist 'n guter Typ. Ich hab mich gefreut zu hören, daß sie wieder arbeitet.»

«Sie hat 'ne Hauptrolle», sagte Walker. «Mein Drehbuch.»

«Yeah, hab ich alles gehört.» Er schaukelte langsam vor und zurück und musterte seinen Gast. «Wie geht's ihrem Kopf?»

«Ich hab sie lange nicht gesehen», sagte Walker. «Was hast du sonst noch gehört?»

Quinn zuckte die Achseln. «Nicht viel. Daß sie vor Jahren einen Arzt geheiratet hat. Einen Psycho. Wahrscheinlich praktisch für sie, immer einen zu Hause zu haben.»

«Yeah», sagte Walker.

«Scharf, wenn sie für 'nen Oscar nominiert würde bei 'ner Rolle, wo sie 'ne Ausgeflippte spielt», sagte Quinn.

«Ja», stimmte Walker zu. «Und wir haben immer unsere Witze darüber gemacht.»

«Aber sie ist gut», sagte Quinn. «Das ist der Punkt. Es gibt niemanden, der besser ist als Lu Anne. Nicht da unten. Nicht in New York.»

«Was ist mit dir, Sam? Irgendwelche Jobs?»

Quinn lächelte und ließ seinen Totenkopf blitzen.

«Zu alt und zu fett», sagte er. Er ließ sich in seinen Schaukelstuhl zurücksinken und sah in den Himmel. Walker folgte seinem Blick und sah zwei Drachenflieger, die hoch über der nächsten Hügelkuppe schwebten. Sie waren herrlich anzusehen und flogen, wie Walker fand, unglaublich hoch. Sie schienen den Wind zu beherrschen, der sie trug.

«Scheiße», sagte Quinn, «sieh dir das an.»

«Nerven sie dich?» fragte Walker.

«Nah», sagte Quinn. «Ich kriege das Heulen, das ist es. Findest du nicht, daß das der richtige Kick ist, Mensch? Das ist die richtige Art zu leben, Gordo. Der grauen Ratte mitten ins Auge sehen.»

«Ich finde, das tun wir doch alle irgendwie.»

«Wir sind kleine Würmchen», sagte Quinn. «Wir pissen uns ins Hemd und jammern.»

»Ich wollte mal hören», sagte Walker, «ob du was für mich hast.»

Quinn sang mit sonorem Baß: «*Got yo' weed, got yo' speed, got yo' everything.*»

«Ich bin auf'm Scheißtrip», erklärte Walker. «Ich nehme viel Blow, und außerdem trinke ich. Ich muß mich ein bißchen trockenlegen. Ich brauche Downers.»

Quinn verzog das Gesicht und stieß einen hohen, kichernden Schrei aus.

«Ach je, Gordo. So was hab ich nicht. Ich hab Blow. Speed. Sinsemilla. Keine Downers. Außer, wart mal, ich könnte dir Heroin besorgen, aber das ist nichts für dich in deiner Verfassung.»

«Um Gottes willen», sagte Walker. «Ich will raus aus dem Teufelskreis.»

«Tut mir leid, Mann.»

«Dann muß ich eben warten, bis ich unten bin. Ich hoffe, daß sie Siriwai als Arzt für die Produktion engagiert haben.»

«Siriwai ist inzwischen ein erfolgreicher Modeheiler mit eigener Krebsklinik. Ich bezweifle, daß er überhaupt noch bei Filmproduktionen arbeitet.»

«Im Ernst?»

«Sicher doch. Er hat ein riesiges Gelände in San Carlos Borromeo. Er behandelt Krebskranke.»

Walker saß schweigend da und betrachtete die schwarzbraunen Bretter des Verandabodens.

«Wenn du sowieso runterfährst», sagte Sam Quinn, «ist es für dich kein allzu großer Umweg. Ich bin sicher, der alte Siriwai könnte dir das Richtige verpassen, wenn ihm danach ist.»

«Vermutlich», sagte Walker.

«Tut mir ehrlich leid, daß ich dich mit leeren Händen wegschicken muß, Gord. Kann ich dir 'nen Drink anbieten? Einen Blow vom Feinsten?»

«Oh, immer», sagte Walker.

Quinn stand auf und ging in die Küche. Walker schaukelte in seinem Stuhl und beobachtete die Drachenflieger. Als sein Blick wieder zur Erde wanderte, bemerkte er eine junge rothaarige Frau, die mit einem kleinen, etwa dreijährigen Jungen an der Hand von der Scheune heraufkam. Die junge Frau sah ihn an, als würde sie ihn wiedererkennen. Er konnte sich nicht erinnern, sie je zuvor gesehen zu haben. Er lehnte sich in seinem Schaukelstuhl zurück und sah zu, wie die beiden näher kamen.

«Hallo», sagte er, als sie die Veranda erreichten, und bedachte das Kind mit einem freundlichen Lächeln.

«Du bist Gordon Walker», sagte die Frau.

Walker war es nicht gewöhnt, daß man ihn beim Namen kannte. Die Frau, die vor ihm stand, sah aus wie viele Frauen in Los Angeles; sie hatte ein gutes Gesicht, gab sich ein bißchen jünger, als sie war. Sie machte den Eindruck eines Menschen, der sich nicht gänzlich von einer schweren Krankheit erholt hat.

Plötzlich erschien auf ihrem Gesicht ein wundervolles Lächeln.

«Du kannst dich nicht an mich erinnern», sagte sie. «Ich bin Lucy Brewer. Ich hab in *Stover* die radikale Mieze gespielt.» Das Kind, das Lucys rotbraunes Haar hatte, maulte und zerrte an ihrem Arm. «Frau, muß ich wohl eher sagen. Natürlich haben sie von meiner Rolle 'ne Menge rausgeschnitten.»

«Klar», sagte Walker. «Natürlich erinnere ich mich an dich.» Ihm fiel absolut nichts ein zu Lucy Brewer, und nur sehr wenig zu ihrer Rolle. *Stover* war ein total zusammengestoppeltes Projekt gewesen, Jahre her. «Ich hab Probleme mit Namen», versicherte er ihr. «Aber Menschen vergesse ich nie.»

«Ich kann mich erinnern, du hattest einen süßen kleinen Jungen. Du hast ihn mit ans Set gebracht.»

«Ich hab zwei», sagte Walker. «Inzwischen sind sie nicht mehr klein.»

«Naja, damals war er ein süßer kleiner Kerl.»

«Er ist inzwischen Schauspieler», erzählte Walker.

«Noch einer von unserer Spezies, was?» Lachend hielt sie ihren eigenen kleinen Jungen mit beiden Händen fest. Das Kind riß sich schließlich los und lief in Richtung Rinderpferch davon.

«Tja, die süßen kleinen Kinder», sagte Walker.

«Wir kommen gerade von unserem Naturlehrpfad. Wir haben uns die Tiere und den Friedhof angesehen.»

Walker kicherte freundlich. Sam Quinn brachte ein Tablett mit zwei Drinks. Daneben stand ein winziges Glasfläschchen mit Kokain, dessen Verschluß mit einem Kettchen befestigt war. Als er Sam sah, machte der kleine Junge kehrt und kam zur Veranda zurückgerannt.

«Sam Sam Sam», rief der Kleine.

«Was für einen Friedhof?» fragte Walker. Quinn reichte ihm einen Drink.

«Ah», sagte Sam Quinn, «wir begraben die Tiere. Wir machen richtige kleine Beerdigungen.»

«Und wir haben Hexter begraben», krähte der kleine Junge.

Quinn seufzte. «Wir müssen darüber reden», sagte er zu Lucy. «Ich meine, ernsthaft.»

«Wir haben unseren Hund begraben», sagte Luca heiter. «Hexter.»

«Oh», sagte Walker. Vor ein paar Jahren hatte er einen vielversprechenden Drehbuchschreiber kennengelernt, einen Landsmann aus Kentucky, der auch Hexter hieß. Hexter war vor einiger Zeit nach New Mexico umgesiedelt.

Lucy zog das Kind an sich. Der gleichmäßig starre Blick in Quinns Augen schien sie zu bedrücken.

«Also», sagte sie zu Walker, «viel Glück.»

«Gleichfalls, Lucy», sagte Walker. Er winkte dem kleinen Jungen. Lucy nahm das Kind bei der Hand und führte es ins Haus.

Sam Quinn setzte sich mit dem Rücken zu einer imaginären Brise, tauchte die Deckel-Löffel-Vorrichtung in das Fläschchen mit Kokain und schnupfte. Als er fertig war, schraubte er den Deckel zu und reichte Walker das Gefäß.

«Ich bin ein Mörder», erklärte Quinn. «Ich ermorde meine Feinde. Ich vergrabe sie unter meiner Scheune, und dann trinke ich Champagner aus ihren Schädeln.»

«Es war gerade die Rede von einem Hund», sagte Walker.

«Wir waren Freunde», sagte Quinn. «Er stand mir sehr nah. Dann fing er mit diesem verdammten Lachgas an, und das hat er *nicht* von mir gekriegt. Einmal kommt er von Taos rauf und hat den Pickup voll mit Kanistern. Wir feiern Parties, es ist phantastisch, nur daß er nicht wieder damit aufhört.» Quinn schniefte und rieb sich mit dem Handgelenk die Nase. «Und eines Morgens geh ich aufs Klo und da liegt Hexter in der Badewanne. Unter Wasser und mausetot, und der Kanister steht neben ihm auf dem Boden. Was soll ich also machen, Noguchi rufen? Ich will die verdammten Bullen hier nicht haben. Ich hab den Mann geliebt, Gordon. Er war wie ein Bruder.»

Walker nahm eine Prise von Quinns Koke. Es war erstklassig, besser als seins. Er vertrieb seine Ängste und die Sorgen um seine Söhne. Er betrachtete Quinn mit einem großmütigen Lächeln.

«Ich hab ihn in ein Ölfaß eingeschweißt, und wir haben die Bibel rausgeholt und ihn zur letzten Ruhe gebettet. Er war geschieden, hatte keine Kinder. Er ist heimgekehrt, Mensch, er ist in Abrahams Schoß.» Quinn zuckte die Achseln. «Stimmt schon – es klingt irgendwie ekelhaft.»

«Verstehe», sagte Walker und führte sich noch ein winziges Löffelchen zu Gemüte.

Sie schlürften ihre Wodka-Tonics. Die Drachenflieger verschwanden hinter der Hügelkette landeinwärts.

«Ich muß raus aus diesem Geschäft, Gordo. Ich bin mit den Nerven am Ende. Mein Leben ist in Gefahr. Und außerdem muß ich an Lucy und Eben denken.»

«Komisch», sagte Walker. «Ich kann mich nicht erinnern, Lucy schon mal irgendwo begegnet zu sein.»

«*Stover*», sagte Sam Quinn. «Seitdem hat sie nichts mehr gemacht, soweit ich weiß. Sie hatte ein Speedproblem und war mit ein paar verrückten Männern zusammen. Ich hab ihr da rausgeholfen.»

«Ist das Kind von dir?»

Quinn schüttelte den Kopf. «Ich kann dir nicht verraten, von wem das Kind ist, Gordo. Ganz großes Tier. Inzwischen verschieden.»

«Du mußt da raus», sagte Walker. «Ich dachte, du würdest dein Leben lang Stunts machen.»

«Yeah, ich bin dazu auserkoren, in einer brennenden Postkutsche zu sterben. Aber ich bin zu alt für so was, da liegt das Problem. Ich sage dir, Gordon, Drogen über vierzig, das geht an die Substanz.»

«Du könntest Koordinationen übernehmen. Du bist schon überall gewesen. Du verstehst 'ne Menge vom Filmgeschäft.»

«Meine Drogengeschichten sind in der Branche bekannt. Früher hat das nichts geschadet. Aber heutzutage kommt das nicht mehr so gut.» Quinn leerte sein Glas und stellte es beiseite. «Ich müßte umziehen. Vielleicht rauf nach Newhall – ich hab da oben 'ne Menge alter Freunde, die mir was besorgen könnten. Ich müßte Lucy hier wegbringen, sie muß runter von dem Zeug. Ich müßte mein Boot verkaufen, das Land hier verkaufen – ich würde das Zehnfache von dem kriegen, was ich bezahlt habe. Es gibt verdammt noch mal ein paar hundert Dinge, die ich tun müßte. Aber so, wie die Dinge liegen, weiß ich nicht, wo ich anfangen soll. Ich will nie wieder pleite sein, Gordon, ich bin nicht mehr daran gewöhnt.»

«Also», sagte Walker, «wenn es was gibt, wobei ich dir helfen kann, dann laß es mich wissen.» Er stellte sein Glas ab. «Du meinst wirklich, Doc Siriwai würde mir was geben, wenn ich in Borromeo vorbeifahre?»

«Ich bin vollkommen sicher», sagte Quinn. «Ich sehe ihn ab und zu.» Sie standen auf; Quinn gähnte und reckte sich. «Lee Verger», sagte er. «Die gute alte Lu Anne. Sag ihr meine allerbesten Grüße, hörst du.»

«Mach ich.»

Sie schüttelten sich die Hände, und Walker setzte sich hinter das

Steuer seines Wagens. Als er durch den Pappelhain fuhr, überholte er Lucy und Eben. Lucy lächelte; sie hatte sich über das Kind gebeugt und versuchte, es dazu zu bringen, ihm zu winken. Walker grüßte zu den beiden hinüber. Als er in Sichtweite des Meeres war, kam ihm Nebel entgegen.

Als sie fort waren, setzte sie sich an den Strand vor ihre Casita. Sie war nicht mit zum Flughafen gefahren, hatte nur in der Auffahrt vor dem Hauptgebäude gestanden und ihnen zum Abschied gewinkt. Lionel und die sonnenverwöhnten Kinder, mit glücklichen Gesichtern. Freuten auch sie sich, von ihr wegzukommen? Sie waren sensible Kinder, sie hatten ein paar Dinge miterlebt, die sie nicht hätten miterleben sollen. Bei der Abfahrt hatten sie sich nicht umgedreht, um zu winken oder ihr noch einen Blick zuzuwerfen, und das hatte ihr weh getan und ihr angst gemacht. Es war nur die Aufregung, hatte sie gedacht, als sie den Plattenweg zurückging. Aber es war, als seien ihre Blicke auf eine heile Zukunft gerichtet gewesen, an der sie keinen Anteil hatte.

Immerhin blieb ihr die Arbeit. Aber sie hatte noch ein paar Stunden Zeit, bis sie dran war; ungefähr zwanzig Minuten verbrachte sie mit Atemübungen, ehe sie in dem kleinen Pool im Patio ein paar Bahnen schwamm. Lu Anne war eine gute Schwimmerin und der Pool nicht viel mehr als ein Planschbecken; sie brauchte zwei Züge pro Bahn und machte am Ende Rollwenden. Sie hielt durch, bis sie aus der Puste war und ihre Schultern schmerzten.

Der Himmel über ihr war bleiern; in der Ferne zuckten die Blitze eines Wärmegewitters. Am Rand der Lagune, wo das Grand Isle-Set lag, konnte sie die Männer arbeiten hören. Wochenlang hatte sie die laufenden Motoren der Sattelschlepper und das röhrende Geräusch der Planierraupen ertragen müssen. Lange Reihen von Tagelöhnern, bewaffnet mit Macheten, hatten Kakteen niedergemetzelt, das Unterholz nach Skorpionen durchforstet, dem riesigen Kran eine Schneise geschlagen. Inzwischen war alles fertig, das Gelände geebnet. Ein Fahrweg aus ein mal vier Meter großen Platten, in drei Lagen übereinandergelegt, führte von den Dünen bis hinein in die seichte Brandung. Nur noch gelegentliche Schreie und vereinzeltes Gelächter, das Jaulen einer Bohrmaschine oder die Schläge eines Hammers klangen über die friedliche Oberfläche ihrer geschützten Bucht. Aus der anderen Richtung, wo der ungezähmte Pazifik zwischen engen Felsen um die Landspitze schäumte oder sich auf den schwarzen Sand der Playa China warf, hörte sie das Tosen der Brandung, gedämpft vom ablandigen Wind und der schützenden Bergkette.

Das, dachte sie, wäre der richtige Ort zum Schwimmen, um sich die Selbstverleugnung vom Körper zu spülen, um zu kämpfen. Sie saß mit geschlossenen Augen friedlich in der Sonne, stellte sich die Brandung vor, deren Tosen leise an ihr Ohr drang, und schob alle anderen Gedanken so gut sie konnte beiseite.

Es wurde heftig an die Tür der Casita geklopft. Verärgert erhob sie sich; vor der Tür stand Jack Best, zuständig für die Betreuung der Presse, zusammen mit einem Autor namens Dongan Lowndes, der gekommen war, um für ein angesehenes Magazin einen Artikel zu schreiben, und der nicht, wie immer wieder betont wurde, zu dem endlosen Heer der lästigen Lohnschreiber gezählt werden durfte.

In Lowndes' Begleitung bemühte sich Jack Best, der sehr wohl zum endlosen Heer der lästigen Pressebetreuer gezählt werden durfte, um eine gewählte Ausdrucksweise.

«Miss Verger», verkündete er, »ich möchte Ihnen gerne Mr. Dongan Lowndes vorstellen. Ich bin sicher, daß Sie beide Ihre gegenseitige Arbeit schätzen und ein interessantes Gespräch führen werden.»

Lowndes schien nicht im geringsten irritiert. Er war ein großer Mann mit einem langen, schmalen Gesicht; der Eindruck einer ländlichen, schottisch-irischen Offenheit wurde durch die kleinen, dicht beieinanderliegenden braunen Augen teilweise wieder aufgehoben.

Lu Anne und Dongan Lowndes gaben sich die Hand; sie schenkte ihm ein freundliches Lächeln, das er, wie sie bemerkte, nicht erwiderte.

«Wollen wir hineingehen?» fragte Jack. «Ich habe das Mittagessen hierher bestellt.»

«O Gott, tut mir leid, Jack», sagte Lu Anne. «Ich hab das Interview schlicht vergessen. Ich wollte das Essen ausfallen lassen und meinen Text üben.» Sie wandte sich zu Lowndes in der Erwartung, er würde anbieten zu gehen. Aber er starrte sie nur an, nicht unfreundlich, aber sehr eindringlich. Man hätte dieses Starren als höfliches Interesse auslegen können, hätte es nicht einem menschlichen Wesen gegolten.

Jack Best machte ein unglückliches Gesicht. In seiner Hierarchie war Lee Verger nicht hoch genug angesiedelt, als daß sie es sich leisten konnte, Verabredungen zum Lunch mit Spitzenleuten von der Presse zu vergessen. Mr. Lowndes schien zu keinem Einlenken bereit.

«Naja», sagte Jack sichtlich nervös zu Lowndes, «ich fürchte, es bleibt uns nichts anderes übrig, als den Rückzug anzutreten angesichts dieser Infusion.»

«Ich schlage vor«, sagte Lu Anne nach einer Weile, «daß du dir mal 'ne kleine Fremdwörter-Infusion verpassen läßt.»

Lowndes hatte seine kleinen Augen immer noch starr auf Lu Anne gerichtet. «Ich könnte wetten, Sie wollten eigentlich Konfusion sagen, Jack, oder?»

«Ja», sagte Jack leise. Er schien in Ehrfurcht zu erstarren. «Wie konnte ich das nur verwechseln.»

«Da haben Sie's, Mr. Lowndes», sagte Lu Anne. »Auch in Hollywood sind Fremdwörter Glückssache.»

«Ich habe den größten Teil meines Lebens unter Ignoranten verbracht», sagte Lowndes zu Lu Anne, «und kenne es nicht anders.»

«Na denn», sagte sie, «kommt rein, Jungens.»

«Tut mir wirklich leid», sagte Jack Best. «Meine Güte, das ist mir eben einfach so rausgerutscht.»

«Schon gut», sagte Lowndes. «Miss Verger und ich schätzen unsere gegenseitige Arbeit und werden jetzt ein äußerst interessantes Gespräch führen.»

«Wirst du uns Gesellschaft leisten, Jack?» fragte sie.

Ein Kellner rollte einen mit Essen beladenen Wagen auf den Patio. Best starrte zu Boden, dann stand er auf und schenkte sich ein Glas Tequila ein. Sein Blick wanderte von Lowndes zu Lu Anne.

«Komm mit, Kleine», sagte er zu ihr. Er nickte mit dem Kopf in Richtung Tür.

«Ich auch?» fragte Lowndes.

Best ignorierte ihn. Lu Anne folgte dem Pressebetreuer nach draußen.

«Jetzt stehe ich also wie der letzte Idiot da», sagte Jack. «Und er sorgt dafür, daß ich gefeuert werde.»

«Zum Teufel mit ihm», sagte Lu Anne freundlich. «Ich meine, wo bleibt dein Sinn für Humor?»

«Ich habe den Auftrag, dabeizusein. Willst du, daß ich bleibe?»

«Ich glaube, daß ich mich inzwischen ganz gut alleine gegen die Dongan Lowndes dieser Welt durchsetzen kann.»

«Ich habe mich vor ihm blamiert», sagte Jack Best durch die Zähne. «Am liebsten würde ich ihm in seine schlaue Fresse schlagen.»

«Meine Güte, Jack», sagte Lu Anne lachend. «Das war doch nur 'n harmloser Scherz. Vergiß es.»

«Das ist 'ne Ratte, der Typ», sagte Jack. «Sieh dich vor. Er wird alles, was du sagst, gegen dich verwenden. Ich kenne Ratten von seinem Kaliber. Diesen Quatsch, den ich geredet habe – das wird er mit reinschreiben.»

«Du weißt genau, daß sie so was nicht drucken.»

«Sei bloß vorsichtig. Wahrscheinlich sollte ich lieber bleiben, aber ich kann ihn nicht ausstehen. Ich bring den Dreckskerl noch um. Erzähl ihm nichts, sprich mit ihm über deine Hobbies. Weißt du, Charlie durchschaut das nicht – der ist hier, um uns reinzulegen. Damit wir wie die letzten Idioten aussehen.»

«Schon gut», sagte sie, «ich werde dran denken.»

Best sah sie mit finsterem Blick an und ging den Plattenweg hinauf.

Lowndes saß in seinem Verandastuhl und rauchte eine Zigarette, ohne das Essen, das vor ihm stand, angerührt zu haben.

«Sie sind eine wunderbare Schauspielerin», sagte er zu Lu Anne.

«Danke», sagte sie und fragte sich zum x-tenmal, was Leute eigentlich meinten, wenn sie so etwas sagten. «Ich arbeite hart. Ich bemühe mich, es gut zu machen.»

«Und was ist *es*?»

«In die Rollen hineinzuschlüpfen», hörte Lu Anne sich sagen. «Dort zu sein, wo man sein sollte.» Sie sah, wie er sie anstarrte. »Machen Sie sich keine Notizen?»

Er schüttelte den Kopf. «Wollen Sie das Gespräch nicht auf Band aufnehmen? Damit ich Sie nicht falsch zitiere?»

«Sie werden mich sowieso falsch zitieren. Dann werden es die Anwälte Ihrer Zeitschrift lesen, und wenn die sagen, es ist in Ordnung, dann werde ich eben so dargestellt, wie es Ihnen paßt.»

«Reden Sie immer so mit Leuten, die Sie interviewen?»

«Darf ich Ihnen was sagen, inoffiziell?»

«Das weiß ich im Augenblick noch nicht», sagte Lowndes, «fragen Sie mich später.»

«Ich habe seit Jahren kein Interview mehr gegeben. Kein richtiges.» Sie fand, daß seine Augen irgendwie schmutzig wirkten. Schlammfarben. Kackfarben. «Machen Sie est-Kurse oder so was?»

Er lachte, aber sie hatte das Gefühl, ihn in Verlegenheit gebracht zu haben.

«Machen *Sie* est-Kurse?»

«Ich meditiere», sagte Lu Anne. Sie spürte, daß Lowndes eine gewisse Aura um sich verbreitete. Seine Aura lockte Gestalten hervor, Gestalten wie die Alten Freunde. Sie fühlten sich von ihm angezogen. Sie hörte ihr Gemurmel aus dem Innern der Casita. Es ging um verlorene Dinge, verlorenen Schmuck, alte Fotos, Dinge aus vergangenen Zeiten. Er würde sie nicht bemerken, beruhigte sie sich, denn für ihn waren sie nicht existent.

«Sie meinen so was wie Zen?» fragte Lowndes amüsiert. «Ursprungszustände?»

Die Last der Geheimnisse, dachte sie. Aus der Casita hörte sie das Rasseln von Rosenkranzperlen. Sie gehörten nicht ihr, sie stammten aus dem Fundus, aber sie hatte sie an sich genommen.

«Alle Welt meditiert», sagte sie. «Es hilft, den Kopf freizukriegen, um sich konzentrieren zu können.»

«Was ist das, schauspielern?» fragte Lowndes. «Wie lebt man damit?»

«Das sind unmögliche Fragen», sagte sie. «Sie machen keinen Sinn.»

«Das tun sie sehr wohl, Miss Verger. Sie können sie beantworten.»

Sie lachte. «Mr. Lowndes, solche Fragen stellt man nicht.» Er hatte Macht über sie. Die Aura, von der sich die Alten Freunde angelockt fühlten, verlieh ihm große Kraft. Und seine schmutzigen Augen. «Wenn Sie über derartige Dinge spekulieren möchten, wenn Sie sich im Interesse Ihrer Leser über das Leben und das Schauspielen und was weiß ich nicht alles auslassen möchten, so tun Sie das. Aber erwarten Sie nicht von mir, daß ich Ihnen den Text liefere.»

«Wissen Sie tatsächlich etwas von meiner Arbeit?»

«Ich habe Ihren Roman gelesen, Mr. Lowndes. Vor ein paar Jahren. Er hat mich sehr beeindruckt.»

«Der Roman? Nicht irgendein Drehbuchexposé davon?»

Sein Blick hielt sie gefangen. Sie wußte, daß sie einen verwirrten Eindruck machte. Seine Arroganz kränkte sie nicht, aber die Tatsache, daß er so sprach, ließ sie befürchten, er wisse um seine Macht. Vielleicht behandelte er alle Menschen so, dachte sie. Er hatte den armen dummen Jack Best gedemütigt. Während sie überlegte, wie weit seine Grausamkeit wohl ging, betrachtete sie prüfend seine Körperhaltung, die Umrisse seiner Figur. Als sie den ersten schwachen Durst der Begierde verspürte, stimmten die Alten Freunde im Haus ein besorgtes Geflüster an.

«He da, Schluß jetzt», sagte sie leise.

«Tut mir leid», sagte Lowndes überrascht. «Das sollte ein Witz sein.»

«Ja», sagte Lu Anne. «Natürlich.»

«Sind Sie aus Louisiana?»

«Ja», sagte sie, «es steht in der Pressemitteilung. Aus Boulanger.»

«Ich bin aus Georgia.»

«Ich weiß», sagte Lu Anne. «Man erkennt es an Ihrem Namen. Lowndes, das ist ein typischer Name für die Gegend.» Sie schmeichelte ihm jetzt, nur um ihn sich vom Leib zu halten, sie fing an, Lügengeschichten zu erzählen. Sie sah, daß es ihm gefiel.

«Ich schwimme wahnsinnig gern», erzählte sie Lowndes. «Mit sechzehn war ich Kandidatin für die Olympiateilnahme. Aber dann bin ich gestürzt und habe mir ein Bein gebrochen.»

«Ein Sturz vom Pferd?» fragte Lowndes.

«Ja», sagte sie. «Aber ich schwimme immer noch regelmäßig. Und ab und zu reite ich.»

Lee war nie in irgendeiner Sportart Kandidatin für die Olympiateilnahme gewesen. Mit vier hatte sie sich ein Bein gebrochen, als sie bei einer Weihnachtsparty von einem Schwein verfolgt wurde. Wenn ihre Cousinen sie nicht gerettet hätten, pflegte ihr Vater zu sagen, wäre sie gefressen worden und in der Wurst gelandet.

«Sie waren in Newcomb?»

«Ich war in Newcomb mit einem Stipendium der Madison Foundation. Dann bin ich auf die Schauspielschule in Yale gegangen.»

«Und Sie haben bei dieser Produktion von *Wie es euch gefällt* mitgemacht, wo nur Leute dabei waren, die später reich und berühmt wurden?»

«Die Leute sagten, es sei gewesen wie bei John Browns Hinrichtung. Ich war Rosalinde.»

«Rosalinde», sagte Lowndes nachdenklich. «Erzählen Sie mir davon.»

Sie schüttelte den Kopf mit einem geheimnisvollen Lächeln. «Nein.» Sie hat nichts mit dir im Sinn, dachte Lu Anne. Mit deinem gebeugten Rücken und deinen verschissenen Augen.

Er analysierte ihre Ablehnung auf der Suche nach einer Erwiderung, als das Telefon klingelte. Es ging um den Transport zum Set für ihren nächsten Dreh.

«Zeit für mich, zur Arbeit zu gehen», erklärte sie ihm freundlich und verschwand im Schlafzimmer, um sich umzuziehen. Die Alten Freunde hatten einen Geruch nach süßem Wein und Lavendelriechkissen hinterlassen, den Lu Anne deutlich registrierte, als sie sich im Schlafzimmer vor den Spiegel setzte.

Sie kaute ein Kaugummi ohne Zucker, bürstete ihr Haar aus und hoffte, Rosalinde und nicht irgendein häßliches Ding im Spiegel zu entdecken. Während ihrer Ehe mit Robitaille hatte der ihr vorgeworfen, ständig in den Spiegel zu sehen. Mein Gesicht, hatte sie ihm geantwortet, ist mein einziges Kapital.

Man hatte sie angewiesen, nicht in die Sonne zu gehen, sich für ihre Rolle eine vornehme Blässe zu erhalten. Auf die Dauer ließ sich das ohne äußerste Selbstdisziplin nicht durchhalten, und man hatte ihr schließlich gestattet, braun zu werden. Das war eine gute Entscheidung gewesen; mit dem richtigen Make-up und in den richtigen Farben erschien sie im Film als junges und strahlendes Wesen.

Im Spiegel war jetzt Edna zu sehen, nicht Rosalinde. Lu Anne betrachtete sich. Verschwunden war die junge Königin der New Havener Nächte. Manchmal hatte Lu Anne das Gefühl, Rosalinde so zu vermissen, wie sie ihre Kinder vermißte. Sie wandte den Kopf, um sich im Profil zu betrachten.

Vor Jahren in Boulanger hatte ein Richter, der ein Verwandter ihres Exmannes war, sie «eine lausige Mutter» genannt – mitten in der Verhandlung, vor den Augen ihrer Tochter und ihrer eigenen Eltern. Jetzt war sie Edna Pontellier. Über Edna hatte Kate Chopin geschrieben:

Sie liebte ihre Kinder auf eine unausgeglichene, impulsive Weise. Manchmal drückte sie sie innig an ihr Herz; manchmal pflegte sie sie zu vergessen.

Du hast ohnehin alles verloren, dachte Lu Anne. Du hast das Kind in dir verloren, dann den Menschen, der dort heranwuchs, dann die

Kinder, die du nie zur Welt brachtest, und schließlich die Kinder, die du zur Welt brachtest. Die Jungen, die Männer, die Haut außen, das Selbst innen. Gefühle haben sich verändert wie das Wetter. Du konntest nicht sagen, ob sie wirklich waren. Du konntest nicht sagen, ob sie deine eigenen waren. Du konntest niemals sicher sein, ob du selbst überhaupt da warst. Die Leute haben geheuchelt.

«Sie sieht gut aus», sagte Lu Anne zu ihrem Spiegelbild. Die unsichtbaren Freunde summten. Sie ergingen sich in vorwurfsvoller Unruhe, altväterlicher Ermahnung.

Sag nicht, sie sieht gut *aus*, hörte sie es flüstern. Sag, sie *ist* gut.

Lu Anne lächelte, senkte den Kopf und legte einen Finger auf die Lippen.

«Lee?» Es war die Stimme des Schriftstellers Lowndes. «Ihr Wagen ist da.»

Sie stand auf und ging hinaus; als ihre Blicke sich trafen, wurde sie unsicher, was er bemerkte.

An der Tür erwartete sie der Stuntman Billy Bly mit einem Fahrer. Sie sahen sich an und erröteten beide.

«Hi», sagte er und warf einen kurzen Blick auf Lowndes, der hinter ihr stand. «Man hat mir gesagt, ich soll mit dir rüberfahren. Fragen, ob du noch irgendwelche Wünsche hast.»

«In deiner Begleitung bin ich wunschlos glücklich, Bruder Bly«, sagte sie. Sie machte ihn mit Lowndes bekannt; sie stiegen in den frisch abgespritzten Lincoln, der sie zum Set bringen sollte.

Als sie sich dem Meer näherten und sie aus dem Wagenfenster sah, fiel ihr das unheimliche Licht auf. Der Himmel schien ein für die Jahreszeit untypisches Unwetter anzukündigen.

«Du siehst gut aus, Lu Anne», sagte Bill Bly. Sie lachte. Man hatte ihn zu ihrem Schutz geschickt, er sollte Jack Best ersetzen. Ein ziemlich plumper Schachzug, dachte sie.

«Es geht mir auch gut, Billy», sagte sie. Sie war sich der Anwesenheit von Lowndes bewußt, beobachtend, undurchschaubar auf dem Nebensitz. «Es *geht* mir gut.»

Gegen Mittag verließ Walker in Del Mar den Freeway und hielt bei einem Drugstore an der Küste, um Shelley anzurufen.

«Alle sind begeistert», erzählte sie ihm. «Sie finden es richtig toll. Mit anderen Worten, ein oder zwei Tage werden sie dich wohl ertragen, aber übertreib es nicht.»

«Ich bin also eingeladen, ja?»

«Ja, Gordon, bist du.»

«Das ist ja genau, was du prophezeit hast.»

«Nicht immer tun die Leute das, was ich erwarte. Aber ziemlich oft.»

«Und, bist du deshalb nicht stolz auf dich?»

«Nein, ich find's beschissen. Das ist deprimierend. Wie willst du reisen?»

«Ich fahre.»

«Ist das klug?»

«Geht schon in Ordnung.»

«*Buen viaje*, Gord. Bleib gesund.»

Er wollte gerade einhängen, als Al Keochakian an den Apparat kam.

«Kluger Junge», sagte Al.

«Nimm's nicht so schwer», sagte Walker. Er hatte Angst vor Keochakians Zorn, und vor seinem eigenen.

«Ich nehm's nicht schwer, Gordon. Ich will dir erzählen, was Shelley gesagt hat. Sie hört nicht mit.»

«Sei nicht sauer auf sie. Ich hab sie gebeten, das zu arrangieren.»

«Natürlich hast du das. Und sie verdankt dir ihren Job hier.»

«Was hast du vor, willst du sie rausschmeißen, verdammt noch mal? Warum stellst du dich wegen dieser Sache so an?»

«Ich würde Shelley niemals rausschmeißen, Gordon. Sie wird in meinen Diensten in Ehren ergrauen. Ich will dir was erzählen. Ich will dir erzählen, was sie über dich gesagt hat.»

«Wenn es für meine Ohren bestimmt ist, wird sie es mir selbst sagen.»

«Sie hat gesagt: ‹Er stirbt, Al.› Das ist es, was sie heute morgen zu mir gesagt hat. ‹Er wird ganz bestimmt sterben.›»

Walker spürte, wie ihm plötzlich unter den Armen und in der Hand, die den Hörer hielt, der Schweiß ausbrach. Unter seinem Herzen explodierte eine Sprengladung Angst, eine Angst wie jene, die ihn am Morgen zuvor beim Blick in den Spiegel erfaßt hatte.

«Du gehässiger Dreckskerl», sagte er zu Keochakian. «Du willst mich verfluchen, was?»

«Meinst du?»

«Jetzt durchschaue ich dich. Ich weiß nicht, warum ich das nicht schon früher kapiert habe.»

«Ich versuche nichts weiter als dir mitzuteilen», sagte Keochakian, «daß du sehr krank bist. Dein Leben ist in Gefahr.»

«Ein solch edles Motiv nehme ich dir nicht ab», sagte Walker. «Ich habe die Befriedigung in deiner Stimme gehört.»

Für einen Augenblick herrschte Schweigen. Als Keochakian weitersprach, bebte seine Stimme.

«Du bist krank, Mensch. Du bist krank an Leib und Seele. Du hast mich hier am Telefon . . . ganz unprofessionell, was ich hier mache . . . wir streiten uns wie zwei alte Weiber. Ich lasse mir das nicht gefallen.»

«Al», sagte Walker und lachte, «leck mich am Arsch. Du bist gefeuert.»

Er blieb am Apparat, bis er hörte, daß Keochakian einhängte. Dann legte er mit Nachdruck den eigenen Hörer auf. Innerlich schäumend vor Angst und Zorn, bog er rücksichtslos auf die Küstenstraße und zwang den Verkehr in südlicher Richtung zu kreischenden Vollbremsungen. Begleitet von Obszönitäten und wütenden Beschimpfungen fuhr er Richtung I-5 und Grenze.

In ihrem Wohnmobil, einer überdimensionierten Spezialanfertigung, nicht weit vom Set sahen sich die Drogues, Vater und Sohn, ein Video mit einer jungen Frau an, die in einem Kostüm der Jahrhundertwende in einem von Pferden gezogenen Straßenbahnwagen fuhr. Die Frau war Joy McIntyre, Lu Annes australisches Double. Das Gefährt bewegte sich auf eine im Hintergrund verschwommen sichtbare Waldlandschaft zu; Joy klammerte sich krampfhaft an die Haltestange, wobei ihre Hände zugleich mit der Stange einen zusammengeklappten Sonnenschirm umfaßten.

«Hübsches Kind», sagte der alte Drogue.

«Sieh dir bloß mal an, wie sie den Sonnenschirm hält», sagte Walter Drogue junior. «Die meint wohl, sie wäre im Bus nach Kangaroo Springs.»

«Ein Abbild des Proletariats», sagte der Alte. «Und ein niedlicher Arsch. Ich finde sie entzückend.»

«Je länger ich sie ansehe», sagte der junge Drogue, «desto klarer wird mir, daß wir hier ein echtes Original vor uns haben. Ich meine, man spürt die unverwechselbare McIntyre-Anmutung. Man spürt den McIntyrismus. So wie es Lubitsch gab und von Sternberg, gibt es jetzt McIntyre.»

«Vielleicht hat sie was, eh? Vielleicht hat die Natur sie nicht nur zur Statistin ausersehen.»

Der junge Drogue putzte sich die Nase.

«Die Natur hat sie zum Wasserspaniel ausersehen. Sie kann nicht mal die Wochentage aufzählen.»

Sie musterten die hübsche Joy, die sich mit zusammengebissenen Zähnen und grimmigem Gesichtsausdruck unverwandt festklammerte.

«Hat was Phallisches, diese Stange», sagte Drogue junior.

«Weißt du», ließ sich der alte Drogue vernehmen, «wir hatten mal einen Statisten – sie nannten ihn Freddy die Tunte. Er war einsachtundneunzig, wog hundertfünfzig Kilo und bewegte sich wie Gloria Swanson. Einmal drehten wir einen Western – große Schlägerei im Saloon, Roulettetische fliegen durch die Gegend, Männer krachen durch Galeriegeländer – und Freddy geht eine Treppe rauf, als sei er auf dem Weg, sich einen Blumenstrauß von Bert Parks überreichen zu lassen. Bei der zweiten Klappe sagt der Regieassistent: ‹Meine Güte, Freddy, kannst du nicht wie ein Mann die Treppe raufgehen?› Freddy dreht sich um und sagt: ‹Wenn ihr wollt, daß ich Charakterrollen spiele, dann müßt ihr mich auch dafür bezahlen.›»

Auf dem Bildschirm passierte Joys Straßenbahnwagen eine Reihe von Holzgerüsten und rollte weiter durch einen Hain mit Mooreichen.

«Sie sollte lieber sitzen», krächzte der Alte. «Eine passive Haltung könnte ihr helfen.»

«Das ist ein Witz», sagte sein Sohn. «Das ganze Arrangement ist ein Witz. So geht es nicht.»

Er stieß mit dem Fuß die Tür des Wohnmobils auf, trat hinaus in das seltsam unwirkliche mexikanische Licht und rief nach seinem Assistenten.

«Eric!»

Es dauerte nicht lange, bis der Regieassistent Eric Hueffer um die Ecke des Wohnmobils kam.

«Yeah, Boss.»

«Sie soll noch mal rumfahren, aber im Sitzen. Ich meine, verdammt noch mal, sie hält den Sonnenschirm falsch. Es wirkt verkehrt.»

«In Ordnung», sagte Hueffer. «Toby war nicht glücklich mit dem Licht auf ihrem Gesicht unter dem Hut. Sie hatte den Kopf gesenkt.»

Sie machten sich auf den Weg zur Kamera, Hueffer und der junge Drogue im Gleichschritt, der Alte ein paar Schritte hinterher. Als sie näher kamen, hörten sie Joy McIntyre singen.

«*And it was grand*», sang sie mit australischem Tremolo,

«*Just to stand*
With his hand holding mine
To the end of the li-i-i-ne.»

«Wieso laßt ihr sie den Sonnenschirm so komisch halten?» wollte der junge Drogue von Hueffer wissen.

«Ich fand, das sah ganz natürlich aus.»

«Ich möchte noch ein Tape mit einer Fahrt von ihr sehen. Ich möchte, daß sie aufrecht sitzt, den Kopf hoch. Ich möchte, daß sie den Sonnenschirm in einer Hand hält, und er soll den Boden berühren. Mit der anderen Hand kann sie sich meinetwegen an der Stange festhalten. Vielleicht. Mal sehen.»

«Lee ist da», meldete Hueffer seinem Regisseur.

«Gut, ich werde gleich mit ihr sprechen. Wir können uns die neue Einstellung ansehen, während sie sich umzieht.» Er sah seinem Assistenten nach, der zurück zum Set ging. «Eric!»

Der Regieassistent drehte sich um und kniff die Augen zusammen.

«Jemand was von Walker gehört?»

«Angeblich soll er kommen», sagte Hueffer, «aber er war nicht mit Charlie in der Maschine.»

«Gut», sagte Walter. «Der Bursche bringt Unglück», sagte er zu seinem Vater.

«Er ist ein streitsüchtiger Säufer, und das bringt niemals *Glück*. Charlie – mit seinen Reportern und Schreiberlingen – hat keine Ahnung, was gut ist für seinen Film. Zu meiner Zeit hätten wir einen Typen wie Walker entweder gar nicht ans Set gelassen, oder wir hätten ihn ununterbrochen damit beschäftigt, Szenen umzuschreiben. Fürchtest du dich, daß er dir die Verger aus dem Konzept bringen könnte?»

«Ich glaube, Lu Anne kann sich in seiner Gegenwart sogar noch steigern», sagte der junge Drogue. «Es ist ein kalkuliertes Risiko. Wie dem auch sei, ich will mich mit Charlie deswegen nicht streiten.»

«Überlaß ihn Lowndes», sagte der alte Drogue. «Die beiden können sich gegenseitig zerfleischen.»

Bill Bly saß vorne neben dem Fahrer, Lowndes und Lu Anne saßen auf der Rückbank. Die Gegenwart des kräftigen Stuntman hatte eine dämpfende Wirkung auf Lowndes. Es war eine unmittelbare und physische Gegenwart, aus der heraus eine Atmosphäre entstand, die Fragen und Einschüchterungen nicht zuließ. Lu Anne war froh, ihn bei sich zu haben. Sie fuhren schweigend über eine Schotterstraße, die von riesigen Eukalyptusbäumen gesäumt war. Sie überholten Jack Best, der plattfüßig durch den Staub trottete. Als der Fahrer abbremste, winkte er sie vorbei. Best hatte ein rotes Gesicht und schien Selbstgespräche zu führen.

«Alles in Ordnung mit ihm?» erkundigte sich Lowndes bei Lu Anne.

«Es geht ihm gut», antwortete Bill Bly an ihrer Stelle.

Am Ende der Straße befand sich das große Lager der Wohnmobile und Beleuchtungswagen, das die äußere Begrenzung des Grand Isle-Set markierte.

In der Mitte einer gewaltigen Lichtung gab es einen kleinen Hain mit Mooreichen, die man auf Lastwagen von der Tamaulipas-Küste herbeigeschafft hatte. Sie wirkten an diesen fremden Ufern genauso natürlich, so fest verwurzelt und imposant wie die alten Bäume in Lu Annes Heimat, und wie diese waren sie mit den langen Bartflechten der Tillandsie behängt. Das freie Gelände zwischen Hain und Strand war von Geißblattreben überwuchert, die gelbe und weiße Blüten trugen wie bei ihr zu Hause die Kamille – nur der Apfelduft fehlte. Die Luft hier war zu dünn, dachte sie, um heimatliche Gerüche zu bergen.

Nachdem sie aus dem Wagen gestiegen war, stand sie da und betrachtete die Szenerie. Das eigenartige Licht bewirkte, daß über allem ein drohender Zauber lag. Dongan Lowndes kam und stellte sich neben sie. Bly blieb bei geöffneter Tür im Wagen sitzen.

«Danke, Billy», sagte sie. Er schloß die Tür und wurde weitergefahren.

«Sonderbar, nicht wahr?»

«Ja», sagte sie.

«Haben Sie ein komisches Gefühl?»

«Hab ich immer», sagte sie, «angesichts all der Tricks. Aber es gefällt mir. Ich glaube, es bringt mich in Arbeitsstimmung.»

In der Mitte, neben der dicksten Eiche, stand ein kleiner altertümlicher Straßenbahnwagen, der entfernt an die Cable Car in San Francisco erinnerte. Der Wagen fuhr auf einem schmalen Schienenstrang, der in einem weiten Bogen zwischen dem Eichenhain und einer Reihe von Badehütten am Rand der Dünen hindurchführte. Zwei herrliche Pferde, dunkle Füchse, waren vor den Wagen gespannt. Auf dem Bock saß ein älterer Mann mit ebenholzschwarzer Haut, der einen steifen runden Filzhut aus der Zeit und ein ausgeblichenes gestreiftes Baumwollhemd ohne Kragen trug. Joy McIntyre drehte sich leichtfüßig um die Haltestange, an der sie sich mit einer Hand festhielt. Sie war in eine genaue Nachbildung jenes typisch amerikanischen Gibson-Kleides gezwängt, das Lu Anne in der Szene tragen würde.

«Hi, Joy», rief Lu Anne. «Hi, Joe Gates.»

«Ich bin Judy Garland», rief Joy selig. Sie beugte sich vor, balancierte auf dem Rand des Wagens und setzte ein Judy-Garland-Lächeln auf, wie es sich bemühter und strahlender nicht denken ließ. «Wenn du dein Kostüm anhast, kannst du auch Judy Garland sein.»

Joe Gates drehte sich auf seinem Kutschbock halb nach hinten und zog am Glockenseil, das neben ihm hing.

«*Zing, zing, zing went my heartstrings*», sang er mit einer gedämpften Jazzstimme.

«Joe Gates hat übrigens in *Meet Me in St. Louis* mitgespielt», sagte Joy. «Stimmt's, Joe?»

«Nah», sagte Joe Gates. «Das war ein anderer Mann.»

Die Kamera-Crew mühte sich ab, die Panaflex auf dem Straßenbahnwagen in Position zu bringen und zu befestigen. Joe Gates kletterte von seinem Sitz, während einer der mexikanischen Bühnenarbeiter die Zügel hielt. Lu Anne drehte sich um und sah, daß Walter Drogue junior im Anmarsch war.

Lowndes stand neben ihr und blätterte in ihrem Drehbuchexemplar. Sie riß es ihm schnell aus der Hand, konnte aber nicht verhindern, daß Drogue es bemerkte.

«Lesen Sie bloß nicht das Drehbuch, Lowndes», sagte Drogue. «Sie verderben sich die Pointe. Ich meine, geben Sie uns eine Chance, ja?»

«Ich wollte nur mal sehen, wie so was aussieht», erwiderte Lowndes dem Regisseur. «Ich wollte die Anmerkungen lesen, die sie sich dazugeschrieben hat.»

«Ich verstehe», sagte Drogue höflich. «Wenn Sie jetzt zusehen möchten – ich bin sicher, Sie möchten zusehen –, haben Sie von der Ladefläche des Pickup hinter der Kamera einen hervorragenden Überblick.»

Er lenkte Lowndes' Aufmerksamkeit auf einen roten Ford Pickup am Rand der Lichtung.

Lowndes ignorierte ihn.

«Frohes Schaffen», sagte er zu Lu Anne. Als er sich zum Gehen wandte, schenkte sie ihm ein Lächeln, von dem sie wußte, daß es der wachsenden Aufmerksamkeit, mit der er sie bedachte, weiteren Antrieb geben würde. Sie war sich nicht ganz klar darüber, warum sie das getan hatte.

«Frohes Schaffen?» erkundigte sich Drogue. «Was zum Teufel glaubt er, wer er ist?»

Lu Anne schob sich noch einen Streifen zuckerfreies Kaugummi in den Mund.

«Ich weiß, was er für ein Typ ist, Walter. Er ist, was einer meiner früheren Ehemänner einen schleimigen Wichser genannt hätte.»

«Und du hast eine Schwäche für den Typ?»

Sie zuckte die Achseln. «Ich bin eher indifferent. Ich glaube, daß der Typ eine Schwäche für mich hat.»

Drogue starrte sie an. «Welcher frühere Ehemann?»

«Oh», sagte Lu Anne. «Der Klarinettenspieler.»

Er nahm ihren Arm, und sie gingen zusammen zum Wagen.

«Sieh dir dieses Licht an», sagte er. «Wie findest du es?»

«Es macht mich traurig», sagte sie.

«Ach komm», sagte er und legte ein erregtes Timbre in seine Stimme, «das ist El-Greco-Licht. Es ist heilig.»

Sie sah in den Himmel und hoffte, etwas von seiner Erregung würde auf sie überspringen. Alles wirkte auf sie wie spätsommerliches Wetter daheim. Edna, dachte sie, würde die Bedrückung kennen, die einen angesichts jenes gelbgrauen Spätsommerlichts befiel. Nur die Luft hier war anders. Sie waren im Westen, nicht im guten alten Louisiana. Sogar im notleidenden Baja lag noch ein Schimmer Hoffnung in der Luft.

«Wir haben gerade Joe Gates auf seinem Kutschbock abgedreht», sagte Drogue. «Viel Atmosphäre, düster wie sonstwas. Ich meine», sagte er, «der Stutzer ist schon sein halbes Leben Millionär. Dem brauchst du nur sein Stichwort zu geben, und er liefert dir dreihundert Jahre Sklaverei und einsame Straßen.»

Lu Anne lächelte ihm zuliebe.

«Joe hat in *Das Salz der Erde* mitgespielt, wußtest du das? Dad hat ihn vorgeschlagen. Er hat den typischen schwarzen Arbeiter gespielt oder, wie das damals hieß, den Negerarbeiter, und laß dir gesagt sein, er war ein mieser Negerarbeiter! Dieser riesige junge Koloß von einem Typen – gewaltige Schultermuskulatur, Brustkasten wie ein Zugpferd. Schwarze Listen haben ihn einen Scheißdreck interessiert, er hatte sein Vermögen in Grundbesitz angelegt.»

Toby Blakely, der Kameramann, kam herüber und gesellte sich zu ihnen.

«Stellte sich heraus», fuhr Drogue fort, «daß er in *Salz* keinem Menschen aufgefallen war. Er spielte jahrelang weiter. Er spielte weinerliche singende Sträflinge, die auf den elektrischen Stuhl warten, er spielte alte verschrobene Butler, all dieses herrliche Zeug. Aber ihr hättet ihn als Negerarbeiter sehen sollen.»

Blakely nahm in einer ansatzweise unterwürfigen Geste seine Baseballmütze ab.

«Wenn wir mit diesem Licht arbeiten wollen, sollten wir jetzt anfangen, Boss. Es wird die Hölle, das nochmal nachzustellen, und ich fürchte, es zieht ein Unwetter auf.»

«Das ist unmöglich», sagte Drogue. «Man hat mir versichert, das sei unmöglich.»

«Naja», sagte Blakely und dehnte das Wort mit Bedacht, «manchmal gibt's das hier schon, diese Unwetter außerhalb der Saison, Walter. Sie werden *chubascos* genannt.»

«Ach, Scheiß drauf», sagte Drogue. «Weil ich das Licht brauche. Und ich werde höchstpersönlich die Jungfrau von Guadelupe anpissen, wenn mir mein Filz verregnet.»

«Das hilft nichts, Walter», sagte Lu Anne. Lowndes hatte seine Brille aufgesetzt; er stand neben dem Pickup und beobachtete sie.

«Also paß auf», sagte Walter zu ihr. Er ging neben ihr her, und sie beschrieben einen weiten Bogen um die verschwitzte Gestalt von Toby Blakely. «Wir haben große Dinge vor mit dieser Straßenbahnfahrt zum Strand. Wir haben ein herrlich gespenstisches Licht, und wir verstehen, es zu nutzen. Und wenn das Licht so gut bleibt – wenn wir irgendeine Art von Sonnenuntergang kriegen –, muß sie heute auch noch auf dem Wasser wandeln.»

Lu Anne sagte nichts. Sie hatte gehofft, sich Ednas Gang über den Strand für einen besonderen Tag aufsparen zu können, vielleicht sogar für den letzten Drehtag auf der Location. Aber aus Gründen der Ökonomie wurde nicht in der Reihenfolge der Szenen gedreht. Insgesamt waren auf dem Grand Isle Set mindestens zehn Drehtage angesetzt.

«Hast du was dagegen, beide Szenen heute zu machen?»

«Ich kann sie beide machen», sagte Lu Anne. «Sie gehören zusammen.»

Drogue blieb stehen, drehte sich zum Straßenbahnwagen um und bremste Lu Anne mitten im Schritt, indem er ihren Arm umklammerte.

«Sieh dir das Licht an, Kind.»

«Yeah», sagte Lu Anne. Das Licht machte ihr angst.

«Also, sag mal – stell dir vor, du bist auf deiner letzten Straßenbahnfahrt, wie würde das aussehen? Ich meine, würdest du stehen und dich an der Stange festhalten, so wie Joy, oder würdest du sitzen?»

Lu Anne überlegte.

«Vielleicht sollte ich beide Möglichkeiten ausprobieren. Ich neige irgendwie mehr zum Sitzen. Weißt du, ein bißchen wie betäubt. Stehen, das ist wie *Königin Christine*.»

Drogue lächelte. «Und was wäre daran auszusetzen?»

«Ich glaube, was du haben willst, ist das Gegenteil von Judy Garland, hab ich recht, Walter? Ich sorge dafür, daß du das auch kriegst.»

«Die Frage ist, sitzen oder stehen, und in meinen Augen ist das eine Frage der Komposition», sagte Drogue. «Ich mach noch ein Tape mit Joy auf dem Wagen, solange du hier oben bist. Ich seh mir die Tapes an, du denkst über die Sache nach.»

«Wenn es soweit ist», sagte Lu Anne, «werden wir wissen, wie wir es machen.»

«He, mir gefällt die Art, wie du denkst, Mädchen.»

Lu Anne beobachtete, wie er in sich zusammengesunken, mit gebeugtem Rücken davonschlurfte. Seine Bewegungen waren immer wieder überraschend. Er neigte zu plötzlichen Ausbrüchen heftiger Gestik, auf die sie sich einfach nicht einstellen konnte und die sie stets zusammenzucken ließen.

Während sie ihm nachsah, drehte er sich vollkommen unerwartet um die eigene Achse, als würde er einem herabstoßenden Raubvogel ausweichen.

«Sag Frank, du findest das alles wunderbar», sagte er. Mit einem schlaff ausgestreckten Arm deutete er auf den künstlichen Hain und den Wagen, die ganze vorgetäuschte Welt, die dort entstanden war. Frank Carnahan arbeitete als Filmarchitekt für die Produktion. «Sag ihm, du fühlst dich zurückversetzt in die Sümpfe.» Sie nickte. Auf dem Weg zu ihrem Wohnmobil sah sie Carnahan, der unterwegs war zum Strand, wo das nächste Motiv vorbereitet wurde.

«Frank!» Während sie auf ihn zuging, versuchte sie sich in einer

Variante zu Walters Gang. «Ich finde es wunderbar», sagte sie zu dem Filmarchitekten. «Ich fühle mich zurückversetzt in die Sümpfe.»

Carnahan war anzusehen, daß er sich geschmeichelt fühlte. Sein Atem roch kräftig nach Rum. Filmarchitekten waren grundsätzlich irische Trinker; das schien Tradition zu haben. Der Geruch von Alkohol weckte in ihr das Bedürfnis, etwas zu trinken. Oder so ähnlich. Carnahan lächelte erfreut.

«Glaub bloß nicht, daß da nicht 'ne komplizierte Geschichte hintersteckt, Lee.»

Während Carnahan zu der dahintersteckenden Geschichte ausholte, suchte Lu Anne mit ihren Blicken die Location nach Menschen ab, bei denen sie vielleicht etwas abstauben könnte. Joy und Jack Glenn, den jungen Schauspieler, der Robert Lebrun spielte, hatte sie bereits angehauen; beide hatten abgestritten, im Besitz entsprechender Dinge zu sein. Bei Bill Bly, der herumstand und eines der Zugpferde streichelte, hatte man immer gute Aussichten. Aber Billy und Lu Anne verband eine Geschichte, die sie derzeit nicht wieder aufwärmen wollte; und außerdem wußte sie, daß er beauftragt war, sie heimlich zu überwachen. George Buchanan, ein Schauspieler mittleren Alters, der Alcée Robin spielte, war nirgends zu sehen. Noch vor ein paar Jahren hatte George binnen Stundenfrist herbeizuschaffen gewußt, was man sich nur erträumte, aber inzwischen war er Familienvater und gehörte zu den AA.

«Und da hab ich gedacht, verdammt», erzählte ihr Carnahan mit seinem breiten Akzent, «eijeijei, Bartflechte ist so 'ne verfluchte Baumkrankheit. Das lassen die mir niemals durchgehen. Ich fürchtete schon, wir müßten alles künstlich machen . . .»

Lowndes beobachtete sie noch immer. Er hatte das Hemd aufgeknöpft und die blasse Brust der Sonne entgegengestreckt und stand in einer irgendwie faschistoid wirkenden Pose da. Das könnte, dachte Lu Anne, eine modifizierte Variante jener billigen Anmache sein, die ihr schon so oft begegnet war. Kokain, est-Training, Kindheitstraumata – wer wußte schon, was sich in einer solchen Haltung spiegelte? Wie auch immer, es war vollkommen ausgeschlossen, ihn nach Drogen zu fragen. Er war der Feind.

«Und ich sag», sagte Carnahan, «mach dir nicht ins Hemd, sag ich. Ich hab das Zeug auf den Bäumen an der Rosarita Beach wachsen sehen. Natürlich», setzte er mit einem rachitischen Lachanfall hinzu, «war ich nie in meinem Leben an der Rosarita Beach.»

Sie fiel genau im rechten Moment in das Lachen ein. «Das ist zuviel, Frank», kicherte sie. «He, stimmt es, daß Gordon Walker herkommt?» Sie dehnte die Schultern, richtete sich auf und stemmte die Fäuste in die Hüften, nachdem sie noch einen kurzen Seitenblick auf Lowndes geworfen hatte. Sie wollte wissen, wie sich eine solche Pose anfühlte.

«Keine Ahnung», sagte Carnahan. «Wer ist das?»

«Der Autor.»

«Ah», sagte Carnahan. «Keine Ahnung. In der Maschine mit Charlie und den Mustern ist er nicht gekommen.»

Sie war erleichtert. Seit dem Anruf hatte sie mit einer Mischung aus Freude und Furcht seine Ankunft erwartet. Ich sollte mich ein wenig ausruhen, dachte sie. Am Abend würde sie wie verordnet ein bißchen von ihrer Medizin nehmen und dann schlafen. Das war schließlich der Sinn des Ganzen. Daß sie ihre Szenen mit Klarheit spielte und mit den richtigen Bewegungen, genau aufeinander abgestimmt.

Alles war unter Kontrolle. Die Landschaft war ein bißchen zu grell, das war alles. Sie sagte keine unpassenden Dinge, und die einzigen Stimmen, die sie hörte, waren unter dem Wind verborgen oder im Rauschen des Meeres, und sie wußte, daß sie bloße Einbildung waren, und schenkte ihnen keine Aufmerksamkeit.

Vera Ricutti, ihre Garderobiere, holte sie auf dem Weg zum Wohnmobil ein.

«Ich habe gerade die Seehunde beobachtet», sagte sie aufgeregt. «Es müssen Dutzende sein. Diese süßen kleinen Seehunde», rief sie aus, «und wie sie ihre winzigen Gesichter aus dem Wasser recken.»

«Oh, die würde ich zu gerne mal sehen», sagte Lu Anne schwärmerisch. «Ich hoffe, sie kommen wieder.»

«Zu niedlich!» sagte Vera, während sie zu Lu Annes Wohnmobil gingen. «Du mußt sie sehen.»

Die Stimme des Regieassistenten hallte über die Location. «Joy, bitte? Fahrer? Alle bereit? Ich bitte um Ruhe, bei dieser Aufnahme möchte der Regisseur den Ton haben. Alles klar», rief Hueffer. Seine Stimme wurde allmählich heiser. «Ruhe! Ton ab! Bild ab! Klappe!»

Vera schloß die Tür zu Lu Annes vollklimatisiertem Wohnmobil. Lu Anne nahm vor dem Spiegel Platz und wischte sich mit einem Papiertuch über die Augenbrauen. Alles, was sie im Spiegel sah, war sauber und ordentlich. Sie fühlte sich bereit für die Arbeit.

Während sie sich auszog, hielt ihr Vera ein helles Korsett zur Begutachtung hin.

«Sieh mal, was wir für dich haben. Das kommt zuerst.»

«Mein Gott», sagte Lu Anne und hob die Arme zur Anprobe, «ist das Ding aus Wolle?»

«Synthetik. Es ist das gleiche, das du zur Kostümprobe anhattest, nur daß wir es aus leichterem Material gemacht und einen Reißverschluß eingesetzt haben. Aber die echten, die sie damals getragen haben – die waren aus reiner Wolle. Dieses war zum Tennisspielen und Rumhüpfen.»

«Ich kann einfach nicht glauben, daß sie in Louisiana im Sommer in Wollkorsetts rumgelaufen sind.»

«Die brauchten sie, damit man den Schweiß nicht sah. Keine Flecken unter den Achseln, und das Kleid konnte nicht festkleben. Wir haben dieses Ding bei Joy ausprobiert, und auf den Bildern sieht es ganz gut aus. Aber keine Sorge, wir haben noch ein Dutzend weißer Kleider, falls du dieses durchschwitzt.»

«Ich schwitze ziemlich leicht», sagte Lu Anne, während Vera den Reißverschluß hochzog. «Aber ich frage mich, wie sie in Wollkorsetts Tennis spielen konnten?»

«Indien», sagte Vera. «Afrika. Die weißen Ladies trugen eben Wollkorsetts. Die Eingeborenen ließen ihre Möpse frei schwingen, nehme ich an.»

Die Tür wurde geöffnet und Josette Darré, die Friseuse, trat ein.

Zwischen Lu Anne und Josette herrschte eine zartfrostige Atmosphäre; sie sprachen kein Wort miteinander, sofern es nicht unmittelbar die Arbeit betraf. Josette war ein mürrischer Hippie aus Paris. Sie hatte Lu Annes französische Sprachkenntnisse mit einem Schmollen und einem verständnislosen Achselzucken kommentiert, und damit war für Lu Anne der Fall erledigt gewesen.

Josette stand dabei, als Lu Anne in ihre Kleid schlüpfte und vor den Spiegel trat, während Vera ihr die Schleifen auf dem Rücken band und am Saum zupfte. Dann setzte sie sich hin, damit Josette ihr das Haar richten konnte, und schnitt sich im Spiegel Grimassen.

«Glückliche Eingeborene», sagte sie und wischte sich wieder über die Stirn.

Es klopfte an der Tür, und Joe Ricutti, der Maskenbildner, kam in den Trailer. Er lachte.

«Die kleine McIntyre ist zum Brüllen komisch», keuchte er. «Sie spielt ihr eigenes Musical.»

«Ich weiß nicht», sagte Vera mißmutig. Vera war Joes Frau; sie arbeiteten meistens zusammen. «Wo kriegen sie diese Gänse bloß immer her?»

Josette machte einen Schritt zur Seite; Joe Ricutti trat hinter Lu Annes Stuhl. Lu Anne hob eine Hand, die der Maskenbildner ergriff. Sie machten Smalltalk und klatschten, während Joe vorsichtig ihr Kinn hielt, ihr Gesicht hin- und herdrehte und im Spiegel ihr Profil betrachtete. Mit den Fingerspitzen betastete er sanft die Unterseite ihres Kiefers; in der freien Hand hielt er einen Schminkpinsel. Lu Anne saß da wie eine Gefangene, lauschte dem Straßenbahnwagen draußen und sah zu, wie Joe die weichen Stellen an ihrem Kinn aufspürte, die Falten, die es zu verbergen galt. Sie betrachtete prüfend die Sehnen am unteren Teil ihres Halses und fühlte sich erinnert an den Grund eines ausgetrockneten Bachbetts – Risse, trockne Stöckchen, Dürre dort, wo es einst schön, glatt und kühl und angenehm gewesen war.

Es war ein Alter Freund im Raum. Sie gefällt mir nicht, sagte er, so, wie sie aussieht. Lu Anne verscheuchte ihn ohne ein Wort.

«Ich glaube», sagte sie zu Ricutti, «ich glaube, das Kind ist ein bißchen zu lange im Geschäft für diese Rolle.»

Joe trällerte ein paar Takte des Protests. «Wovon redest du? Du siehst großartig aus! Sieh dich an!«

Er drehte ihren Kopf, um im Spiegel ihr Profil zu zeigen, und fuhr ihr mit dem Finger von der Stirn hinunter zur Spitze des Kinns. «Ich meine, sieh dir das an! Das ist phantastisch.»

Mit einem Blick aus den Augenwinkeln sah sie im Spiegel den gleichgültigen Ausdruck auf Josettes Gesicht.

Fertig geschminkt saß sie da und ließ Josettes letzte Handgriffe über sich ergehen. Vera Ricutti brachte aus einer der zahlreichen ununterscheidbaren Kisten einen Strohhut zum Vorschein und setzte ihn Lu Anne feierlich auf den Kopf. Die Ricuttis traten bewundernd ein paar Schritte zurück. Josette stand mit verschränkten Armen daneben. Lu Anne stieg ein Hauch von Lavendel in die Nase. Sie sah die belebte Maske der Edna Pontellier vor sich.

Die Drogues sahen sich auf dem Video-Monitor an, wie Joy McIntyre in ihrem Straßenbahnwagen fuhr. Diesmal nicht im Stehen, festgeklammert an der Haltestange, sondern sitzend auf einer der Holzbänke. Den Rücken hielt sie kerzengerade, das Kinn in die Höhe gestreckt; so konnte das sonderbare Licht, gebrochen durch die überhängenden Zweige der Bäume, dramatisch auf ihrem Gesicht spielen, das teilweise von ihrem Strohhut beschattet war.

«Das Tempo ist perfekt», sagte der alte Drogue. «Sorg dafür, daß sie es halten.»

«Diese Puppe», sagte der junge Drogue und meinte Joy McIntyre, «was man mit ihr auch anfängt, es wirkt übertrieben.»

«Du mußt sie einsetzen», sagte der alte Herr.

«Wo soll ich sie einsetzen? Sie kann nicht spielen. Ihre Sprache ist ein Witz. Sie wirkt so grell, daß jede Szene, in der man sie als Scheinwerfer einsetzt, hoffnungslos überbelichtet ist.»

«Wenn du das Gesicht wegwirfst», sagte der alte Drogue, «. . . ein solches Gesicht, ein solcher Körper – dann hast du in diesem Gewerbe nichts verloren.»

Nach einer Weile fing der junge Drogue an zu grinsen. «Willst du sie ficken, Dad?»

«Das geht dich nichts an.»

«Sag schon.»

«Ich kümmere mich schon selbst um mein Sexualleben. Verbindlichsten Dank.»

«Patty flippt aus. Ich kann's kaum abwarten, es ihr zu erzählen.»

«Ich hab dir gesagt», sagte der alte Herr und hob die Stimme, «du sollst dich um deinen eigenen Dreck kümmern.»

Gut gelaunt öffnete der junge Drogue die Tür des Wohnmobils, vor der Hueffer und Toby Blakely ihn erwarteten.

«Und», fragte er die beiden, «gibt es Regen oder was?»

«Ich glaube eigentlich nicht», sagte Hueffer.

Drogue bedachte seinen Assistenten mit einem langen, forschenden Blick. «He», sagte er und wandte sich damit an alle Umstehenden, «was ist los mit dem Typen?»

Hueffer wurde rot.

«Naja», sagte Toby Blakely, «natürlich können wir das Straßenbahnmaterial nicht mehr für Zwischenschnitte gebrauchen, wenn es anfängt zu regnen.»

«Wir drehen weiter, wenn es regnet», sagte der junge Drogue. «Und wenn es aufhört, machen wir künstlichen Regen, damit die Anschlüsse stimmen.»

«Jawoll», sagte Blakely. «So wird's gemacht. Diese *chubascos* können in 'ner Stunde vorbei sein, oder sie dauern drei Tage.»

«Die nächste Szene ist das einzige, was mich interessiert», sagte Drogue. «Eher geb ich mir 'ne Kugel, als daß ich die letzte Szene des Films bei Regen drehe. Wenn es eine Woche regnet, werden wir eben eine Woche warten.»

Hueffer und Blakely nickten ernst.

Der junge Drogue eilte mit seinem ausladenden Gang in Richtung Kamera. Hueffer und Blakely hielten Schritt. Sein Vater schlenderte gemächlich hinterher.

«Das heißt also, wir kriegen es auf alle Fälle hin, oder? Mit oder ohne Regen.»

«Es sei denn, es regnet morgen und nicht heute», gab Blakely vorsichtig zu bedenken. «Und wir haben die letzte Szene noch nicht abgedreht.»

«Halt die Klappe, Toby», sagte der junge Drogue.

Hueffer und Blakely gingen zurück zur Kamera. Drogue hatte Charlie Freitag entdeckt – der Produzent stand zusammen mit dem Aufnahmeleiter in dem Eukalyptushain bei den Bahnschienen.

«Ausgerechnet jetzt muß der hier auftauchen», sagte der junge Drogue ärgerlich. «Das Wetter spielt verrückt, kein Regenschutz ist aufgebaut – Charlie kommt. Du kannst ihm vier Stunden lang die tollsten Muster zeigen, und er quatscht dir fünf Stunden lang händeringend die Ohren voll, weil ein Komparse in einen Nagel getreten ist.»

«Naja», sagte der alte Drogue, «das ist sein Job.»

Lu Anne saß draußen auf ihrem Klappstuhl und ließ Ricuttis letzte Schönheitskorrekturen über sich ergehen, als sie den jungen Drogue bemerkte, der sich mit seinem Spinnengang rasch näherte. Sie sah zu ihm auf, und in einer parodistischen Anwandlung alten Kavaliergehabes bot er ihr den Arm. Als sie aufstand, um ihn zu nehmen, sah sie den Schriftsteller namens Lowndes, der noch immer am selben Fleck stand, wo sie ihn zurückgelassen hatten. Charlie Freitag redete mit ihm, aber sein Blick ruhte auf ihr.

«Belästigt dich der Kerl?» fragte Walter Drogue. «Dieser Lowndes?»

Sie antwortete, es sei alles in Ordnung. Aber obgleich es zu ihrem Beruf gehörte, beobachtet zu werden, machten ihr die zahlreichen prüfenden Blicke zu schaffen. Es waren zu viele Augen um sie herum.

«Meine Fahrt?» fragte sie.

Drogue nickte. «Ich glaube, du hast recht, daß sie sitzen muß. Es sieht gut aus. Brauchst du einen Probedurchgang? Ich dachte, wir könnten vielleicht ein bißchen Zeit sparen, wenn wir gleich drehen. Sofern du bereit bist.»

«Ja», sagte sie, «so machen wir's.»

Drogue musterte sie von oben bis unten. «Kannst du in dem Rock gehen? Sind die Schuhe auf diesem Boden in Ordnung?»

«Das Kostüm ist bestens. Wenn dir die Farben recht sind.»

Vera Ricutti eilte herbei und beugte sich an Lu Anne hinab, um den gleichmäßigen Fall des Saums zu prüfen.

«Das Hutband passend zum Sonnenschirm», sagte der alte Drogue. «So war das früher.»

«Es ist hellgrün», sagte Drogue. «Ist Hellgrün die Farbe des Todes?»

«*Bien sûr*», sagte Lu Anne.

«Kein Probedurchgang?»

«Laß mich nur noch mal schnell meinen Text anschauen, Walter.»

«In Ordnung. Du machst das schon, Kind.» Sie ging davon, und er rief ihr nach: «Die alte ‹Nichts und Schmerz›-Kiste.»

Sie lächelte ihn an. Unter den riesigen Eukalyptusbäumen schritt sie auf und ab. «Wenn ich wählen muß zwischen dem Nichts und dem Schmerz», rezitierte sie, «so werde ich den Schmerz wählen.» Die Worte waren nur Klänge. Stimmen im Wind, der die Bäume rauschen ließ, fielen mit ein. Wilde Palmen. Nichts. Schmerz.

Joe Ricutti beschwerte das Gestell seines tragbaren Schminktisches, damit er nicht umgeweht wurde. Drogue stand neben ihm und beobachtete Lu Anne.

«Wie geht es ihr?» fragte er den Maskenbildner.

«Prima, Mr. Drogue. Sie redet normal. Weitgehend.»

Drogue wandte sich an Vera, die bestätigend nickte.

Hueffer kam, mit ernstem Gesicht und Schweiß auf der Stirn.

«Ich hab mir was überlegt, Walter.»

Drogue sagte nichts.

«Was wäre, wenn wir ihre Fahrt mit einer Sechzehn-Millimeter-Linse schießen. Vielleicht sogar mit 'ner Vierzehner?»

«Nichts wäre», antwortete Drogue. «Es würde aussehen wie der letzte Scheiß, das ist alles.»

Hueffer ließ nicht locker. «Wirklich?»

«Wenn du willst», sagte Drogue freundlich, «reden wir später noch mal drüber. Alle sollen sich bereit machen.»

Hueffer ging zurück zur Kamera.

«Standby in zwei Minuten», rief er. «Alle Leute runter vom Set.»

«Er ist ein Arschloch», sagte Drogue zu den Ricuttis. «Nichts als Scheiße im Goldköpfchen.»

Die Ricuttis antworteten nicht. Joe Ricutti zuckte die Achseln.

«Wenn ich wählen muß zwischen dem Nichts und dem Schmerz», rezitierte Lu Anne, während sie über den trockenen Boden schritt, «nehme ich die Kekse und die Soße. Nehme ich das Jambalaya und die Austernmousse.»

Es war Edna, die zu wählen hatte. Der Weg führte Lu Anne zu dem Straßenbahnwagen, und sie sah, daß alle sie beobachteten. Lowndes. Bly. Walker würde bald ankommen. Aber es war Edna, die hier Probleme hatte. Die hübsche Frau im Spiegel.

«Husch», sagte Lu Anne. Edna würde sich wohl fühlen unter den Alten Freunden.

Edna war unabhängig und mutig. Während ich, dachte Lu Anne, nur ein Häufchen Scheiße bin, und dazu noch verrückt. Edna würde für ihre Kinder sterben, aber sie würde sich niemals von ihnen vereinnahmen lassen. Lu Anne war eine miserable Mutter, das hatte man ihr bescheinigt, und es war jederzeit nachprüfbar. Was zum Teufel glaubte diese Edna, wer sie eigentlich war? Zu gut für ihre Kinder? Aber dann dachte sie: Es läuft auf das gleiche hinaus, ihr Weg und meiner. Du willst mehr, du willst Königin sein, du willst Rosalinde sein.

Auf dem Weg in den Tod war sich Edna einzig der Wärme der Sonne bewußt. So stand es geschrieben. In Walkers Fassung starb sie aus Sehnsucht nach einem erfüllteren Leben. Alle Selbstmörder starben aus Sehnsucht nach einem erfüllteren Leben, hieß es in Walkers Fassung.

Sie durchquerte weitere Lichtflecken und Schattenmeere unter den riesigen Bäumen. Es ist, dachte sie, ein so irritierendes Licht. Sie sah es, wenn sie die Augen schloß.

Der Wald war voller Schattengestalten, und sie suchte Edna. Nur ihre Kinder fielen ihr ein – als hätten sie sich verirrt, und sie würde nach ihnen suchen. Als hätte sie sich verirrt.

In einem solchen Licht hatte sie an die Tür ihres ersten Zuhauses in der Stadt geklopft. Es war, soweit sie sich erinnern konnte, das erste Mal, daß sie überhaupt wie eine Erwachsene an eine Tür geklopft hatte. Unendlich lange – sie hatte es als unendlich lange in Erinnerung – war die Tür über und vor ihr verschlossen geblieben. Dann, so erinnerte sie sich, hatte die Tür sich geöffnet, und ihr Vater stand riesengroß im Rahmen, den leeren Blick starr in die Ferne gerichtet.

Also hatte sie gesagt: Ich bin hier unten, Daddy.

Nach einer Weile wandte sich sein aufgeschwemmtes, versoffenes Gesicht ihr zu. Seine Augen waren rot und leblos.

Ich dachte, da ist wirklich jemand, hatte er gesagt. Jemand hatte gelacht. Vielleicht hatte er gelacht.

Ich bin wirklich, Daddy.

Ein erfüllteres Leben, dachte Lu Anne, das ist die Lösung. Das ist es, was wir brauchen.

Dann war alles bereit, und Ricutti tupfte ihr Gesicht ab.

«Du hast geweint», sagte er. Er fing an, unter ihren Augen zu wischen. «Deine Augen sind ganz rot.» Als sie ihn anstarrte, ließ er das Tuch sinken.

Ich bin wirklich, dachte sie.

«Ist schon gut so.»

«Ich weiß nicht», sagte Joe Ricutti. «Vielleicht mag er das nicht, Lee.»

«Laß es», sagte sie. «Wisch mir nur den verdammten Schweiß ab.»

Als alles drehfertig war, saß sie zwischen ihren Markierungen auf der Bank in der Straßenbahn. Drogue rief die Kommandos zum Anfangen, der Straßenbahnwagen setzte sich mit ihr in Bewegung, und sie sah, daß es keine echte Kamille war, die das Gelände um sie her überwucherte. Im selben Augenblick hatte sie Edna gefunden. Edna wußte, was ihr das Leben wert war, und sie kannte die Bedingungen, unter denen sie es zu akzeptieren bereit war. Sie kannte den Unterschied zwischen leben und nicht leben, und sie wußte, was Glück war.

Lu Anne kam der Gedanke, daß sie selbst von alledem nichts wußte. Schade, dachte sie, denn ich bin diejenige, die wirklich ist, nicht sie. Ich bin es, die hier ist.

Nachdem der Straßenbahnwagen für eine zweite Klappe die Runde gedreht hatte, bemerkte sie, daß Walter sie durch den Sucher betrachtete. Was glaubt er, wen er da vor sich hat? dachte sie bei sich. Oder sieht er einfach nur Filme? Hinter den Reflektoren entdeckte sie Bly und Lowndes und Charlie Freitag, und alle sahen zu ihr herüber. Wieder fing sie an zu weinen.

«Na, wie ist's, Edna?» fragte Walter Drogue. Er redete, ohne das Auge vom Sucher zu nehmen. «Wofür entscheidest du dich?» Er redete nur so daher, um die anderen bei Laune zu halten. «Das Nichts oder den Schmerz?»

«Keine Ahnung», sagte Lu Anne.

Ein paar Stunden südlich der Grenze saß Walker in einem riesigen kühlen Raum, dessen Wände sich nach oben in der Dunkelheit verloren. Vier Lichtkegel, die ihren Ursprung in einer unsichtbaren Quelle an der Decke hatten, warfen einzelne Lichtquadrate auf den Boden, wie Lagerfeuer in einer Ebene. Einer der Lichtkegel beleuchtete einen Empfangsbereich, wo eine junge orientalische Frau in weißer Schwesterntracht an einem schneeweißen Tresen saß. Ein anderer Lichtkegel fiel auf eine altarähnliche zweistufige Plattform, auf der Wüstenpflanzen, indianische Keramiken und federgeschmückte Rasseln standen. Der Kontrast zwischen dem sonnengetränkten Ödland draußen und der tiefen, fast unterseeischen Dunkelheit drinnen war frappierend.

Die Kombination von primitiver Heiligkeit und Futurismus hatte etwas von Effekthascherei, dachte Walker, doch das durfte in den Räumen des Dr. Er Siriwai kaum überraschen. Es waren keinerlei Geräte zu sehen, die auf die Behandlung oder Versorgung von Kranken schließen ließen; nichts in dem großen Raum deutete auf Krankheit hin. Und doch hatte Walker das Gefühl, daß ein leicht fauliger Geruch die Eisschrankluft erfüllte. Aber das war mit ziemlicher Sicherheit nur Einbildung, dachte er.

Kurz darauf rief die junge Frau an dem weißen Tresen seinen Namen. Lächelnd reichte sie ihm eine Hochglanzbroschüre und bedeutete ihm eine dunkle Tür, die sich von allein öffnete, als er näher kam. Als nächstes folgte er einem barfüßigen Maja-Diener durch einen kühlen, braun gefliesten Korridor.

Der Maja führte ihn in einen Garten mit einem Springbrunnen in der Mitte – die geschmackvolle und schlichte Nachbildung eines spanischen Klostergartens. Hier wuchsen Kräuter aller Art und Orangen- und Zitronenbäume. Ein Teil des Gartens war allein der Züchtung roter und gelber Mohnblumen vorbehalten. Die Luft duftete und war so rein wie eine orthodoxe Lehre.

Walker setzte sich auf eine steinerne Bank im Schatten und warf einen Blick in die Broschüre, die ihm die lächelnde junge Frau gegeben hatte. Es wurde darin die Geschichte von Er Siriwai erzählt, Dr. med., Dr. phil., geboren auf dem Dach der Welt, wie Buck Mulligan Absolvent des Royal College of Surgeons in Dublin, Übersiedlung nach Amerika, wo er seine übernatürlichen Heilungskräfte entdeckt und seine Künste in den Dienst der Stars gestellt hatte. Weiter schilderte die Broschüre die Abneigung des Doktors gegen Eigennutz, seine sorgfältig dokumentierte Forschungsarbeit, die Verleumdung seiner Arbeit durch medizinische Pharisäer und schließlich seinen Rückzug in die Einöde, wo seine Heilungsvisionen ausgereift und erblüht waren wie die Feige, die Dattel, die Mandel und andere für ähnliche Assoziationen geeignete Bäume.

Nachdem er ein paar Minuten gelesen hatte, hob Walker den Blick und sah, wie sein alter Freund in den Garten trat.

«Hallo, Doc», sagte Walker. «Ich schätze, es geht Ihnen gut, was?»

Dr. Siriwai, ein winziger Mann, der in seinem weißen Arztkittel mit Stethoskop und Stirnreflektor an eine Arztpuppe für Kinder erinnerte, nahm eine theatralische Haltung an.

«Komm fort!» rezitierte Dr. Siriwai, «Zum Kerker fort!
Da laß uns singen, wie Vögel in dem Käfig.
Bitt'st du um meinen Segen, will ich knien
Und dein Verzeih'n erflehn; so woll'n wir leben,
Beten und singen, Märchen uns erzählen,
Und über goldne Schmetterlinge lachen . . .»

Der Doktor schien von seinem eigenen Vortrag so gerührt zu sein, daß er unfähig war, fortzufahren. Walker war beeindruckt davon, mit welcher Leichtigkeit er Literatur über das Gefängnis zu rezitieren vermochte, war er doch selbst den Demütigungen der Haft nur um Haaresbreite entkommen. Es hatte Zeiten gegeben, da war Dr. Siriwai der am eifrigsten verschreibende Arzt der gesamten Filmbranche gewesen, und bei zwei oder drei Gelegenheiten hatte seine Tätigkeit als Arzt sehr weitgehend der eines gedungenen Mörders geähnelt.

«Und tun so tief
Geheimnisvoll», fuhr der kleine Doktor fort, nachdem er sich wieder gefaßt hatte, «als wären wir Propheten
Der Gottheit.»

Dr. Siriwai sprach ein Englisch, das Spuren seines wolkenverhangenen Heimatlandes sowie des Nachtlebens von Dublin in sich barg.

«Ich hätte Sie so gerne gesehen, Gordon», sagte er. «Bei Gott, es ist viele Jahre her, seit ich den *Lear* zum letztenmal genossen habe. Ich glaube, es war Donald Wolfit, den ich gesehen habe. Sir Donald Wolfit.»

«Tja», sagte Walker, «schade, daß Sie es nicht geschafft haben.»

«Ich hab's in *Variety* gelesen», sagte Dr. Siriwai. Er saß am anderen Ende von Walkers Steinbank und hatte die Beine untergeschlagen. «Mein erster Gedanke war dieser: Ist er alt genug für den Lear? Weiß er genug – abgesehen von Schürzenjagd und Saufgelagen –, um sich an einer Tragödie dieses Ausmaßes zu versuchen?»

«Ja», sagte Walker.

«Ist das möglich, Gordon?»

«Sie wissen doch noch, wie so was läuft in unserem Gewerbe, Doc. Man hängt rum, die Leute erzählen einem, wie großartig man ist. Man macht ein paar schwerwiegende Fehler. Die Leute sind nicht mehr so nett. Man weiß genug, bevor man es wirklich weiß.»

«Und ansonsten versuchen Sie immer noch, einen vernünftigen Satz zu Papier zu bringen? Auf dem Weg nach B. H., nehme ich an? *Das Erwachen*?»

«Ich schätze, das stand auch in *Variety*.»

«Sie werden nie dazulernen, Gordon. Es ist hoffnungslos mit Ihnen.»

«Vermutlich haben Sie recht.»

«Downers, stimmt's?»

«Stimmt. Wenn Sie so freundlich sein könnten, Doc.»

«Moment», sagte Dr. Siriwai. Er entknotete seine Beine, verschwand zwischen den zwergwüchsigen Zitrusbäumen und kam gleich darauf mit drei kleinen, spanisch beschrifteten Pappschachteln zurück.

«Hier, das einzig echte Quaalude im ganzen Staat», erklärte er Walker. «Alles andere ist billiger Verschnitt. Hergestellt aus Mannit, Fußpulver, weiß der Geier.»

«Ich weiß das zu schätzen, Doc», sagte Walker und griff nach seiner Brieftasche.

«Behalten Sie Ihr Geld, Mann. Eine kleine Gefälligkeit. Geben Sie sie weiter. Die Gefälligkeit, meine ich, nicht unbedingt die Downers.»

«Wenn ich unten in B. H. bin», sagte Walker, «unten auf der

Location, werde ich Grüße von Ihnen bestellen. Viele von den Leuten da unten haben Sie in bester Erinnerung.»

Dr. Siriwai hockte sich im Reitersitz auf das Ende der Bank.

«Bestimmt», sagte er, «haben sie mein kleines Täschchen in bester Erinnerung. Meine Uppers und meine Downers und meine Ich-verspreche-dir-einen-Rosengarten-Tröpfchen.»

Walker sah, daß auf den Wachslilien in einer schattigen Ecke des Gartens noch der Tau lag.

«Sie waren, wenn ich mich recht erinnere, beim Pokern sehr gefragt.»

«Stimmt», sagte der Doktor. «Ich war ein leichtfertiger Spieler, ein hoffnungsloser Fall. Verloren. Immer. Hoch.» Er beobachtete Walker. «Es geht Ihnen nicht gut», sagte er nach einer Weile. «Sie scheinen sogar in einer ziemlich schlechten Verfassung zu sein.»

«Ich dachte, daß ich mich nach dem Besuch in B. H. vielleicht mal 'ne Weile aus dem Verkehr ziehe», sagte Walker. «Inneres Großreinemachen.»

«Wenn Sie meinen Rat hören wollen», sagte Siriwai, «dann sollten Sie das sofort tun. Finger weg von Koke und Ludes. Sie nehmen Koke, ich sehe es Ihnen an. Sie sollten das lieber lassen, Gordon. Sie sind kein Kind mehr, das wissen Sie.»

«Mein Leben ist ein bißchen aus dem Gleichgewicht», erklärte Walker. «Ich möchte gern noch einen Zwischenstop einlegen, ehe ich mich zur Ruhe begebe.»

«In Frieden, Gordon. In Frieden werden Sie ruhen. Herrgottnochmal, als ich Sie vorhin sah, habe ich im ersten Moment gedacht, Sie wären einer meiner Kunden.»

«Naja, so schlecht fühle ich mich nicht. Ich fahre runter nach B. H., um zuzuschauen, wie sie meinen Film drehen. Übrigens», fragte er Dr. Siriwai, «warum sagen Sie Kunden? Ich meine, statt Patienten oder irgendwas . . . Freundlicheres.»

«Ich bezeichne sie als das, als was ich sie empfinde», erklärte Dr. Siriwai. «Ich rede nicht von winselnden Wracks oder leichter Beute oder Freiern. Ich nenne sie Kunden. Ich bin ihr Dealer.»

«Verstehe.»

«Sie werden dieses schizophrene Püppchen treffen, was? Diese kleine Südstaatenmaus mit dem irren Blick? Lee Verger?»

«Sie hat Sie immer sehr gemocht, Doc. Ich schätze, sie lebt in der Hoffnung, daß Sie immer nur gut von ihr reden.»

«Geben Sie ihr kein Kokain, Gordon. Kein Kokain für sie. Sie werden das reinste Tollhaus erleben, mein Freund, wenn Sie jemandem in ihrer Verfassung Kokain geben. Denken Sie an meine Worte. Verstecken Sie das Zeug. Schmeißen Sie es lieber weg, ehe Sie ihr was davon geben.»

«Ich werd's mir merken», sagte Walker.

«Und passen Sie um Himmels willen auf sich selbst auf. Vor allem, was Alkohol angeht – das ist Teufelszeug. Und wenn Ihre Leber im Eimer ist, dann gute Nacht . . .» Dr. Siriwai erschauderte angewidert. «Das ist eine herrlich unangenehme Art zu sterben, Gordon. Fast so schlimm wie . . . das, was wir hier behandeln.»

«Ich weiß, wie das ist», sagte Walker. «Mein Vater ist daran gestorben.»

«Wissen Sie noch, was W. C. Fields über den Tod gesagt hat?»

«Er hat gesagt, er wäre lieber in Philadelphia.»

«Das meine ich nicht. Er hat den Tod als Mann im hellen Nachthemd bezeichnet. Verstehen Sie? Das war die Einbildungskraft des Deliriums. Fields befand sich im völligen Alkoholwahn. Und als er abtrat, sah für ihn der Tod vielleicht aus wie ein Mann im hellen Nachthemd.» Dr. Siriwai kicherte.

«Ihr Mohn gefällt mir«, sagte Walker. «Ich stelle mir Mohn immer als wilde Blume vor. Ich habe ihn nie mit Gartenkultur in Verbindung gebracht.»

Dr. Siriwai lächelte in den strahlend blauen Himmel.

«Mohn, ja. Süßes Vergessen.» Er schloß die Augen.

«Verrätst du uns, die wir gestorben sind,
So werden wir nicht ruh'n, wenn auch der Mohn blüht
Auf den Feldern Flanderns.»

«Das Zeug, das Sie Ihren . . . Kunden geben, wirkt das?»

«Wirken? Lieber Freund, natürlich wirkt es. Es heilt Krebs.»

«Tatsächlich?»

«Ich wünschte, ich hätte einen Taler für jedes aufgegebene Leben, das wir hier gerettet haben, Gordon. Ich selbst erstarre in Ehrfurcht vor manchen Wendungen des Schicksals, die wir hier zuwege gebracht haben. Da bekommt man mächtigen Respekt vor den Heilungskräften der Natur, das kann ich Ihnen sagen.»

«Ist es das Zeug, das Sie ihnen geben, oder ist es die innere Einstellung?»

Dr. Siriwai schien das Thema unangenehm zu sein.

«Es gibt keine Wunder, Gordon. Ich will sagen, alter Freund, ich glaube nicht an Wunder, Sie etwa? Die innere Einstellung spielt eine Rolle, ja. Auch Pflanzentherapie, Diät, Übungen, was Sie wollen. Ganzheit. Die ganzheitliche Methode.»

«Wie dem auch sei», sagte Walker. «Es ist ein schönes Plätzchen.»

Dr. Siriwai machte ein finsteres Gesicht.

«Man lernt hier, seine spirituelle Energie zu bewahren. Es gibt soviel Negativität. Ich weise meine Mitarbeiter an, eine positive Einstellung an den Tag zu legen. Haltet euch am Geländer fest, sage ich meinen Leuten, sonst werdet ihr mit in die Tiefe gerissen.»

«Ab und zu verlieren Sie also auch welche. Kunden.»

«Hin und wieder, Gordon. Ihre Zeit ist gekommen, und sie haben kein Recht, hier zu sein. Aber deswegen lehnt man eine Behandlung nicht ab. Hoffnung ist der Anker, wenn alles gesagt und getan ist.»

«Zu schade», sagte Walker, «daß Sie nicht alle retten können.»

«Naja», sagte Dr. Siriwai, «es wäre großartig fürs Geschäft. Schließlich soll das hier kein philosophisches Gespräch sein, oder?»

«Ich war nur neugierig zu erfahren», sagte Walker, «ob Sie daran glauben oder nicht.»

«Ich glaube an die Hoffnung», sagte Dr. Siriwai.

«Den Anker.»

«In der Tat», sagte Dr. Siriwai. «Genau das.»

«Ich muß mich auf den Weg machen«, sagte Walker. «Ich habe noch ein paar Stunden Fahrt vor mir.»

«Lassen Sie sich an der Rezeption einen von unseren Aufklebern geben. Das vereinfacht das Fahren auf unseren Highways und Nebenstraßen. Wir sind nicht ohne Einfluß in diesem Teil der Welt.»

Sie gaben sich die Hand, und Walker bedankte sich für die Quaaludes.

«Ich kann mich gut an Sie erinnern, Gordon. Ich erinnere mich an ein paar köstliche Abende mit Wein und Gesprächen unter Palmen. Ich war immer der Meinung, daß Sie ein kluger Kopf sind und sehr amüsant. Die Sache ist nur, daß ich mich absolut nicht an Ihre Arbeit erinnern kann. Nichts, was Sie je gemacht haben, ist mir im Gedächtnis geblieben.»

«Es tut mir leid, das zu hören, Doc. Ich dachte, ein paar von meinen Sachen hätten Ihnen gefallen.»

«Ah», sagte der Doktor, «das haben sie zweifellos auch, Gordon, das haben sie. Aber Ihre Arbeit – ich muß das so sagen – wiegt nicht schwer in meiner Erinnerung.»

«Die Arbeit an Filmen kann sehr vergänglich sein.»

Dr. Siriwai klopfte Gordon auf den Unterarm.

«Das ist es, sehen Sie. Vergänglich. Natürlich, das ist das Wesen des Mediums.» Siriwais Augen begannen zu leuchten. Er nahm Gordon beim Arm und führte ihn im Garten umher. «Ich hatte mal eine Liste, Gordon – nicht festgehalten auf einem Blatt Papier, sondern eine persönliche Liste in meinem Kopf –, eine Liste von Leuten, von denen ich glaubte, daß sie außergewöhnlich begabt seien. Oder besonders fähig zu bestimmten Dingen. Oder geschickt, aber nicht originell. Oder begabt, ohne ihre Begabung zu nutzen. Ich war nicht nur ein Knochenflicker, verstehen Sie, dem die künstlerischen Aspekte des Films egal waren. Das Gewerbe hat mich interessiert» – er legte eine Hand aufs Herz – «und ich habe die Arbeit der Leute, denen ich in meinem Beruf begegnet bin, geliebt und geachtet. Aber was Sie angeht, Gordon, kann ich mich, obwohl ich Sie außerordentlich schätze, mein Lieber, beim besten Willen nicht an die Dinge erinnern, die Sie gemacht haben. Oder daran, als was Sie auf meiner kleinen Liste rangierten.»

«Als einer, der seinen Nächsten liebt», sagte Walker.

«Oho.» Siriwai klatschte in seine weichen Hände. «Gut gesagt.»

«Ich war ganz gut. Ich habe schon als Kind angefangen. Ich hatte keine Ausbildung, und ich habe die Schauspielerei nie so ernst genommen, wie es nötig gewesen wäre. Habe meine Profession nie gelernt, bis es dann zu spät war. Wie beim Schreiben – das, was ich gemacht habe, das kann jeder. Etwas anderes habe ich nie ausprobiert. Außer natürlich dieser Show. Der Oper.»

«Nie Regie geführt?»

«Nein.»

«Schade», sagte Siriwai. Als sie ihre Runde durch den Garten beendet hatten, ließ er Walkers Arm los.

«Vielleicht haben Sie sich zu sehr angepaßt. Der rasche Erfolg beeindruckt einen jungen Menschen – ich erinnere mich gut. Und zu meiner Zeit lag über alledem noch ein wundervoller Glanz. Aber man darf dem raschen Erfolg nicht zuviel opfern, wissen Sie. Man verliert etwas, eh? Irgendwann muß man dafür bezahlen.»

«So ist es wohl, nehme ich an.»

«Sehen Sie mich an», sagte Dr. Siriwai. «Man könnte denken, ich sei wohlsituiert. Ich könnte mich, von außen betrachtet, vielleicht beneiden, aber was wüßte ich schon. Ich bin über fünfundsechzig, Gordon. Wenn man den Veden glaubt, müßte ich frei sein. Ich müßte zurückkehren in die Berge, frei wie ein Bergvöglein, und meditieren und von morgens bis abends über alles nachdenken. Aber ich kann nicht, verstehen Sie?»

«Wie kommt das?»

Dr. Siriwai lachte fröhlich.

«Weil ich dort versagt habe, wo Sie auch versagt haben, Gordon. Ich habe meine Arbeit nicht getan. Als ich an der Großen Dänemarkstraße studiert habe, damals, da dachte ich, ich würde hinterher zu Hause praktizieren. Oben in den Bergen. In den armen Dörfern. Über die Hängebrücken wollte ich gehen, ohne Angst vor Fieber und Banditen, nur von meinen Büchern begleitet. Und am Ende – nichts davon.» Er schüttelte den Kopf und ließ ein nachdenkliches

Grunzen vernehmen. «Auf meinem Weg von Dublin zurück nach London hatte ich ein sonderbares Erlebnis. Bestimmt kennen Sie den indischen Ausdruck ‹Karma›?»

«Er wird viel benutzt, Doc. Man hört ihn ständig.»

«Nun ja», fuhr der Doktor fort, «ich war gerade mit der Fähre von Dun Laoghaire angekommen und saß im Zug von Holyhead nach Euston. Irgendwo – muß in der Gegend von Bangor gewesen sein – kommt der Schaffner durch die erste Klasse und schreit aus Leibeskräften nach einem Arzt. Nun, dachte ich, welch wunderbarer Mensch kann hier gemeint sein, wenn nicht ich? Ich ging also mit dem Mann, und was erwartet mich ein paar Waggons weiter hinten – ein Bursche in einem ansonsten leeren Abteil, der nach Jameson's stinkt und dunkelblau angelaufen ist. In der Faust hält er ein leeres Röhrchen Nembutal.

‹Sofort den Zug anhalten›, schrie ich, und sie hielten an, und ich raus aus dem Zug mit dem Burschen, meinem ersten Patienten, ins nächste Krankenhaus, und dort pumpten sie ihm den Magen aus, und er erwachte mit dem nächsten Tag. Später erfuhr ich, Gordon, daß sich der Knabe vollkommen erholt hat. Im Krankenhaus hatte er zufällig eine hübsche junge walisische Schwester kennengelernt, in die er sich hoffnungslos verliebte – sie sich desgleichen in ihn – und die er schließlich erwürgte. Natürlich wurde er gehenkt. Das brachte mich damals ziemlich aus der Fassung. Erster Patient, Wert des Lebens und all das. Heutzutage würde man das einen Kunstfehler nennen und mir den Prozeß machen. Wie dem auch sei, am Ende habe ich mich dann wie Sie für das große Geld und das strahlende Leben entschieden.»

«Zuerst meint man, es sei das Geld», sagte Walker. «Aber dann ist man sich nicht mehr so sicher.»

«Wie auch immer, für mich gibt es jetzt jedenfalls keinen Weg mehr zurück in die Berge, Gordon. Ich muß hier bleiben und sterben. Bei meinen Kunden.»

«Ich glaube», sagte Walker, «ich sollte mich jetzt wirklich auf den Weg machen. Damit ich noch vor Dunkelheit da unten ankomme.»

«Sehen Sie zu, daß Sie clean werden, alter Junge. Hoffnung ist der Anker, was? Wer weiß, vielleicht gelingt Ihnen eines Tages etwas, was der Mühe wert ist. Denken Sie immer dran, was in der Schrift steht, Gordon: ‹Noch nicht morgen werden wir der Erlösung teilhaftig.›»

«Danke, Doc. Ich hoffe, Sie sind weiterhin erfolgreich.»

«Gordon, solange es – naja . . .« Ein breites Lächeln überzog sein Gesicht, und einige seiner Zähne waren, wie Gordon erinnerte, tatsächlich aus Gold. «Sie wissen, was ich meine. Ich werde noch eine Weile im Geschäft sein.»

Als Gordon hinausging, hatte der Doktor die Hände zu einem Segenswunsch erhoben.

In der klimatisierten Düsternis des Wohnmobils sahen sich Vater und Sohn Drogue eine Videoaufnahme der letzten Einstellung an. Lu Anne im Straßenbahnwagen, eine gleichmäßige Halbtotale. Eric Hueffer und Lise Rennberg, Drogues schwedische Cutterin, waren dabei. Man saß im Halbkreis auf metallenen Klappstühlen.

«Hierfür haben wir ein paar sehr hübsche Zwischenschnitte, falls Sie sie brauchen», sagte Lise zum Regisseur.

«Fein», sagte der junge Walter Drogue und knipste die indirekte Beleuchtung über seinem Schreibtisch an.

«Walter», sagte Eric Hueffer leutselig, «damit du nicht denkst, ich sei ein Vollidiot – kann ich vielleicht noch mal meine Argumente für die Vierzehn-Millimeter-Linse in dieser Szene vorbringen. Oder eventuell auch in der nächsten?»

«Interessanter Vorschlag, Eric.»

«Naja, also», sagte Hueffer, «vor einer Stunde hast du ihn noch in Bausch und Bogen abgeschmettert.»

«Wirklich?» fragte Walter. «Wie voreilig von mir. Natürlich könnten wir hier eine Vierzehner einsetzen, Eric. Aber dann bräuchten wir gemalte Prospekte statt der Bäume. Meinst du, das könnten wir hinkriegen?»

«Ach komm, Walter», sagte Eric.

Lise Rennberg lächelte leidenschaftslos.

«Wie wär's, Eric, vielleicht könnten wir Material aus *Caligari* benutzen? Um zu zeigen, daß die Protagonistin mit ihrem Latein am Ende ist?»

«Offenbar habe ich mich geirrt», sagte Hueffer und erhob sich aus seinem Stuhl. Er war ein großer junger Mann, fast einen Kopf größer als Walter Drogue junior, und seine Größe zwang ihn, den Kopf einzuziehen, solange er im Wohnmobil stand.

«Du brauchst keinen weiteren Gedanken daran zu verschwenden», sagte der junge Drogue.

Als sie allein waren, ließen die Drogues das Band noch einmal laufen.

«Meine Güte», sagte der junge Drogue und starrte auf den Bildschirm, «das nenne ich eine optimale Quadrierung.»

Der alte Drogue streckte den Arm aus und hielt das Band an, so daß ein Bild auf dem Schirm stehenblieb.

«Du hast sie weinen lassen?»

«Sie hat geweint. Ich hab gedacht, das lassen wir drin.» Er wandte sich zu seinem Vater. «Gefällt es dir nicht?»

«Es gefällt mir, aber irgendwas stört mich.»

Er spulte das Band zurück und hielt es wieder an der gleichen Stelle an, fast genau beim selben Bild.

«Irgendwas», sagte der alte Drogue leise und schüttelte den Kopf.

«Wo ist das Problem?» fragte der junge Walter. «Findest du auch, wir sollten es mit 'ner Vierzehner drehen?»

«Du gehst sehr grob mit dem jungen Mann um», sagte Drogue senior zu seinem Sohn. «Er ist tüchtig. Er ist mit Begeisterung bei der Sache. Ich meine . . . eine Vierzehner – das ist natürlich vollkommen ausgeschlossen, aber du kannst daran sehen, in welche Richtung er denkt. Er ist noch jung.»

«Ich auch», sagte Drogue junior.

«Wenn du Hueffer heißen würdest, wärst du vielleicht sein Regieassistent. Dann könnte er dich abkanzeln.»

«Du weißt nicht, wovon du redest», sagte sein Sohn. «Du weißt nicht, wie es war. Du kannst es nicht wissen.»

«Wenn dir dein Name eine solche Last war», sagte der alte Drogue, «hättest du ihn ändern sollen.»

«Ich war Walter Drogue der Geringere.»

«Hartes Schicksal», sagte der Alte.

«Und ich durfte mir niemals solche Dummheiten erlauben wie der bescheuerte Hueffer.»

«Hör auf damit, auf ihm rumzuhacken», sagte der alte Drogue. «Du kannst froh sein, daß du ihn hast. Der kann es bis ganz oben schaffen, der Junge.»

«Sein Tag wird kommen», sagte der junge Drogue.

«Wird er sich darüber freuen können?»

«Er wird seinen eigenen Film kriegen. Stück für Stück werden die Dinge außer Kontrolle geraten. Er wird alle mögliche schräge Scheiße ausprobieren – Weichzeichner und so was. Er wird versuchen, alles selbst zu machen. Nach einiger Zeit werden sie merken, wie sie ihn fertigmachen können. Sie werden ihn sabotieren und hinter seinem Rücken über ihn lachen. Seine Schauspieler werden durchdrehen. Seine große Chance wird vor seinen Augen zu einem Haufen Scheiße zusammenschrumpfen. Er wird Angst haben, sich an seinem eigenen Set blicken zu lassen.»

«Naja», sagte der Alte, «so werden Filme nun mal gemacht. Ich für mein Teil bin viel zu abergläubisch, um meinen eigenen Assistenten Katastrophen an den Hals zu wünschen.»

«Ich wünsche es ihm nicht. Es ist unvermeidbar. Er ist der Typ für so was.»

Drogue senior startete wieder das Band. Er und sein Sohn betrachteten Lu Anne während der Fahrt.

«Ich könnte mir das zwanzig Sekunden lang ansehen, du nicht auch?» fragte der junge Drogue. «Wir machen den größten Teil der

Fahrt als eine durchgängige Halbtotale, und dann können wir vielleicht auf ihre Subjektive umschneiden?»

«Warum hast du sie weinen lassen?»

«Mein Gott, sie hat eben einfach geweint. Warum auch nicht?»

«Es ist nicht stimmig für die Figur.»

«Das sehen nur wir.»

«Wie meinst du das?» wollte der alte Drogue wissen. «Immerhin klappt sie dir gerade zusammen.»

«Mein Gott, Dad, meinst du, ich wüßte das nicht? Keine Sorge, das kommt gut rüber.»

«Hast du jemals versucht, einen Film um jemanden herumzubauen, der durchdreht? Am Ende bist du genauso verrückt wie der andere.»

«Also, mir bleiben doch nur zwei Möglichkeiten, oder? Ich kann dafür sorgen, daß sie nicht durchdreht. Oder ich kann den Film mit ihr zu Ende machen, so wie sie ist. Was empfiehlst du mir?»

«Sie hat eine Art durchzudrehen», sagte der alte Drogue, «die sich auf der Leinwand ganz gut macht.»

«Stimmt», sagte sein Sohn.

«Manche haben das, manche haben es nicht.»

«Sie hat es. Seit ihr Mann angefangen hat zu packen, ist ihr Energiepotential permanent auf hundertzwanzig Prozent.»

«Es könnte sein, daß sie vollkommen ausrastet. Das ist ihr schon häufiger passiert.»

«Dann würde ich vorschlagen, ich lasse Kurlander einfliegen, oder ich ernähre sie mit meinem Blut oder so was.»

«Allzuviel hast du nicht mehr vor dir.»

«Ich muß noch ein paar von Walkers literarischen Szenen oben in L. A. drehen. Dafür brauche ich sie in einigermaßen guter Verfassung.» Sie sahen sich das Straßenbahnband zu Ende an. «Walker wird uns hier unten die Ehre geben. Und ich muß diesen penetrant neugierigen Schreiberling bei Laune halten. Wenn ich sie über dieses Wochenende bringe, dann schaffe ich auch den Rest mit ihr.»

«Viel Glück», sagte der Alte.

Sie traten hinaus in den Nachmittag; der junge Drogue sah hinauf zum Himmel. Über ihnen weit und breit kein Wölkchen zu sehen, und der Wind hatte nachgelassen. Das Unwetter hing am Horizont über dem Meer – eine ferne, drohende Gefahr.

Hueffer und Toby Blakely hatten im Schatten unter dem Wohnmobil eine Tarantel entdeckt und quälten sie mit einem Stock.

«Die können verdammt weit hüpfen», sagte Drogue zu seinen Leuten. Hueffer sprang auf.

«Ich bin mit Taranteln groß geworden«, sagte Blakely. «Habe sie lieben gelernt.»

«Du hast vielleicht recht mit dem Regen, Eric.»

«Hast du vor, Lees Gang noch heute abend zu drehen?» sagte Blakely.

«Ich glaube, wenn es nicht regnet, sollten wir es lieber machen. Wir kriegen nie wieder einen so perfekten Anschluß, und morgen kann es schon Bindfäden regnen.»

«Ich mache alles bereit», sagte Hueffer. «Herrlicher Sonnenuntergang heute abend. Zeichen dafür, daß es morgen früh einen *chubasco* gibt. Anderthalb Tage strömenden Regen.»

«Wenn du Wettervorhersagen für mein Set machst, rate ich dir, dich nicht zu irren», sagte Drogue. «Ich verfüge über unermeßliche böse Kräfte. Ich mag keine schlechten Vorhersagen.»

«Ich glaube, er hat recht», sagte Blakely. «Wenn es mein Geld wäre, ich würde die Überstunden bezahlen und alles weiterlaufen lassen. Besser, als morgen in den Regen zu glotzen.»

«Ich werde mit Lu Anne reden», sagte Drogue zu Hueffer. «Und da wir gerade den Herrn Produzenten vor Ort haben, können wir uns auch mit ihm beraten. Was immer eine besondere Freude ist.»

Er sah zu Boden und bemerkte, wie die Tarantel auf die Spitze seines Stiefels zukroch. «Ich hoffe für euch Arschlöcher, daß ihr recht behaltet», sagte er. Er hob den Fuß, setzte ihn auf das Tier und zermanschte es im Sand. «Andernfalls.»

Blakely sah ihn gelassen an. «Was du da machst, hat doch erst recht zur Folge, daß es regnet, Boss.»

Er und Drogue beobachteten, wie sich der junge Regieassistent entschlossen auf den Weg machte, um Axelrod, den Aufnahmeleiter, zu suchen.

«Magst du den Jungen?» fragte Drogue seinen Kameramann.

«Yeah», sagte Blakely. «Irgendwie mag ich ihn. Du nicht?»

Drogue hatte angefangen, die haarigen Überreste der Spinne von seiner Schuhsohle an die Trittbrettkante des Straßenbahnwagens zu schmieren.

«Findest du nicht, daß er gewisse arschlöcherige Eigenschaften hat?»

Blakely stand da und sah dem Regisseur einige Sekunden lang in die Augen. «Vielleicht», sagte er gedehnt.

Drogue nickte leutselig. «Irgendwie mag ich ihn auch.»

Lu Anne ließ sich ihr Haar auskämmen, während Vera Ricutti das letzte Baumwollkleid Edna Pontelliers zusammenfaltete und die Nadeln in eine Pappschachtel warf.

«Meine Güte», sagte Lu Anne, «da donnern sie dich auf wie ein himmlisches Wesen. Und dann lassen sie dich auf die Welt los, mit mehr Nadeln und Häkchen als ein Barschköder. Die jungen Männer müssen sich lebensgefährliche Verletzungen geholt haben.»

«Hat ihnen Respekt eingeflößt«, sagte Joe Ricutti. «Die Mode sollte man mal wieder einführen.»

Kurz darauf kam der junge Drogue in das Wohnmobil; Josette und die Ricuttis sammelten unaufgefordert ihre Sachen zusammen und verließen den Raum.

«Wie geht es dir?» fragte der junge Drogue. Sie antwortete, es gehe ihr gut. Die Nadeln in dem Kleid erinnerten sie an Verteidigung und Flucht. Dornen. Wenn ich könnte, dachte sie, würde ich die Dunkelheit aus mir herausstoßen wie ein Tintenfisch und sie alle blenden, und dann weglaufen.

«Laß uns ein paar Schritte gehen», sagte Drogue.

Sie schlenderten Hand in Hand in einem weiten Bogen zwischen den Bäumen hindurch. Lu Anne trug über ihrer Unterwäsche nur den dünnen weißen Bademantel.

«Für mich ist die entscheidende Frage», sagte Drogue, «ob du die Szene heute abend noch drehen willst. Wenn nicht, packen wir zusammen.»

Sie sagte, es gehe schließlich nur darum, ins Wasser zu steigen. Sie sagte, sie werde es machen, und das genau war es, was er hören wollte.

Als sie zum Wohnmobil zurückkam, erkundigte sich Vera Ricutti, ob sie irgendeinen Wunsch habe. Dunkelheit, dachte sie, das war es, was sie sich wünschte. Kühle und Dunkelheit.

«Nur ein paar Minuten die Füße hochlegen», sagte sie zu Vera.

Als sie in der Kühle und Dunkelheit war, erschienen die Alten Freunde und begannen zu flüstern. Sie lag wie erstarrt, die Augen weit aufgerissen, und lauschte.

Malheureuse, flüsterte ein Alter Freund. Das Wesen saß in ihrem Schminkspiegel. Sein Gesicht war hinter schwarzem Stoff verborgen. Zu erkennen waren nur die geäderte Stirn von babyblauer Farbe und ein Teil des Schädels, geschoren wie der einer Nonne aus alten Zeiten. Die zarten Libellenflügel hatte es gegen die Seiten gelegt. Sie hatten stets Taschen dabei, die sie aber unter den Flügeln oder dem groben klösterlichen Tuch versteckt hielten. Die Taschen waren eine Art durchscheinende Säcke, gefüllt mit altem Zeug. Wenn man sie fragte, was das für Dinge seien, gaben sie immer dieselbe Antwort.

Les choses démodées.

Sie drehte den Kopf, um das Wesen sehen zu können, um erkennen zu können, ob es ihr das Gesicht zuwandte. Ihre Gesichter waren kindlich und absurd. Manchmal wollten sie gestreichelt werden, und sie kauten mit ihren weichen Kinderzähnen an ihren Fingerspitzen. Das Wesen im Spiegel verbarg sein Gesicht. Lu Anne lehnte sich wieder zurück und verschränkte die Arme über der Brust.

Tu tombes malade, flüsterte das Wesen. Sie waren mütterlich.

«Nein, ich bin dahin», antwortete sie. «Beklage mich.»

Im nächsten Augenblick rang sie nach Luft, als würde eine unsichtbare Stange auf sie niedergedrückt. Sie drehte das Licht an, und die Alten Freunde verschwanden in den Schatten wie Insekten in Mauerritzen; ihr Flüstern wurde vom Surren der Klimaanlage verschluckt. Der Wahn war eine Krankheit der Dunkelheit.

Ihre Tabletten standen im Badezimmer des Wohnmobils auf dem Bord. Sie ging und holte das Röhrchen. Beim Anblick des Mittels krampfte sich ihr Körper in Abscheu zusammen.

Draußen sank die Sonne tiefer und berührte schon fast den oberen Rand der graublauen Sturmwolke über dem Ozean. Sie wickelte sich fester in den Bademantel und war einen Augenblick an der Schwelle zur Panik. Sie wußte nicht, wohin sie gehen, was sie tun sollte. Schließlich ging sie zu dem Wohnmobil, das ihrem am nächsten stand. Es war das von George Buchanan.

Auf ihr Klopfen erhob sich Buchanan; ein Krimi von John D. MacDonald lag auf dem Schminktisch.

«George», sagte sie atemlos. «Hi.»

«Hi, Lu Anne.» Er sah sie beunruhigt und verärgert an. Er war ein Mann mit ernstem Gesicht, ein professioneller Schurke seit seiner Jugend in den fünfziger Jahren. «Ich bin gar nicht da, weißt du. Ich verstecke mich.»

«Wirklich, George?»

«Mein Sohn ist mit seiner Freundin oben im Bungalow. Ich bin hierhergekommen, um ihnen ein bißchen . . . wie soll man das nennen?»

«George», sagte sie mit einem mädchenhaften Wimmern, «hast du einen Downer? Bitte? Hast du?»

Er machte ein überraschtes Gesicht. Er war so schockiert über ihr Anliegen, daß er versuchte, es in einen Scherz zu verkehren.

«Für dich, Lu Anne, hab ich alles. Aber so was nicht.»

«War ja nur 'ne Frage», sagte sie.

«He», sagte Buchanan, «ich bin's, Buchanan. Ich will noch ein bißchen am Leben bleiben. Ich meine, mein Gott, Lu Anne, du weißt, daß ich dieses Zeug nicht nehme. Ich wäre fast dran krepiert.»

Sie schüttelte verwirrt den Kopf.

«Ich meine, ich kann gar nicht begreifen, daß du mich danach fragst.»

Sie warf die Tür zu, drehte sich um und entdeckte Dongan Lowndes, den Schriftsteller, der offensichtlich auf dem Weg zu ihrem Wohnmobil war. Er hatte gesehen, daß sie von Buchanan kam. Er tat so, als habe er sie nicht gleich bemerkt, um sie spüren zu lassen, daß er sie gesehen hatte.

«Mr. Lowndes», sagte sie. «Tut mir leid, aber ich kann mich an Ihren Vornamen nicht erinnern.» Sie biß sich auf die Lippe; sie schien das Weinerliche in ihrem Verhalten nicht ablegen zu können.

«Vergessen Sie's», sagte Lowndes. «Nennen Sie mich Skip.»

«Skip», sagte sie. «Skip, Sie haben nicht zufällig einen Downer bei sich? Oder vielleicht auf Ihrem Zimmer?»

Er starrte sie an. Hatte er die Erwähnung seines Zimmers als unsittlichen Antrag aufgefaßt?

«Nein», sagte Lowndes. «Auch keine Uppers oder was es sonst so gibt.»

«O je», sagte Lu Anne. Sie lächelte Lowndes entwaffnend an. «Ich hatte so gehofft, Sie hätten was kleines Nettes für mich.»

«Tut mir leid», sagte Lowndes und sah sie an, als wäre es die Wahrheit. Sie sah, daß er sich Mühe gab, ihr zu gefallen.

«Auch Alkohol wäre nicht schlecht», sagte sie. «Ich trinke gewöhnlich nicht während der Arbeit, aber ab und zu ein kleines Schlückchen kann einen Menschen ja nur aufmuntern.»

«Genau», sagte Lowndes. «Nun, ich für mein Teil trinke auch nicht mehr. Ich darf nicht. Aber können Sie sich nicht vom Hotel etwas bringen lassen?»

Sie parodierte mädchenhafte Schuldgefühle, indem sie die Augäpfel von einer Seite zur anderen rollen ließ.

«Ich möchte nicht, daß irgend jemand es weiß.» Sie unterbrach sich und seufzte. «Dongan, könnten Sie nicht vielleicht?»

«Skip», sagte Lowndes.

Sie sah ihn ungeduldig an.

«Skip», wiederholte er. «Nennen Sie mich Skip.»

«Oh, das ist hübsch», sagte sie. «Ich kann mir vorstellen, warum Ihre Familie Sie so genannt hat. Können Sie uns nicht eine Flasche besorgen, Skip, und dann nehmen wir hier unten heimlich ein Schlückchen?»

«Ich habe Probleme mit dem Zeug», sagte Lowndes. «Ich bin vollkommen trocken.»

Einen Augenblick lang sah er sie an, und der Anflug eines freundlichen Lächelns umspielte seine dicken Lippen.

«Ich glaube, ich kann es trotzdem machen.»

Sie riß die Augen weit auf und schluckte tapfer. Dann geh schon und mach's, ließ sie ihn wissen, du notorischer Schleimscheißer. Die Alten Freunde schnatterten Ermahnungen.

«Scotch?» fragte er. Traurigkeit lag in seinem Blick. Ob er ihre Zuneigung erflehte oder einfach nur desillusioniert war, wußte und interessierte sie nicht.

«Ja», sagte sie mit einer von absurder Gier erfüllten Stimme, «das wäre fein.»

«Ich gehe rauf und hole eine Flasche», sagte er. Bei diesen Worten überschlug sich seine Stimme wie die eines Knaben im Stimmbruch.

Lu Anne hatte keine besondere Lust auf Alkohol, aber sie brauchte einfach irgend etwas.

«Oh, wunderbar, Skip», sagte sie. «Also, du erinnerst dich an das Auto, mit dem wir gekommen sind, wie? Nun, du gehst einfach zurück zu dem Wagen und sagst dem Fahrer, er soll dich den Berg raufbringen, und dann kannst du uns ein Fläschchen holen. Du mußt es nur in irgendwas einpacken, ja, weil ich nicht will, daß die Leute denken, wir wären ein paar alte Säufer.»

«Klar», sagte Lowndes. «Ich tu's in ein braunes Tütchen.»

«Und wenn du schon oben bist», sagte sie, als er sich auf den Weg zum Wagen machte, «kannst du gleich fragen, ob ein Mr. Walker angekommen ist. Okay?»

«Mr. Walker», wiederholte Lowndes. «Und eine einfache braune Tüte.»

Lu Anne sah, wie sich auf der anderen Seite der Lichtung der Schauspieler Jack Glenn, der Robert Lebrun spielte, mit Joe Ricutti unterhielt. Sie ging hinüber zu den beiden. Vor ein paar Jahren hatte sie mitbekommen, wie ein Agent behauptet hatte, daß Glenn – ein Naturtalent, der fechten, jonglieren, sich von Baum zu Baum schwingen und Komödie spielen konnte – zu klein sei, um groß rauskommen zu können. Wann immer sie die Geschichte erzählte, hatte sie die Lacher auf ihrer Seite, und die Leute sagten, solche Äußerungen seien typisch für ein längst untergegangenes Hollywood. Aber der Agent war nicht untergegangen, und Jack Glenn mit seinen einszweiundsiebzig war mit Engagements nicht gerade üppig gesegnet. Jemand hatte ihr mal erklärt, es läge daran, daß er eine zu helle Haut habe; Schauspieler mit heller Haut müßten größer sein. Es sei eine Frage der Semiotik, hatte der Betreffende behauptet.

Als sie näher kam, drehte er sich um. «Ah», sagte er und legte eine Hand aufs Herz, *«Les Douleurs d'amour.»* Er gab ihr einen korrekten Handkuß, den Kuß nur angedeutet. Glenn sah nett aus und war bisexuell, aber aus irgendwelchen Gründen hatte er auf sie nie anziehend gewirkt. Vielleicht, weil er helle Haut hatte und klein war.

«Ich nehme nicht an», sagte Lu Anne, «daß du seit unserem letzten Gespräch an irgendwelche . . . du weißt schon, daß du in den Besitz von . . .»

«Welch ein Zufall, daß du fragst.»

«Also doch!» rief sie freudig aus.

«Nein», sagte Jack Glenn. «Aber ich habe gerade selbst mit dem Gedanken gespielt. Ich habe mit dem Gedanken gespielt, den Typen da drüben zu fragen.»

Er zeigte auf einen Mexikaner mittleren Alters in einer Safarijacke, der eines der beiden Straßenbahnpferde an einer Nasenbremse hielt und einen der Hufe untersuchte. Dabei summte er den «Trolley Song» aus *Meet Me in St. Louis.*

«Wer ist das?» fragte sie.

«Der Tierarzt», sagte Glenn.

«Was?» sagte sie.

«Der Tierarzt«, sagte Joe Ricutti. «Für die Pferde. Damit sie nicht krank werden.»

Lu Anne drehte sich um und sah ihm bei der Arbeit zu.

«Ich hätte nie gedacht, daß es auf mexikanischen Locations Tierärzte gibt.»

«Ich hab immer gedacht, nur Pferden gibt man den Gnadenschuß», sagte Jack Glenn augenzwinkernd.

«Hier ist wirklich Endstation Sehnsucht», sagte Lu Anne. «Ich meine, es ist eine echt schlimme Situation.»

«Der Arzt hier am Set», sagte Glenn, «wenn du dem sagst, du kannst nicht schlafen, dann erzählt er dir, wie viele Gringos in Baja Norte im Kittchen sitzen. ›Einhundertzwanzig Bürger der Vereinigten Staaten im Gefängnis.‹ Das ist der einzige englische Satz, den er drauf hat. Also hab ich gedacht, hmm – da gibt es doch auch noch den Tierarzt. Vielleicht hat der was Hübsches für uns.»

«O Gott», sagte Lu Anne voller Entsetzen, «so was wie Tranquilizer für Pferde? Wie wär's mit 'nem STP-Trip? Oder ein bißchen Angel Dust?»

«Sag ihm, er soll dir 'nen Schuß setzen«, sagte Joe Ricutti. «Da gehst du in Caliente über Bord und bist trotzdem als erste in Del Mar.»

«Naja», sagte Lu Anne, «da müssen wir durch, oder? Alles mit 'nem sauberen schwarzen Rand, wie bei 'ner Todesanzeige.»

Jack Glenn lachte. «Du bist total abgefahren, Lu Anne.»

«Darum sind wir schließlich alle hier», sagte sie. «Du eingeschlossen.»

«Ich weiß nicht, wie Leute über Drogen Witze machen können», sagte Glenn mit gespielter Traurigkeit. In Wirklichkeit interessierte sich Glenn nicht sonderlich für Drogen, wie Lu Anne wußte. Er versuchte nur, witzig zu sein. «Wir sollten jemanden finden, der für uns in L. A. einkauft», sagte er. «Der dann zusammen mit den Mustern den Shit runterbringt.»

«Vielleicht hat Joy 'n bißchen was da», schlug Lu Anne vor.

Glenn schüttelte den Kopf.

»Na dann», sagte sie, «ich leg mich hin und sterb mal wieder 'ne Runde.»

Sie ging über die Lichtung zurück zu ihrem Wohnmobil. Auf den drei schmalen Metallstufen saß Lowndes, eine braune Tüte neben sich. Er stand auf und präsentierte stolz die Tüte.

«Haben Sie Eis?»

Aber natürlich wollte sie nicht Lowndes, sondern nur den Alkohol. Oder irgendwas Derartiges. Sie öffnete die Tür des Wohnmobils und dachte über einen Weg nach, ihn loszuwerden. Er folgte ihr in den Trailer und schloß hinter sich die Tür.

Sie hatte etwas Eis im Wohnmobil, das schon ein paar Wochen alt war. Sie schlug wieder und wieder mit der Schale gegen die winzige Spüle, um die Eiswürfel zu lösen, und wies Lowndes' Hilfsangebote unwirsch zurück. Auf ihrem Schminktisch standen zwei Plastikbecher; sie füllte sie mit Eis und Whisky und reichte einen davon Lowndes.

«Wir müssen es kurz machen, Skip, okay? Weil ich eigentlich noch nicht fertig bin mit der Arbeit, Sie verstehen.» Sie konnte nicht verhindern, daß ihre Worte ineinanderflossen, so dringend wollte sie trinken und Lowndes los sein. «Ich wollte nur etwas . . . wissen Sie, was mich innerlich trocken macht, wenn ich aus dem Wasser komme. Nein», sagte sie, «ich schätze, trocken ist vielleicht das falsche Wort, oder? Ich wollte nur etwas, was mich feucht hält zwischen den Aufnahmen, aha.»

Er schrieb für eine Zeitschrift, rief sie sich ins Gedächtnis, war ein wichtiger Autor, und er war hier, um über den Film zu berichten. Mit fasziniertem Entsetzen beobachtete sie, wie sich seine Oberlippe nach oben schälte und einen Streifen wundes rotes Zahnfleisch bloßlegte. «Nicht», lachte sie heiter, «daß ich die Absicht habe, die Szene mit voller Dröhnung zu spielen, denn das ist nicht meine Art zu arbeiten. Weiß Gott nicht, darum . . .» Sie unterbrach sich. Der Mann vor ihren Augen schien immer groteskere Züge anzunehmen, und sie war sich der Wirklichkeit dessen, was sie sah, nicht länger sicher. Er hatte irgend etwas Vertrautes an sich, vertraut in höchst unangenehmer Weise. Vielleicht erinnerte er sie an irgend jemanden. Aber vielleicht war es auch viel schlimmer.

«Es ist sehr lange her, seit ich zum letztenmal einen Drink genommen habe», erzählte Lowndes.

«Tatsächlich?» fragte sie. «Na, hier kommt wieder mal ein Gläschen.»

Als sie tranken, verzog Lowndes angewidert das Gesicht. Seine Augen wurden feucht.

«Ich sage Ihnen was», sagte sie zu Dongan Lowndes, «wenn ich heute abend fertig bin, dann nehmen wir einen richtigen Drink zusammen. Wir machen's uns gemütlich und trinken einen und reden. Was halten Sie davon?»

«Ich dachte, da sind dann nur Arschkriecher und Agenten und Publicityfritzen um Sie rum», sagte Lowndes. «Ich würde Sie wahnsinnig gerne später noch sehen.» Er leerte den Rest seines Glases in einem Zug und wurde blaß. «Wie wär's mit einer Verabredung zum Dinner?»

«Ja, ja», sagte Lu Anne und stand auf. «Dinner, das machen wir.»

Sie schenkte ihm ihr Hundertachtzig-Grad-Lächeln. Er war ein Starficker, dachte sie, ein billiger Starficker, der sie im Bett haben wollte, um hinterher vor seinen Kollegen damit zu prahlen und sie dann, scheinbar unparteiisch, vor sämtlichen literarischen Insidern Amerikas bloßzustellen. Nicht, dachte sie, daß so etwas nicht schon vorgekommen wäre.

«Yeah, das ist prima», sagte Lu Anne. «Nach der Arbeit.» Sie legte ihm eine Hand auf den Arm, um ihn zur Tür zu schieben. Dann merkte sie, daß sie nicht zu schieben brauchte, so daß ihre Hand auf seinem Arm zu einer Art liebevoller Geste wurde. Sie zupfte ihm einen imaginären Fussel vom Hemd. Nach der Arbeit – das war genau wie früher als Kellnerin, nur daß die anderen jetzt wußten, wo sie zu finden war.

«Wird es spät mit der Arbeit?»

«Sonnenuntergang. Nach sechs.»

«Gut», sagte Lowndes, «ich werde gegen halb acht in der Bar sein. Wir treffen uns dort.»

«Ist er da?»

«Wer?»

«Gordon. Gordon Walker.»

«Verdammt, tut mir leid. Hab vergessen zu fragen. Er ist der Drehbuchautor, nicht? Ist er ein Freund von Ihnen?»

«Ja, ja, ein alter Freund. He, danke für den Scotch», rief sie, als er hinausging. «Skip.»

Er hatte eine ganze Flasche Dewar's gebracht. Das einzige Problem war, daß ihr Atem und das Wohnmobil nach Whisky stinken würden und daß sie sich den Mund spülen und scheußlich riechendes Deodorant versprühen mußte.

Den ersten Drink schlürfte sie langsam. Durch ihn änderten sich für sie die Dinge; er verwandelte das Wohnmobil von einem schäbigen Aluminiumcontainer in ein kühles, gut ausgestattetes Refugium. Sie dämpfte die Deckenbeleuchtung und fand, daß sie ein angenehmes Licht geschaffen hatte. Es war alles soviel schöner.

Nachdem sie den ersten Drink geleert hatte, goß sie sich das Glas noch einmal halbvoll. Sie befeuchtete sich das Gesicht mit einem kühlen Handtuch, drehte die Klimaanlage hoch und erschauerte wohlig.

Ihr Drehbuchexemplar lag aufgeschlagen, mit den Seiten nach unten, auf dem Schminktisch neben ihrem Stuhl. Nach kurzem Zögern nahm sie es zur Hand, ohne sicher zu sein, ob sie in der richtigen Stimmung war, um zu arbeiten, oder um Edna, Kate Chopin oder Gordon Walkers generelle Sicht der Dinge zu ertragen. Sie hatte das Drehbuch schon unzählige Male gelesen.

Die Szene war der Höhepunkt des Romans, ihr Gang ins Meer; wenn sie die Tür öffnete, würde sie die Bühnenarbeiter hören können, die das Set vorbereiteten.

Sie bewegt sich wie Cleopatra, hatte Walker geschrieben, *als sei sie getrieben von einem Sehnen nach Unsterblichkeit*. Die Regieanweisung war nur an sie gerichtet, war Teil ihres gemeinsamen Hangs zum unentwegten Shakespearisieren, halb Romantik in Reinkultur, halb hochkarätiger Blödsinn. Er versuchte zum Ausdruck zu bringen, daß Edna so aus dem Leben gehen sollte wie die Königin in *Antonius und Cleopatra*, V. Akt, 2. Szene.

Sie spürt eine Freiheit, deren Dimension ihr bisher unbekannt war. Sie befindet sich jenseits der Verzweiflung in einem Zustand der Verzückung.

Naja, dachte Lu Anne. Also dann. Sie nahm einen kleinen Schluck und legte das Drehbuch mit dem Rücken nach oben auf ihren Schoß.

«Also wirklich, Gordon», sagte sie.

Natürlich, das war der Tenor des Romans und seines Endes. Aber Verzückung jenseits der Verzweiflung? Sie hatte jenseits der Verzweiflung nie etwas anderes entdecken können als nur noch mehr Verzweiflung.

Es galt hier ein paar Fragen zu klären, Fragen, die den Autor betrafen. Glaubte Walker wirklich an eine Verzückung jenseits der Verzweiflung? Bedeutete das, daß auch sie daran glauben mußte? Würde sie so etwas spielen können? Darauf hatte sie eine Antwort, und die lautete: absolut, kein Problem. Wir spielen jeden, ganz gleich, ob es ihn gibt oder nicht. Und wenn wir ihn einmal gespielt haben, dann ist er in der Welt, und da bleibt er auch, so wie Marcel Herrands Larcenaire, Henry Fondas Wyatt Earp, Jimmy Deans Jimmy Dean. Verzückung jenseits der Verzweiflung, dachte sie. Mein Gott, das kann ich mitten auf 'ner Tanzfläche hinlegen und auf dem Dreckschwein rumsteppen.

Es war anstrengend, über Verzweiflung nachdenken zu müssen, über Edna und Walker und darüber, was es gab und was nicht. Vor allem, was letzteres anging, war sie unsicher, ob sie das Recht auf eine eigene Meinung hatte. Wer wußte schon, was es gab und was nicht? Der Alkohol machte ihr Kopfschmerzen. Wer wußte schon, was für Verzückungen es gab?

Was, wenn man eines Tages am Wasser entlanggeht und plötzlich alles durchbricht? Man geht ins Wasser, genau wie Edna, und zack! Ein erfüllteres Leben.

Das ist ein Trick, dachte sie plötzlich. Das ist ein gemeiner Trick, weil Walker recht hatte mit den Verlockungen eines erfüllteren Lebens. Danach zu suchen bedeutete zu sterben. Nach dieser Art von Erfüllung zu streben bedeutete den sicheren Tod.

Das war es, was er gemeint hatte. Das, und *Antonius und Cleopatra*, V. Akt, 2. Szene.

Sehr clever, Walker, dachte sie, aber ziemlich brutal einer alten Freundin gegenüber. Er hatte das Ende im letzten Jahr umgeschrieben – er hatte nicht die eigentliche Handlung verändert, aber den emotionalen Ton seiner Darstellung. Es kam ihr in den Sinn, daß er vielleicht befürchtete, bald zu sterben. Oder daß er sich den Tod wünschte. Oder ihr.

Es hatte, beschloß sie, keinen Sinn, sich davon aus der Fassung bringen zu lassen. Es war nichts weiter als ein Drehbuch, und das Drehbuch war die Adaption von nichts weiter als einem Roman. *Jenseits der Verzweiflung in einem Zustand der Verzückung*, das war, soweit sie wußte, lediglich eine theatralische Konvention, so wie es nur ein Stück Kino war, bei Sonnenuntergang ins Meer zu spazieren und zu ertrinken. Ihr Problem mit Walker bestand darin, daß sie tief in ihrem Innern glaubte, er kenne alles. Die Vergangenheit, die Gegenwart, die Zukunft, alle Antworten. Aber er war lediglich ein Autor, so wie sie war, was sie war.

Sie trank noch einen Schluck Scotch; ein Durcheinander von Gefühlen befiel sie, ihr Kopf schmerzte. Sie nahm ein paar Aspirin, drehte das Licht aus und warf sich in einen Sessel, die Füße auf dem Sofa, das Glas in der Hand.

Was geht hier vor, Walker? dachte sie. Was läuft hier? Wer sind wir und in welchem Spiel spielen wir mit? Wo hört das eine auf und wo fängt das andere an?

«Ich bin wirklich», sagte sie laut. Nach dieser Verkündigung brauchte sie einen Drink und mußte nachdenken. Ich weiß, daß ich bin. Ich weiß, was ich bin und was ich nicht bin. Das ist alles, was ich weiß. Sie leerte ihren Plastikbecher und warf ihn vorsichtig auf den Schminktisch.

Es war noch nicht ganz dunkel im Wohnmobil. Die Spätnachmittagssonne drängte sich durch jede Öffnung, durch jede Naht und Ritze des großen metallenen Behälters. Die Alten Freunde kamen hervor, um zu schwatzen und sie mit ihren Flügeln zu streifen. Sie waren stets zur Stelle, wenn es dunkel wurde und die Frage nach der Wirklichkeit aufkam. Ihr nach Lavendel duftender Atem war schwer und betäubend.

«Verschwindet jetzt», befahl sie.

Sie plapperten weiter über irgendwelche Geheimnisse. In ihrer Unterhaltung ging es oft um Dinge, die niemals ans Tageslicht kommen durften, um ruinöse Skandale, ungeklärte Verbrechen.

Die unaufhörlichen Geräusche im Hintergrund veranlaßten sie, aufzustehen und das Deckenlicht einzuschalten. Nur einer der Alten Freunde blieb trotz des Lichts zurück und kauerte sich in der dunkelsten Ecke zusammen, ein hohles Lächeln auf dem Gesicht.

Die Geborenen, sie genügen dir nicht, sagte der Freund. Die Ungeborenen, deren sind zu viele.

«Mach mich nicht *ungeboren*», sagte Lee. «Wirklich», sagte sie, «wirklich, du hast Nerven, mich mit diesen Abtreibungsgeschichten zu belämmern. Ich habe vieren das Leben geschenkt und eines habt ihr zurückgeholt.» Sie wandte sich dem leichenähnlichen Wesen in der Ecke zu. «Wollt ihr, daß ich nachts wach liege? Nein danke.» Sie beschimpfte es auf kreolisch, bis es seine kreideweißen gespreizten Finger hob und sich die Ohren zuhielt. Als sie das sah, hob sie selbst die Hände an ihre Schläfen.

«Ihr seid eine Pest», sagte sie, ohne es anzusehen, «die ich an einem Friedhof eingeatmet habe.»

Es gab eine Vision von einem heißen Septembertag, die sie manchmal in ihren Träumen heimsuchte. Sie war klein, stets ein Kind in ihren Träumen, und ging auf einer sandigen Straße nach Hause. Auf der einen Straßenseite standen Reihen stattlicher Kiefern, und dahinter, am Ufer des reglosen Flusses, wuchsen Tupelos. Sie bekreuzigte sich, als sie an einer Friedhofsmauer entlangging; die jenseits in die Mauer eingelassenen Gräber konnte sie nicht sehen.

Sie hielt den Atem an, solange sie konnte, aber sie konnte ihn nicht lange genug anhalten. Es war vor dem Hurrikan und dem Hochwasser, kurz bevor sie in die Stadt zogen, im selben Sommer, als ihr Vater riesig und betrunken in der Tür gestanden und an ihr vorbei nach jemand Wirklichem Ausschau gehalten hatte. Manchmal fand sie Gefallen an der Vorstellung, daß sie an jenem Tag die Alten Freunde eingeatmet hatte, obwohl sie erst Jahre später anfing, sie zu hören und schließlich auch zu sehen.

Sie wandte sich um und betrachtete das Wesen in der Ecke. Die groben Stoffe, in die es gehüllt war, das farblose Muster in der Form des Gottesauges auf seinem Flügel, alles das schien genauso deutlich sichtbar zu sein wie die anderen Dinge im Wohnmobil.

«Liebst du mich?» fragte sie. Sie begann zu lachen und brach plötzlich ab. Die rezeptpflichtigen Tabletten waren in ihrer Handtasche. Sie holte sie hervor, schüttete sie in ihre Hand und zählte sie im Geist. Sie würden reichen, um sie für immer auszulöschen. Das war es, was sie hatte wissen wollen. Gut, dachte sie. Es waren genügend da – es würden auch morgen noch genügend dasein. Im nächsten Jahr und im Jahr darauf. Es würden immer genügend dasein. Sie tat die Tabletten zurück in das Röhrchen.

Die Stirn in die Hand gestützt versuchte sie, über die Szene nachzudenken, die sie gleich würde spielen müssen. Cleopatra. Ein Sehnen nach Unsterblichkeit und Verzückung jenseits der Verzweiflung. Sie biß die Zähne zusammen, schüttelte heftig mit dem Kopf und zog den Bademantel fester um ihre Schultern. Dann begann sie zu singen.

Ihr Lied war ein wortloses gebetartiges Summen. Vor wenigen Jahren noch hatte sie die geheiligten Folk-Soprane ihrer Jugend überzeugend zu imitieren vermocht; sie hatte keine Übung, aber sie sang gerne. Während sie sang, entspannte sie sich, schloß die Augen und ließ die Arme schlaff an den Seiten herunterhängen. Das Lied versetzte sie zurück an jenen Septembertag, als sie im Vorbeigehen aus den in die Friedhofsmauer eingelassenen Gräbern irgend etwas Böses, Verhängnisvolles eingeatmet hatte.

Errette mich, sang sie. Das war es, worum es in dem Lied ging. Irgend jemand, errette mich.

Sie legte den Kopf zurück, faltete die Hände und erhob ihre Stimme zu einem kräftigen Tremolo. Das Lied beschwor in ihr ein solches Ausmaß an Traurigkeit, an erinnerten Hoffnungen, an vergangener Liebe und Verlusten herauf, daß sie meinte, sterben zu müssen.

Wo bleibt meine Verzückung jenseits der Verzweiflung? dachte sie. Es ist nichts da außer diesem träumenden, ganz und gar unglücklichen Kind.

Sie hob wieder die Stimme und breitete die Arme aus. Die Schwarzen in Louisiana nannten diese Art des Gesangs ein *bajo* oder ein *banjo*, einen Blues, der die Sehnsucht nach etwas ausdrückt, das man nicht kennt, und das war für die Schwarzen ihre Heimat Afrika, aber was es für sie war, das wußte Gott allein.

Be there, sang Lu Anne. *Be there, Sweet Jesus. Be there.*

Sie ließ sich erschöpft ins Sofa sinken. Als sie sich dem Spiegel zuwandte, sah sie ihre eigenen geheimen Augen. Niemand außer ihren Kindern und den Alten Freunden hatte sie jemals gesehen. Für Rosalinde hatte sie sich ihrer bedient, allerdings so getarnt, daß die Leute, und wenn sie noch so genau hinsahen, nicht begreifen konnten, was es war, das sie in ihrem Gesicht erblickten. Keines ihrer Kinder hatte geheime Augen.

Sie stand auf und war wie gelähmt von dem, was sie im Spiegel sah. Von dem Schock hatte sie Sterne vor den Augen, als hätte ihr jemand ins Gesicht geschlagen. Sie beobachtete, wie das Abbild mit den geheimen Augen im Spiegel den Mund öffnete; sie versuchte wegzusehen.

Überall wucherte büschelweise halluzinierter Flieder, bildete einen zweiten Rahmen um den Spiegel, sproß zwischen ihren Beinen. In ihrer Verzweiflung rief sie Gott an.

Plötzlich war der Raum erfüllt von häßlichem Licht, schmutzigem und hartem Sonnenlicht. Scheußlichem Licht. Josette stand leichenblaß und mit weit aufgerissenen Augen in der offenen Tür. Sie wich einen Schritt zurück, ihre Lippen bebten. Es war das erste Mal, daß Lu Anne im Gesicht der Französin etwas anderes sah als humorlose Gefaßtheit.

Sieh her, du kleine Ratte! dachte Lu Anne. Dann war sie nicht sicher, ob sie es laut gesagt hatte. Sieh in meine geheimen Augen!

Vera Ricutti und ihr Mann standen hinter Josette; Vera hatte ein Kostüm über dem Arm, ein Kleidungsstück aus grauer Baumwolle und ein blaues Tuch. Die Ricuttis betrachteten Lu Anne mit einem Ausdruck, der ehrfürchtig hätte sein können.

«Was ist los, Kind?» fragte Vera Ricutti.

«Ich habe meinen Text gelernt», sagte Lu Anne. Ihr wurde übel von dem vorwurfsvollen Haß und Ekel in Josettes Augen.

«Du hast geschrien!» rief das Mädchen. Sie drehte sich, Bestätigung suchend, zu den Ricuttis um. «Sie hat geschrien hier drin!»

«Ich habe gesungen», sagte Lu Anne ruhig.

Josette sah mit einem verzerrten, triumphierenden Lächeln zu ihr auf; Vera Ricutti hielt sie am Arm fest.

«Erzähl mir nichts!» keifte sie Lu Anne an. «Du hast geschrien.»

«Ich habe meinen Text gelernt.»

Die Frau zuckte die Achseln und brummte etwas.

Joe Ricutti trat vor und redete ruhig auf sie ein, bis sie schließlich ging.

«Wir kümmern uns darum», sagte er mit seiner rauhen Stimme. «Wir reden mit Eric. Ich meine, du mußt dir das von ihr nicht gefallen lassen.»

Lu Anne stand in der Tür des Wohnmobils, mit offenem Bademantel, den einen Ellbogen in die Hand gestützt, und kaute an ihrem kleinen Finger.

«Scheiße», sagte sie.

Vera kam die Stufen herauf und drängte sie sanft zurück ins Innere des Wohnmobils.

«Dann hast du eben geschrien. Du hast ein Recht dazu.»

«Unbedingt», sagte Joe Ricutti.

Walter Drogue und sein Vater waren auf dem Weg von ihrem Wohnmobil zum Strand. Der Alte trug eine blaue Badehose, die kaum seine Geschlechtsteile verhüllte, und ein gestreiftes Gondolierehemd.

«Du findest, man muß schlau sein, um beim Film Regie führen zu können?» fragte der Alte seinen Sohn. «Quatsch. Einige der größten Arschlöcher dieser Welt haben es zu unsterblichem Ruhm gebracht.»

«Ich habe nie gesagt, daß man schlau sein muß», antwortete sein Sohn. «Ich habe gesagt, es sei nützlich. Ich habe an meinen eigenen Fall gedacht.»

«Ford», sagte der Alte. «Ein geborener politischer Regisseur. Ein Ire mit dem Blick eines deutschen Romantikers. Mit Bauernschläue. Er hat hier niemals Ärger gehabt, und er hätte auch da drüben niemals Ärger bekommen, so wie Eisenstein.»

«Du kannst froh sein, daß du deinen Ärger hier gehabt hast», sagte der junge Drogue zu seinem Vater. «Da drüben hätten sie dir einfach in den Arsch geballert, anstatt schöne Reden zu halten.»

Am Strand erwarteten sie Blakely und Hueffer. Der Chapman Titan stand auf seiner Schiene.

«Sieh dir den Himmel an», sagte Blakely.

Der alte Drogue ging und setzte sich in einen Liegestuhl unter einem Sonnenschirm. Drogue junior, Blakely und Hueffer betrachteten den Horizont.

Der Streifen von Gewitterwolken schien um etwa dreißig Grad höher gestiegen zu sein, so daß die Horizontlinie aus zwei goldgesprenkelten, ineinander verlaufenden Blautönen bestand. Gerade begann die Sonne, ein wenig von ihrer Kraft zu verlieren.

«Wenn die Wolken da bleiben, wo sie sind, während die Sonne untergeht», sagte Blakely, «dann kriegen wir ein absolutes Sahnestück von einem Sonnenuntergang.»

«Ich bin der liebe Gott», sagte Drogue zu seinen Assistenten. «Ich glätte das unruhige Meer. Ich befehle der Sonne. Wo ist Joy?»

«Joy», rief Eric Hueffer, und Joy trat aus der Tür der nächstgelegenen Badehütte. Sie trug einen hautengen grauen Baumwollbadeanzug. Um den Kopf hatte sie ein blaues Tuch gebunden.

«Willst du ein Tape sehen?» fragte Hueffer.

«Nein», sagte Drogue. «Ich will sie gehen sehen.»

Zwei Bühnenarbeiter senkten den Ausleger des Krans; Drogue kletterte in den Kamerakorb und wurde ausgetrimmt.

«Joy», rief Hueffer. «Hast du deine Markierungen?»

«Yeah», sagte Joy.

Toby Blakely wurde neben seinem Boss ausgetrimmt.

«Ab geht's!» rief Drogue, und die Kamera schwebte, von den Bühnenarbeitern an Seilen gezogen, rückwärts vor Joy her über den Strand. Der junge Drogue hatte seine Baseballmütze verkehrt herum aufgesetzt, wie der Fänger im Spiel, und sah durch den Kamerasucher.

«Okay», sagte er, als er zufrieden war.

Die Bühnenarbeiter schwenkten den Ausleger des Chapman in seine ursprüngliche Position zurück und holten Blakely und den jungen Drogue herunter. Joy lehnte mit ausgestrecktem Arm an der Seite der Badehütte. Drogue, Hueffer und Blakely hockten sich an die Wasserkante.

«Sie ist so verdammt hübsch, es ist ungeheuerlich», sagte Drogue. «Sie kommt da raus, und sofort denkt man nur noch eins: Die will ich ficken. Man verliert das Gefühl für die Relationen.» Er sah hinüber zu seinem Vater und konnte den starren Blick erkennen, mit dem der Alte das hübsche Double anglotzte.

«Lee hat viel mehr Würde», sagte Blakely. «Und ihre Figur ist ganz schön sexy für eine Frau mit zwei oder drei Kindern. Oder sogar noch mehr.»

Die drei gingen hinüber zu Joy und betrachteten sie ausgiebig.

«Dieser Badeanzug gefällt mir», sagte Hueffer.

Drogue klopfte Joy auf die Schulter und faßte den Saum des Badeanzugs zwischen Daumen und Zeigefinger. «Es ist Baumwolle. Genaugenommen hätte er aus Wolle sein müssen, aber wir haben uns gesagt, scheiß drauf. Einfach», sagte er und zeigte auf Joy, «um dem Personal unnötige Unbequemlichkeiten zu ersparen.»

Joy lächelte dankbar.

«Um ehrlich zu sein», sagte Drogue zu seinen Mitarbeitern, «ist das eine ziemliche Schummelei mit diesem Badeanzug. Der hier ist ungefähr von 1912. Wenn wir das echte Modell aus den wilden Neunzigern genommen hätten, würde die Szene aussehen wie bei Mack Sennett.»

«Ich glaube, auch der hier wird schon für ein paar Lacher gut sein», sagte Joy. Die drei Männer sahen sie ernst an.

«Wenn du ihn ausziehst, Puppe», sagte Drogue, «wird keiner mehr lachen.»

«Herrjemine», sagte Joy. «Ausziehen?»

«Liest du das Drehbuch nicht?» fragte Drogue. «Natürlich ziehst du ihn aus.»

«Herrjemine», sagte Joy.

«Miss Verger zieht ihren Badeanzug aus. Es steht im Drehbuch. Wenn sie das kann, kannst du es auch.»

«Vermutlich», sagte Joy skeptisch.

Drogue wandte sich an Hueffer und nahm ihn beiseite. Blakely folgte den beiden.

«Was ich wissen will, ist, wie es aussieht, wenn sie den Badeanzug auszieht. Er ist eng, sie wird sich herauswinden müssen – okay, was wir nicht wollen, ist ein Striptease. Wahrscheinlich machen wir einen Schnitt, wie der Badeanzug zu Boden fällt, aber ich bin noch nicht sicher, wie weit wir beim eigentlichen Ausziehen draufbleiben werden. Also, laß ein Tape mitlaufen bei dieser Einstellung – wir lassen sie über den Strand kommen, bis zu ihren Markierungen, lassen sie ihr Tuch abnehmen und fortwerfen. Dann soll sie so graziös wie möglich aus diesem Badeanzug steigen und ihn fallen lassen. Mal sehen, vielleicht kann sie anfangen, indem sie den rechten Arm hebt und die rechte Brust entblößt.»

«Gut», sagte Hueffer. Drogue reagierte auf seine Zustimmung mit einem kleinen Zögern. «Willst du, daß sie ins Wasser geht?»

«Keine Zeit. Wir wollen bei Sonnenuntergang drehen, und das heißt mindestens drei Klappen, wenn wir Glück haben. Sonst müssen wir's morgen machen.»

«Wenn es nicht regnet», sagte Hueffer.

«Ja, ja», sagte Drogue. «Beeilt euch. Geh und sag ihr, was sie zu tun hat.»

«Ich denke an etwas Erotisches», sagte Drogue zu Blakely. «Ich denke an Opfer. Schwangerschaft, Mutterschaft. Ja?»

«Alles klar», sagte Blakely.

«Ich denke an menschliches Opfer. Leidenschaft.»

«Tittenschaft?»

«Tittenschaft auch.»

Sie sahen zu, wie Eric mit Joy McIntyre die Lage besprach. Eric redete mit Nachdruck und nahm sich ziemlich viel Zeit. Joy schmollte.

«Sieh dir den Arsch dieser kleinen Zicke an», sagte Drogue ärgerlich. «Herr im Himmel.»

«Also», sagte Blakely. «Bloß nicht sauer werden, Boss.»

Es war am späten Nachmittag, als Walker ungefähr dort, wo der Highway vom Cerro Encantado in die Ebene hinabführt, plötzlich in Sichtweite des Meeres kam. Er nahm die nächste Ausfahrt, stieg aus dem Wagen und ging auf einen Felsvorsprung hinaus, von wo aus er hinab auf den Ozean und auf die Straße sehen konnte, die sich unter ihm schlängelte. Die Sonne stand tief und verlor allmählich ihre Glut, der Ozean lag da in einem kühlen, dunklen Blau, das ihn in der Wüstenhitze erschaudern ließ. Zwischen dem Grat, auf dem er stand, und dem Meer lag das Honda Valley. Es leuchtete in allen Grüntönen – dem zarten Pastell der kreisförmigen bewässerten Baumwollfelder, dem Silbergrün der Eukalyptuswälder, dem düsteren, reptilienhaften Smaragdgrün am

Fuß der Steilwände. Weit unter ihm, vielleicht eine Stunde vorsichtiger Autofahrt auf dem gewundenen Highway entfernt, führte eine Asphaltstraße in Serpentinen hinunter ins Tal. Er konnte die Hotelgebäude erkennen. Von dort, wo er stand, sah es so aus, als hätten sie sich in den Falten eines roten Tafelberges, der über der Küstenebene thronte, zu einer kurzen Ruhe niedergelegt.

Als er den Blick über das Tal schweifen ließ, sah er, wie am Rande eines Eukalyptushains nahe dem Meer grelle Blitze von reflektiertem Sonnenlicht aufzuckten. Am Ufer, vor einer Reihe von Holzgerüsten, liefen winzige Menschen auf und ab. Das Sonnenlicht spiegelte sich auf Reflektoren aus Silberfolie, auf Metall und Glas. Er brauchte einen Moment, um zu begreifen, daß er das *Erwachen*-Team bei der Arbeit sah.

Auf dem Rücksitz des Buick lagen ein Exemplar von Petersons *Western Birds* und ein Fernglas – von Walkers Frau, die Vögel beobachtete; er war mit ihrem Wagen nach Seattle gefahren. Er nahm das Fernglas, ging zurück auf den Felsvorsprung und suchte das Set. Er erkannte eine Frau in einem altmodischen grauen Badeanzug, die aufs Wasser zuging. Während er sie beobachtete, blieb die Frau plötzlich stehen und schlenderte dann zurück zu ihrem Ausgangspunkt.

Walker sah, wie sie von derselben Stelle wieder losging, erkannte den Kamerakran auf seiner Schiene und die Gestalten im Kamerakorb. Ein Tonmann hielt seinen Galgen mit ausgestreckten Armen und folgte der Frau wie ein Meßdiener. Er sah, wie sich die Frau ein Tuch vom Kopf riß und es in den Sand warf. Er sah, wie sie weiterging, ihren Badeanzug auszog und nackt und golden in der Sonne stand. Er sah, so meinte er, was zu sehen er gekommen war.

Es war sonderbar, sie alle so zu sehen, wie er sie sah – als winzige, ferne Gestalten am Ufer eines Meeres, die damit beschäftigt waren, eine Vision in Bilder zu übertragen, die sich aus seinen eigenen Obsessionen und Emotionen zusammensetzte. Er hatte nie jemanden so sehr geliebt, dachte er, wie jene Frau, die dort nackt am Strand vor der Kamera und vor ein paar Dutzend kaltäugiger Seelen stand. Es war, als stünde sie für ihn dort, für etwas, das nur ihnen beiden gehörte. Er schien im Begriff zu sein, die Strukturen zu erkennen, in denen sein Leben befangen war – als würde ihm sein erhöhter Standpunkt eine Perspektive ermöglichen, die ihm immer gefehlt hatte. Werde ich es jetzt alles verstehen, fragte er sich, mit dem Auge verstehen, wie ein Gemälde?

Das Gefühl der Entdeckung, der unmittelbar bevorstehenden Einsicht erregte ihn. Ihm war schwindlig; er prüfte seinen Stand auf dem unebenen Grund, seine Nähe zum Abgrund. Sie da unten, er selbst Kilometer entfernt auf einem Felsen – das ist Poesie, dachte er. Es kam darauf an, die Dinge zu ordnen, zu verstehen.

Er sah, wie sie wieder angezogen wurde, ihren Gang wiederholte, das Tuch fallen ließ, dann den Badeanzug – aus seiner Perspektive eine Abfolge scheinbar müheloser Bewegungen. Tränen stiegen ihm in die Augen. Aber vielleicht war es doch keine Poesie, dachte er. Nur Kino.

Das Körnchen Bedeutung, an das er sich verzweifelt klammerte, begann ihm zu entgleiten. Er war verblüfft von der Stille, die den Raum zwischen ihrem und seinem Ort erfüllte; er lauschte angestrengt auf die Stimme des Regisseurs, auf das Rauschen des Meeres. Möwen hörte er, und den Wind in den Mesquitesträuchern.

Was war es gewesen? Beinahe so etwas wie Freude, dachte er, etwas längst Verlorenes, ein Vergnügen um seiner selbst willen. Es war ihm entglitten.

Ach, verdammt, dachte er. Ich hab was, das ist fast genauso gut.

Er ging zurück zum Wagen, suchte mit prüfendem Blick die Straße in beiden Richtungen ab, um nicht überrascht zu werden, und schnupfte mit einigen Schwierigkeiten ein paar Linien. Ein bißchen Kokain wurde auf den Wagensitz geweht, und er mußte es abklopfen und mit ansehen, wie der Wind es davontrug.

Es war gewesen wie ein Traum, dachte er, die gleichen dahinschwindenden Vorsätze, das gleiche Erwachen im Angesicht der immer gleichen Scheiße. Es war nicht faßbar. Oder es war kaum faßbar – die Poesie eines Augenblicks, das Kino eines Augenblicks. Kaum faßbar genug, um ernst genommen zu werden, jedenfalls nicht von Leuten wie ihm.

Das Koke brachte keine Hilfe. Es war so etwas wie ein Tagtraum gewesen, heraufbeschworen vom Geruch des Windes und von der schwindelnden Höhe und von seiner Ungeduld, sie wiederzusehen; keine Droge konnte es ihm zurückbringen. Im Gegenteil, die Droge machte ihm eine Heidenangst – gab ihm das Gefühl, ausgesetzt zu sein dort oben unter freiem Himmel am Straßenrand, getrieben und außer Atem. Als er wieder auf den Vorsprung trat und das Fernglas auf die nackte Frau richtete, erkannte er, daß es sich nicht um Lu Anne handelte, sondern um eine jüngere Frau, die ihr entfernt ähnlich sah. Da hast du deine Poesie, dachte er. Dein Kino.

Die Drogues, Blakely und Hueffer drängelten sich im Wohnmobil des Regisseurs, um Videos von der sich entkleidenden Joy anzusehen.

Als der Striptease über den Bildschirm flimmerte, breitete sich in der Gruppe ehrfürchtige Stille aus.

«Was war denn das für ein Theater?» fragte der alte Drogue.

«Sie hat gezickt. Sie wollte uns ihren Arsch nicht zeigen.»

«Hast du ihr gesagt, daß Lu Anne uns ihren zeigt?»

«Hab ich ihr gesagt. Sie hatte den Nerv, mir zu sagen, ihr Problem seien die Mexikaner. Sie sagte: ‹Die verstehen das falsch.›» Drogue junior machte ihren Akzent und ihre Mimik nach. «‹Die verstehen das falsch›, hat sie gesagt.»

Ein mißbilligendes Gemurmel erhob sich in dem dunklen Wohnmobil. Alle saßen ziemlich still und betrachteten die nackte Joy auf dem Bildschirm.

«Eine Figur wie die», sagte der Alte, «und sie hat nie vor der Kamera die Hosen runtergelassen? Kaum zu glauben.»

Der junge Drogue hielt das Bild an.

«Wir müssen es anders machen», sagte er. «*So* ist es ein waschechter Striptease.»

«Vergiß nicht», sagte Hueffer, «bei Lee wird es nicht ganz so aufregend.»

Drogue dachte einen Augenblick nach.

«Ich sehe das anders», sagte der junge Drogue. «Joy ist so scharf gebaut und so großtittig und dämlich, daß man irgendwie . . . die Sache kriegt so eine wilde, unvorhersehbare Qualität. Man weiß nicht genau, was eigentlich geschieht, aber es ist schräg und es macht einen an. Mit Joy würde ich es vielleicht sogar so machen.»

«Das Kind macht was los für die Kamera», sagte Blakely. «Keine Frage.»

«Sie wird mein kleiner Engel werden», sagte der alte Drogue.

«Bei Lu Anne kann es genügen, daß sie ihre Brust entblößt, und das allein hat dann schon eine gewisse Tragik. Man will nicht sehen, wie sie sich auszieht. Sie wird gedemütigt und magersüchtig und irre aussehen. Der ganze Schluß wird flau und wir sind am Arsch.»

«Da hat er ausnahmsweise recht», sagte der alte Drogue zu Hueffer. «Du irrst dich.»

«Wir machen es in einem einzigen Take, Jungens», rief der junge Drogue. Er winkte Eric zu sich. «Wenn Lu Anne an der Reihe ist, läßt du das Set räumen.»

«Warum?» fragte Hueffer.

«Die Mexikaner», sagte der junge Drogue. «Sie verstehen es falsch.»

Joe Ricutti hatte seinen Schminktisch unter einem Sonnenschirm neben der Badehütte aufgebaut. Er tupfte und puderte Lu Annes Gesicht und massierte ihr den Nacken. Josette, nicht mürrischer und nicht mehr auf Distanz als gewöhnlich, machte sich an ihrem Haar zu schaffen. Der Gaffer und der Best Boy legten Kabel für einen Tageslichtscheinwerfer. Lu Anne warf einen kurzen Blick hinauf zur Sonne und nahm ihr abgegriffenes Exemplar von Kate Chopins Roman zur Hand. In der Darstellung der Autorin lief alles auf einen Liebestod hinaus, Tod als Befreiung.

Edna hatte ihren alten Badeanzug gefunden, der verblichen noch an seinem gewohnten Haken hing, hatte Chopin geschrieben.

Als Josette mit ihrem Haar fertig war, stand Lu Anne auf.

«Ich werde die Strecke abgehen», sagte sie zu Ricutti und machte sich lesend auf den Weg zur Badehütte.

Sie zog ihn an, ließ ihre Kleider in der Badekabine zurück. Doch als sie am Meer stand, vollkommen allein, warf sie das unangenehme, kratzende Kleidungsstück von sich, und zum erstenmal in ihrem Leben stand sie nackt im Freien, der Sonne preisgegeben, dem Wind, der ihr entgegenschlug, und den Wellen, die sie einluden.

«Bitte das Set räumen», rief Eric Hueffer durch das Megaphon. «Wer hier nichts zu tun hat, ist am Set unerwünscht. Bitte das Set räumen, alle bitte.» Das peruanische Continuity Girl wiederholte die Ansage für die Mexikaner auf spanisch.

Lu Anne lehnte den Kopf an die Seitenwand der Badehütte und stellte sich vor, wie Edna zum erstenmal nackt in der freien Natur stand. Wie traurig das war, dachte sie. Es gab keine Möglichkeit, das im Film festzuhalten. Sie hatte sich selbst nie als Edna gesehen, aber es gibt Dinge, dachte sie, die sind für jeden gleich. Eine kleine Edna tragen wir alle in uns.

Zum erstenmal nackt, im Freien. In der Hitze des Tages müßte das sein. Ein Strand am Golf, Mittag, das Wasser kühl, die Sonne heiß auf dem Körper, der Wind so leicht, daß man seine eigene Haut riechen kann.

Sie findet heraus, wer sie ist, und es ist zuviel für sie und sie stirbt. Ja, dachte Lu Anne, das kenne ich. Das kann ich spielen, ich.

Mit dem Sonnenuntergang, das ist schade, denn damit wird es zum Klischee und banal. Billige Theatralik. Mittleres Einkommen. Mittelschicht-Theatralik.

Sie schlenderte lesend am Rand des Wassers entlang. Niemand hatte um Ruhe gebeten, aber der Gaffer und der Best Boy unterhielten sich mit leisen Stimmen.

Wie sonderbar und erhaben es ihr vorkam, nackt unter dem Himmel zu stehen, wie herrlich! Sie fühlte sich wie ein neugeborenes Wesen, das in einer gänzlich unbekannten, doch vertrauten Welt die Augen aufschlägt.

Die Berührung des Meeres ist sinnlich, sie umschließt den Körper in sanfter, fester Umarmung.

Der kosmische Fick. Naja, dachte Lu Anne, wer könnte das besser als ich? Allerdings hatten die Ertrunkenen, die in ihrer Heimatstadt nach dem Hurrikan im Gemeindesaal aufgebahrt waren, nicht sonderlich erfüllt ausgesehen.

Sie las die Zeile noch einmal laut: «*Die Berührung des Meeres ist sinnlich, sie umschließt den Körper in sanfter, fester Umarmung.*» Sie sah hinaus über das Meer. So würde Edna empfinden. Da draußen erwartet mich etwas. Ein erfüllteres Leben. Du läßt los und du lehnst dich zurück und du läßt es geschehen. Du mußt deine Kleider nicht anbehalten und den Mund nicht zupressen, die Beine nicht kreuzen, das Haar nicht hochbinden und die Arschbacken nicht zusammenkneifen. Du mußt dir keine Gedanken machen. Du brauchst absolut nichts zu tun, außer . . .

«Miss Verger, bitte», rief Eric Hueffer in sein Megaphon. Mechanisch ging sie zurück zu ihrem Stuhl neben dem Schminktisch. Ricutti tupfte ihr mit einem trockenen Schwamm die Schläfen. Josette fuhr ihr mit einem Kamm durchs Haar.

«Bitte, das gilt für alle», forderte Eric die Schaulustigen auf, «wen wir nicht brauchen, den wollen wir auch nicht dabeihaben.»

Lu Anne las weiter die Geschichte von Edna Pontelliers letztem Bad.

Sie dachte an Léonce und die Kinder. Sie waren ein Teil ihres Lebens, aber sie hatten zu Unrecht geglaubt, daß sie sie besitzen könnten mit Leib und Seele.

Nun, dachte Lu Anne, es gibt eben nichts umsonst, Edna. Ihr Leben hatte ihr keine Gelegenheit geboten, dieses Gefühl am eigenen Leibe zu erfahren. Kein Zweifel, es mußte fürchterlich sein. *Ein Puppenheim*. Leere Tage. Geburt. Der Massa geht abends mit seinen Kumpanen, mit seiner kaffeebraunen Liebsten aus. Die Kinder, Tag und Nacht. Sie war sicher, daß es ihr nicht genügen würde, sich allein mit Kindern zu beschäftigen.

Man wartete auf sie. Sie legte das Buch beiseite und stand, auf und Drogue kam zu ihr, führte sie zur Badehütte und erklärte ihr die Einstellung – wie sie aus der Hütte kommen, wo sie den Badeanzug ausziehen sollte, wann sie ins Wasser zu gehen hatte.

Der Sonne preisgegeben, dachte Lu Anne. Die entscheidenden Worte. *Erhaben. Nackt. Herrlich. Sinnlich. Sanfte, feste Umarmung.* Zu sterben, das machte immer Spaß. *Ein Sehnen nach Unsterblichkeit. Verzückung jenseits der Verzweiflung.* Soviel Popcorn, dachte sie. Um die Figur fassen zu können, mußte man tief in sich hinabsteigen, bis man dorthin gelangte, wo der Schmerz saß. Der Ort, den das ureigenste Selbst besetzt hielt, war der Ort, den man nicht ertragen konnte.

Sie blieb stehen und lehnte sich gegen Drogue. Sie standen vor der Tür der Badehütte, und die Kamera bewegte sich auf sie zu. Zwei mexikanische Bühnenarbeiter, zwei privilegierte Wesen, von denen erwartet wurde, daß sie es nicht falsch verstünden, wenn sie sich auszog, warteten neben dem Titan.

«Okay, Partner?» fragte Drogue.

«Ich bin am Arsch», sagte sie. «Das Leben ist ein Scheißhaus.»

Sie sah in sein entsetztes Gesicht. Er sieht es, dachte sie. Ja, dachte sie, schau die Herrlichkeit, Jim. Sieh, wie ich strahle, ich bin die Königin des Lichts.

«Wie wär's mit einem Halbmond auf der Tür des Badehäuschens, Walter? Ich könnte rauskommen und Judy Canova mimen.» Sie grinste ihn mit entblößten Vorderzähnen an.

«Großartig», sagte Walter Drogue junior. «Aber – vielleicht ein andermal?»

«Fürchte dich nicht», sagte sie zu dem Regisseur. Sie ging in die Badehütte und schloß hinter sich die Tür. Nur eines der Wesen erwartete sie.

Wie kannst du es wagen, so mit ihnen zu sprechen? fragte es leise in der alten Sprache. Sie verstehen dich nicht. Wir sind die einzigen, die dich verstehen.

«Welches bist du?» fragte sie müde. Es war Marie Ange, sie wußte es.

«Marie Ange», seufzte sie. «Affengesicht. Verschwinde, ja? *Va-t'en.*»

Eric bat um Ruhe.

Sie richtete den Blick in die Dunkelheit. «O Dunkelheit dort oben im Himmel», betete sie, «hilf deiner Schwester Dunkelheit hier unten auf Erden.»

Sie bekreuzigte sich rasch. Sie hatte kein so schreckliches Gebet sprechen wollen. Sie dachte, daß sie am Abend in die Stadt zur Kirche gehen könnte.

Drogues Stimme durchschnitt die Stille jenseits der Tür.

«Kamera ab!»

Sie öffnete die Tür und trat hinaus ins goldene Sonnenlicht, und für den Bruchteil einer Sekunde sah sie Charlie Freitag, den Produzenten. Sie richtete den Blick auf einen Punkt oberhalb des rotgefärbten Horizonts, wo das allmählich verlöschende Gleißen der Sonne sich in ihren Augen spiegeln würde, ohne sie zu blenden. An der vereinbarten Markierung blieb sie stehen und schob die Träger ihres einteiligen grauen Badeanzugs über die Schultern herab. Es war nicht irgendeine unerfüllte Liebe, dachte sie, die Edna das Leben kostete. Der Badeanzug fiel wie von selbst, als sie ihren Körper entblößte. Sie hielt den Blick auf das Segment des Himmels gerichtet, dessen Licht ihren Augen am meisten schmeichelte.

Es war gefährlich, seine inneren Gefilde aufzusuchen. Die chemische Verbindung war ätherisch, leicht konnten Feuer ausbrechen und außer Kontrolle geraten. Was wäre, dachte Lu Anne, wenn ich, die ich nicht hinter Spiegel sehen kann, dort mit mir selbst konfrontiert würde? Mit meinem Selbst.

Wenn ich, die ich in Spiegeln alles sehe, die ich mich dem Spiegel nicht ohne eine gewisse Erwartung nähern kann, dort mein inneres Selbst sehen würde, würde ich deswegen nicht gleich sterben. Aber Edna vielleicht.

Medusa, dachte sie. Das ist es, worum es hier geht. Es ist dein eigenes Gesicht, das dich zu Stein erstarren läßt, es sind deine eigenen geheimen Augen.

Arme Edna. Arme Edna erhascht einen Blick auf sich selbst und explodiert, zerbricht, brennt. Hat nie gewußt, daß sie dort war. Fängt Feuer wie das wehrlose Kind in der Familienlegende, kleine Großtanten-Katastrophe im Kirchgangskleid am Weihnachtsmorgen, entzündet an den Weihnachtskerzen, eine Kinderfackel, die durch die Stube wirbelt.

Arme alte Edna, kleiner Dixie-Schatz, sieht ihr eigenes Selbst auf dem Hitzeschild des gleißend blauen Himmels und stirbt. Sieht all diese Freiheit, diese großartige schwarze Riesenhaftigkeit von gerechter Freiheit und fällt in Ohnmacht, oje. Und stirbt.

Lu Anne stieg aus dem Badeanzug, warf ihn beiseite und ging aufs Wasser zu. Plötzlich fühlte sie sich an Walker erinnert, aber sie konnte nicht sagen, ob die Erinnerung mit etwas zusammenhing, das er ihr erzählt hatte, oder mit etwas, das im Drehbuch stand. Irgend etwas von ihm war kurz in ihrem Bewußtsein aufgetaucht und dann wieder verschwunden. Sie trat in das warme Wasser; zwei muskulöse Männer in Badehosen standen knapp außerhalb des Bildes hüfttief im Wasser, ein dritter wartete zehn Meter weiter draußen mit einer wurfbereiten Leine auf einem Floß.

Schultern zurück, Kopf hoch, so schritt sie über den abfallenden sandigen Grund. Die Kamera bewegte sich vor ihr her, Auge in Auge, und als sie den Boden unter den Füßen verlor und sich abstieß, war ihr bewußt, daß die Kamera zurückgezogen wurde und über ihr schwebte, während sie hinausschwamm.

Als Drogue das Ende der Einstellung anzeigte, winkte der Mann auf dem Floß ihr zu, aber sie schwamm zurück. Als sie aus dem Wasser watete, hörte sie das spärliche Pladdern von Applaus.

«Wo ist das Team?» fragte Lu Anne und schüttelte ihr Haar. Vera Ricutti brachte ihr einen Bademantel.

«Wir haben das Set geräumt», sagte Drogue. «Wir fanden, es wäre netter, wenn wir unter uns sind.»

«Meine Güte, Walter», sagte sie glücklich, «wenn ihr alle applaudiert, dann ist mir viel Applaus natürlich lieber als wenig.»

«Sollen wir sie zurückholen?» fragte er. «Willst du eine Claque?» Er entfernte sich und rief sein Fußvolk zusammen.

«Okay, *muchachos*! Noch mal das Ganze, für alle Fälle.»

«Tageslichtscheinwerfer bereit, falls du sie brauchst», sagte Hueffer zu ihm.

«Brauch ich nicht. Ich brauch Reflektoren an den richtigen Stellen.»

Lu Anne ging zum Trailer, um sich die Haare trocknen und kämmen zu lassen.

Das Licht schwand; die Sonne schwebte wie an einem Band über einer schmalen Locke von purpurnen Cirruswolken. Der freie blaue Himmel wurde allmählich knapp. Von Nordwesten her zog eine graue Regenwand heran; der Wind trug ein paar schwere Tropfen herüber und warf sie klatschend auf den Strand, und die Leute sahen besorgt zum Himmel hinauf. Am Ende ließ der Regen doch noch auf sich warten, und sie hatten genügend Zeit, um zwei weitere Klappen zu drehen von Lu Anne, die ins Wasser ging.

«Ich mach's dir auf zwei unterschiedliche Arten, Walter», sagte Lu Anne.

Drogue war zusammen mit Blakely und dem zweiten Kameramann auf dem Kamerakran. Eric Hueffer stand neben dem Wagen und beobachtete den Himmel.

«Alles, was du willst, Schatz», sagte Drogue.

Es wurde um Ruhe gebeten, Lu Anne warf ihren Badeanzug von sich und ging ins Wasser.

Vera brachte ihr den Bademantel, und sie machten sich auf den Weg zurück zu ihrem Wohnmobil.

«Das war die James Mason-‹Ich glaub ich dreh mal 'n paar Runden durch Catalina vor dem nächsten Old-Fashioned›-Nummer», rief sie Drogue im Vorbeigehen zu.

Während alles für die Himmel- und Meer-Einstellung vorbereitet wurde, machte Drogue ein grimmiges Gesicht.

«Paß auf», sagte er zu seinem Assistenten. «Wir kriegen heute noch die Lu Anne-Happy Hour.»

«Ist das ein schlechtes Zeichen?» fragte Hueffer.

«Das kann man wohl sagen. Aber erst mal kriegen wir die gute Seite.»

Sie erschien für die letzte Klappe des Tages und wiederholte die Szene. Der Badeanzug wurde fortgeworfen. Betäubt von Selbsterkenntnis ging Edna in den Tod.

«He, Lee», fragte Hueffer, als sie aus dem Wasser kam, «wie hieß diese Nummer?»

«Diese», rief sie, während sie den Bademantel um die Schultern zusammenzog, «hat den Titel: Lupe Velez taucht unter.»

Hueffer brach in brüllendes Gelächter aus. Drogue, Blakely, sogar der zweite Kameramann amüsierten sich köstlich auf ihrem wackligen Gestell.

Als Lu Anne verschwunden war, erstarrte das Lachen auf Drogues Gesicht. Er sah Blakely an und zuckte die Achseln.

«Sie ist komisch», sagte er.

Als sich die Straße, auf der Walker fuhr, allmählich von dem Wüstenplateau ins Tal hinabzuschlängeln begann, war es bereits seit einer halben Stunde dunkel. Die Lichtkegel seiner Scheinwerfer fielen auf eine tiefgrüne Wand, die sich vor ihm zu drehen schien; er hatte das Gefühl, die miserabel befestigte Straße würde unter seinen Reifen wegsacken, würde ihm jeglichen Halt verweigern. Irgendwann verlief zu seiner Erleichterung die Straße wieder eben und gerade. Er hielt sich mit Rücksicht auf Tiere, Motorradfahrer, Fußgänger in der Fahrbahnmitte – und nach gut einem Kilometer sah er das Hotelschild.

Die Einfahrt war von Bäumen gesäumt; vor dem Eingangsportal plätscherte ein Brunnen. Die Gebäude waren weiß verputzt und dekorativ angestrahlt. Nach der anstrengenden Fahrt hatte Walker das Gefühl, daß alles sich aus einladenden Klängen, fließenden Schatten und weichem Licht zusammensetzte.

Ein Hotelboy nahm sein Gepäck, und an der Rezeption wurde ihm mitgeteilt, daß man ihn bereits erwarte. Das Zimmer, das ihm zugewiesen wurde, war so geschmackvoll eingerichtet, wie es sich mit der eleganten Extravaganz des Hotels vereinbaren ließ – ein protziger, in Rot und Schwarz gehaltener Raum, der eine Atmosphäre von spanischem Melodram, theatralischem Sex und Brutalität ausstrahlte. *Carmen.* Er gab dem Hotelboy ein überhöhtes Trinkgeld, eine Zehn-Dollar-Note aus der Rolle mit dem Spielgewinn.

Er war ängstlich und erschöpft. Aus einer Laune heraus war er an einen Ort gekommen, wo er keine Freunde hatte, um eine Frau zu sehen, die zu sehen ihm nicht zustand. Weitere nennenswerte Motive für seine Reise gab es nicht.

Unter der Dusche summte er ein altes Lied:

You take Sally, I'll take Sue
Makes no difference what you do.
Cocaine.

Der Windhauch, der durch das offene Balkonfenster drang, duftete nach Salbei, Jasmin, Eukalyptus. Sein Gewinnpferd in Santa Anita hatte den Namen O. K. So Far gehabt.

Unter seinen Sachen fand er ein Päckchen mit parfümgetränkten Tüchern aus einem Erste-Klasse-Toilettenset, das zur Ausbeute eines Fluges gehörte, den jemand anders bezahlt hatte. Nicht die Shakespeare-Leute; bei denen gab es keine erste Klasse. Fernsehen. Er zog sich an und holte seine Utensilien hervor. Er bereitete gerade eine Linie vor und dachte, O. K. So Far, als es an der Tür klopfte. Er packte die Drogen weg, stand auf und öffnete.

Der Besucher war Jon Axelrod, der Aufnahmeleiter.

«He, Gordon. Unser Haus ist» – er schlug ihm auf die flache Hand – «du weißt schon.»

«Danke, Jon. Ich bin froh, hier zu sein. Darf ich dir ein bißchen Blow anbieten?»

Axelrod setzte sich auf einen Stuhl.

«Ich muß dir sagen, daß während der Produktion sehr strenge Regeln gelten, was den Konsum von Drogen angeht. Sonst kriegen wir die Versicherungen nicht.»

Walker legte ein paar Linien auf seinem Spiegel aus.

«Zwischenstop bei Siriwai?» fragte Axelrod.

«Mexiko ist nicht Mexiko ohne den Doktor.»

«Hast du ihm gesagt, daß er uns allen fehlt?»

«Das weiß er.»

Axelrod holte einen knisternden US-Zwanziger aus seiner Brieftasche, rollte ihn zu einem Röhrchen und schnupfte. Er war ein schmächtiger Mann mit einem alterslosen weltentrückten Gesicht. Er betrachtete Walker aus den Winkeln seiner blauen, leuchtenden Augen, in denen sich eine gebrochene Schrulligkeit spiegelte. Auch Walker schnupfte eine Linie und eine Weile saßen sie in besinnlichem Schweigen da.

«Lu Anne ist gut», sagte Axelrod. «Soweit ich gesehen habe. Nicht furchtbar viel. Aber gute Sachen.»

«Wie geht's ihrem Kopf?»

«Sie macht einen fröhlichen Eindruck.»

«Ich versteh nicht ganz», sagte Walker, «wie du das meinst.»

«Sie arbeitet gut. Wir haben ein Auge auf sie. Weißt du, ihr Mann ist gerade mit den Kindern auf Reisen gegangen. Damit hatten wir nicht gerechnet. Wir dachten – der Typ ist 'n Psycho, er ist ihr Psycho. Wir hatten sie alle mit im Budget. Dann haut er ab.»

«Wo ist sie jetzt?»

Axelrod lächelte. «Rate mal.»

Lu Anne, dachte Walker, würde entweder in einem Jacuzzi vögeln oder in die Kirche gehen.

«In der Kirche?»

«Hundert Punkte, alter Junge. Sie ist in die Stadt zur Kirche gefahren. Billy Bly hat sie hingebracht.»

Walker war nicht begeistert, den Namen Bly zu hören.

«Billy paßt ein bißchen auf sie auf», erklärte Axelrod. «Wir versuchen zu vermeiden, daß sie zuviel allein ist.»

«Wie kommt es, daß er hier ist? Als was habt ihr ihn im Budget?»

«Als Stunt-Berater. He, Gordon, wir haben ein paar Änderungen im Drehbuch vorgenommen. Wir haben 'ne Menge Stürze eingebaut.»

Walker fand das nicht komisch.

«Wir haben ihn für die special effects geholt. Er überwacht die Jungens im Wasser, die Jungens mit den Pferden. Lu Anne mag ihn.»

«Sind sie zusammen?»

Axelrod war verwirrt. «Nein», sagte er. «Ich meine, ihr Alter ist gerade erst abgereist.»

«Es ist ein schlechtes Zeichen», sagte Walker, «wenn sie in die Kirche geht.»

Sie schnupften, was noch auf dem Taschenspiegel war.

«Wie geht es Walter?» fragte Walker.

«Walter ist ganz der alte. Ein ziemliches Talent, was, Gordon?»

«Erste Sahne. Freut er sich, mich zu sehen?»

«Vielleicht hat er Angst, daß du was mit Lu Anne anstellst. Vielleicht auch nicht.»

Walker sagte nichts.

«Du kennst Walter, Gordo. Ihm ist es egal, ob jemand ihn mag. Er hält die meisten Leute für kleine Würstchen.»

«Was glaubt er, warum ich hergekommen bin?»

«Er weiß es, Gordon. Alle wissen es.»

«Tatsächlich?» sagte Walker. «Ist das nicht herrlich?»

«Putz dir anständig die Nase», sagte Axelrod. «Wir sollten Charlie einen Besuch abstatten.»

Zum Hotelrestaurant gehörte eine Terrasse mit Ausblick über die Bucht. Es schloß sich eine blau geflieste Lounge mit einer Bar und ein paar Tischen an, auf denen Kerzen brannten. An einem Tisch bei der Tür saßen zwei ergraute Männer. Der eine war Charlie Freitag, hochgeachteter Gentleman und Produzent. Charlie erhob sich, als Axelrod und Walker hereinkamen.

«Hallo, Gordon», rief Charlie. Er schien einigermaßen überrascht. «Wie war die Fahrt?» Er wandte sich seinem Begleiter zu. «Dieser Mann ist von L. A. hier runter *gefahren*. Er hat darauf bestanden!»

Walker freute sich, Charlie Freitag zu sehen, den er als angenehmen, freundlichen Mann mit einem einfältigen Wesen und vielen wohldurchdachten Plänen kannte.

Charlie stellte den Mann, der mit ihm am Tisch saß, als Howard Robinson vor. Robinson war von allen Anwesenden am braungebranntesten; er trug karierte weite Hosen und weiße Mokassins.

«Fliegen Sie ungern?» fragte er Walker.

«Mir macht es Spaß, in Mexiko Auto zu fahren», sagte Walker.

«Ich könnte Ihnen eine Lebensstellung bieten», sagte Howard, «wenn Ihnen so was tatsächlich solchen Spaß macht.»

Walker vermutete, daß er als Repräsentant für Investoren aus Las Vegas tätig war, und der Fortgang des Gespräches ergab schon bald, daß er mit seiner Annahme recht hatte. Es stellte sich heraus, daß er und Axelrod alte Bekannte waren und daß Axelrods Vater sich in Zeiten der großen Arbeitskämpfe als Verhandlungsführer der IATSE einen Namen gemacht hatte. Bei Walter Drogues Filmen trieben sich immer eine Menge halbseidener Typen herum, und Walker hatte den Grund dafür nie herausbekommen.

«Walter hat mich gebeten, dich von ihm zu grüßen», sagte Charlie zu Walker. «Er heißt dich willkommen.»

«Ah», sagte Walker.

«Weißt du, wen du unbedingt kennenlernen solltest?» fragte Charlie Freitag, an Walker gewandt. «Du solltest Dongan Lowndes kennenlernen. Kennst du sein Werk?»

Walker kannte es. Es bestand aus einem einzigen Roman von großer Intensität.

«Das freut mich», sagte Freitag. «Er schreibt einen Beitrag über uns für *New York Arts*. Das kann uns bei den Leuten, auf die es ankommt, eine Menge nützen.«

Sie gingen in eine dunkle Ecke, wo zwei weitere Männer zusammensaßen. Den einen identifizierte Walker als Jack Best, den Pressebetreuer der Produktion. Best haßte ihn leidenschaftlich wegen irgendeines besoffenen Vorfalls, an den er sich nicht erinnern konnte.

«Mr. Lowndes», sagte Charlie mit der Miene eines Mannes, der erst eine und dann eine zweite teure Zigarre auspackt, «darf ich Ihnen Gordon Walker vorstellen, der die Drehbuchversion von *Das Erwachen* geschrieben hat. Mr. Axelrod werden Sie kennen, nehme ich an.»

Lowndes beugte sich vor und entpuppte sich als ein schwerer Mann mit pockennarbigem Gesicht und Fliegerbrille. Die Hand, die er Walker reichte, war groß, mit dicken Fingern, wie die eines Bauern.

«Guten Tag», sagte Lowndes. Walker sah, daß er betrunken war, und Best ebenfalls.

«Das ist Dongan Lowndes, Gordon», sagte Freitag. «Unser Gast aus New York.» Er klopfte Walker auf die Schulter. «Hör mal», sagte er, «wir sind heute mit den Abendaufnahmen fertig geworden, morgen können wir also richtig was trinken und uns amüsieren. Um acht kommen ein paar Leute zu einem Gartenfest. *Carne asada* unter dem Sternenhimmel. Dann unterhalten wir uns.»

«Wunderbar», sagte Walker.

«Claire wäre zu gerne hier gewesen, aber – du weißt ja, sie hat soviel um die Ohren mit ihren Gruppen. Sie läßt dich herzlich grüßen.»

«Gleichfalls», sagte Walker.

Freitag warf einen raschen bedauernden Blick auf seinen Pressebetreuer und ging zurück zu seinem Tisch.

Walker lächelte und murmelte etwas und machte sich ganz klein. Er war erschöpft und hielt sich nur mit Hilfe des Kokains auf den Beinen; er wollte, daß alle Leute nett zueinander waren.

«Wir haben auf deine Freundin gewartet», sagte Jack Best zu Walker. «Sie hat uns gerade beim Dinner versetzt.»

«Es war nur eine ganz lose Verabredung», sagte Lowndes. Er sprach mit einem ruhigen Südstaaten-Akzent. Nur bei den harten Lauten artikulierte er ein wenig unscharf. «Vielleicht habe ich sie mißverstanden.»

«Nein», sagte Jack Best. »So ist sie. Viele von ihnen sind so. Sie interessieren sich nicht mehr für die Öffentlichkeit.»

Während Walker über den Tisch hinweg Best musterte, begegneten sich ihre Blicke, und es traf ihn die volle Wucht seines grundlosen Hasses.

«Ich dachte, sie wäre vielleicht bei ihm», sagte der Pressebetreuer und deutete auf Walker, während er ihn unverwandt anstarrte.

«Ach komm, Jack», sagte Axelrod. «Sei nett.» Er legte Best freundschaftlich den Arm um die Schulter und drückte ihn.

«Ihr Roman hat mir gefallen», sagte Walker zu Lowndes, in seinem unveränderten Harmoniebedürfnis. «Ich meine, Ihr letzter.»

Lowndes hob seine Brille. «Mein einziger», sagte er.

Walker begriff, daß er das Falsche gesagt hatte. Er hatte höflich sein wollen, und Lowndes war beleidigt.

«Walker», verkündete Jack Best. «Gordon Walker.» Er erhob sich mühsam und schwankte in Richtung Toilette davon.

«Ich weiß nicht, was er gegen mich hat», sagte Walker zu Axelrod, als Best gegangen war. «Wo ist das Problem?»

«Das Problem ist, daß du ihn vor zwei Jahren in Colorado im Beisein von ungefähr hundert Leuten gedemütigt hast. Erinnerst du dich nicht?»

Walker versuchte sich zu erinnern. «Nein», sagte er.

«Schade», sagte Lowndes. «Bestimmt eine lustige Geschichte.»

«Ich glaube, ich werde mir einen Drink bestellen», sagte Walker. Er hatte festgestellt, daß er nicht unter Freunden war und daß es möglicherweise noch einigen Ärger geben konnte. Die Konstellation seiner Sterne schien ohnehin auf so etwas hinauszulaufen. «Ist die Bar schon geschlossen?»

Die Bar war noch geöffnet; Axelrod fand einen Kellner, und sie bestellten noch eine Runde. Lowndes bestellte für Jack Best.

«Er ist so amüsant», sagte Lowndes. «Ich finde, wir sollten ihn bei Laune halten.»

Best kam zurück, trank die Hälfte seines Drinks in einem Zug und nahm Walker wieder ins Visier.

«Jack hat uns aus der Geschichte des Films erzählt», erklärte Lowndes. «Dabei gab es für mich eine Menge zu lernen.»

In seinen Tonfall legte Lowndes eine Warnung vor unbedachten Äußerungen, aber Walker beschloß, sich nicht darum zu scheren. Er fragte sich, ob Charlie Freitag wirklich glaubte, daß ein Artikel über eine mexikanische Location in *New York Arts* bei denen, auf die es ankam, irgend etwas ausrichten würde. Er zog den Schluß, daß wohl vor allem die Leute gemeint waren, auf die es Charlie Freitag ankam.

«Zum Beispiel», fragte er Lowndes.

«Jack meint», erzählte Lowndes, «daß *Marty* der Anfang vom Ende war. Danach ging es überall bergab.»

«Welcher Marty?» fragte Axelrod.

«Der Film», erklärte Lowndes. «Der Film mit diesem Titel.»

Jack Best erhob sich halb von seinem Platz.

«Du», schrie er Walker an. Er wandte sich an Lowndes und Jon Axelrod. «Er!»

«Yeah, Jack?» sagte Axelrod sanft. «Das ist Gordon, Jack. Was willst du uns sagen?»

«Vor Jahren hab ich ihn gesehn. Ich hab dich vor Jahren gesehn, Walker. Ich hab dich gesehn und ich hab mit King geredet und ich sag» – er seufzte tief auf und holte Luft – «ich sag, sieh dir den Typen an. Ich sag, sieh ihn dir an. Weil der Typ – er. Walker. Der Typ hat so 'n bescheuertes Hemd an. So 'n Scheiß-Hippiehemd an. Hippiehemd. Und die Haare. Und ich sag – King. King, sag ich. Is das 'n Typ? Oder 'n Mädchen? Und King sagt.» Ein Ausdruck der Bestürzung ließ sein Gesicht erstarren.

«Jetzt müssen wir raten, was King sagt», verkündete Lowndes.

Walker leerte sein Glas. «Nein», sagte er. «King sagt – leck mich am Arsch, du widerlicher kleiner Pisser von einem Pressewichser. Du bist es nicht mal wert, diesem begabten jungen Mann die Hühnerkacke von den Schuhen zu lecken. Du bist eine besoffene niederträchtige Null, ein schmutziges kleines Loch in der Welt. Ein umnächtigter Vollidiot, sagt King. Ein Homunkulus, sagt King. Geh rüber zu Oblath und laß dir deine hinterhältige Rattenkehle durchschneiden, sagt King. So jedenfalls», sagte Walker, «hab ich es in Erinnerung.»

«He, Gordon», sagte Axelrod, «du fängst schon wieder damit an.»

«King?» fragte Lowndes. «Vidor?«

«Kong», sagte Walker. «Dennis King. Dolores King. Jack kannte sie alle.»

Best schien eingeschlafen zu sein. Axelrod stieß ihn in die Seite, und er zuckte zusammen.

«Der Choreograph vom Sands ist tot!» sagte er zu den Leuten am Tisch. Alle sahen ihn an. «Das ist es», schrie er. «Der Choreograph vom Sands ist tot!» Er würgte und sein Kopf fiel vornüber. Kurz bevor seine Nase auf die Tischplatte schlug, richtete er sich noch einmal auf und hob Walker sein Gesicht entgegen wie eine Kreatur aus der Schwarzen Lagune. Er wurde von Lachkrämpfen geschüttelt. Er streckte die Hand aus, faßte Walkers Arm und hielt ihn fest umklammert. «Der Choreograph vom Sands ist tot!» kreischte er. Freitag, Robinson, die gesamte Belegschaft des Restaurants, alle drehten sich nach ihm um. Seine Stimme wurde zum Krächzen. «Und das Sands . . . das Sands hat nicht . . .» Der sonderbare Lachkrampf schien ihn gänzlich zu übermannen, so daß er nicht weitersprechen konnte. «Das Sands hat nicht mal 'ne Revuetruppe!»

Nach diesen Worten stieß er einen explosionsartigen Schrei aus und fiel, ohne Walkers Arm loszulassen, mit dem Gesicht auf die Tischplatte.

«Wie nennt man so was?» fragte Axelrod.

Walker löste seinen Arm aus der Umklammerung des alten Mannes.

«Das Rätsel der Sandbank», sagte er.

Die Plaza von Bahía Honda war keine besondere Sehenswürdigkeit, aber am Abend hatte sie einen gewissen verkommenen Charme. In der Mitte war das weiß gekalkte Ziegelpflaster ein wenig erhöht; den Mittelpunkt bildete eine einzelne rosa Fliese, in die mit glitzernden Muscheln die Zahl *1969* eingearbeitet war. Unter einer Girlande aus nackten Glühbirnen am Rande des überstrapazierten Fußballplatzes verkauften ein paar Händler Tortillas, Eis, Plastiksandalen. Die wenigen Fischerboote des Ortes lagen im Hafen, und aus einem der beiden Cafés am Platz drang Gelächter und Musik. Das andere, auf der gegenüberliegenden Seite, war leer, schmuddelig und schlecht beleuchtet. Vor dem Kino stand eine Schlange von Menschen jeglichen Alters und Zustands, um sich die Abendvorstellung von *Doktor Schiwago* anzusehen. An der Ostseite des Platzes lag die einzige Kirche der Stadt, ein langweiliger Kasten aus weißem Mauerwerk mit einem kleinen Glockenturm. Ihre offenen Türen luden zum Gottesdienst am Freitagabend.

Als Bill Bly, mit Lu Anne am Arm, an der Schlange vor dem Kino vorüberging, verstummten die Leute und sahen ihnen nach. Der eine oder andere unbefangene Geist in der Menge fühlte sich veranlaßt zu pfeifen; es war Bly, der die Leute provozierte. Er war ein Mann von knapp eins achtzig, trug weite weiße Hosen, ein schwarzes T-Shirt und eine weiße Baseballmütze mit dem Wort SHAKESPEARE auf dem Schirm. Sein Haar, das unter dem Rand der Mütze hervorquoll, war lockig und von einer goldblonden Farbe, die trotz all der ungezählten Produktionen unter mexikanischem Himmel unmöglich auf die bleichende Kraft der Sonne zurückgeführt werden konnte. Aber die Pfiffe ertönten nur hinter Blys Rücken und kamen auch nur von Leuten, die sich nicht auskannten. Wer das Leben auf der Straße kannte, ein Herumtreiber, ein Desperado war, brauchte Billys Auftreten nur mit einem kurzen Blick zu taxieren, um zu wissen, daß Vorsicht geboten war.

Er bewegte sich mit der Ausgewogenheit eines Seiltänzers, mit dem unbewußten Gleichmaß eines Tieres. Die Handarbeiter der Filmindustrie liebten ihre Bill-Bly-Geschichten: Der amoklaufende Messerstecher auf den Philippinen, der am eigenen Handgelenk dreihundertsechzig Grad herumgeschleudert worden war; die Stänkerer in den Bars, die bewußtlos am Boden lagen, ehe sie auch nur Zeit hatten, ihr Lächeln abzustellen. Bly arbeitete genauso oft als Bodyguard wie als Stuntman, und bisweilen übernahm er, zumindest inoffiziell, beide Jobs gleichzeitig. Er war jetzt Mitte Dreißig, sah aber jünger aus. Er arbeitete als Stuntman, seit er fünfzehn war.

Lu Anne ging in seinem Windschatten. Sie trug für den Kirchgang einen beigen Rock mit dazu passender Bluse und eine spanische Mantilla. Während sie die Stufen zur Kirche hinaufstiegen, klammerte sie sich an seinen Ellbogen. An der Tür lächelte sie zu ihm empor. Als sie hineinging, blieb er auf der obersten Stufe zurück, musterte die Gläubigen, die vorbeigingen, und spielte mit einer wertlosen Falle für Taschendiebe, die er auf dem Markt gekauft hatte.

Der Gottesdienst hatte noch nicht angefangen, und es waren erst ein paar Leute in der Kirche. Lu Anne ging über den Steinboden zu einem Kruzifix, das rechts vom Hauptaltar hinter zwei Reihen von Weihkerzen stand. Das Kruzifix, nicht älter als alles andere in dieser kulturlosen Gegend, war irgendwo im Landesinnern aus einem Feuer gerettet worden. Der Querbalken war schwärzlich verkohlt, die angesengte Christusfigur wirkte nach den Qualen des Feuers stilisiert und irgendwie modern. Die Spuren der Flammen verstärkten die Aura von Märtyrertum und erhabenem Leid, von der die Figur ohnehin umgeben war. Ein halbes Dutzend Gläubige standen oder knieten versunken davor. Lu Anne gesellte sich zu ihnen.

Mein Gott, betete sie, sei für mich da. Damit es etwas gibt, das für mich da ist. Damit ich nicht alleine, betrogen und verloren, in dieser Scheiße ausharren muß.

Die Arbeit des Tages, der Gang durch die Stadt voller Fremder hatte sie ängstlich gemacht, und von dem Alkohol schmerzte ihr der Kopf. Sonderbare Laute, Echos, tonlose Musik klangen in ihrem inneren Ohr. Ein permanentes leises Geplapper von unverständlichen, irgendwie vertrauten Stimmen. Die Stimmen bargen eine geheime Schlußfolgerung in sich, vor der sie sich fürchtete.

Einen Moment lang dachte sie, die Menschen um sie herum könnten ihren Zustand bemerken. Als sie sah, daß niemand Notiz von ihr nahm, senkte sie den Kopf.

Hilf mir, betete Lu Anne, Du, der Du wirklicher bist, als ich es bin. Mein Einziger, meine Wirklichkeit.

Als sie zum Kreuz aufsah, hatte sich der an die Balken genagelte Christus in eine Katze verwandelt. Sie war genauso schwarz verkohlt wie zuvor die Figur, ihr Fell war zu Asche zerfallen, das Gesicht weggebrannt, und die grinsenden Reißzähne lagen bloß. Sie sah fort und ging mit abgewandtem Gesicht zum Ausgang, wo Bly auf sie wartete. Draußen lehnte sie sich gegen die Kirchenmauer, atmete tief und wich den Blicken der Menschen aus, die hineingingen.

«Bleibst du nicht zum Gottesdienst?» fragte Bly.

Sie schüttelte den Kopf. Während er dastand und sie ansah, faßte sie ihn beim Arm und zog mit dem Nagel ihres rechten Zeigefingers eine unsichtbare Linie um seinen Bizeps. Bly stand verwirrt und peinlich berührt da.

In den schlimmsten Momenten, dachte Lu Anne, gibt es immer noch das Fleisch.

Auf der Terrasse kam Jack Best wieder zu sich. Er hatte Tränen in den Augen.

«Das Sands», blubberte es aus ihm hervor, «hat gar keine . . .»

Axelrod kam ihm zu Hilfe. «Es hat gar keine Revuetruppe, nicht wahr, Jack?» Er wandte sich an Lowndes. «Ich hoffe, dies ist nicht der

Ort und der Augenblick, wo Sie das Material für Ihre Geschichte sammeln.»

Lowndes starrte ihn einen Moment lang sprachlos an; dann lächelte er.

«Natürlich nicht», sagte er.

Walker entdeckte draußen im Garten plötzlich die Gestalt einer Frau, die sich an die Terrassenmauer lehnte. Der Anblick brachte ihn auf die Beine. Während er sie anstarrte, drehte sie sich um und ging. Er beschleunigte seinen Schritt und versuchte sie einzuholen, ehe sie in der Dunkelheit verschwunden war. Es schien, als würde sie vor ihm weglaufen.

Sie trägt ihr Haar wie vor fünfzehn Jahren, dachte er. Er kannte ihre Gestalt, ihre Bewegungen, ihre Aura.

«Lu Anne», rief er.

«Ich bin nicht sie», sagte eine leise australische Stimme.

Walker blieb verwirrt stehen. Als er näher kam, erkannte er Joy McIntyre, Double und Licht-Double, die früher mal was mit Quinn gehabt hatte. Ihr Mann war ein Standfotograf, den Walker kannte und der ihm manchmal Stoff besorgte. Der Fotograf hatte Joys Karriere in Gang gesetzt, indem er ihren Körper auf der Doppelseite eines schmierigen Aktbilderbuches ausgebreitet hatte.

«Das ist das zweite Mal heute, daß du mich reingelegt hast», sagte Walker.

«Gordon, nicht wahr? Sie werden nicht begeistert sein, dich hier zu sehen.»

«Du meinst, Drogue wird nicht begeistert sein. Wo ist Lu Anne?»

«Sie ist in der Kirche», sagte Joy schniefend. «Hab ich jedenfalls gehört.»

«Weinst du?» fragte Walker. «Was ist los?»

«Hoi», schnaubte Joy. «Ich meine, wow!»

«Alles in Ordnung?»

«Yeah», sagte sie. «Mir geht's gut.» In der Dunkelheit wirkten ihre Augen groß und erstaunt.

«Wie geht es Lu Anne?» fragte Walker.

«Ganz gut», sagte Joy. «Abgesehen davon, daß sie in die Kirche geht. Weißt du, wo ich war?»

Walker überlegte seine Antwort sorgfältig. «Bei 'nem Typen?»

«Eigentlich darf ich's nicht sagen.»

«Okay.»

«Ich war oben bei Mr. Drogue.»

«Ah», sagte Walker.

«Wilde Nummer.»

«Naja», sagte Walker. «Wie es euch gefällt, pflegten wir in solchen Fällen zu sagen.»

«Nicht der junge Mr. Drogue», sagte Joy stockend. «Sein Dad.»

«Ah», sagte Walker. «Nun denn . . .» Er hielt inne. Er hatte selbst genug Probleme.

«Ich meine, irgend jemandem mußte ich es doch erzählen, oder?»

«Ehrlich gesagt», antwortete Walker, «nein.»

«Ich hab zu ihm gesagt – ‹Mr. Drogue, ich bin schockiert. Jetzt ist es an mir, schockiert zu sein›, hab ich gesagt.»

«Wahrscheinlich ist es ganz gut. Er kann dir nützen. Ich glaube, daß du vielleicht genau das Richtige getan hast. Karrieremäßig betrachtet.»

«Ich werde kein Wort darüber verlieren», sagte Joy. «Ich werde vergessen, daß es je passiert ist.»

«Ich auch», sagte Walker. «Ich meine, ich werde alles vergessen, was du mir erzählt hast.»

«Was hab ich dir erzählt?» wollte Joy wissen. «Gar nichts habe ich dir erzählt.»

«Genau.»

«Der gute alte Ryder», sagte sie. «Ist 'n Freund von dir, nicht?» Ryder war der Fotograf, Joys Mann.

«Ich seh ihn kaum noch.»

»Wir haben uns getrennt, weißt du. Für uns hatte die Liebe ihren Glanz verloren.»

«Das tut mir leid», sagte Walker.

«Irgendwie langweilig.»

«So ist das Leben, oder?» sagte Walker. «Ich meine, wenn es da ist, ist es da. Und wenn nicht, dann nicht.»

«O yeah», sagte Joy. «Naja, wir haben versucht, Mondschein und Rosen wiederzufinden, wie in alten Tagen. Keine Chance.» Sie schüttelte den Kopf. «Er hat versucht, mich zu solchen Sachen zu überreden wie die heute abend», sagte sie zu Walker. «Ich meine, er hat damit Aufmerksamkeit auf mich gelenkt. Inzwischen hab ich das wahrscheinlich völlig verinnerlicht.»

«Mach dir keine Vorwürfe.»

«Naja, tu ich auch nicht», sagte sie zu Walker. «Ihm mache ich Vorwürfe. Er war es, der mir befohlen hat, diesen widerlichen Telefonsex zu machen», sagte sie.

«Genau», sagte Walker.

Er erinnerte sich daran, daß Ryder Joy gezwungen hatte, als Telefonnutte einen Haufen Fettsäcke von der Melrose Avenue zu bedienen, die sich an ihrem kultivierten britischen Akzent aufgeilten. Sie machte den Job, bis der Besitzer des Ladens umgebracht wurde.

«Zeitverschwendung war das, sonst nichts», sagte Joy.

«Eine Verschwendung von allerhand.»

«Weißt du, wir haben oben in Mendocino Ferien gemacht, Ryder und ich. Total verregnet. Er wurde vollkommen paranoid. Redete kein einziges Wort. Der Fernseher war im Eimer. Ich hab die ganze verdammte Zeit damit verbracht, in dem verdammten Regen spazierenzugehen.»

«Es kann so schön sein da oben», sagte Walker. «Bist du sicher, daß mit dir alles okay ist?»

«Yeah.» Joy schüttelte den Kopf, holte tief Luft und sah Walker an, als habe sie ihn gerade erst bemerkt. «Eines noch», sagte sie. «Ich hab damals da oben zwei Tiere gesehen. Zwei Tiere, die am Strand miteinander kämpften.»

Walkers Gesicht hellte sich auf. «Das muß aufregend gewesen sein», sagte er. «Was waren das für Tiere?»

Joy seufzte tief. «Ich glaube, es waren Meeresschnecken.»

«Der Choreograph vom Sands ist tot!» kreischte Jack Best. Einer der Köche war aus der Küche gekommen und bekreuzigte sich. Axelrod und ein Kellner versuchten verzweifelt, Best aus der Tür zu schieben. Am Tisch, an dem er gesessen hatte, sah Walker neben Dongan Lowndes Lu Anne sitzen.

«Naja», sagte Joy, «ist halt ein beschissener Abend, wie alle anderen auch, stimmt's, Gordon?»

«Stimmt», sagte Walker.

Er ging zur Bar, und sein Herz schlug schneller. Einmal schien sie in seine Richtung zu sehen, ohne daß ihr Blick an ihm hängenblieb. Er setzte sich auf den Stuhl, auf dem zuvor Best gesessen hatte.

«Hallo, Gordon», sagte sie ruhig.

Ihre beiläufige Begrüßung traf ihn wie ein Schlag.

«Hallo, Lu Anne.»

«Es macht uns allen sehr viel Spaß, dein Drehbuch zu verfilmen.»

«Das freut mich», sagte er.

«Wir haben einen ziemlich berühmten Autor zu Besuch, der einen Artikel über uns schreibt, Gordon. Mr. Dongan Lowndes. Von *New York Arts.* Habt ihr euch schon bekannt gemacht?»

«Ja», sagte Walker. «Wir haben uns schon bekannt gemacht.»

«Wissen Sie, Mr. Lowndes», sagte Lu Anne, «es gibt ganze Passagen aus *Naming of Parts*, die ich auswendig kann.»

«Lu Anne war früher Vorsitzende vom Altjüngferlichen Lesekreis Altbackener Literatur», sagte Walker zu Lowndes.

Er beobachtete, wie Lowndes' schlaffer Mund sich verspannte. Walkers Hände zitterten, und er hielt sie unter dem Tisch verborgen.

«Wissen Sie», sagte Lowndes, «wenn Hollywood-Leute einem sagen, daß ihnen ein Buch gefällt, stellt sich oft heraus, daß sie das Drehbuchexposé meinen.» Er lachte relativ laut über seine eigene Bemerkung.

«Für Lu Anne gilt das auf gar keinen Fall», versicherte Walker. «Sie ist eine begeisterte Leseratte.»

«Ich hatte dabei nicht an Miss Verger gedacht. Es ist nur etwas, das mir in letzter Zeit immer häufiger auffällt.»

«Gab es je eine Filmoption auf Ihr Buch?» fragte Walker.

«Ja», sagte Lowndes. «Irgendwas gab's mal. Ich weiß nicht, was draus geworden ist.»

«Es wäre schwer zu verfilmen», sagte Walker.

«Damals hätte mir wahrscheinlich viel an so etwas gelegen. Inzwischen ist mir klar, daß die Welt ganz gut ohne eine Filmversion dieses Buches leben kann.»

Aus seiner Perspektive hatte Walker den Eindruck, daß Lowndes mit seinem Stuhl sehr dicht an Lu Anne herangerückt war, daß ihre Körper sich an irgendeiner Stelle berühren mußten und daß Lu Anne keinerlei Anstalten machte, auf Abstand zu gehen. Sie schien an seinen Lippen zu hängen.

«Der Himmel weiß, wo wir enden», sagte Walker zu Lowndes, «wenn wir anfangen, darüber zu reden, ohne was die Welt leben kann.»

Lowndes lächelte. Seine linke Hand hatte er unter dem Tisch; es gelang Walker nicht, den Gedanken zu verscheuchen, er könnte Lu Anne befummeln. Aber vielleicht, dachte er, war das reine Paranoia. Was sie anging, so hatte er sich jede nur mögliche Reaktion auf seine Ankunft vorgestellt, nur nicht jenes gleichgültige Lächeln, mit dem er sich jetzt konfrontiert sah. Er bestellte noch eine Runde.

«Und», fragte er Lowndes, als die Drinks gebracht wurden, «wie lange sind Sie schon hier unten?»

«Erst einen Tag», sagte Lowndes. «Glaube ich.»

Lu Anne nickte begeistert. «Ja. Einen Tag.»

«Lassen Sie mich ein Wort darüber sagen, was ich hier unten vorhabe», sagte Lowndes zu Walker. «Es könnte Sie interessieren.»

Walker sah, daß Lu Anne und Lowndes hinter ihren Stühlen Händchen hielten.

«Warum nicht?» sagte er zu Dongan Lowndes. «Warum sollten Sie nicht?»

«Ich glaube, daß eigentlich noch nie ein wirklich guter Artikel über die Produktion eines Filmes geschrieben worden ist, bis das Ding im Kasten war.» Lowndes ließ Lu Annes Hand los und suchte in seiner Tasche nach Zigarillos. Walker lehnte dankend ab; Lowndes zündete sich einen an. «Meine Idee ist die – wenn ich hier ein bißchen rumhänge, ein bißchen sehe, was alles so los ist –, daß ich dann einen Einblick in den gesamten Ablauf der Produktion kriege. Zur Vorbereitung hab ich mir ein paar Einzelheiten über jeden der Beteiligten eingepaukt. Und jetzt kann ich zusehen, wie jeder seine Sache macht. Am Ende kann ich das fertige Produkt vor dem Hintergrund der Dinge analysieren, die ich beobachtet habe.»

Walker musterte Lu Anne, um zu sehen, ob das, was der Mann sagte, für sie irgendeinen Sinn ergab. Soweit er erkennen konnte, ergab es für sie sehr wohl einen Sinn, und sie schien sich heftig dafür zu interessieren.

«Ich verstehe nicht ganz», sagte er zu Lowndes. «Das hört sich sehr kompliziert und hochgestochen an.» Er versuchte, das selbstgefällig liebenswürdige Geplänkel der beiden zu imitieren. «Ein hübsches Plätzchen hier, um ein paar Wochen rumzukriegen. Ich bin sicher, es kommt was Gutes dabei heraus.»

«Sie weigern sich, mich ernst zu nehmen, Mr. Walker», sagte Lowndes.

«Ich verstehe Sie nicht, das ist alles. Ich weiß nicht, was Sie beweisen wollen.»

«Ich bin im Besitz Ihrer sämtlichen Manuskripte», sagte Lowndes. «Ich kenne alles, was Sie je geschrieben haben.»

Rot und schwitzend kam Jon Axelrod zurück und setzte sich erschöpft an den Tisch. «Verfluchte Scheiße», sagte er. «Verzeihung.»

Walker starrte Lowndes über den Tisch hinweg an. Bei der Vorstellung, wie dieser pockennarbige Mann mit der sanften Stimme die unzähligen Szenen studierte, die er geschrieben hatte, fühlte er sich verletzt, gedemütigt. All diese Manuskripte, dachte er – schriftliche Belege unbedeutender Streitereien, Siege und Niederlagen, stümperhafter Kunstgriffe und verzweifelter Kompromisse.

Die Aufzeichnung bedeutungsloser Bewegungen, wie die Spuren eines Röhrenwurms auf einer prähistorischen Versteinerung. Hier und dort ein schillerndes Geheimnis, verwittert und unzugänglich wie eine versteinerte Perle in einer fossilen Auster.

Er dachte an Dinge, die er geschrieben hatte und besser nicht geschrieben hätte. Sie waren wie Taten, die man besser nicht getan hätte. Die Dinge, die er nicht geschrieben hatte, waren schlimmer.

«Wie hat es Ihnen gefallen?»

Lowndes lächelte.

«Es ist wirklich sehr gut.»

«Gordo ist sehr gut», sagte Axelrod. «Fragen Sie, wen Sie wollen.» Axelrod war damit beschäftigt, einen häßlichen Fleck auf seinem Ärmel zu begutachten. Er berührte den Fleck mit dem Finger, zog ihn zurück, betrachtete den Finger und entschuldigte sich noch einmal.

«Einiges in Ihren Texten versetzt mich in Erstaunen», sagte Lowndes.

«Ah», sagte Walker. «Erstaunen worüber?»

Walker warf einen raschen Blick auf Lu Anne. Ein zärtliches Lächeln umspielte ihre Lippen. In dem schummrigen Licht wirkte ihr Gesicht wie aus Porzellan. Es war blaß und hexenhaft wie das einer Madonna von Crivelli.

«Nun, ich bin ein einfacher Kerl aus Georgia», sagte Lowndes und gab seiner Aussprache die entsprechend ländliche Färbung, «und vielleicht bin ich bloß ein schlichter Geist. Aber mir kommt es vor – verdammt –, als könnten Leute wie Sie mit einer Laterna magica arbeiten. Und mit meinem schlichten Geist denke ich ständig an die Dinge, die ich gern einmal ausprobieren würde, wenn ich eine solche Möglichkeit hätte.»

Walker drehte sein Glas.

«Sie sind kein schlichter Geist, Mr. Lowndes. Sie wissen um die Geheimnisse des Herzens. Ich weiß das, weil ich Ihr Buch gelesen habe. Es ist ein aufrichtiges Werk, Ihr Buch. Ich mußte heulen, als ich es las, wie finden Sie das?»

«Vor Neid?» fragte Lu Anne.

«Auf die Idee bin ich noch gar nicht gekommen», sagte Walker und sah in ihr starres Lächeln. Er begriff, daß sie ganz woanders war, sich in eine Figur ihrer Phantasie geflüchtet hatte. Er war erleichtert; er hatte befürchtet, daß sie es tatsächlich selbst war, die ihm die ganze Zeit gegenübersaß – kalt, spöttisch und für ihn unerreichbar. «Ich glaube nicht, daß Neid einen zum Weinen bringt. Es waren wohl eher die üblichen Gründe. Ich habe die Geschichte geliebt.»

«Verdammt noch mal», sagte Lowndes. «Wer meinen Hund liebt, muß auch mich lieben.»

Er streckte die Hand aus. Walker sah sie an, zögerte und schüttelte sie dann kurz.

«Ich verstehe, was Sie meinen«, sagte Walker. «Kompliment. Aber selbst wenn Sie ein ländlich-schlichter Geist wären, was Sie eindeutig nicht sind, selbst wenn Sie Pogos Urgroßvater wären, würde es mir schwerfallen zu glauben, daß Sie so naiv sind, wie Sie tun. Ich glaube, Sie wollen mir wegen meiner Arbeit ein schlechtes Gewissen machen.»

«Können Sie das noch mal sagen?» bat Lowndes.

«Ich habe gesagt, daß selbst wenn Ihr Großvater ein verdammter Alligator war, Sie mehr über das Filmgeschäft wissen müßten als das. Muß ich Ihnen das wirklich alles erklären, oder wollen Sie sich nur über mich lustig machen?»

«Sie haben mich falsch verstanden, Mann. Sie sind sehr empfindlich.»

«Tut mir leid. Ich habe eine lange Fahrt hinter mir.»

«Es braucht Ihnen nicht leid zu tun. Es ist gut, wenn man empfindlich ist. Es zeigt, daß man seinen Stolz hat. Was haben Sie gesagt, woher sind Sie?»

«Kentucky», sagte Walker. «Lexington.»

«Das hätte ich nicht gedacht», sagte Lowndes. «Aber wissen Sie was, ich habe Verwandte in Kentucky, die Walker heißen. Sind Sie vielleicht einer von diesen Walkers?»

«Nein», sagte Walker.

«Gut, nehmen wir an, mein Großvater war ein Alligator. Wie würden Sie mir die Rolle des Drehbuchautors erklären?»

«Mein Gott», sagte Walker, «die Rolle des Drehbuchautors?»

«Ist das die falsche Terminologie?»

«Man muß davon überzeugt sein, daß es die Sache wert ist», erklärte Walker, «und man muß die Spielregeln akzeptieren. Als Einzelgänger oder mit fixen Ideen kommt man nicht weiter. Man darf sein Publikum nicht verachten. Bescheidenheit ist gefragt, und Charakterstärke.»

Lowndes wandte sich an Lu Anne.

«Wenn das nicht eine eloquente Verteidigung dieses nicht selten mit Verachtung gestraften Berufsstandes war. Finden Sie nicht?»

«O ja», sagte Lu Anne strahlend.

«Sehr eloquent, Mr. Walker, und ich glaube jedes einzelne Wort. Aber sagen Sie mir eines: Stimmt es nicht, daß auf der Leinwand ein billiger Trick, wie wir beide so etwas vermutlich nennen würden, unendlich viel besser funktioniert als auf der Seite eines Buches?»

Walker dachte darüber nach.

«Ja, okay. Das mag so sein.»

«Würde daraus nicht folgen, daß es für einen Drehbuchautor von Vorteil ist, wenn er einen Sinn für billige Tricks hat?»

«Es gibt Regeln, Lowndes, das hab ich schon gesagt. Normalerweise arbeitet man in den Schranken eines Genres. Den Höhenflügen der Phantasie sind Grenzen gesetzt durch das technisch Machbare, denn in gewisser Hinsicht tut man nichts anderes, als eine Maschinerie in Bewegung zu setzen. Wenn Sie kein geschickter Handwerker sind, geraten Ihnen die Figuren zu flachen Schablonen. Man muß gut sein bei dem, was man macht.»

«Angenommen, ich würde behaupten», sagte Lowndes, «daß man als Drehbuchautor auf einen ganz prosaischen sogenannten *Realismus* beschränkt ist, der vielleicht alle fünf Jahre sein Wesen ändert. Wäre das so verkehrt?»

«Ich habe die Befürchtung, wir werden in *New York Arts* nachlesen können, ob ich das verkehrt finde oder nicht.»

Lowndes lachte.

«Ich glaube, es ist verkehrt», sagte Walker. «Und außerdem glaube ich nicht, daß ich einen Hang zu billigen Tricks habe.»

«Naja», sagte Lowndes, «vielleicht sind Sie deswegen auch nicht so erfolgreich, wie Sie hätten sein können.»

«Wie erfolgreich hätte ich denn sein können, Mr. Lowndes?»

«Geheimnisse sind tabu», sagte Lu Anne hilfsbereit. «Es gibt eine entsprechende Vertragsklausel.»

«Es gibt auch», ergänzte Walker, «eine Klausel wegen geistiger Gesundheit.»

Als Axelrod aus der Herrentoilette zurückkam, hatte er anstelle des Flecks eine nasse Stelle auf dem Hemd.

«Quatsch», sagte er, als er sich wieder setzte, «mich könnt ihr nich' verarschen. Nie und nimmer unterschreiben Geister eine gesunde Klausel.»

Walker und Lu Anne betrachteten verständnislos sein schwindendes Lächeln. Lowndes hatte den Blick noch immer auf Walker gerichtet.

«Kein Mensch zwingt einen, Drehbücher zu schreiben», sagte Walker zu Lowndes. «In der Regel wird man gut bezahlt, sofern man sich nicht über den Tisch ziehen läßt, und das kann man meistens vermeiden. Es bieten sich interessante Möglichkeiten. Manchmal hat man große Augenblicke.»

«Ich weiß, das ist wahr», sagte Lowndes. «Ich wollte nur sichergehen, daß Ihr Gewissen auch wirklich so schlecht ist, wie es sein sollte.» Er pufft Walker gegen den Arm. «He, ich mach nur Spaß, Mann. Ich weiß, daß Sie ein ernstzunehmender Typ sind.»

«Wie schlecht ist dein Gewissen, Gordon?» fragte Lu Anne.

«Mittelschlecht», sagte Walker.

Jack Glenn stand mit ein paar Leuten von der Produktion und dem peruanischen Scriptgirl in der Tür. Sie winkten, zögerten einen Moment und setzten sich dann an einen anderen Tisch im Barraum. Charlie Freitag und sein Kumpel aus Las Vegas waren längst in die Nacht verschwunden.

«Ich geh jetzt ins Bett», sagte Walker. «Unser Gespräch hat mir Spaß gemacht. Ich hoffe, es hat Ihnen weitergeholfen.»

«Unbedingt», sagte Lowndes. Als Walker aufstand, sah er, wie Lowndes seine Hand über die von Lu Anne legte.

«Ich auch», sagte Axelrod. Er schlenderte hinüber zu dem anderen Tisch.

Als Walker durch den Korridor zum anderen Flügel des Gebäudes ging, hörte er hinter sich auf dem Teppich das Geräusch schneller Schritte. Im ersten Moment glaubte er, Dongan Lowndes würde ihn verfolgen, aber noch ehe er sich umdrehte, wußte er, daß es Lu Anne war. Ihr Gesicht war angstverzerrt. Als sie sich in seine Arme drängte, hielt sie die Hände schützend an die Schläfen, als wolle sie einen Schlag abwehren. Er mußte sie erst aus ihrer verworrenen Haltung lösen, um sie küssen zu können.

«Gordon», sagte sie, «du mußt mir helfen. Dieser Mann soll mich umlegen.»

«Er dich umlegen? Ich hatte den Eindruck, daß du genau das von ihm willst. Ich fahr fast tausend Kilometer und bin total scharf auf dich, und dann komm ich hier an und du spielst Händchenhalten mit dieser riesengroßen Sumpfratte.»

«Gordon, du begreifst überhaupt nichts. Ich habe wirklich Angst, Gordon.»

«Schon gut, Lu. Alle sagen, wie gut du bist. Du siehst wundervoll aus.«

«Ich war heute abend in der Kirche», sagte Lu Anne, «und da hing was am Kreuz, und das war ganz und gar nicht Jesus.»

Eine kurze Welle von Panik stieg in ihm empor. Die Panik setzte sich aus verschiedenen Ängsten zusammen – der Angst vor ihrem Wahnsinn und vor seiner eigenen Idiotie, der Angst vor dem Tod und vor dem Leben. Doch der Moment, wo ihm die Panik noch hätte nützen können, war vorbei. Er hatte nicht die Absicht, sie loszulassen.

«Du bist allein, Lu Anne, oder? Dein Mann und die Kinder sind weggefahren?»

«Ich bin allein», sagte sie. «Mit diesem Mann, der mich überwacht. Findest du nicht, daß er aussieht wie der Sieger in einem Hot-Rod-Rennen?»

«Absolut», sagte Walker. «Sind die . . . erscheinen dir in letzter Zeit diese Wesen, die du manchmal siehst?»

Sie legte einen Finger auf die Lippen und nickte.

«Was ist mit deinen Tabletten?»

«Ich hab's versucht», sagte sie. «Ich kann mit den Dingern nicht arbeiten.»

Er ließ sie den Kopf an seine Schulter legen und strich ihr übers Haar. Er hatte keine Ahnung, was er machen sollte.

«Dieser Mann», sagte Lu Anne, «er hat gesehen, daß ich hinter dir hergelaufen bin. Ich hab ihn sitzenlassen, und das wird er uns heimzahlen.»

«Ich dachte, du treibst es mit ihm.»

«Ich hab nur mit ihm geflirtet», sagte sie. «Sie haben gesagt, ich müßte das machen. Sie haben gesagt, er würde über mich schreiben.»

«Wer hat das gesagt?»

«Naja, Charlie. Und Jack und Walter.»

«Vergiß ihn. Ich glaube nicht, daß es irgendeine Rolle spielt, was er schreibt.»

Während er dastand, Lu Anne in den Armen, sah er am anderen Ende des Korridors Lowndes auftauchen. Lowndes betrachtete sie mit einem Ausdruck, der in gewisser Weise wohlwollend schien. Im Stehen, mit seinen hängenden Schultern und dem dicken Bauch, war er noch häßlicher, ein armer Kerl. Nach einer Weile ging er seiner Wege.

«Ist er da?» fragte sie, ohne sich umzudrehen. Die Wahrnehmungsfähigkeit von Schizophrenen war außergewöhnlich, dachte Walker.

«Er ist gegangen.»

«Es ist immer jemand da, vor dem man Angst haben muß», sagte Lu Anne.

«Wir müssen ihre Spiele nicht mitspielen, Lu.»

«Aber wir tun es», sagte sie.

Er machte einen Schritt zurück, ohne sie loszulassen.

«Bleib bei mir heute nacht.»

Sie schüttelte den Kopf.

«Heute nacht, das ist wirklich», sagte er. «Was sonst noch wirklich ist, weiß ich nicht. Es hängt alles an einem seidenen Faden.»

«An einem», wiederholte sie teilnahmslos, «seidenen Faden.» Sie schüttelte den Kopf. «Ich kann nicht», sagte sie. «Ich habe Angst. Ich weiß nicht, warum du mich willst.»

«Ich dachte», sagte er, «das hätten wir schon vor langer Zeit geklärt.»

«Und du hast dich nie eines Besseren besonnen?»

«Ich besinne mich nie, Lu Anne.»

«Die Geisha und der Samurai», sagte sie. «Du bist die Geisha», erklärte sie. Sie fuhr ihm mit einem langen, nicht lackierten Fingernagel über die Wange. «Ich bin der Samurai.»

«So ist es», sagte Walker.

Am Ende des Korridors gingen Menschen vorüber, aber er drehte sich nicht nach ihnen um. Lu Anne nahm seine Hände, und sie standen sich mit verflochtenen Fingern gegenüber, wie alte Freunde bei einer Familienfeier.

«Ich bin total auf dem Hund, Gordon. Ich meine, ich glaube, daß ich dich liebe – es ist schon so lange her. Es war die ganze Zeit irgend jemand, und ich glaube, es warst die ganze Zeit du. Mir ist schlecht und ich habe Angst. Ich muß mich verstecken.»

«Versteck dich bei mir.»

Als sie sich losmachte, folgte er ihr und schloß sie wieder in die Arme.

«Dräng mich nicht», sagte sie. «Warte auf mich. Warte bis morgen.»

Noch nicht morgen werden wir der Erlösung teilhaftig, dachte Walker. Er würde auf sie warten, auf jenen unverdienten, fernen Tag.

«Ja», sagte er. «In Ordnung.»

Dann verschwand sie über den Flur, barfuß. Die Schuhe vom Kirchgang waren dort zurückgeblieben, wo sie gestanden hatte. Als er sich bückte, um sie aufzuheben, hörte er aus dem Flügel des Hotels, in dem sie verschwunden war, ein beharrliches Klopfen. Er ging zum Ende des Korridors und sah, wie sie drei Stockwerke tiefer im Hof gegen die Tür eines Apartments hämmerte. Die Räume dort unten lagen zum Hang; sie waren billiger und weniger aufwendig ausgestattet. Sie wurden bewohnt von Lastwagenfahrern und Technikern und von Leuten, die gerne dort waren, wo hart gezockt wurde.

Walker trat an das Eisengeländer und sah, wie die Tür geöffnet wurde und Billy Bly in dem erleuchteten Eingang auftauchte. Er beobachtete, wie die beiden sich unterhielten, wie Bly die Tür vor ihr wieder schloß. Sie wartete und legte die Stirn gegen die Tür, bis Bly sie wieder öffnete. Diesmal ging sie hinein und kam, obwohl Walker, ihre Schuhe unter dem Arm, auf dem oberen Treppenabsatz fast zehn Minuten wartete, nicht wieder zum Vorschein.

«Bitte, Pig», flehte Lu Anne. «Wirklich, Liebster, ich will nicht allein sein. Ich habe Angst, daß ich sterbe.»

Bly betrachtete ihre bloßen Füße auf der Plastikfußmatte. Verlegen ließ er den Unterkiefer kreisen.

«Ich dachte, du hättest auf Gordon Walker gewartet.»

«Hab ich auch», sagte sie. «Tue ich.»

«Naja», sagte Bly. «Er ist hier.»

Sie schüttelte den Kopf.

«Aber ich nicht, Pig. Ich kann damit ganz plötzlich nicht mehr umgehen. Ich habe ihm gesagt – warte bis morgen. Er ist so lieb, weißt du. Er hat gesagt, er würde warten.»

«Hast du Schiß?»

«Ich hab Todesangst», sagte Lu Anne. «Ich muß mich verstecken. Ich muß.»

«Naja», sagte Bly, «die Sache ist die. Ich bin heute nacht nicht allein.»

Sie starrte ihn an und formte, ohne einen Ton von sich zu geben, mit den Lippen die Worte.

«Bitte. Pig.»

Er sah sie an, als versuche er, das Ausmaß ihrer Angst abzuschätzen. «Du mußt warten», sagte er. Sie wollte an ihm vorbeischlüpfen, aber er verstellte ihr den Weg.

«Liebster», flüsterte sie eindringlich, «ich werde mit dem Jungen reden. Ich werd's ihm erklären.»

«Ich habe dir gesagt, du sollst warten, Lu Anne. Und jetzt warte.»

Er schloß die Tür, und sie lehnte den Kopf dagegen. Als sie die wütende, ungläubige Stimme des mexikanischen Jungen hörte, hob sie die Hände, um sich die Ohren zuzuhalten.

Nach ein oder zwei Minuten öffnete Bly die Tür und ließ sie herein. Als sie in das geräumige Hotelzimmer kam, meinte sie, den flüchtigen Schatten einer Gestalt auf dem Balkon zu sehen. Draußen auf den Fliesen zerbrach ein Blumentopf.

«War er richtig sauer?» fragte Lu Anne.

«Ja, war er», sagte Bly.

«Er hat einen Blumentopf zerschmissen, nicht wahr?»

«Vielleicht hat er ihn nur umgestoßen. Beim Runterklettern.»

«Ehrlich, Pig, ich würde so was auch für dich tun. Ich werde es dir nie vergessen. Du weißt ja, hundertfach Vergeltung erwartet dich für eine gute Tat.»

«Und du weißt es auch, Lu Anne. Es ist das gleiche, als wenn . . .»

«Pig», sagte sie ernst, «das ist mir klar, verstehst du? Ich bin nicht so unsensibel. Meine Güte, ich hoffe, ihr wart . . . naja . . . einigermaßen fertig.»

Bly zuckte die Achseln. Er stand vor dem Spiegel, zog sein Hemd aus und betrachtete seine Brustmuskulatur.

«Ich habe nie das Gefühl, fertig zu sein», sagte er.

Er war ein ernsthafter Mann, der wenig Humor hatte. Es gehörte zu Lu Annes großen Freuden, ihn zum Lachen zu bringen. Sie lief zu ihm.

«Jetzt bin ich so glücklich», sagte sie, «und vorher hatte ich solche Angst.» Auf der Kommode entdeckte sie ein paar Amylnitrit-Kapseln. Sie ging hin und rührte liebevoll mit dem Zeigefinger in dem Haufen herum, als handele es sich um einen Wurf junger Mäuse.

«Willst du ein Quaalude?» fragte Bly.

«Ich könnte mir nichts Schöneres vorstellen», sagte sie strahlend.

Blys gebräuntes Gesicht errötete, er spitzte die Lippen. Lu Anne brauchte eine Weile, um zu begreifen, daß er lachte. Sie umarmte ihn.

«Du riechst so gut», sagte sie.

Als er ins Badezimmer ging, um die Quaaludes zu holen, wurde ihr klar, daß er sich im Augenblick ihrer Umarmung fast unmerklich verspannt hatte und daß dieser kleine Widerstand gegen die Berührung ihres Körpers eine taktvolle Zurückweisung aller Hoffnungen bedeutete, die sie in Hinblick auf Spiel und Spaß mit ihm haben mochte. Das war bestimmt nicht unbewußt geschehen. Bly war wie kein anderer frei von unkontrollierten körperlichen Reaktionen.

Sie legten sich nebeneinander in das ungemachte Bett und nahmen ihre Quaaludes mit Eiswasser, das in einem Krug auf einem silbernen Tablett am Boden stand.

«Ich könnte dem Jungen Geld geben», schlug Lu Anne vor. «Ich habe so ein schlechtes Gewissen seinetwegen.»

«Er will kein Geld. Weißt du», fügte Bly nach einer Weile hinzu, «wir haben da eine falsche Vorstellung. Viele von diesen Mexikanern – die wollen kein Geld.»

«Verzeih mir», sagte sie.

«Kein Problem. Diesmal.»

Der Raum wurde von einer Klimaanlage gekühlt, und die Fenster waren geschlossen. Kein Windhauch kam von den Bergen herunter. Sie kuschelte sich neben Bly und legte die Hände auf seine muskulösen Schultern, zog sie aber sogleich schuldbewußt wieder zurück.

«Du weißt, wie das ist.»

«Ja, ich weiß.»

«Aber glaub jetzt nicht, Pig, ich würde da irgendwas durcheinanderkriegen. Ich meine, mir war immer klar, daß das zwischen dir und mir eine einmalige Sache war. Daß es nicht weitergehen würde oder so etwas. So, wie wir beide nun mal sind.»

«Eine jener Glocken», sagte Bly, «die ab und zu mal bimmeln.»

«Quaaludes sind einfach zu schön», sagte sie. «Die Welt wird durch die Kunst erst erträglich.»

Er drehte sich um, sah ihr in die Augen und ließ sich zurück in sein Kissen sinken.

«Was hast du Drogue von mir erzählt?» fragte sie. «Hast du ihm gesagt, mit mir sei alles okay?»

«Ist es auch, was ihn angeht, Lu Anne. Es interessiert ihn nicht, wie du wirklich bist. Er kümmert sich nur um seinen eigenen Arsch. So wie es Charlie nur ums Budget und die Versicherungen und all den Kram geht.»

«Was meinst du, wie ich wirklich bin?»

«Ich weiß nicht. Es ist mir nicht immer ganz klar, weil ich nicht so schlau bin wie du.»

«Ich hab als Kind bei 'ner Quizveranstaltung mitgemacht, Pig. Wußtest du das?»

Bly gähnte.

«Lu Anne», sagte er, «wenn du nur die Hälfte der Sachen tatsächlich gemacht hast, von denen du behauptest, daß du sie gemacht hast, müßtest du fünfundsiebzig Jahre alt sein.»

«Ich bin älter, als die Leute denken», sagte sie traurig.

«Ich meine», sagte Bly, «ich weiß nicht, warum du lügst. Ich verstehe es nicht. Du bist ein großer Star, was willst du mehr? Was versuchst du zu beweisen?»

Sie biß sich auf den Finger und sah ihn an. Billy Bly glaubte an das Prinzip, niemals Geld zum Pokern zu leihen, glaubte daran, daß es ein Vermögen kostete, Tätowierungen wieder zu entfernen, glaubte an Reinkarnation und an *große Stars.* Je *größer* sie waren, so glaubte er, desto einfacher war mit ihnen auszukommen. Lu Anne war in Blys Rangordnung nicht wirklich ein *großer Star*, aber sie genoß eine Art Ehrenmitgliedschaft in diesem erlesenen Zirkel.

«Ich wünsche mir, daß du mir Location-Geschichten erzählst», sagte sie. «Dann erzähl ich dir auch welche.»

Billy Bly liebte Location-Geschichten über astronomische Spieleinsätze, gigantische Pannen und die Affären der *großen Stars.* Er liebte Showbusiness-Geschichten aller Art. Lu Anne genauso. Wer nicht?

«Scheiße», sagte Bly, «ich hab dir all meine guten Location-Geschichten schon ein paarmal erzählt.»

Das war ein Standardeinwand. Er erzählte ihr von dem Westernregisseur, der bei einem hochkarätigen Pokerspiel in einer hoffnungslosen Lage war und den unvorstellbar einmalig riesigen Topf in der Schlafbaracke ins Kaminfeuer schob. Von dem Schauspieler, der angefangen hatte, vom Fenster seines Hotelzimmers in Las Vegas die Straßenbeleuchtung auszuschießen. Von Fehlbesetzungen, absurden Liebesaffären, Schlägereien, Komödianten und den Frauen an den Drehorten. Von vollgepißten Ritterrüstungen, Motelzimmern voll mit wassergefüllten gepunkteten Plastiktüten in handlicher Wurfgröße, vergifteten Kinderdarstellern, freigelassenen Schimpansen.

Lu Anne erzählte Bill von Werner, dem Stunt-Karnickel. Schon die bloße Vorstellung von Werner ließ ihn sein lautloses Lachen lachen.

«Wir hatten mal irgendwann in Durango einen Stunt-Maulesel», sagte Bill. «Jedesmal, wenn er erschossen wurde, mußten wir ihm die Beine wegziehen.»

«Werner war ein europäischer Hase», erzählte Lu Anne. «Er war stets wundervoll gekleidet und hatte perfekte Manieren. Wir haben ihn am Flughafen abgeholt und ihm die Stelle gezeigt, wo er abstürzen sollte. Es war an der Südwand der Jungfrau. Er hat den alten Berg von oben bis unten gemustert. ‹Ssso›, sagte er. ‹Ach sso›. Es war zum Fürchten, Pig. Wir haben gesagt: ‹Sollen wir dir irgendwas besorgen, Werner?› – ‹Ssseicht mir nur meine Markierungen›, sagte Werner.»

Bly lachte wieder, diesmal mit geschlossenen Augen.

Lu Anne bildete mit den Fingern eine kleine Figur und ließ sie über Bills Brust spazieren. «Werner hatte das hübscheste Gepäck, was man sich vorstellen kann», erzählte sie Bly. «Und er wußte, wie man sich benimmt. Man konnte ihn überallhin mitnehmen. Man konnte ihn ins Le Cirque mitnehmen.»

«Wo zum Teufel ist das?»

Sie zog mit den Fingern einen Kreis auf seiner Brust.

«Hast du es je für Geld gemacht, Pig?»

Das schläfrige Lächeln verschwand von seinem Gesicht. Er öffnete die Augen, ohne sie anzusehen.

«Ich glaube, du kennst meine Vergangenheit gut genug, Lu Anne. Ich glaube, du weißt die Antwort sehr gut.»

«Tut mir leid», sagte Lu Anne und schauderte. «Ich hab über was nachgedacht. Ich hab mich was gefragt. He, Pig, kann ich noch 'ne halbe Quaalude haben?»

Bly setzte sich auf und schwenkte die Beine aus dem Bett.

«Wie kommst du darauf, mich so was zu fragen?»

«Ich wollte was darüber wissen.»

«Mein Gott, es ist ekelhafter als Hundescheiße», sagte er. «Es ist schmutzig und schrecklich. Es stinkt. Manchmal packst du es. Du weißt selbst, daß es hier jede Menge Leute gibt, die dir mehr davon erzählen können als ich.»

Er stolperte, als er sich im Gehen zu ihr umdrehte.

«Ich meine», fragte er mit nuscheliger Stimme, «willst du was übers Männerklo am Busbahnhof von Albuquerque hören? Was willst du hören?»

«Tut mir leid, Pig.»

Er brachte ihr die halbe Tablette, und sie nahm sie und er stieg zu ihr ins Bett. Sie krochen beide unter eine dekorative mexikanische Decke, um sich vor der Kühle der Klimaanlage zu schützen. «Ich hab's einmal gemacht», sagte Lu Anne. «In New Haven. Nach der

Vorstellung. Es war Winter. Wir spielten *Wie es euch gefällt*. Ich war Rosalind.»

«Du hast mir schon tausendmal von dem Abend erzählt, Lu Anne, und davon hast du nie ein Wort gesagt. Ich glaube, das denkst du dir nur aus.»

«Nein», sagte sie. «Nein, es ist wahr. Ein Mann hat mir zweitausend Dollar angeboten. Er war ein perverser Shakespeare-Forscher. Er war zu allem entschlossen, um mich zu kriegen, und ich vermute, er war Jesuit. ‹Zum Nachtisch ein bißchen Hurerei›, hat er gesagt. ‹Sie fühlen sich wie Krösus, und Sie machen einen alten Mann sehr glücklich.›»

«Quatsch, Mensch», murmelte Bly. Er starrte mit halb geöffneten Augen auf sein Kissen.

«Er nahm mich mit in die Stoddard Street», sagte Lu Anne. «Das Ensemble feierte eine von diesen kommunistisch angehauchten Parties, die damals in Mode waren, mit Drogen und Partnertausch, aber ich bin nicht geblieben. Ich schlich mich einfach aus dem Theater. Ich trug meinen falschen Rattenfellmantel, und er nahm mich mit in die Stoddard Street. Ich kann mich noch an Valle's Steakhouse erinnern mit all den roten Schneeflocken. Er sagte: ‹Eigentlich ist es Ganymed, auf den ich es abgesehen habe.› Im Ernst? sagte ich. Weil solche Typen immer spinnen, das kann ich dir sagen. Ich meine, er hat mir absolut nichts erzählt, was ich nicht schon wußte.»

«Und», zwang sich Bly zu fragen, «hat er dir ein Steak spendiert?»

«Er hat mich in ein Haus auf einem Berg mitgenommen. Rückkehr ins alte Griechenland. Es gehörte in ein anderes Jahrhundert. Die Möbel waren erlesen und alle Wände aus Glas. Von jedem Zimmer aus konnte man in alle anderen Zimmer sehen, man sah Regenbogen und tropische Fische, alles aus Kristall, Pig, und der Widerschein von Feuer in den Spiegeln, und draußen, vor den gläsernen Wänden, fiel der rote Schnee. In allen Zimmern waren kleine Glasglokken, die funkelten und hatten einen hellen Klang. Von allen Zimmern gab es nur ein einziges, Pig, in das man nicht hineinsehen konnte. Und weißt du, warum?»

«Ja, klar», sagte Bly. Ihm fielen die Augen zu. «Warum?» fragte er.

«Weil es rundum mit Fellen ausgeschlagen war. Und in das Zimmer sind wir gegangen. Und der Mann sagte: ‹Sie sind die entzückendste Rosalinde, die es je gegeben hat, mein liebes Kind.› Er sagte: ‹Ich bin in der Welt rumgekommen›, er sagte: ‹Ich hab sie alle gesehen, Stratford und Aldwych, kann man alle vergessen›, sagte er. ‹Ihre Stimme ist lieblich und Sie verstehen es, richtig zu betonen, und Ihre Bewegungen sind klar.›»

Bly richtete sich ein wenig auf. «Alles Schleimscheißerei, um dich einzuwickeln, Lu Anne. Hat er dir die zwei Mille gegeben?»

«Noch besser», sagte Lu Anne. Bly lächelte und sie streichelte ihm über den Hals.

«Besser als zwei? Drei?«

«Noch besser», flüsterte sie. Die Augen fielen ihm zu, aber das glückliche Lächeln erhellte sein hageres Gesicht.

Sie legte ihm den Kopf auf die Schulter. Dicke dumme Quaalude-Tränen rollten ihr wie Disney-Regentropfen über die Wangen.

«Wenn du anschaffen kannst, Billy», flüsterte sie, «brauchst du nicht nach Hause zu gehen. Nie mußt du nach Hause gehen. Nie kannst du nach Hause gehen.

Pig?» fragte sie. «Hörst du mein kleines Quaalude-Gedicht, über zu Hause?»

Sein Lächeln wurde vom Schlaf aufgesogen. Sie fand, es sah aus, als stürbe er. «Ab und zu hast du was zu lachen», erzählte sie dem alternden Knaben, der neben ihr schlief, «aber dein Kopf, der bringt dich glatt um.»

Früh am nächsten Morgen strampelte Walker im lauwarmen Wasser des Pazifik. Nach einer ruhigen Nacht fühlte er sich jetzt weniger gehetzt. Er sah hinüber zum Strand und zu den verdorrten Berghängen, die über dem Steilufer aufragten. Die Gipfel bildeten vor dem Morgenhimmel einen Kontrast von so reinen, so schlichten Flächen, daß es im wahrsten Sinne des Wortes eine Freude war, sie zu betrachten. Seinen Kater hatte er mit Kokain besänftigt, und er genoß die morgendliche Unschuld des Tages, als er eine Disharmonie bemerkte. Am Strand, der noch halb im Schatten lag, kämpfte ein kleiner Mann in der Hotellivree mit einem anderen Mann, der doppelt so groß war. Walker schwamm zurück zum Ufer und dachte dabei an Joy McIntyres Geschichte von der verregneten Romanze. Zwei kämpfende Tiere am Strand.

Er nahm sein Handtuch, warf es über die Schulter und machte sich auf den Weg zum Schauplatz. Meeresschnecken.

Einer der Hotelboys versuchte, einen betrunkenen Mann wieder zu Bewußtsein zu bringen, indem er ihn aufrecht hinstellte. Nach der vergeblichen Anwendung verschiedener mechanischer Strategien war er, um sein Ziel zu erreichen, auf die alte Hau-ruck-Methode verfallen und zerrte den Mann am Arm.

«Sie kugeln ihm den Arm aus», sagte Walker zu dem Hotelboy. Gemeinsam packten sie den Betrunkenen an den Unterarmen und hievten ihn auf die Hacken. Walker erkannte Dongan Lowndes.

«Nie gesehen», sagte der Hotelboy. «Ich glaub nicht, daß er gehört zum Film.»

Walker sah Jon Axelrod eine der korallenroten Treppen zum Strand herunterkommen. Ein außergewöhnlich schönes schwarzhaariges Mädchen, das Walker noch nie gesehen hatte, stand auf dem untersten von einer Mauer eingefaßten Treppenabsatz und beobachtete die Szene – eine Prinzessin in einem Turm.

«Sieh dir das Arschloch an», sagte Axelrod. «Mr. Nasehoch. Sein erster Drink seit drei Jahren, behauptet er. Und dann trinkt er zwanzig.»

«In der Sonne», sagte der Hotelboy, «er kann sterben.»

«Hören Sie», sagte Axelrod zu dem Boy, «das hier geht Sie nichts an. Holen Sie Mr. Bly – wissen Sie, wen ich meine?»

Der Bursche nickte.

Axelrod übernahm Lowndes' einen Arm und zog mit der freien Hand einen losen Geldschein aus der Tasche.

«Los, holen Sie ihn her. Wecken Sie ihn, wenn nötig.»

Der Hotelboy steckte den Schein ein und rannte die Treppe hinauf. Auf dem Absatz bei dem Mädchen hielt er inne, um sich zu verbeugen und ehrerbietig zu lächeln, ehe er weiter die Treppe hinaufturnte.

«In der Sonne», ahmte Axelrod den Hotelboy nach, «er kann sterben. Weil, verdammt noch mal, er schon längst ist tot. Und er nicht mehr schafft Weg zurück in seine Sarg.»

«Was suchst du?» fragte Walker. «'ne Waffe?»

«Ich will sehen, ob er verdrahtet ist. Bei manchen von diesen Arschlöchern sagst du irgendwas Blödes, und sie schreiben es. Du gehst vor Gericht, und als nächstes stellst du fest, daß sie verdrahtet waren. Ich werde Billy losschicken, sein Zimmer nach 'ner Videokamera zu durchsuchen.»

«Meinst du, daß er so was machen würde?» fragte Walker. «Er ist Korrespondent von *New York Arts*, nicht von *Confidential*.»

«Einige dieser Schreiberlinge sind der widerlichste Abschaum, der je auf Erden herumspaziert ist», erklärte Axelrod. Er sah Walker nachdenklich an. «Und dann gibt es auch welche, die ganz in Ordnung sind.»

Walker war übel von dem Geruch, den Lowndes' schwitzender Körper verströmte. Er drehte das Gesicht in den Wind.

«Wer ist die Dame?» fragte Walker.

«Das ist Helena», erklärte Axelrod. «Sie ist unsere hochgeschätzte Assistentin. Sie wird dich ein bißchen rumführen. Komm runter, Puppe», rief er Helena zu. «Hilf uns, diesen Typen festzuhalten.»

Helena kam die letzten Stufen herunter. Sie hatte blaue Augen und leichte Sommersprossen. Der Ausdruck mitleidiger Betroffenheit, mit dem sie Lowndes betrachtete, gab Walker das Gefühl eines Zoowärters, der einen kranken Seehund zur Schau stellt.

«Ist er betrunken?» fragte Helena mit britischem Akzent.

«Er ist im fortgeschrittenen Alpha-Stadium», sagte Axelrod, «weil er versucht hat, in voller Montur zu meditieren. Helena, das ist Gordon Walker.»

«Ah», sagte Helena strahlend.

Walker spreizte die Beine, um Lowndes im Gleichgewicht zu halten, und ergriff ihre ausgestreckte Hand.

«Helena wird dich rumführen», sagte Axelrod zu Walker. «Sie wollte dich unbedingt kennenlernen.»

«Oh», sagte Walker. «Na dann.» Er sah die junge Frau prüfend an und stellte rasch fest, daß Axelrod log.

«Ihr Drehbuch ist wunderbar», sagte Helena. «Es wird ein großartiger Film werden.»

Lowndes befreite sich aus der Umklammerung und verlor sofort wieder das Bewußtsein. Es gelang Walker und Axelrod gerade noch, ihn aufzufangen.

«Weißt du, was ich finde?» sagte Axelrod nach einer Weile. «Ich finde das hier beschissen.» Er ließ Lowndes los. Walker auch. Der Schriftsteller sackte vor ihnen zu einem Haufen zusammen.

«Wir sollten ihn bis zum Hals im Sand einbuddeln», sagte Axelrod, «als warnendes Beispiel für alle Arschlöcher.»

Bly kam im Dauerlauf über den Strand auf sie zu. Als er Walker sah, bremste er ab und näherte sich mit seinem geheimnisvollen, sorgfältig gesetzten Schritt. Er besah sich das zerknautschte Häuflein Dongan Lowndes, dann richtete er den Blick auf Walker.

«Komm, Bill», sagte Axelrod zu Bly, «hilf mir, diesen Truthahn auf Eis zu legen.»

Bly zog Lowndes scheinbar mühelos aus dem Sand empor und warf ihn sich über die Schulter. Axelrod hielt mit der rechten Hand die schwankende Last im Gleichgewicht.

Walker sah, daß Bly ihn anlächelte. Mit einem freundlichen, keinem triumphierenden oder schadenfrohen Lächeln. Trotzdem sah Walker vorsichtshalber in eine andere Richtung. Nachdem Bly und Axelrod mit dem besinnungslosen Lowndes abgezogen waren, blieb er mit Helena allein zurück.

«Schon gefrühstückt?» fragte sie ihn. Er war auf dem Weg zu Lu

Annes Cabana gewesen und hatte gehofft, daß sie am Ende die Nacht vielleicht doch nicht mit Bly verbracht hatte. Unterwegs war er der Versuchung eines Bades erlegen.

«Nein. Und Sie?»

«Ich auch nicht. Wollen wir einen Kaffee trinken?»

«Ja», sagte Walker. «Ja, sicher.» Helenas Schönheit, ihre Jugend und ihr eher gespieltes Interesse an seiner Person machten Walker plötzlich sehr traurig. Die Traurigkeit und der Gedanke an Lu Annes Nacht mit Bly trafen ihn mit der Kraft seines wiedererwachenden Katers und der entsprechenden Erschöpfung. Er brauchte eine Linie, aber das Kokain war im Koffer in seinem Zimmer versteckt.

«Wollen wir zu Fuß nach oben gehen?» schlug er Helena vor. «Und dann muß ich noch kurz was aus meinem Zimmer holen.»

Helena warf ihm ein bühnenreifes Lächeln zu, und sie stiegen gemeinsam die Korallentreppe hinauf. Er war angespannt, unglücklich, außer Atem. Helena schien bester Stimmung.

Das Frühstück wurde auf der Terrasse vor der Bar serviert. Walker setzte sich zusammen mit Helena an einen Tisch, bestellte Kaffee und süße mexikanische Brötchen und entschuldigte sich.

Er erreichte sein Zimmer kurz vor dem Zimmermädchen, hängte das *No Molestar*-Schild an die Tür und machte sich hastig eine Portion zurecht. In der Eile nahm er mehr, als er eigentlich wollte; die Folge waren weder Aufmunterung noch Horrorvisionen, sondern eine diffuse Begeisterung ohne Objekt. Er hatte vorübergehend das Gefühl, seine wahren Empfindungen – wie auch immer die ausgesehen haben mochten – seien ersetzt worden durch welche mit künstlichen Aromastoffen. Als er diesmal das Zimmer verließ, hatte er in der Strandtasche ein Briefchen Kokain, das zusätzlich in Silberpapier gewickelt war, damit es in der Hitze nicht schmolz.

Jon Axelrod und Jack Glenn saßen bei Helena am Frühstückstisch.

Glenn und Walker, die sich seit ungefähr einem Jahr nicht gesehen hatten, gaben sich die Hand.

«Dies ist der einzige Mann, den ich kenne, der mexikanische

Drehorte *mag*», erzählte Jack Glenn den Leuten am Tisch. «Ich hoffe, du bist nicht gekommen, um noch Änderungen vorzunehmen.»

«Ich bin der Tod», sagte Walker, «Vernichter der Welten. Ich bin gekommen, um Leute aus dem Drehbuch zu streichen.»

«Herr im Himmel», sagte Jack Glenn.

Walker nahm seine Tasse und trank sie mit einem Zug halbleer. Eigentlich hätte er gern Alkohol getrunken, um wieder ein bißchen runterzukommen, nachdem er sich so hochgeputscht hatte.

«Es gibt Leute», verkündete er, «für die bestehen mexikanische Drehorte aus nichts als Dollarpoker und Tausendfüßlern. Aber zu denen gehöre ich nicht.»

«Wirklich?» fragte Helena.

«Ich komme her», sagte Walker, «um Elefanten zu sehen.»

«Naja», sagte Helena. «Hier ist alles ziemlich zahm, wenn Sie mich fragen. Abgesehen von den unvermeidlichen Besäufnissen. Es ist so friedlich und geschäftsmäßig, daß es schon fast langweilig ist.»

Walker sah, daß sie es auf Jack Glenn abgesehen hatte. Er spürte, wie er Helena von Minute zu Minute weniger mochte.

«Das könnte sich über Nacht ändern», sagte er zu ihr.

«Meine letzte Aktion gestern abend bestand darin», sagte Axelrod, «daß ich einen Betrunkenen ins Bett gebracht habe. Und worin bestand meine erste Aktion heute morgen?»

«Es ist ein Psychodrama», sagte Glenn. «Das Leben auf der Location ist immer ein Psychodrama.»

«Ein paar von uns sind ein bißchen mehr Drama als die anderen», sagte Axelrod.

Es entstand eine kurze, angespannte Pause.

«Ein Freund von mir war vor ein paar Jahren zu Dreharbeiten hier unten», erzählte Glenn. «Das war drüben bei San Miguel. Sie wohnten alle zusammen in einem Hotel, und die Kassiererin des Restaurants verliebte sich über beide Ohren in ihn.»

«Ich hoffe, die Geschichte hat ein Happy-End», sagte Helena.

«Die Sache war die, daß er überhaupt keine Notiz von ihr nahm. Sie ging also nach Hause, zum Zauberer ihres Dorfes, und ließ sich einen Liebestrank brauen. Aus solchen Köstlichkeiten wie den Kehllappen des Kondors und Iguanahoden – sie bat den Koch, ihm das Zeug unter seine *huevos rancheros* zu mischen.»

«Und, hat es funktioniert?» fragte Axelrod.

«Es hat bestens funktioniert. Sie mußten ihn per Hubschrauber abtransportieren. Ich meine, es war in Mexiko und alle waren irgendwie krank, aber dieser Typ war reif fürs Leichenschauhaus. Er hatte sich schon die Letzte Ölung verpassen lassen.»

«Was geschah mit dem Mädchen?» fragte Helena.

Axelrod zündete sich eine Zigarre an. «Sie heiratete den Koch.»

«Das waren die Zeiten», sagte Glenn, «als man Kino noch genauso wie Romanze buchstabierte.»

Walker stand auf, und sofort wechselten Helena und Axelrod einen raschen Blick.

«Ich komme mit Ihnen», sagte sie heiter zu Walker. «Ich werde Sie herumführen.»

«Sie wird dir die Location zeigen», sagte Axelrod. «Ihr könnt zum Strand fahren. Heute abend gibt Charlie dir zu Ehren eine Party.»

«Gut», sagte Walker. «Dann mußt du hinterher *mich* nach Hause tragen.»

«Autoren schlafen am Strand, Gordon.»

Walker bemerkte, wie Helena vergeblich versuchte, Blickkontakt zu Jack Glenn herzustellen, als sie den Tisch verließen. Sie hat kein Glück, dachte er mit schadenfroher Befriedigung. Dabei kannte Walker niemanden, der so scharf auf Sex war wie Jack, und er ließ nichts anbrennen.

Helena begleitete Walker zu den Produktionsbüros, wo noch frühmorgendlicher Frieden herrschte. Einer von Axelrods *pistoleros* wurde beauftragt, sie zum Set zu fahren. Die Fahrt verlief schweigend. Helena bewahrte eisern ihre gute Laune. Am Set angekommen, stieg der Fahrer aus und wartete im Schatten einer Mooreiche. Walker und Helena schlenderten die Straßenbahnschienen entlang Richtung Bucht.

Der Straßenbahnwagen war am Ende des Schienenstrangs abgestellt. Walker stieg ein, betastete die Messingbeschläge und die lackierten Holzbänke.

«Frank hat ihn in Texas entdeckt», sagte Helena fröhlich zu Walker. «Er hat die alten Grand Isle-Fotos als Vorlage benutzt. Stück für Stück hat er in der näheren Umgebung alle Einzelteile aufgetrieben.»

«Ja, ja, der gute alte Frank», sagte Walker.

Vom Straßenbahnwagen gingen sie durch die wogenden Felder mit falscher Kamille hinüber zu den Dünen. Walker warf einen Blick in die Badehütte und ging über den Strand hinüber zu der Kameraschiene, auf der am Abend vorher Drogues Titan entlanggeglitten war. Ein paar mexikanische Wärter lungerten beim Straßenbahnwagen herum und beobachteten ihn.

«Es muß total irre sein», sagte Helena, «das alles zu sehen. Ich meine, wo doch alles hier seinen Ursprung in Ihrem Werk hat.»

«Unbedingt», sagte Walker. «Total irre.» Er sah hinaus über die Bucht, wo etwa fünfzehn Meter vom Ufer entfernt eine auf Pontons montierte Plattform verankert war. Sie war mit Drahtseilen über Blöcke zum Ufer hin verspannt, damit sie ruhig in der kabbeligen See lag. «Einmal mußte ein Haus nachgebaut werden, in dem ich früher gewohnt habe. Innen und außen in jeder Einzelheit genau rekonstruiert. Es hat vermutlich mehr gekostet als der Bau des ursprünglichen Hauses.»

«Das muß ja wahnsinnig gewesen sein für Sie.»

«Soweit ich mich erinnere, fand ich es wahnsinnig. Es ist ziemlich lange her, und ich habe seitdem eine Menge Projekte gemacht.»

«Und inzwischen machen Sie das alles mit links? Oder finden es langweilig? Oder was?»

«Wofür soll die Plattform da draußen gut sein?» fragte er Helena.

«Walter meinte, daß er vielleicht einen Gegenschuß von Ednas Gang gebrauchen könnte. Dann hätten sie da draußen einen Typen mit 'ner Steadicam postiert.»

«Dr. Zoom», sagte Walker. Die Anzeichen für das kommende Unwetter, die er schon früher bemerkt hatte, hingen noch immer über der See.

«Ich meine», sagte Helena, «ich verstehe nicht, wie Sie so überheblich sein können, was die Filmerei angeht.»

Walker sah sie an. «Sind Sie Studentin an der Filmhochschule?»

«Nein», sagte sie. «Ich . . . ich mag einfach Filme. Ich respektiere sie. Ich respektiere die Leute, die sie machen.»

«Warum versuchen Sie, Streit mit mir anzufangen?»

«Tue ich nicht», protestierte sie. «Vielleicht habe ich eine bessere Meinung vom Kino als Sie. Ich bin sicher, daß ich weniger davon verstehe.»

«Wie sind Sie hierhergekommen?»

«Durch Freunde.»

«Ihre Freunde?»

«Ja, warum nicht? War das Ihre letzte Frage?»

«Lassen Sie mich raten», sagte Walker. «Sie sind dank irgendwelcher Geschäftsbeziehungen Ihres Vaters hier gelandet. Ihr Vater ist wahrscheinlich einer von diesen Buchmachern, die sich zum Großmogul gemausert haben, und wenn er über die Filmbranche redet, hört sich das garantiert ganz anders an als bei Ihnen. Sie sehen sich die Welt an, ein bißchen Slums, ein bißchen Highlife . . .»

«Und Sie sind ein restlos ausgebrannter mittelmäßiger Filmeschreiber mit 'ner Schnapsnase und schlechten Manieren.»

«Und da stehen wir nun am Ufer des Pazifik. Nur wir zwei, mehr oder weniger. Würden Sie als Filmkenner sagen, daß das ein guter Stoff ist?»

«Sie sind hier am Set nicht sehr hoch angesehen. Man hat mich vor Ihnen gewarnt.»

«Na denn», sagte Walker, «das nächste Mal, wenn Sie gewarnt werden, hören Sie gefälligst auch hin. Was war Ihr Auftrag, sollten Sie mich mit Ihrem Lächeln und irgendwelchen Freundlichkeiten bei Laune halten?»

Helena wandte sich ab. «Sie von ihr fernhalten. Damit Sie sie nicht zum Trinken animieren oder ihr Drogen geben.»

«Als Ihr alter Herr Sie in die große weite Welt entlassen hat, Helena, hat er Sie da nicht vor Zuhältern gewarnt? Vor Luden? Sie lassen sich auf mich ansetzen, von Leuten – Drogue, Jon, wer immer es war –, die von Ihnen verlangen, daß Sie's mit mir treiben. Sie haben so getan, als würde ich Ihnen gefallen. Ich hätte das falsch verstehen können. Ich sollte das falsch verstehen.»

Die junge Frau sah ihn einen Augenblick irritiert an.

«Sie sind eine sehr zartfühlende Seele», sagte sie.

«Verdammt wahr», sagte Walker.

«Flirten ist nicht unlauter, wissen Sie. Es ist ein legitimes Mittel.»

«Natürlich ist es das.»

«Ich vermute, Sie werden sich jetzt mit ihr treffen.»

«Ich gehe zu ihrem Bungalow, ja. Und Sie werden mich verpetzen.»

«Warum sollte ich nicht? Ich schulde den Herrschaften etwas für ihre Gastfreundschaft. Ihnen schulde ich nichts.»

«Helena», sagte Walker. «Wenn ich sie finde – geben Sie uns ein wenig Zeit. Sie müssen nicht auf dem direkten Weg zu Axelrod gehen.»

«Es ist nicht richtig», sagte die Frau, «daß Sie ihr Drogen geben. Sie werden ihr schaden.»

«Ich gehe nicht zu ihr, um ihr Drogen zu geben.»

«Gut», sagte Helena. «Gehen wir zurück.»

Sie gingen zurück zum Wagen; der Fahrer setzte sie beim Strand am Fuß der Steilküste ab.

«Tut mir leid, daß ich so grob war», sagte Walker, nachdem sie ausgestiegen waren. «Ich werde andauernd wütend im Augenblick.»

«So ein kleiner Austausch an Beschimpfungen macht mir wirklich nichts aus», sagte Helena. «Ich bin seit frühester Kindheit daran gewöhnt. Wie dem auch sei, Sie sind der erste hier, der mit mir geredet hat wie mit einem Menschen.» Sie zeigte auf einen Punkt, wo der Strand hinter einer Biegung der Steilküste verschwand. «Da hinten liegen die Bungalows.»

«Ich weiß», sagte Walker. «Grüßen Sie die Gang in Katmandu.»

Sie wandte sich zum Wasser. Walker stapfte am Strand entlang auf die Reihe der Bungalows zu.

Gleich nachdem er geklopft hatte, hörte er durch die geschlossene Tür ihre hektischen Bewegungen; einen hastigen Schritt auf den Fliesen, Stoffrascheln. Als sie öffnete und sah, daß er es war, schloß sie die Augen und öffnete sie wieder.

«Gottseidank», sagte sie und legte den Kopf gegen seine Brust.

«Amen», sagte Walker.

Sie trat beiseite, um ihn einzulassen.

«Hast du was zu trinken dabei, Gordon?»

«Nein», sagte er. «Und du solltest auch nichts trinken.»

«Gestern abend. Ich hab mich so idiotisch benommen. Ich war total neben der Tasse. Ich konnte nicht damit umgehen, daß du da warst.»

«Du bist zu Bly gegangen.»

Sie sah ihn erschrocken an und schüttelte den Kopf.

«Ich habe bei Billy übernachtet, weil ich nicht allein sein wollte. Ich meine, er ist schwul, Gordon. Er ist mein Kumpel.»

«Du hattest mal 'ne Affäre mit ihm, Lu, ich weiß Bescheid. Als ich sah, wie du bei ihm untergekrochen bist, war ich ein bißchen sauer.»

«Gordon, du weißt, daß ich es mit der Wahrheit manchmal nicht so genau nehme.»

«Wir alle vergeben dir, Lu. So gut wir können.»

«Aber im Augenblick lüge ich nicht, Gordon. Ich bin zu Billy gegangen, und er hat mir 'ne 'lude gegeben und wir haben geredet. Ich schwöre. Immerhin hatte ich gerade vorher dich gesehen – wie hätte ich es da mit Billy treiben können? Vielleicht erzähle ich manchmal Geschichten, Gordon, aber deswegen schaffe ich es noch lange nicht, auf so vielen Hochzeiten gleichzeitig zu tanzen.»

«Komisch», sagte Walker. «Am Anfang war ich eifersüchtig auf diesen Typen, Lowndes.»

«Der ist der letzte Arsch», sagte Lu Anne. Ihre Feststellung klang so überzeugt und sachlich, als läge ihr eine wohldurchdachte Analyse zugrunde.

«Er hat einen guten Roman geschrieben», sagte Walker. «Gewiß», fügte er mit einem Anflug von Befriedigung hinzu, «er hat nur diesen einen geschrieben, und das ist schon eine Weile her.»

«Ich habe seinen Roman gelesen», sagte Lu Anne. «Mir ist es egal, wie viele er geschrieben hat. Er ist der letzte Arsch, und er hat's auf mich abgesehen.»

«Wieso?»

«Weil er weiß, daß ich verrückt bin, und weil er darüber in *New York Arts* schreiben will. Er beobachtet mich ständig.»

«Lu», sagte Walker geduldig, «er ist scharf auf dich.»

«Meinst du», fragte Lu Anne strahlend, «wenn ich den Zimmerservice anrufe, schicken die uns eine Flasche Tequila runter?»

«Nicht, wenn ihnen jemand gesagt hat, sie sollen's nicht tun.» Er machte eine Pause. «Du kannst es ja auf alle Fälle versuchen», hörte er sich sagen.

«Mezcal», sagte Lu Anne verwegen, «das ist es, was wir gerne hätten.» Sie legte Walker den Arm um den Hals und vergrub das Gesicht an seiner Schulter. Und als habe sie nur für ein rasches Foto posiert, sprang sie bereits im nächsten Augenblick zum Telefon. »Wir machen ein alkoholisches Picknick. Wie in alten Zeiten.»

«In alten Zeiten haben wir ganze Wochenenden mit unseren alkoholischen Picknicks rumgebracht.»

Lu Anne bestellte ihren *Mezcal* ohne Einwände seitens der Hotelleitung. Die Aussicht darauf schien sie zu beleben; sie saß, die Hände zwischen den Schenkeln gefaltet, auf der Sofakante und betrachtete Walker.

«Komisch, das mit gestern abend», sagte er. «Du bist bei Lowndes, gehst mit mir. Du bist bei mir, gehst zu Bly. Hat 'ne Menge vom *Reigen*, Auftritt und Abgang, Schlafzimmer und verschlossene Türen, und keiner kriegt eigentlich keinen. Sehr Hollywood.»

«Wir haben immer gedacht, wir wären zu spät dran», sagte Lu Anne. «Wir hätten Hollywood verpaßt.»

«Da haben wir uns ganz schön geirrt.»

Kurz darauf schoben zwei Kellner einen Teewagen mit einer

Literflasche *Mezcal con gusano* herein, die umringt war von Mineralwasserflaschen, Gläsern, Zitronenscheiben und einem Eiskübel.

Walker schenkte zwei Gläser mit purem Alkohol voll.

«Was ist mit dir, Lu Anne?»

Sie nahm das Glas, leerte es mit kindlicher Gier in einem Zug und schenkte sich nach.

«Das willst du wissen, Gordon? Was mit mir ist? Interessiert es dich wirklich?»

«Ja, ich glaube schon.»

«Daß ich den Blick ins Nichts richte und mit der geistigen Welt des Alls in Dialog trete?»

«Klar. Und warum du das tust. Und wenn du willst, kannst du auch erfahren, was mit mir ist.»

«Du hast den Lear gespielt», sagte sie.

«Ja.»

«Wie war's?»

«Es war wie das Leben, nur leichter zu ertragen. Ich könnte den Rest meines Daseins auf Erden damit verbringen, den Lear zu spielen.»

«Ich wünschte, ich könnte Lear spielen», sagte Lu Anne. «Vielleicht kann ich es. Bart ankleben und Lear spielen.»

«Du könntest den Narren spielen.»

Ihre Blicke trafen sich. Lu Anne schenkte Mezcal nach.

«Das ist gut», sagte Lu Anne. «Weil ich es könnte. Wir könnten zusammen spielen.»

«Wenn das hier ausgestanden ist», sagte Walker. «Wir werden drüber reden. Ich werde mit Al reden.»

«Zum Teufel mit Agenten. Wir spielen in Hörsälen. Wir spielen in Gemeindesälen, Eintritt frei.»

Sie betrachtete die kleine konservierte Kreatur auf dem Boden der Mezcal-Flasche.

«Der Wurm ist ein kurioser Wurm.»

«Ich wünsche euch viel Zeitvertreib von dem Wurm», sagte Walker.

«Und ich möchte Cleopatra sein, Gordon. Ich habe Edna so satt. Ich bin froh, daß sie tot ist.» Sie nippte an ihrem Drink und lachte. «Ich meine, ich kann gar nicht oft genug sterben. Ich kann den Hals nicht vollkriegen.»

«Du bist eine solche Dilettantin, Lu Anne. Du kannst von Glück sagen, daß du überhaupt spielen darfst.»

«Und du bist ein solcher Dilettant», sagte sie, «daß man das heulende Elend kriegen könnte, weil du nicht besser bist.»

«Was ist mit Lionel los? Wo ist er hin?»

«Er ist mit den Kindern auf Reisen, Besuche machen. Aber ich glaube nicht, daß er zurückkommt.»

Walker schenkte sich Mezcal nach.

«Er kann nicht einfach einfach nicht zurückkommen . . .»

«Nein», sagte sie, «er kann einfach nicht einfach nicht zurückkommen. Will sagen, er wird mich verlassen. Er hatte den verzweifelten Wunsch, von mir wegzukommen. Es war schrecklich.»

«Er kann dir die Kinder nicht wegnehmen.»

«Schätzchen», sagte Lu Anne, «mit dem richtigen Anwalt im richtigen Staat kann er mich einschläfern lassen.»

«Weißt du, die Dinge haben sich geändert. Du brauchst dir das von ihm nicht gefallen zu lassen.»

«Nein», sagte sie. «Ich kann ihn umbringen. Aber ich glaube, das würde ich nicht packen.»

Sie saßen schweigend da und tranken. Walker ging zum Fenster und betrachtete den Himmel, der von dicken dunklen gelblichen Wolken entstellt war, als würde über dem Meer ein Sandsturm toben.

«Connie hat mich verlassen, weißt du.»

Lu Anne lag mit geschlossenen Augen auf dem Bett.

«Ich habe nie begriffen, warum sie so lange geblieben ist», sagte Lu Anne.

«Es hat mich total umgehauen», sagte Walker. «Hab mich noch nicht davon erholt.»

«Armer Kerl», sagte Lu Anne. «Bist du deswegen hergekommen?»

«Nein», sagte Walker.

«Und», fragte Lu Anne, «warum bist du gekommen?»

«Ich habe jede Menge Ausreden», sagte Walker, «aber ich glaube, ich bin gekommen, um dich zu sehen.»

«Ah», sagte Lu Anne heiter. «Vergangene Zeiten. Die goldenen, seligen Tage des Beisammenseins.»

«Im Rausch des Zaubers und des Liebesglücks. Ja, diese Vorstellung hat mich bewegt.»

«Eine Wiedervereinigung.»

«Ganz genau.»

«Nun, Gordon», sagte Lu Anne und überlegte sich, während sie weitersprach, rasch eine Charakterrolle, «auch ich bin bewegt . . .» Sie hielt inne und legte sich eine Faust auf die Stirn, wobei die Rolle von ihr abfiel wie eine vertrocknete Haut. «Auch ich bin bewegt.» Sie ging zu ihm, streckte die Hand aus, streichelte sanft seine Wange und legte den Kopf an seine Schulter. Walker meinte die unendliche Müdigkeit zu spüren, die auf ihr lastete. «Auch ich.»

Er hielt sie und dachte, daß sie sein goldenes Mädchen war und daß sie in seinen Armen lag und daß sie niemals Frieden oder einen ruhigen Augenblick oder auch nur eine halbe Stunde des Glücks miteinander erleben würden.

«Es war so idiotisch von dir, zu kommen, Gordon. Mein Gott, Junge, kein Wunder, daß Connie dich verlassen hat.»

Er sagte nichts. Sie machte sich von ihm los.

«Connie und ich, mein lieber Gordon, wir stecken tief in den hohläugigen Vierzigern. Wir sind gestoßen worden, rumgestoßen, verstoßen. Wir sind geschwängert und abgetrieben worden, wir sind nackt ausgezogen, aufgeschlitzt, durchgekaut, ausgespuckt worden, und das siebenmal seit Sonnenuntergang. Wir sind von Liebhabern versengt, von unseren Kindern vollgepißt, von Schwiegermüttern vollgeschissen worden, uns ist das Lachen ausgetrieben worden und das Weinen, und du erwartest, daß wir reglos deine romantischen Wanderungen ertragen? Vollidiot!»

«Ich glaube nicht, daß Connie Liebhaber hatte», sagte Walker.

Sie schob die Unterlippe vor und streckte ihm den gekrümmten kleinen Finger hin wie zu einem kindlichen Versprechen. Er legte sich eine Hand übers Gesicht; sie fingen beide an zu lachen.

«Vollidiot!» rief sie. «Bleib zu Hause und fick deine blühende Phantasie!»

«Ich hab's mit ihr in der Garage getrieben», sagte er. «Als ich noch 'ne Garage hatte.»

«Ich hab schon alles erlebt, was man in der Garage treiben kann», sagte sie.

Sein Lächeln blieb unverändert, aber ihre Worte jagten ihm einen eigenartigen Schauer über den Rücken. Die Bilder, die sie vor seinem inneren Auge entstehen ließen, waren nicht angenehm.

«Die Mädchen welken alle dahin, und die Jungens werden weich und sentimental. Genau so funktioniert diese beschissene Welt.» Sie kam zurück und legte wieder die Arme um ihn. «Was willst du von mir, du Idiot? Willst du, daß wir wieder Kinder sind?»

«So würde ich es nicht ausdrücken.»

«Ganz gewiß nicht, Schätzchen, aber trotzdem ist es das, was du willst.»

«Wer weiß?» sagte Walker.

«*Jamais, mon amour. Jamais encore.*»

Sie setzten sich nebeneinander aufs Sofa und er küßte sie. Sie wich zurück, um ihm ins Gesicht zu sehen.

«Du hast die Augen zugemacht», sagte sie, «genau wie früher.»

Er zuckte die Achseln.

«Wir werden nie wieder Kinder sein, Gordon.» Er spürte, wie ihre Arme ihn umschlossen, und er legte seine um sie und küßte sie.

«Wir werden Geister andrer Region sein müssen», sagte sie. Nachdem er sie noch einmal geküßt hatte, flüsterte sie ihm ins Ohr: «Wir sind nicht allein hier.»

Er schreckte zusammen; dann begriff er, daß sie offensichtlich ihre Alten Freunde meinte. Sie lagen einen Moment lang nebeneinander, dann erhob sie sich. Er stand auf und nahm sie wieder in die Arme. Der Schnaps war keine gute Idee gewesen, fürchtete er. Jetzt war alles egal.

«Keine Romanzen mehr zwischen uns, Gordon.»

Als er zu einer Antwort ansetzte, legte sie ihm einen Finger auf die Lippen.

«Es gibt nur noch die Arbeit. Sie ist das einzige, was uns geblieben ist, das einzige, worauf es ankommt. Darum mußte ich meine Tabletten absetzen.»

«Wenn es nur noch die Arbeit gibt», sagte Walker, «wo bleibe dann ich?»

«Du hättest Vorsorge treffen sollen», sagte sie. «Du hättest leben sollen wie andere Menschen auch.»

«Ich dachte immer, ich hätte etwas zu geben. Verstehst du. Letztendlich.»

«Wenn wir unseren Lear machen», sagte sie, «und ich dein Narr bin, dann wirst du etwas geben.»

«Ich war nicht schlecht, weißt du», sagte Walker. «Ich war ganz gut.»

Sie nahm seine Hände. Vorsichtig machte er sich los und küßte sie wieder.

«Wenn ich der Narr bin», sagte sie, als sie wieder Atem schöpften, «muß ich auch Cordelia sein. Sie sind eins.»

«Ja», sagte Walker.

«Aber ich bin zu alt.»

«Bist du nicht», sagte Walker. «Wie dem auch sei, ich glaube, es ist mindestens ebensosehr eine Frage des Gewichts.»

«So sagt man. Nicht wahr, Gordon?»

«Ja, so sagt man. Völlig richtig.»

Sie ließ sich von ihm hochheben und umklammerte mit den Händen seinen Nacken. Es war nicht schwer, sie zu tragen, denn sie war dünner denn je und immer noch so geschmeidig wie früher.

«Genauso machen sie es bei der Eisrevue», sagte sie. «Hab ich dir erzählt, Gordon, wie ich bei der Eisrevue war?»

«Natürlich», sagte Walker. «Natürlich hast du mir das erzählt.» Er trug sie zum Bett.

«Heul», schrie sie beinahe. Sie klammerte sich fest und sah ihn an. «Heul», flüsterte sie. «Heul.»

Er drehte sie vorsichtig einmal im Kreis.

«Siehst du», sagte sie. «Ich kann eine leichte Cordelia sein. Und ich kann eine schüchterne Cordelia sein. Eine kriegerische Cordelia, eine Cordelia auf dem Vormarsch.» Sie löste die Hände von seinem Nacken und ließ sich mit einem Seufzer auf seine ausgestreckten Arme zurücksinken. «Und ich kann eine tote Cordelia sein.»

Er legte sie aufs Bett und setzte sich zu ihr. Als sie beide nackt waren, drehte er sich auf die Seite, um sie anzusehen, und stellte fest, daß er neben der toten Cordelia lag.

«He», sagte er. «Komm zurück.»

Sie liebten sich in den hellen Stunden des Mittags. Einmal sagte sie zu ihm, wie sehr sie sich freue, daß er gekommen sei; solange der Zauber ihrer Worte anhielt, waren seine Mutlosigkeit, seine Angst und seine Wut fortgespült. Später schliefen sie eine Weile.

Als er aufwachte, stand die Sonne tief am Himmel. Eine Messerklinge Sonnenlicht fiel über das Bett, in dem sie zusammengewesen waren, und bedrohte die Schattenwelt, in der Lu Anne lag und schlief.

Sie freute sich, daß er gekommen war, diese Worte hatte sie zu ihm gesagt, und das war das einzige, worauf es ankam. Mehr als alles andere auf der Welt wünschte er sich, in einer Zeit zu verweilen, in der nur ihre Worte und seine Liebe zählten. Als die Vorstellung zu verblassen begann, nahm er einen Schluck Mezcal und ging an seine geheimen Verstecke, um Kokain zu holen. Er trug die Droge und seine Utensilien ins Badezimmer.

Während er das kristalline Klümpchen zu Pulver hackte, fiel sein Blick zufällig auf den Spiegelschrank. Er sah, wie sich langsam der Knauf der Badezimmertür drehte. Es war zu spät, um irgend etwas zu verstecken; er legte alles vorsichtig vor sich auf die Ablage, um nichts zu verschütten. Im nächsten Augenblick flog, wie er erwartet hatte, die Badezimmertür auf, und sie stand lachend auf der Schwelle.

«Aha», rief sie. «Erwischt.»

In einem rosa Palazzo auf dem Hügel schlugen sich die Drogues und ihr Weibertroß den Nachmittag um die Ohren, indem sie Filme ansahen, in denen Leute ins Wasser stiegen und für immer verschwanden. Sie hatten sich Bruce Dern in *Coming Home – Sie kehren heim* angesehen, Joan Crawford in *Humoreske,* James Mason in der zweiten Fassung von *A Star Is Born* und Lee Verger in *Das Erwachen.* Jetzt flimmerten Fredric March und Janet Gaynor über den Jumbo-Bildschirm. March war bekleidet mit einem Bademantel und spielte die Rolle des Norman Mayne.

«He», rief er Janet Gaynor zu. *«Gönnst du mir noch einen letzten Blick?»*

Der alte Drogue griff nach der Fernbedienung und hielt das Bild an. Ihm standen Tränen in den Augen.

«Glaubt mir», sagte er zu den anderen, «dieser Mann war der größte Filmschauspieler aller Zeiten. Dieser Satz – die Emotion dahinter – kontrolliert – optimal auf die Dimension des Kinos abgestimmt. Es hat nie einen Größeren gegeben.»

Joy McIntyre lag auf einem Berg von Kissen neben ihm und weinte hemmungslos.

«Wellmann, war gut», sagte der junge Drogue.

«Die Verletzbarkeit», sagte der alte Drogue, «die Zartheit, die Klasse. Nie wieder wird es einen Fredric March geben.» Er ließ den Film weiterlaufen. Sein Kopf lag auf Joys nacktem Bauch. «Verstehst du, was ich meine, Süße?» fragte der alte Mann seine junge Freundin. Doch Joy war viel zu überwältigt, um antworten zu können.

«Sieh dir die Nasenlöcher der Gaynor an», sagte der junge Drogue. «Sie hat mit der Nase gespielt.»

«Muß ich dich daran erinnern, daß sie schon vor dem Ton dabei war?»

«Ich liebe das», sagte Patty Drogue. «*Vor dem Ton.*»

«Sie war ultra-feminin», sagte der alte Drogue.

Der junge Drogue betrachtete die Bilder auf der Mattscheibe.

«Ihr Gesicht läßt für ihre Möse einiges erwarten», sagte er.

Der Alte seufzte.

«Ich weiß auch nicht warum», sagte der junge Drogue. «Es ist einfach so.»

«Du bist eine Drecksau», sagte Drogue senior.

«Irgendwas ist mit dem Gesicht der Frau, Dad. Es läßt einen groben, aber eindeutigen Rückschluß auf ihre Genitalien zu.»

«Es gibt Leute, die wachsen in Armut auf», sagte der Alte, «und es werden dennoch kultivierte Menschen aus ihnen. Andere verbringen ihre Kindheit in Saus und Braus, und es werden Drecksäue aus ihnen.»

«Du siehst ihr ins Gesicht», erklärte der junge Drogue, «und denkst an ihre Muschi.» Seine zusammengezogenen Augenbrauen ließen erkennen, daß er sich konzentrierte. «Haben wir es hier möglicherweise mit dem primären Element der sexuellen Anziehungskraft einer Frau zu tun? Kann es uns das Phänomen Janet Gaynor erklären?»

«Es überrascht die Leute immer noch zu erfahren», sagte der alte Drogue gelassen, «daß man im Leichenschauhaus Vorträge über Sexualkunde hören kann. Sie hinken einfach dem letzten Stand moderner Empfindsamkeit hinterher.»

Joy funkelte den jungen Drogue böse an. Der Alte setzte sich anders hin, um sie besser begrabbeln zu können.

«Was meint er damit?» fragte Patty Drogue ihren Mann, «Sexualkunde im Leichenschauhaus?»

«In San Francisco», sagte der junge Drogue abwesend, «hält der Leichenbeschauer Vorträge über sado-masochistische Praktiken. Paps ist total darauf fixiert.»

Auf der Leinwand watete ein Double von Fredric March dem

Sonnenuntergang entgegen. Diesmal war es Drogue junior, der den Film anhielt.

«Das hier ist der beste», sagte sein Vater überheblich. «Von all den Steig-ins-Meer-Filmen ist dieser der beste.»

«In dem Streifen mit Mason und Judy Garland», sagte sein Sohn, «in der Cukor-Version, ist die Szene identisch. Bild für Bild.»

«Die Szene ist bedingt durch das, was drum herum passiert. Du redest von einem Judy-Garland-Film. Eine vollkommen andere Sache.»

Der junge Drogue wurde nachdenklich.

«Also», sagte er, «bei Judy Garland, verstehst du, sie . . .»

«Hör auf», sagte sein Vater ernst. «Ich will es nicht hören. Was immer du an idiotischen Obszönitäten auf der Zunge hast – schluck es runter. Ich will nichts von deinen sexuellen Theorien über Judy Garland wissen. Ich möchte in mein Grab steigen, ohne sie gehört zu haben.»

«Einige von uns möchten Judy so in Erinnerung behalten, wie sie war», sagte Joy McIntyre affektiert.

«Wer zum Teufel hat dich um deine Meinung gebeten?» wollte der junge Drogue wissen.

Der alte Drogue küßte Joy auf den Schenkel, um sie zu trösten.

«Unsere Lösung ist die beste», erklärte der junge Regisseur. «Wir sind große Risiken eingegangen, um den Intentionen des Autors gerecht zu werden. Wir mußten eine alte Klamotte neu erfinden, weil das Drehbuch es so wollte.»

«Du kannst von Glück sagen, daß du ein so starkes Drehbuch hattest», sagte sein Vater.

Sie sahen sich Norman Maynes Begräbnis und das Ende des Films an.

«Es gab noch eine andere Cukor-Version, stimmt's?» fragte der junge Drogue. «Vor der von Wellman. Da kam ein Gang ins Wasser, oder?»

«Es gab *Was kostet Hollywood* von Cukor. Die Geschichte ist ähnlich, aber es geht niemand ins Wasser.»

«Bist du sicher?»

«Absolut sicher», sagte der Alte.

Es klingelte an der Tür. Patty stand auf und schielte durch die Lamellen der heruntergelassenen Jalousien nach draußen.

«Sag ihnen, sie sollen verschwinden», sagte der kleine Drogue.

«Es ist Jack Best», sagte sie. «Aber er guckt ein bißchen schief aus der Jacke, der Beste, haha.»

«Das tut er doch immer», sagte der junge Drogue.

«Bitte, seid nicht so gemein zu Jack», sagte sein Vater. «Er hat seinen Job, genauso wie du. Und er hat Standfotos für uns gemacht.»

«Er war den ganzen Vormittag unterwegs wegen seiner Standfotos«, sagte der junge Regisseur und ging zur Tür. «Helena hat gesehen, wie er am Strand hinter Walker hergezottelt ist – als würden wir den Film mit einem Foto von Walker verkaufen.»

Er öffnete die Tür und ließ Jack Best herein, der in der Tat einen kranken und unglücklichen Eindruck machte.

«Jack, mein Schatz», sagte er aufmunternd, «was haben wir da über den Choreographen vom Sands gehört?»

«Ah», brummte Jack mürrisch. «Dummes Gewäsch.»

«Ich wußte nicht mal, daß das Sands eine Revuetruppe hat», sagte Patty Drogue.

«Hat es auch nicht», versicherte ihr Mann. «Möchtest du 'nen Drink, Jack?»

Jack Best gelang es, ein leichtes Zucken seines Unterkiefers unter Kontrolle zu kriegen. Patty mixte ihm in aller Eile einen Whisky Soda.

«Dummes Gewäsch», sagte er. Er nahm den Drink von Mrs. Drogue entgegen und stürzte ihn zur Hälfte hinunter. «War 'n bißchen zuviel.»

«Und was willst du, Jack? Wo ist deine Kamera?»

Best leerte sein Glas und sah sich mit jammervollem Blick im Zimmer um. In seinen blassen Augen lag der schuppige Mißmut einer alten Schnappschildkröte.

«Wir haben Ärger», sagte er. Er hielt eine Zeitschrift in der Hand.

Er schlug sie auf und nahm ein Foto heraus, das zwischen den Seiten lag. Er legte die Zeitschrift beiseite und preßte das Foto gegen die Brust. Alle im Raum sahen ihn an.

«Lauf schon vor, mein Schatz», sagte der alte Drogue freundlich zu Joy. «Ich komme gleich nach.» Als Joy maulend hinausging, pustete er ihr einen Kuß zu.

«Ich kann nicht glauben», sagte Patty Drogue, «daß du so mit ihr sprichst.»

«Was ist mit dem Foto, Jack?» fragte der junge Drogue.

Best sah mit sichtlicher Verwirrung zwischen Vater und Sohn hin und her. Er bleckte die Zähne wie ein ängstliches Pony.

«Miss Verger», sagte Jack. «Und dieser Walker. Sie waren den ganzen Tag zusammen auf ihrer Bude.»

Die Drogues, Vater und Sohn, wechselten einen Blick.

«Yeah?» fragte der junge Drogue. «Na und?»

Best versuchte, das Bild dem Alten zu geben. Der Sohn kam ihm zuvor.

«Hat Walker dich mies behandelt, Jack?» fragte der junge Drogue, während er das Bild umdrehte. «Dieser Typ macht immer soviel Ärger.»

Er betrachtete das Bild eine Weile. Seine Frau kam und sah ihm über die Schulter.

«Donnerwetter», sagte sie. «Ich glaub, ich spinne. Und dabei hab ich *so* beruhigend auf den armen Lionel eingeredet.»

Das Foto zeigte Lu Anne und Walker bei strahlendem Sonnenlicht nackt im Bett. Walker hielt ein schimmerndes rechteckiges Plättchen, von dessen Oberfläche Lu Anne durch einen Strohhalm etwas schnupfte.

Der junge Drogue gab das Bild seinem Vater.

«Und was soll das sein, Jack? Ein Pressefoto?»

«Sie haben einen ganzen Berg davon», krächzte der alternde Presseferent besorgt. «Das ist 'ne Erpressung.» Er wandte sich ziemlich verzweifelt an den alten Drogue. «Stimmt's, Wally? Wie damals, als Eddie Ritz die Bilder von Mitch hatte. Dieser Fall liegt genauso.»

Drogue senior sah von dem Bild zu seinem alten Freund auf. Er schüttelte traurig den Kopf, legte das Foto aus der Hand und verließ den Bungalow.

Als Jack Best merkte, daß man ihn mit der Nachwuchsgeneration der Drogues allein gelassen hatte, begann er zu zittern. Das Eis in seinem Glas klirrte hörbar.

Der junge Drogue beobachtete ihn mit einem gedankenverlorenen Lächeln.

«Das ist komisch», sagte er zu seiner Frau. «Ich glaube, die sind nagelneu. Ich glaube, die sind hier aufgenommen. Auf unserer ureigenen Location.»

«Das ist 'ne Erpressung», krächzte Jack Best.

«Ich verstehe», sagte Walter Drogue der Jüngere. «Was sollen wir machen, Jack? Ich meine, ich hab schon davon gehört, daß solche Sachen in dieser Branche vorkommen. Aber ich bin bisher nie selbst in so was verwickelt gewesen.»

Jack räusperte sich. Er sah in Verschwörermanier von einer Seite zur anderen.

Drogue legte eine gewölbte Hand an seinen Mund.

«Du kannst hier reden, Jack», flüsterte er. «Nicht wahr, Patty?»

«Geht in Ordnung», flüsterte Patty Drogue zurück.

«Es war Madriaga», berichtete Jack. Madriaga war der *jefe* der mexikanischen Helfer am Set, ein übler Witzbold und ehemaliger Polizist. «Er ist bei mir angekommen. Er war Bulle, müßt ihr wissen. Sie sind bei ihm angekommen. Die, die die Fotos gemacht haben. Er ist bei mir angekommen. Sie wollen fünf Riesen. Oder sie geben sie weiter. An den Reporter, der hier ist. Dem wollen sie sie geben. Und weiter. Europa. England und Frankreich. Weltweit. Es ist genau wie damals. Du kannst deinen Vater fragen. Als Eddie Ritz die Bilder von Mitch hatte.»

«Meine Güte, Jack», sagte Drogue, «ich versteh kein Wort von dem, was du sagst.» Er wandte sich an seine Frau. «Du, Liebling?»

Patty schüttelte den Kopf. «Aber es hat mir gefallen. Mir hat gefallen, als er gesagt hat, fünf Riesen.»

«Was ist ein Riese, Jack?» fragte Drogue.

«Ein Großer», sagte Jack eindringlich. «Ein Tausender.» Entsetzt hob er die Stimme. «Eintausend Dollar.»

Drogue nahm Jack das Glas aus der zitternden Hand.

«Jack», sagte Walter Drogue junior, «das ist Erpressung. Wer macht denn so was? Doch nicht jemand bei uns am Set? Doch nicht einer von unseren eigenen Leuten?»

Jack begann wie ein Affe zu zappeln und zu schnattern.

«Jede Menge. Sie haben kein – heutzutage ist ihnen alles egal. Sie behandeln dich wie Dreck. Brauchst dich bloß umzusehen. Sie taugen nichts, Walter. Sie würden miese Publicity machen. Ihr eigenes Nest beschmutzen.»

«Ich bin nicht gut in so was», sagte Drogue niedergeschlagen. «Ich kann ja schon dir kaum folgen. Was müssen wir unternehmen, Jack? Gehört dazu, daß wir es Charlie erzählen müssen? Muß ich dir Geld geben?»

«Ich kann's dir sagen», stammelte Jack, «frag deinen alten Herrn. Ich werd mit denen fertig. Diese Erpressungskünstler. Ich hab da meine Methoden. Wie damals, als sie das Bild von Mitch hatten.»

«Vielleicht sollten wir die Polizei einschalten», schlug Patty Drogue vor.

«Hinter die Gitter eines mexikanischen Gefängnisses», sagte Drogue mit tiefer Empörung. «Da gehören sie hin, diese dreckigen Erpresser. Was hältst du davon, Jack?»

«Nichts», sagte Jack.

«Nichts?» Der junge Drogue griff zum drahtlosen Haustelefon, das in einem der Bücherregale lag, und begann zu wählen. «Du hältst nichts davon, Jack? Du findest, wir sollten diese Möglichkeit auslassen? Sagst definitiv nein?» Als er fertig gewählt hatte, nahm er einen Stift und kritzelte auf einem Notizblock herum.

«Keine Bullen», sagte Jack. «Ich meine mexikanische Bullen. Ich meine, da muß man doch bescheuert sein. Ich meine, ihr solltet mir das überlassen.» Er starrte auf den futuristischen Telefonhörer in der Hand des jungen Drogue. «Ich werd damit fertig.»

«Und wie willst du damit fertig werden, Jack?» Er warf einen ärgerlichen Blick auf den drahtlosen Telefonhörer. Er hatte keine Verbindung bekommen. «Scheißding», brummte er. Der Anblick seines unglücklichen Pressebetreuers schien ihn zu trösten. «Willst du es so machen, wie man es vor *Marty* gemacht hat? Willst du es so machen, wie man es vor dem *Ton* gemacht hat?»

«He, Wally», sagte Jack, «Walter – vor dem Ton war ich noch gar nicht im Geschäft, Walter. Mein erster Film war mit Dick Powell. Das war schon Ton.»

Drogue wählte wieder eine Nummer.

«Axelrod?» sagte er in den Apparat. «Rufen Sie ihn.»

Jack wandte sich an Patty Drogue. «Dick Powell», sagte er.

Drogue hielt den winzigen Hörer in der geballten Faust unter dem Kinn, während er dasaß und auf Axelrod wartete. Jack Best begann, mit solcher Eindringlichkeit den Apparat anzustarren, daß er die Aufmerksamkeit des jungen Regisseurs auf sich lenkte.

«Willst du ihn dir genauer ansehen?» fragte er freundlich.

Best nickte eifrig in seiner Verwirrung und seinem Bemühen zu gefallen. Er griff mit derart erwartungsvoller Begeisterung nach dem schlanken Hörer, daß es nicht schwerfiel zu verstehen, warum er einst Smilin' Jack Best genannt worden war. Im letzten Moment entzog Drogue den Hörer dem gierigen Zugriff des schmuddeligen alten Mannes.

«Das ist ein Telefon, Jack», fauchte er. Jack zuckte zusammen. «Axelrod!» rief er in den Hörer. «Ich bin hier mit einer total grotesken Situation konfrontiert. Kannst du mir helfen?» Er sah Best an. «Der Mensch wurde geboren, um Künstler zu sein», sagte er mißgelaunt. «Und statt dessen darf man sich hier als Aufpasser bei einer Karnevalsveranstaltung betätigen.»

Jack Best wußte nichts zu antworten. Sein Gesicht war in der Erstarrung seines eigenen Lächelns gefangen. Es gelang ihm trotz aller Bemühungen nicht, den Anflug von Seligkeit aus seinem Ausdruck zu verbannen. Er wandte sich von dem jungen Regisseur zu dessen Frau. Patty zwinkerte ihm zu. Sie hielt eine Polaroid Instamatic in der Hand. Sie stand auf und näherte sich dem Pressebetreuer.

«Jetzt, Jack», girrte sie, «werden wir sehen, wie du wirklich und wahrhaftig aussiehst.»

Jack preßte mühsam die Kiefer auseinander.

«Mein Gott», protestierte er. «Ich hab gesehn, daß es 'n Telefon ist, Walter. Ich meine, mein Gott. Ich glaube, meine Brille . . . meine Brille . . . ich hab gesehn, daß es 'n Telefon ist, Walter.»

Die Drogues steckten die Köpfe zusammen und beobachteten, wie auf dem zunächst leeren Bild allmählich Jacks Konturen sichtbar wurden. Sie schienen entzückt.

«Wenn du 'ne Sache in die Hand nimmst», erklärte Jack, «dann mußt du scharf sein. Wie so 'n Bild. Wenn du nicht scharf bist, treten sie dir in die Fresse. Ich kenne das, Walter, weil ich dabei war. Sie sagen – er ist 'n netter Kerl, und sie fressen dich bei lebendigem Leibe. Walter? Hab ich recht oder unrecht?»

«Ooh», sagte Patty Drogue, «da ist er ja, der alte Halunke.» Sie riß die Folie von dem Polaroid und reichte es ihm. Jack sah hinab in sein eigenes lächelndes Gesicht.

«Walter», sagte er. «Gott ist mein Zeuge, ich bin mit dem übelsten und brutalsten Abschaum fertig geworden, und das Wohl der Firma war das einzige, worauf es mir ankam. Du kannst deinen Vater fragen. Es war ein einziges Auge um Auge, Zahn um Zahn. Mord. Ein Dschungel.» Er stellte das gespenstische Porträt vor sich auf das Regal neben den sonderbaren kleinen Telefonapparat. Daneben lag der Block, auf dem der junge Drogue herumgekritzelt hatte. Auf dem Block standen die Worte: «Fümpf Rihßen». Er begann zu weinen.

Patty Drogue richtete gnadenlos die Instamatic auf ihn.

«Das darfst du nicht», sagte Jack. Er hob die Hände, um sein Gesicht zu verdecken, aber sie drückte auf den Auslöser. Jack rang nach Luft.

«Es ging . . .» versuchte er zu sagen. «Es ging . . .»

Patty ließ die Kamera sinken. Sie baute sich in Tuchfühlung vor ihm auf. Ihre Stimme klang wie das Schnarren einer Comicfigur.

«Es ging um Geld – vor *Marty*!» knurrte sie. «Du warst kein Held – vor dem *Ton*!»

Sie trat zurück und zog das Polaroid aus der Kamera.

«Oh, sieh mal!» rief sie, als das Bild Gestalt annahm. Triumphierend, als habe sie in einem strittigen Punkt den Beweis für ihre Version erbracht, zeigte sie es ihrem Mann. «Sieh nur, wie er schaut.»

Statt auf das Bild sah Drogue direkt zu dem zuckenden Mann.

«Er sieht aus», sagte der junge Regisseur, «als würde er von Abbott und Costello erwartet.»

Ein dreimaliges Klopfen, hart, aufstörend, dröhnte an die Tür des Bungalows. Es klang hohl und dringlich und schien nichts Gutes zu verheißen.

Walker hatte auf der Veranda *New York Arts* gelesen, solange Lu Anne schlief. Er legte das Magazin beiseite und öffnete Axelrod die Tür.

«Du bist ein beklopptes Arschloch», sagte der Aufnahmeleiter.

Walker war irritiert. Begrüßungen wie diese gingen in der Regel ausführlichen Berichten über vergessene Nächte voraus, aber er war ziemlich sicher, daß er die gesamte Zeitspanne seit seiner Ankunft noch überschaute.

«Sieh dir das an», sagte Axelrod und gab ihm einen Umschlag mit Fotos. Nachdem er sie angeschaut hatte, ging er zurück zu dem Verandatisch, an dem er gesessen hatte, und ließ sich wieder in seinen Stuhl sinken. Axelrod folgte ihm.

«Heute aufgenommen, stimmt's, Gordon?»

«Keine Frage.»

«Noch nie was von Jalousien gehört?»

Walker sah hinaus aufs Meer. Über dem Horizont schwebte eine düstere Wolkenbank, aus der sich ein prächtiger halber Regenbogen reckte.

«Grundlegendste Vorkehrungen, Gordon», sagte Axelrod mit bedrückter Stimme. «Ein kleines bißchen Diskretion. Meinst du denn, du bist hier nur von Freunden umgeben?»

«Ich dachte, man könnte alles machen und es würde niemanden mehr interessieren.»

«Dachtest du, Gordon? Ich habe Neuigkeiten für dich. Auch heute gibt es noch Dinge, die man nicht macht. Man schnupft nicht am Wohnzimmerfenster, ohne daß die Jalousien runter sind. Wenn man das tut, kann es einem passieren, daß man bei einer Sieben-Millionen-Dollar-Produktion ohne einen Cent Versicherung dasitzt. Wenn unsere Versicherer, Gordon – hörst du zu? Wenn unsere Versicherer diese Bilder in die Hände kriegen, kündigen sie umgehend unsere Verträge, und wir können hier noch heute den Laden dichtmachen.»

«Du entwirfst jetzt das düsterste aller möglichen Szenarien.»

«Gordon, Gordon», sagte Axelrod mit einem freudlosen Lächeln, «das hätte ziemlich schlimm ausgehen können. Erinnerst du dich noch an Wrights Film für Famous? Kokain am Set? Die Folge war eine Konzernkrise bei Con Intel in New York. Die Aktionäre haben Zeter und Mordio geschrien. Und es ist nicht nur eine Frage der Versicherung. Es gibt eine Theorie, die besagt, daß kaputte Leute saumäßige Filme machen.»

«Lu Anne schläft», sagte Walker. Er stützte die Wangenknochen auf seine Fäuste und betrachtete das oberste Bild. «Und auch noch in Farbe«, sagte er. «Das ist ja erste Sahne.»

«Was hast du gedacht, du Arsch? Daß sie 'nen Trauerrand haben? Sieh dich mal an. Du siehst aus wie ein Vampir.»

Walker fand den Vergleich beunruhigend.

«Der Strohhalm ist hübsch rausgekommen. Sieht aus wie diese spiralig bemalten Stangen vor den Friseurläden.» Er sah Axelrod an. «Wer hat sie gemacht?»

«Jack Best.»

Walker nickte. «Ich hatte mir schon gedacht, daß es Jack gewesen sein könnte. Ein Versuch, an seine heroische Vergangenheit anzuknüpfen.»

«Er hat schon immer Bilder für uns wiederbeschafft. Wer Bilder zurückhaben wollte, hat ihn eingeschaltet. Wahrscheinlich hat er in der Hälfte der Fälle die Leute beschissen.»

«Ich hab mich ein bißchen über ihn lustig gemacht.»

«Du bist ihm ein bißchen auf die Eier getreten. Er hat behauptet, seine Kontaktpersonen forderten fünftausend Dollar. Preise wie in Depressionszeiten. Und ich bin hingegangen und hab ihn angeschrien, und da ist er zusammengeklappt.»

«Hat denn Walter ihm nicht geglaubt?»

«Nur ein Vollidiot hätte ihm geglaubt. Man konnte durch die Öffnungen in seinem Kopf die Hirnwindungen arbeiten sehen.»

«Das ist traurig», sagte Walker. «Ich meine, immerhin hat er mir beigebracht, wie man die Form eines Rennpferdes entziffert. Es tut mir ehrlich leid.»

«Er war vielleicht ein Intrigant», sagte Axelrod verträumt. «Er hat die berühmten Bilder von Mitchell Drummond und dem Kind wiederbeschafft. Wie hieß noch gleich dieser Kinderstar, der sich im letzten Jahr 'ne Überdosis gesetzt hat. Das war sein größter Coup. Er kannte die ganze Unterwelt und sämtliche Bullen.»

«Wirklich traurig», sagte Walker. «Armer Jack. Sag ihm, er kann mich jederzeit fotografieren, aber ich würde ihn bitten, meine Freunde in Ruhe zu lassen.»

«Er ist erledigt, Gordon. Er wird in der Gosse enden.»

«Eine Tragödie», sagte Walker. «Haben wir alle Bilder zurück?»

«Er sagt, er habe Dongan Lowndes einen Abzug unter der Tür durchgesteckt. Kam mir irgendwie komisch vor.»

«Mir kommt es katastrophal vor. *Confidential* ist pleite, also schleppt er sie zu *New York Arts.* Van Epp kann sie direkt neben Nelson Eddy drucken, wie er irgendwelchen Chormädchen an den Hintern grapscht.»

«Es macht keinen Sinn», sagte Axelrod. «Ich dachte, naja, er ist senil, er blickt es nicht mehr . . .»

«Spielt es für uns eine Rolle, was Lowndes von uns denkt?» fragte Walker. «Er gilt als Gentleman. Er wird uns das Bild zurückgeben.»

«Gordon», sagte Axelrod, «ich will dir noch was erzählen, was mir komisch vorkommt. Ich habe gerade das Zimmer des Gentleman umgekrempelt. Ich habe seine Sachen so sorgfältig durchsucht, wie es ging, ohne Spuren zu hinterlassen. Das Foto ist nicht da.»

«Vielleicht hat Jack gelogen.»

«Das glaube ich nicht.» Axelrod setzte sich auf einen Stuhl im Schatten. «Ich glaube, daß Lowndes es hat. Wenn er es hätte zurückgeben wollen, hätte er das inzwischen längst getan.»

«Das ist nicht sehr nett von ihm», sagte Walker. «Aber er ist sowieso nicht sehr nett, oder?»

«Ich finde nicht. Ich finde, er ist ein schlauer Fuchs.»

«Schlimmer noch», sagte Walker. «Er ist ein unglücklicher Schreiber.»

Axelrod mixte sich aus dem Sortiment, das unter einem Sonnenschirm auf dem Tisch neben ihm aufgebaut war, einen Drink.

«Es ist nicht gut», sagte er, «daß diese Bilder überall rumfliegen – früher oder später landen sie in irgendeiner Zeitung.»

Walker beobachtete, wie der Regenbogen über dem Meer in einer blaugrauen Wolke verschwand.

«Das würde diesem Film nicht schaden», fuhr Axelrod fort. «Dir würde es nicht gerade helfen. Andererseits würde es, glaube ich, auch dir nicht unbedingt schaden.»

«Die Leute würden den Eindruck gewinnen, daß ich Drogen nehme.» Er drehte sich zum Schlafzimmerfenster des Bungalows um. Die Jalousien waren geschlossen. «Aber Lu Anne wird möglicherweise ziemlich bald vor dem Scheidungsrichter erscheinen müssen.»

«Und ihrer Karriere wäre es auch nicht eben zuträglich», sagte Axelrod. «Wenn es sich rumspricht, daß sie neben ihren anderen Problemen auch noch dieses hat – du verstehst.»

«Wir müssen um jeden Preis das Foto wiederkriegen», sagte Walker.

«Unbedingt. Wir sollten mit Lowndes reden. Wir müssen ihn überzeugen, recht zu handeln. Ich meine», fragte Axelrod, «warum sollte er es behalten wollen?»

«Es sind schrecklich deprimierende Bilder», sagte Walker und nahm eines zwischen Daumen und Zeigefinger.

«Es gibt Dinge», bemerkte Axelrod, «bei denen sieht man sich selbst nicht gerne zu.»

Walker starrte auf das Bild und schüttelte angewidert den Kopf.

«Sie hat mich beim Schnupfen erwischt», erklärte er. «Es ist sehr schwer, Lu Anne etwas abzuschlagen.»

«Das weiß ich, Gordon. Ich verstehe.»

«Weißt du, was über sie geredet wird, Axelrod? Es heißt, daß ihre Filme nichts einspielen und daß sie kein Glück mit Männern hat.»

«Das hab ich auch schon sagen hören, Gordon.» Er leerte seinen Drink und schob das Glas von sich. «Sie bräuchte einen Arzt. Der könnte ihr etwas abschlagen.»

«Ich finde es sehr beunruhigend, daß Lowndes das Bild behält. Was für ein billiger Dreckskerl!»

«Keine Klasse», sagte Axelrod. «Keine Selbstachtung.»

Walker sah hinaus aufs Meer.

«Wenn er eine bestimmte Art von Geschichte schreiben will», sagte Walker, «wäre es natürlich ein guter Aufhänger.»

«Meinst du?»

«Ich schreibe für *New York Arts*», sagte Walker. «Hier mein Vorspann: Am dritten Tag nach meinem Eintreffen auf der Location von *Das Erwachen* in Bahía Honda fand ich zu meinen Füßen einen Umschlag, den jemand mir unter der Tür meines Bungalows durchgesteckt hatte. Natürlich ging ich davon aus, daß er den Tagesdrehplan enthalten würde . . . haha, Scherz, Schwulst und so weiter. Stellen Sie sich mein – und so weiter –, als ich den Umschlag öffnete und feststellte, daß er ein Foto von zweien der wichtigsten Künstler der Produktion enthielt, die nackt im Bett lagen und offensichtlich gerade etwas nicht genau Identifizierbares schnupften. Dröhnung, Kokain und Film, Schmutz und Erpressung, ein Hurra auf Hollywood, Film als Metapher, ausgeflipptes Kalifornien, Niedergang des Westens, *ad astra ad nauseam!* Gefällt dir mein Vorspann?»

«Ein sehr farbiger Vorspann. Und, sonst noch was?»

«Ja», sagte Walker, «sonst noch was. Auswirkungen. Charlie Freitag – die Antwort des Kinos auf Bernhard Berenson, der einzige Mann in ganz Kalifornien außerhalb der Redlands University, der eine Fliege trägt – ist tief verletzt. Er ist Abonnent von *New York Arts*. Seine Frau ist Abonnent, sein Gärtner, die Nachbarn von der anderen Seite des Canyon. In seinem Lieblingsmagazin wird sein erstklassiger Film mit den Lastern des Showbiz in Zusammenhang gebracht. Sun Pix ist sauer auf ihn. Amalgamated Can ist sauer auf Sun Pix. Wir leben in einem prozeßgeilen Zeitalter. Van Epp geht der Arsch mit Grundeis. Er ruft Lowndes zu sich . . . Ist die Geschichte vielleicht frei erfunden, Dongo? Ein pedantischer holländischer Onkel. Der Romancier – der ehemalige Romancier – verzieht den Mund zu einem ekelhaften Grinsen. Er greift unter seine Pelerine. Sehen Sie sich den Schnappschuß an, Mijnheer van Epp.»

Axelrod überlegte.

«Als allgemeiner Warnschuß», sagte er, «könnte das gar nicht so übel sein. Es könnte sogar . . . sein Gutes haben.» Er zuckte die Achseln.

«Mann, in Lowndes' Schilderung wird die Location wie Boschs Garten der Lüste aussehen. Wenn wir hier Topfschlagen für Erwachsene spielen und schmutzige Witze erzählen und uns mit Theaterblut vollschmieren würden, dann könnte dieses Foto auch auf der Titelseite von *Christianity Today* erscheinen, ohne daß wir was zu befürchten hätten. Aber gesetzt den Fall, die Story dreht sich nur um Probleme bei der Produktion. Und wenn dann dieses aufgeblasene Projekt ein Flop wird. Sie schieben die Schuld auf das Koke.»

«Sie schieben die Schuld auf Lu», sagte Axelrod.

«Genau.»

«Und», sagte Axelrod gereizt, «warum zum Teufel hast du ihr dann Kokain gegeben?»

«Hast du zugestimmt, daß ich herkomme, Axelrod?»

«Ich fand es keine gute Idee.» Er starrte mit finsterem Blick auf die Unwetterfront, als wollte er sie in zwei Teile zerreißen. «Vielleicht hätte ich dich hindern können. Vielleicht hätte ich einfach auflegen sollen, als Shelley anrief.»

«Und, warum hast du nicht?»

«Leck mich am Arsch, Gordon.»

«Du wolltest, daß ich herkomme. Erzähl mir, warum.»

«Ich dachte, wir würden uns vielleicht gut amüsieren.»

«Du hast gedacht, ich bring vielleicht 'n bißchen Blow mit. Dein Zeug war alle.»

«Ich hätte irgendwo was kriegen können, Gordon. Ich hab gedacht, vielleicht wäre es ... Ich weiß auch nicht, was ich gedacht habe.»

«Du hast gedacht, es könnte vielleicht sein wie in alten Zeiten.»

«Yeah», sagte Axelrod angewidert, «irgendwie so was.»

«Das hab ich auch gedacht», sagte Walker. «Vielleicht kommen sie wieder. Alles kommt wieder.»

«Wir müssen Mr. Lowndes einen kleinen Wink geben. Damit er uns unseren Abzug wiedergibt. Ich meine», sagte Axelrod, «es wäre schön, wenn es sich vermeiden ließe, daß wir Charlie was davon erzählen müssen.»

«Wir müssen ihm klarmachen», sagte Walker, «daß er in der falschen Mannschaft spielt. Wir müssen dafür sorgen, daß er begreift, wo er eigentlich steht.»

«Genau», sagte Axelrod.

«Wir müssen dafür sorgen, daß er in den Abgrund sieht und erkennt, wohin er zu fallen droht. Wir werden ihm erzählen, wie die Vorsehung tagtäglich über dem Fall großer und kleiner Tiere waltet. Zum Beispiel dem der Sperlinge.»

«Yeah», sagte Axelrod. Er lächelte. «Das erzählen wir ihm, Gordon.»

Eine halbe Stunde später ging Walker ins Schlafzimmer. Sein erster Impuls war, die Jalousien aufzuziehen, aber er überlegte es sich anders. Als er das Deckenlicht anmachte, bemerkte er, daß Lu Anne nicht mehr schlief. Ihr Haar war naß und sie hatte sich etwas Schwarzes mit Spitzen übergezogen.

«Du gehst ziemlich oft unter die Dusche, Lu Anne.»

«Willst du sagen, für einen Vollidioten geh ich ziemlich oft unter die Dusche?»

«Bitte keinen Streit», sagte Walker.

«Bitte keine paranoiden Sprüche deinerseits», antwortete sie. «Meine Güte», sagte sie. «Ich war betrunken, als ich mich hingelegt habe, und jetzt bin ich immer noch betrunken.»

Sie rollte vom Bett.

«Mein Gott», sagte sie, als sie sich auf alle viere hochgerappelt hatte, «Krabbeln ist angesagt.»

Walker zog sich ein Sweatshirt über und ging ins Badezimmer, um zu duschen.

«Wie lange wirst du bleiben?» fragte sie durch die geöffnete Tür.

«Ich hatte vor, Montag zurückzufahren. Überlasse dich wieder deiner Arbeit.»

«Bleib länger.»

«Lu Anne», sagte er, «ich kann mir dieses Hotel nicht leisten. Ich bin hier auf Kosten von Sun Pix und Amcan.»

«So kurz der Traum», sagte sie, «nach langer Zeit.»

«Es war nicht einfach für mich, überhaupt wegzukommen. Die Gelegenheit hat sich ergeben. Also habe ich sie ergriffen.»

«Nein, nein», sagte Lu Anne. «Es war viel komplizierter. Du hast ein Komplott geschmiedet. Was hast du im Schilde geführt?»

«Ich schwöre bei Gott, ich weiß es nicht. Vielleicht wollte ich die Zeit totschlagen. Mein Fliegengewicht in die Waagschale werfen.»

Sie trank von dem Mezcal, erschauderte und gab ihr halbvolles Glas an Walker weiter. Er stellte es beiseite.

«Komm zurück», sagte sie.

Er zog seine Badehose und sein Sweatshirt aus und stieg zu ihr ins Bett. In dem ordinären Zwielicht sah es so aus, als würde sie vor ihm zurückweichen. Sie tat es, ohne sich zu rühren, zog sich nur schweigend und kaum wahrnehmbar in sich zurück. Es war, als würde sie alle Weichheit in sich hineinziehen, als würde sie ihre eigenen losen Enden zusammenraffen und sich das Fleisch um die langen Knochen wickeln. Ihre Augen waren stumpf, ihre Lippen nur ein Schatten. Ihm war nicht klar, ob sie selbst etwas tat oder ob es sich nur um eine Verzerrung seiner malträtierten Wahrnehmung handelte.

Französische Strenge. Ein Kruzifix. Charlotte Corday.

«Komm zu mir, Gordon», sagte sie.

Er entdeckte das Spiel, das ihm entsprach. Sein Spiel bestand darin, das elfenbeinerne Gehäuse zu lockern, die Fesseln des Fleisches zu lösen und die Frau hervorzuholen – und jenseits der Frau noch ein Wesen von ganz anderer Art.

Das Wesen war in ihr, es fickte wie besessen. Es *war* besessen und es machte ihm angst. Tief unten, im Schlund der Angst selbst, ging er mit einem lautlosen Hurra zum Angriff über.

«Wie nett», sagte Lu Anne.

Als sie ihm das Gesicht zuwandte, war es erhitzt, von Grübchen übersät und glücklich. Der Engel der Demütigungen war heimwärts nach Port Royal entschwunden, der Wahn war besiegt. Lu Anne war daheim.

Sie wirkt so jung, dachte er. Sie hatte ein glattes Gesicht, die Haut unter den Augen war makellos. Ihm wurde klar, wie gut der Arzt und die Kinder für sie gewesen sein mußten.

«*Allons*», verkündete Walker. «*Laissez le bon temps . . .*»

Sie legte ihm die Hand auf den Mund.

«Ich verbiete dir, diesen bescheuerten Satz zu sagen», sagte sie. «Das ist was für Vollidioten. Nur Schwachsinnige reden so. Und Leute aus Shreveport.»

«Ich fühle mich wie schwachsinnig. Glücklich in meinem Sexualleben. Noch einmal ein junger Hengst.»

«Du warst immer ein junger Hengst, Gordon.»

«Oftmals», sagte er, «allein, in jüngster Zeit nicht immer.»

Plötzlich sagte sie: «Wie geht es deinen Jungen, Gordon?»

Er verstummte innerlich. Ihre Frage legte sich wie Frost auf seine Seele. Er schluckte den Schmerz hinunter.

«Es geht ihnen gut.»

«In der Schule?»

«Stuart ist in der Schule. Deak schlägt sich alleine durch.»

«Deak ist der witzige, nicht? Der hübsche.»

«Stuart», sagte Walker. «Er ist jetzt der witzige.»

«Sie sind die einzigen Menschen, die du liebst», sagte sie. «Du hast dir immer Sorgen um sie gemacht.»

«Geiseln des Glücks», sagte er. Er dachte, daß wenn sie anfingen, über ihre Kinder zu reden, sie in einem Meer des Bedauerns versinken würden. In Walkers Vorstellung hatte Bedauern stets etwas von Erbrochenem gehabt. Die Assoziation war nicht unbegründet.

«Ich glaube, ich schnupfe noch eine Prise Koke», sagte er munter. «Das könnte mich fürs Abendessen nüchtern machen.» Als er aufstand und in den Spiegel sah, fielen ihm Lowndes und die Bilder ein. Während er seine Utensilien zusammensammelte, hatte er das Gefühl, nüchterner zu sein, als er es eigentlich hätte sein können.

«Ich nehme besser nichts mehr», sagte Lu Anne zögernd.

«Gute Idee», sagte Walker. Er war fieberhaft damit beschäftigt, sich seine Dröhnung zu verpassen und dann das Zeug wegzuräumen.

«Naja», sagte sie schließlich, «wenn du noch was nimmst, will ich auch noch was haben.»

«Du bist auf halber Ration», sagte er. «Rekonvaleszenz.»

«Einige von ihnen wollen, daß ich trinke», sagte sie geheimnisvoll, «und einige wollen, daß ich trocken bleibe.»

Er schnitt ihr zwei schmale Linien und reichte ihr die Utensilien, den Spiegel und den Strohhalm, dessen fröhliche Farben auf den Farbbildern so wunderbar zur Wirkung gekommen waren.

Die geschlossenen Jalousien und das gedämpfte Licht im Zimmer machten es unmöglich, die Tageszeit näher zu bestimmen. Wie dumm von ihm, dachte er, daß er vergessen hatte, die Jalousien herunterzulassen. Auf Locations versuchten die Leute immer, alles mitzukriegen, sie schielten in die Trailer, waren auf der Suche nach Licht in den Fenstern.

«Mach dir keine Gedanken wegen deiner Kinder», sagte sie mit ernstem Gesicht. Sie stützte den Kopf in die Hand und setzte zu einer Predigt an. Sie trug eine Fliegerbrille mit Silbergestell, die er noch nie an ihr gesehen hatte und von der er vermutete, sie habe sie sich extra als Requisit für eventuelle Vorträge zugelegt.

«Mal ernsthaft», sagte sie, «deine Kinder machen sich auch keine Sorgen um dich. Also mach dir auch keine um sie.»

Walker antwortete nicht. Er streckte die Hand aus, tippte mit der Fingerspitze einen Krümel Koke auf und rieb ihn sich in den Gaumen.

«Ich hab gesehen, was du eben gemacht hast», sagte Lu Anne. «Jetzt hör mir mal zu – du interessierst dich einen Dreck für deinen Dad, oder?»

«Mein Vater ist tot», sagte Walker. «Und meine Mutter ist tot. Und mein Bruder ist tot.»

Er wiederholte die Worte in Form eines kleinen Singsangs zu der Melodie eines irischen Tanzliedes.

«*Es war einmal* . . .» begann Walker. Es gelang ihm aufzuhören, den Mund zu halten, ehe es zu spät war. Er war im Begriff gewesen, sich über das Vater-Thema auszulassen. Ohne den Versuch, etwas vor ihr zu verbergen, legte er den Spiegel auf das Kopfkissen und machte sich eine weitere Portion fertig. Sie nahm ihm den Strohhalm aus der Hand und schnupfte, bis er glaubte, sie müsse ohnmächtig werden. Er zog rasch den Spiegel beiseite, ehe sie beim Ausatmen größeren Schaden anrichten konnte.

«Wirklich, Gordon! Sie werden sich auch nicht um dich sorgen. Du solltest dich nicht um sie sorgen. Ich hab selber Kinder, Gordon.»

«Das weiß ich, Liebling.»

«Jawoll, Sir. Vier.» Sie hielt ihm eine zitternde Hand mit gespreizten Fingern vors Gesicht. «Vier, wenn man das tote mitzählt, und ich bestehe darauf, das tote mitzuzählen, das ist so Sitte in Louisiana, Gordon, wo sich die Lebenden und die Toten bei gemeinsamen Veranstaltungen vergnügen. Wo sie nicht in die Erde gestopft werden, sondern unter uns leben. Ihr Haar und ihre Fingernägel wachsen und sie werden klüger und klüger in den Öfen unter dem Schutz ihrer Engel. Die für jene Engel stehen, die sie zu Lebzeiten bewacht haben. Oder ihrer Kreuze. Oder ihrer *Médailles miraculeuses*.»

«Hör auf», sagte er.

«Ist das Leben zuviel für dich, Bruder? Was? Wie meinen der Herr?»

«Der Herr meint, daß das Leben insgesamt ziemlich hart ist.»

«Gordon», fragte sie, «hörst du mir zu?» Sie nahm die Brille ab und warf ihm einen Blick zu, der erfüllt war von pädagogischer Mißbilligung. «Habe die Güte und höre dem Menschen zu, mit dem du das Bett teilst. Ich habe vier!» Ihre Hand zitterte vor seinen Augen. «Sie kümmern sich nicht um mich. Ich bin eine biologische Funktion in ihrem Leben. Das ist alles. Drei lebendig, eines tot. Das ist alles, Mann. Soll ich zulassen, daß sie mich zerstören? Nein, das sollte ich nicht, Lionel. Oder vielmehr Gordon. Du hast das Buch geschrieben, Gordon. Sie läßt nicht zu, daß sie ihr Leben beherrschen! Sie würde für sie sterben, klar, aber sie würde nicht für sie leben. Genau so läuft es doch. *Sie hatten zu Unrecht geglaubt, daß sie sie besitzen könnten mit Leib und Seele.* Hast du das nicht geschrieben, Lionel?»

«Lionel hat es nicht geschrieben, und ich habe es auch nicht geschrieben. Madame Chopin hat es geschrieben.»

«Eine rothalsige Irin, die ihre Kinder gegen eine Flasche Jim Beam eingetauscht hätte. Das ist das große Geheimnis, weißt du. Sie hat sich nicht um ihre Kinder gekümmert. Das einzige, was sie im Grunde sein wollte, war Schauspielerin. Hab ich nicht recht, Gordon?»

«Ich weiß nicht, ob du recht hast, mein Liebling. Ich bin betrunken, und du bist total neben der Tasse. Das ist der Stand der Dinge.»

«Ich will noch mehr, bitte, Gordon.»

«Sieh mal, Schmuseputz», sagte Walker, «du kriegst kein bißchen mehr. Weil du allmählich zu einer total Irren degeneriert bist. Und auf was für Parties laufen schon total Irre rum?»

«Auf allen», insistierte sie. «Auf fast allen Parties. Und ich will mehr. Verdammte Scheiße, Gordon!» sagte sie. Dann spitzte sie die Ohren, als hätte sie etwas gehört.

«Hör mal, Gordon. Jemand rezitiert etwas. Es dünkt, mein König, diese Wahl uns sonderbar: An diesem Hofe dient der Tolle Euch als Narr.»

«Ruhig bleiben, Lu Anne.»

«Dies ist der Urwald.» Sie machte eine nachdenkliche Pause und wiederholte die Zeile. «Gordon, weißt du, wie lange ich gebraucht habe, um zu begreifen, daß *Evangeline* wirklich *kein* gutes Gedicht ist?»

Er schob sich ihren Arm unter den Kopf und nahm sie in die Arme. Er hatte nur den einen Gedanken, ihr Feuer zu ersticken, zu verhindern, daß sie ganz verbrannte.

«Länger als die meisten anderen, nehme ich an.»

«Das könnte ungefähr hinkommen», sagte sie. «Ein Spätwerk. Weißt du, warum ich so oft dusche?»

«Ja», sagte er. «So in etwa.»

«Sag, warum.»

«Weil du Halluzinationen hast, in denen deine Freunde dir raten, unter die Dusche zu gehen.»

«Sie raten mir nicht, Liebster. Französisch», hauchte sie vertraulich, «eignet sich sehr gut für eine Reihe äußerst gemeiner Bemerkungen. Und Franzosenfranzösisch allemal!»

«Es gibt sie nicht wirklich, Lu Anne. Mehr ist dazu nicht zu sagen.»

«In deinem Leben gibt es sie nicht. In meinem schon.»

«Lu Anne», sagte Walker, «begreifst du, daß ich dich liebe?»

«Ja, ja.» Sie klopfte ihm auf den Arm. «Ja, das begreife ich.»

«Durchdringt das die . . . was immer es ist?»

«Was immer es ist», sagte sie, «ich glaube, Liebe durchdringt es.»

Er löste seine Umarmung und küßte ihre Hand.

«Gordon», flüsterte sie, «was ich über unsere Kinder gesagt habe . . .»

Schon vor langer Zeit hatte er gelernt, auf einen bestimmten Klang ihrer Stimme, auf einen Ausdruck in ihren Augen zu achten. Er hatte gelernt, was das zu bedeuten hatte. Für ihn war es, als würde sie plötzlich von einem Gang in einen anderen schalten. Einmal hatte er ihr gesagt, daß sie über zwei Geschwindigkeiten verfüge: Böse Lu Anne und Heilige Lu Anne. Nun wurde er Zeuge, wie sie neben ihm im Bett auf Böse Lu Anne umschaltete. Die Böse Lu Anne war nicht eigentlich feindselig, sondern vielmehr ungeheuer stark und manchmal angsteinflößend. In dem Moment, als er ihre Augen sah, sprang er.

Als sie sich aufrichtete, ging er auf sie los und ließ sie wie ein Football-Trainer, der einen Tackle demonstriert, sanft auf das Fußende des Bettes sinken, wo er sie festhielt. Er mußte seine gesamte Kraft und sein volles Gewicht ins Spiel bringen, um sie unten zu halten. Ihr Gesicht war gegen seine Brust gepreßt und ihr Mund aufgerissen in einem Schmerzensschrei, von dem kein Laut nach außen drang. Keuchend drückte er sie nieder. Wenn sie auf die Idee käme, ihn zu beißen, würde er loslassen müssen. Manchmal biß sie, manchmal nicht. Diesmal blieb es bei dem lautlosen Schrei, und die eine Sekunde, in der er seinen Griff lockerte, nutzte sie, um ihn vom Bett zu schieben, quer durchs Zimmer und gegen die beige Stofftapete an der gegenüberliegenden Wand. Er hielt sie die ganze Zeit fest. Sein Körper nahm ihren stillen Schrei in sich auf, bis er spürte, daß er die Kraft ihres Schmerzes und ihrer Wut kaum mehr ertragen konnte, ohne selbst Schaden zu nehmen.

Schließlich hörte sie auf, sich zu wehren, und er löste seinen Griff. Er wich zurück, dann lagen sie nebeneinander auf dem Boden. Sie legte die Hände wie zum Gebet aufeinander und schob sie sich unter die Wange; sie sah ihn an. Ihre Lippen bewegten sich, sie betete, formte Wörter, schluchzte. Er legte ihr eine Hand auf die Schulter, eine fragende Hand, die erkundete, ob sie ihn bei sich haben wollte oder nicht. Als er sie berührte, rückte sie näher an ihn heran.

«Braves Mädchen», flüsterte er absurderweise. Er legte den Arm um sie, aber jede seiner Bewegungen kam ihm kraftlos und überflüssig vor. «Braves Mädchen», wiederholte er immer wieder, wie ein Mann, der auf ein Pferd einredet. «Braves Mädchen.»

Bei Sonnenuntergang betrat Axelrod, den Umschlag mit Fotos unter dem Arm, den Bungalow der Drogues. Der junge Drogue und seine Frau sahen sich im Fernsehen eine spanischsprachige Seifenoper an. Axelrod legte den Umschlag vor sie hin.

«Grund für einen Freudentanz?» fragte der junge Drogue. «Sind das alle?«

«Alle bis auf einen Abzug. Den hat Dongan Lowndes.»

«Jack soll ihn Lowndes gegeben haben? Aber das ist doch lächerlich.» Er verzog das Gesicht in schmerzhafter Heiterkeit und sah von Jon zu seiner Frau. «Wirklich.»

Axelrod präsentierte Walkers Theorie vom farbigen Aufhänger für den Artikel, dem Jacks Foto den nötigen Nachdruck verleihen würde.

«Irgendwie», sagte der junge Drogue, »fällt es mir schwer, diesen bekifften Schnappschuß ernst zu nehmen.»

«Walker meint, Lowndes wird es uns echt besorgen. Er sagt, in der *NYA*-Geschichte wird diese Location aussehen wie der Garten der Lüste.»

«Was 'n das?» fragte Drogue. «Irgendein S & M-Laden für Perverse?»

«In L. A. gibt's jedenfalls keinen davon, glaube ich», sagte Patty.

«Er meint, Lowndes wird dafür sorgen, daß wir ganz schön alt aussehen. Das meint er.»

«Scheiß auf das, was er meint. Er mit seinen Ausschweifungen hat die ganze Sache erst in Gang gebracht. Wie dem auch sei, keine noch so schlimme Geschichte in *New York Arts* kann uns im Endeffekt schaden. Oder doch?»

«Es kann auch nichts schaden, wenn wir das Bild wiederkriegen», sagte Axelrod. «Lowndes ist uns nicht gerade freundlich gesonnen. Die Europäer fahren vielleicht ab auf so was. *Oggi* und all die Hampelmänner.»

«Mein Gott», sagte Drogue irritiert. «Weiß Charlie davon? Er wird uns mit seinem Geschrei Nächte des Grauens bereiten.»

Axelrod schüttelte den Kopf.

«Ich würde sagen, das Ganze ist eine zweitrangige Angelegenheit», sagte Drogue. «Es wäre schön, wenn wir die Sache regeln könnten, ohne Mr. Freitag damit zu behelligen.»

«Erzählt es ihm nicht beim Essen», sagte Patty. «Er hat 'nen Bypass.»

«Nicht nur das», sagte Axelrod. «Er hat Gäste.»

«Also», wollte Drogue wissen, «kannst du das verdammte Ding wiederbeschaffen?»

«Wir werden Mr. Lowndes nahelegen, recht zu handeln.»

«Fang nicht an, ihn mit dem Kopf gegen die Wand zu schlagen. Dann sitzen wir echt in der Scheiße.»

«Mir wäre es am liebsten», sagte Axelrod, «wenn die Spezialkampftruppe der hiesigen Polizei seinen Kopf nehmen und ihn ein paar Runden durch die städtische Toilettenschüssel kreisen lassen würde. Nur daß wir in dem Fall *mordida* zahlen müßten und die Schweine vermutlich das Bild klauen würden.»

«Wenn er sich uns gegenüber unfreundlich verhält», sagte Drogue, «hast du freie Hand. Setz ihm Daumenschrauben an. Aber unternimm nichts, was ihm später eine gerichtliche Handhabe bietet.»

«Wir werden ihn ins Schwitzen bringen», sagte Axelrod. «Wenn er das Ding nicht rausrückt, sollten wir ihn vielleicht vom Set schmeißen und van Epp erzählen, er hätte keine Berufsehre. Auf diese Weise würgen wir die Geschichte vielleicht schon ab, ehe er sie überhaupt geschrieben hat. Dann hat van Epp nichts, worum er streiten kann.»

«Warten wir ab, wie es heute abend läuft», sagte Drogue. «Aber ich will mit der Sache nichts zu tun haben. Wenn du ihn vom Set jagen willst, mußt du dich an Charlie wenden.»

«Charlie dürfte ausflippen», sagte Axelrod. «Der Typ kommt angeblich aus besten Kreisen, und dann gibt er sich mit Erpressern ab.»

«Charlie wird auf seinen Instinkt hören und versuchen, die Sache mit Geld zu erledigen. Ihn auf die Gehaltsliste zu setzen. Eine Option auf sein nächstes Buch zu erwerben. Warten wir's ab.»

«Du solltest ihm davon abraten.»

«Ich kann ihm nicht abraten», sagte Drogue. «Mein Vater kann ihm Ratschläge erteilen. Ich nicht.»

«Was willst du mit Jack anfangen?»

«Am liebsten würde ich ihm Salz in den Rachen streuen und ihn zwingen, zu Fuß bis Tijuana zu laufen. Aber da er Dads alter Kumpel ist, werde ich ihn wahrscheinlich abfinden und nach Hause schicken. Meinem Vater zuliebe.»

«Wow», sagte Patty, «das nenne ich christlich.»

«Kann man wohl sagen», sagte Walter Drogue junior. Er nahm eines der Fotos und betrachtete es. «Das ist wirklich ein häßliches Bild», sagte er. «Ich werde diese beiden Nieten nie wieder so sehen können wie bisher.»

«Walker ist schwer drauf.»

«Walker ist 'n Säufer», sagte Drogue. «Er wird enden wie Jack.»

«So enden viele», sagte Axelrod.

«Er hat keine Überlebenstechnik», sagte der Regisseur. Wieder betrachtete er das Bild. «Sie beide nicht.»

Patty Drogue zündete einen Joint an und nahm ihrem Mann das Bild aus der Hand.

«Wenn aus irgendeinem Grund doch irgendwelche Scheiße im Ventilator landen sollte», wollte Drogue von Axelrod wissen, «nicht daß ich glaube, so was könnte passieren – meinst du, daß Walker irgendeine Art moralischer Verwerflichkeitsklausel in seinem Vertrag hat? So 'ne Art Fatty-Arbuckle-Paragraphen?»

«So daß er rausfliegt und seine Prozente verliert? Ich weiß nicht, Walter. Das ist nicht mein Ressort. Ich bezweifle es.»

«Ich versuche nicht, dem Jungen seine Prozente wegzunehmen, Axelrod. Warum glauben alle Menschen, ich könnte auch nur im entferntesten etwas anderes sein als ein netter Mensch? Ich frage mich nur, wie hoch das Risiko ist, auf das er sich eingelassen hat.»

«Nicht sehr hoch», sagte Axelrod. «Nicht so hoch wie ihres.»

Walter nahm einen Zug von dem Joint und reichte ihn seiner Frau zurück.

«Manchmal bin ich geneigt zu glauben, daß alles Charlies Schuld ist», sagte er. «Charlie ist ein dämlicher Mensch. Im Umfeld seiner Filme passiert lauter dämlicher Scheiß.»

«Aber ehrlich», pflichtete ihm Patty Drogue bei.

«Die Sechziger», sagte Walter Drogue. «Meint ihr, sie waren wirklich so toll?»

Axelrod zuckte die Achseln.

«Alle Welt beging Ladendiebstahl», sagte Patty Drogue. «Die Leute verteilten Blumen. Du konntest dich sogar mit einem häßlichen Körper dreimal am Tag ficken lassen.»

«Das ist heute alles vorbei», sagte Axelrod.

Frisch gebadet, gesalbt, kühl und sauber wie die Keuschheit selbst, stieg sie den beleuchteten Pfad hinauf. Walker folgte ihr mit vorsichtigem Schritt. Der Weg zu Charlie Freitags Casita war von Yuccas gesäumt und führte sie an einer Gartenbar und an beleuchteten Tennisplätzen vorbei.

Der tiefgelegene Patio der Casita war von flackernden Fackeln erleuchtet, die in regelmäßigen Abständen entlang der Kante von Vulkanstein im Boden steckten. Es spielte eine Gruppe von finsteren

Mariachis; ihre Musik kam Lu Anne sonderbar stumm vor, als werde jeder Ton aus ihren Blasinstrumenten auf der Stelle vom Wind davongetragen.

Axelrod trat aus der Dunkelheit. Er lächelte sie nur kurz an, ging eilig an ihr vorbei und näherte sich Walker. Die Alten Freunde mischten sich jubelnd unter die Gäste. Sie fand es sonderbar, daß sie sich hier offensichtlich wohl fühlten.

Am entgegengesetzten Ende der Terrasse stand hinter einer Mauer ein Grill, wo sich weißbemützte Küchenchefs an einem großen Fleischbrocken an einem Spieß zu schaffen machten. Der Rauch von gebratenem Fleisch hing in der Luft. Neben dem Grill stand ein großer Kessel mit brodelnder Sauce, und Männer in *toques blanches* waren dabei, ihre Bratenmesser zu wetzen. Die Kellner hatten ein Büfett und eine lange Bar aufgebaut, die stark frequentiert wurde.

Axelrod und Walker tuschelten miteinander.

«Er soll zum Teufel gehen», hörte sie Walker sagen. «Ist er hier?»

«Noch nicht», erwiderte Axelrod. Er wandte sich an Lu Anne. «Wie fühlst du dich, Lu?»

«Ein bißchen müde», sagte sie. Er musterte sie. Sein hart geschnittenes Gesicht glühte im Schein des Feuers. «Ist das gut genug?»

«Kein Problem», sagte Axelrod. «Du mußt sie ab und zu daran erinnern, Gordo. Sie sieht wundervoll aus, aber sie ist ein wenig müde.»

Sie versuchte, das Spiel mitzuspielen.

«Wenn mich jemand fragt, wie es mir geht», versprach sie, «oder wie ich mich fühle, dann sage ich, ein bißchen müde.»

«Und lächeln», sagt Walker, «während du das sagst.»

«Ich werde mein Bestes tun, was das Lächeln angeht», sagte sie artig, «und wenn es funktioniert, behalte ich es gleich auf.»

Sie fürchtete, unter den Alten Freunden könnte es Streit geben, eine Auseinandersetzung über Vorrechte oder die Familiengeschichte. Ihre Sorge wuchs.

«Ist alles in Ordnung?» fragte sie. Auf dem unteren Patio wogten Freitags Gäste durcheinander, trugen ihre Drinks zwischen weiß gedeckten Tischen hin und her. Es waren weniger, als sie zunächst geglaubt hatte. Die alten Freunde trieben sich an den Rändern des Lichts herum.

«Alles bestens», versicherte Walker. «Es ist nett hier.»

«Alles nur Freunde», sagte Axelrod. «Nur . . .» Er hielt inne; zusammen mit Walker beobachtete er, wie Dongan Lowndes in den erleuchteten Garten hinabkam und die Bar ansteuerte.

«Nur gute Kumpel», sagte Walker.

«Laßt uns nach unten gehen», sagte Axelrod.

Lächelnd und mit einer verschwommenen Wahrnehmung schlenderte Lu Anne an Walkers Seite zwischen den Gästen umher. Er führte sie zu Charlie.

Sie näherte sich ihm in der Erwartung einer ausgiebigen Begrüßung, aber er nahm einfach nur ihre Hand. Seine Zärtlichkeit kam ihr so aufrichtig vor, daß sie ganz traurig wurde. Sie meinte spüren zu können, wie in Walker die Verbissenheit des Verehrers emporstieg, als sei Charlie ein Rivale.

«Du herrliches Mädchen», sagte Charlie. «Du bist die Größte.» Er wandte sich an Walker. «Willst du von mir hören, ob es mir gefällt?»

Eine große Frau mit Pferdegesicht und vorstehenden Vorderzähnen hatte sich an Charlies Seite aufgebaut. Neben ihr stand ein stämmiger Südländer mit einem scharfgeschnittenen römischen Gesicht und glatten indianischen Haaren, die ihm in einer Welle in die Stirn fielen. Mit schwarzer Fliege und Smoking war er der einzige Mann in formeller Garderobe.

«Es gefällt dir», sagte Walker. «Hast du mit Walter gesprochen?»

Im Überschwang der Gefühle drehte sich Charlie Freitag herum und suchte Walter Drogue unter seinen Gästen.

«Walter», rief er ziemlich laut. «Ich will den Regisseur sprechen!» Ein paar Leute wandten sich erschrocken nach ihm um. «Komm her, Drogue!» Die Leute bemerkten seine gute Laune und waren erleichtert.

Walter Drogue kämpfte sich zu Freitag durch, und sofort bildete sich ein Kreis um die beiden. Lu Anne erkannte Lise Rennberg, Jack

Glenn und Eric. George Buchanan schlürfte Perrier. Carnahan und Joy McIntyre schütteten sich aus vor Lachen. Nachdem er die Seinen um sich geschart hatte, erhob Charlie sein Glas. «Auf euer aller Wohl», verkündete er. «Künstler des Möglichen!»

«Und abwesende Freunde!» rief Joy McIntyre. Freitag, der keine Ahnung hatte, wer sie war, sah sie mit erstarrtem Lächeln einen Moment lang irritiert an.

«Der Apfel fällt nicht weit vom Stamm», sagte Charlie zu Walter Drogue junior, nachdem sie ihren Siegesbecher geleert hatten.

Der junge Regisseur antwortete mit einem unverschämt affektiertem Lächeln, dessen Gehässigkeit dem großen Charlie Freitag nicht entging.

«Man soll den Tag nicht vor dem Abend loben, Charlie.»

Freitags Blick fiel auf Dongan Lowndes.

«Mr. Lowndes», sagte er, «Sie haben Glück gehabt. Sie haben diese Branche von ihrer besten Seite kennengelernt. Sie haben einen guten Film gesehen, der von guten Leuten gemacht wird, und mehr kann man in dieser Branche nicht verlangen.»

«Ich hätte diese Erfahrung um nichts in der Welt missen mögen», sagte Lowndes mit heiserer Stimme.

«Vielleicht können wir Sie überreden, irgendwann mal in den Westen zu kommen und mit uns zu arbeiten.»

Ohne Charlie zu beachten, ließ Lowndes seinen Blick eine Weile auf Lu Anne ruhen, ehe er sich Walker zuwandte.

«Würde mir das gefallen?» fragte er. «Was meinen Sie?»

«Naja», erklärte Walker, «es ist allemal besser, als gar nichts zu tun zu haben.» Alle lachten, als hätte er etwas Komisches gesagt.

Charlie stellte den Mexikaner und Dongan Lowndes vor. Alle anderen kannten sich. Die große Frau war Ann Armitage, eine ehemalige Schauspielerin aus dem komischen Fach und Witwe eines indizierten Autors. Der Mexikaner war Raúl Maldonado, ein Maler.

Ohne mit dem Spielen aufzuhören, verschwanden die finsteren Musiker in der Dunkelheit. Aus dem Nichts, das die Mariachis verschlungen hatte, tauchten zwei Geiger auf und schlenderten ziellos zwischen den Gästen umher. Freitag entfernte sich, um mit Lise Rennberg zu sprechen, und der Kreis der Umstehenden löste sich auf.

«Lassen Sie uns ein paar Worte reden«, sagte Axelrod zu Lowndes. Dem Romancier schien daran gelegen, an Lu Annes Seite zu bleiben. Er begaffte sie mit trunkener Inbrunst. Lu Anne erwiderte seinen Blick und bedauerte ihn ob seines verfallenen Gesichts, der wunden Stellen darin und seiner kackfarbenen Augen.

«Ist es was Wichtiges?» fragte Lowndes, ohne den Blick von Lu Anne zu wenden.

«Nichts eigentlich Wichtiges», sagte Axelrod. «Was Fieses.»

Er schob Lowndes die Hand unter den Arm und zog den Mann beiseite. Ann Armitage fragte Lu Anne, wie es ihr ginge. Lu Anne starrte die alte Schauspielerin mit leerem Blick an.

«Text!» rief sie.

«Ein bißchen müde», soufflierte Walker.

Lu Anne lächelte vertraulich. Ein Ausdruck der Erschöpfung huschte über ihr Gesicht.

«Die Wahrheit ist», erklärte sie Ann Armitage, «daß ich mich in letzter Zeit oft ein wenig müde fühle.»

Ann Armitage produzierte einen jener Kalauer, für die sie einst berühmt war.

«Was seid ihr beiden? 'ne komische Nummer?»

«Jawoll, Madame», sagte Lu Anne.

Miss Armitage musterte sie mit einem Ausdruck weltumspannenden Überdrusses.

Ehe die Gäste Gelegenheit hatten, Platz zu nehmen, stieg die junge Helena auf eine Holzbank und hob die Hände, um sich Gehör zu verschaffen.

«Wir möchten vermeiden, daß Sie neben Ihren ärgsten Feinden sitzen oder neben Ihren Ex-Gatten oder deren Geliebten», verkündete sie den Gästen. «Daher haben wir, wie einige unter Ihnen bereits bemerkt haben dürften, entzückende kleine Tischkarten mit Ihren zahlreichen berühmten Namen darauf fabriziert. Also – wir bitten um Verständnis für das Gedränge. Wo auch immer Ihre Karte steht, dort ist – nachdem Sie sich am Büfett bedient haben – Ihr Platz. Und wahrscheinlich sollten Sie sich lieber über Ihren späteren Verbleib informieren, ehe Sie Ihre Teller mit all den wunderbaren Köstlichkeiten füllen.»

Es gab mickrigen Applaus, unterbrochen von einer schrillen Mißfallensäußerung. Joy McIntyre hatte sich schwankend, aber zielstrebig zu Charlie Freitag durchgearbeitet.

«Ich meine», verlangte sie mit einem nasalen Winseln zu erfahren, «ich meine, was soll das hier werden, Charlie? Tee im Buckingham-Palast?» Sie nahm ihm den Tischgong aus der Hand und marschierte davon, um die Geiger zu begrüßen.

«Wer ist diese Frau?» erkundigte sich Charlie bei den Umstehenden. Man sagte ihm, sie sei Lee Vergers Double.

Die Leute liefen hilflos durch die Gegend, trugen Blechteller im Western-Stil vor sich her, prallten zusammen, rückten ihre Brillen zurecht und versuchten, sich im spärlichen Licht der winzigen Tischlampen und der flackernden Fackeln zurechtzufinden.

«Bang bang went the trolley!» sang Joy McIntyre in den höchsten Tönen. Wie zwei verängstigte Truthähne wichen die umherwandernden Geiger vor ihr zurück. Charlie wandte sich wieder seinen Gästen zu.

«Diese Frau», sagte er zu Walker, «ist die wirklich ein Double?»

Ehe Walker antworten konnte, gellte ein entsetzlicher Schrei über den Patio.

«Mein Gott», sagte Freitag. «Schon wieder sie.»

Es war wieder Joy. Bill Bly, der nicht zu den Gästen zählte, aber als Wache geduldet war, versuchte, ihr den Tischgong abzunehmen. Joy weigerte sich, ihn herzugeben.

«Nimm deine dreckige Hand von meinem verdammten Arm, du riesiger widerlicher perverser Bastard!« protestierte sie. Unter den Gästen war es still geworden. Joys Gezeter, das Brutzeln gebratenen Fleisches und die Geigen, die im lieblichen Duett «Maytime» intonierten, waren die einzigen Geräusche auf der Terrasse.

«Die Presse ist anwesend», sagte Freitag. «Das macht einen fürchterlichen Eindruck.» Er sah sich suchend nach Dongan Lowndes um und entdeckte ihn in hitziger Debatte mit Axelrod – die beiden schienen jeden Moment aufeinander losgehen zu wollen.

«Jesus gingen die Augen über», jammerte der Herr Produzent. Walker nutzte die Gelegenheit, um zu verschwinden.

Lu Anne saß am Kopf eines der weißgedeckten Tische und spielte mit den Tischkarten anderer Leute. Maldonado und Miss Armitage hatten versucht, sich in einem geistesverwandten Sektor der Gesellschaft einzunisten, doch da sie überall Schimpftiraden und wütende Bemerkungen ernteten, hatten sie sich zurück in das Schattenreich treiben lassen. Im Schattenreich herrschte Lu Anne. Sie hatte festgestellt, daß sie, Miss Armitage und Maldonado, Walker und Lowndes, Charlie, Axelrod und die Drogues alle zusammen an genau dem Tisch saßen, neben dem sie gestanden hatte, als Charlie sie einander vorstellte.

«Glauben Sie», fragte sie das Paar, «daß damit irgendein Spiel gespielt werden soll? So was wie Hexen oder Schikanöschen?»

Miss Armitage lächelte lieblich.

«Ja, das glaube ich», sagte sie. Sie nahm Lu Anne den Haufen Tischkarten aus der Hand, suchte ihre eigene und die ihres Begleiters heraus und stellte sie auf den Nachbartisch. «Das Spiel heißt ‹Bäumchen wechsel dich›.»

Vom Nachbartisch nahm sie zwei Tischkarten und gab sie Lu Anne.

«Ich bin zu alt, um ausgeflippte Frauen zu hüten, Miss Wunderbar, so wie Sie zu alt sind, um eine zu sein. Ich überlasse Sie Ihrem Kartenglück.»

Maldonado stellte die Karten zurück.

«Ich will hier sitzen», sagte er entschieden. Miss Armitage spitzte die Lippen und sah zu Boden. Der Mexikaner nahm Platz und löste langsam den Knoten seiner schwarzen Fliege.

«Sie sind hier herzlich willkommen, Mr. Maldonado», sagte Lu Anne.

Maldonado sah sie an.

«Wirklich?»

«O ja», sagte Lu Anne. «Sie und Ihre Begleiterin, Sie sind beide willkommen. Meine Freunde haben eine hohe Meinung von Ihnen.»

Maldonado neigte dankbar den Kopf. Ann Armitage schnitt eine komische Grimasse. «Nun denn, gelobt sei der Herr und meine Lippen mögen schweigen. Wenn das nicht . . .»

Der Maler hob seine schlaffe Hand und bedeutete seiner Freundin zu schweigen.

«An geheimen Orten werden Sie alle bewundert», erklärte Lu Anne. «In Gegenden, die sich vorzustellen man nicht versuchen darf, denkt man gut von Ihnen und berichtet wohlmeinend über Sie.»

«Wie außerordentlich geheimnisvoll», sagte Maldonado. «Was hat das zu bedeuten?»

Lu Anne war unfähig zu einer Erklärung. Noch nie in ihrem Leben hatte sie die Alten Freunde angesichts von Lärm und Licht so furchtlos erlebt. Fast schienen sie bereit, ihr in ihre größere Welt zu folgen und die beiden Welten miteinander zu verschmelzen. Daraus, wie sie sich um sie versammelten, wie sie scheu zwischen ihren zart gewirkten Flügeln hervorspähten, wie sie ihr Ermutigungen zuzischelten, mußte sie den Schluß ziehen, daß sie ihre neue Bekanntschaft mit Charlies beiden Freunden guthießen. Außerdem waren sie wunderschön, die beiden, die elegante alte Schauspielerin und der attraktive Mann mit dem traurigen Gesicht, der seine Smokingjacke ausgezogen hatte. Sie waren so schön und so voller Anmut, wie Lowndes häßlich und unrein war.

Charlie Freitag kam an den Tisch, ein Mann auf der Flucht nach der Niederlage auf dem Schlachtfeld. Seinen Teller zierte eine spärliche Portion Salat und Bohnen. Er machte einen verschwitzten und elenden Eindruck. Lu Anne, die ihn als Freund liebte, war besorgt.

«Was ist hier los?» fragte Charlie. «Ißt niemand was?»

«Charlie», fragte sie, «Charlie, Liebling, geht es dir nicht gut, mein armer Freund?»

Er nahm sie bei der Hand. «Mir? Mir geht es blendend. Ich mache mir Sorgen um dich.»

«Mir geht es ausgezeichnet, Charles.» Sie lächelte. «Ein wenig müde.»

«Du mußt vollkommen fertig sein, mein Gott», sagte Charlie. «Wir jagen dich dreißigmal am Tag ins Wasser. Du mußt dich von Hotelfraß ernähren und sehnst dich nach deiner Familie.» Nervös ließ er den Blick über den von Fackeln erleuchteten Patio schweifen. «Alle sind überarbeitet. Aber ich hab mir gesagt, was soll's, das Schlimmste haben wir hinter uns. Ich hab gedacht, wo Gordon gekommen ist und dieser Mann von *New York Arts* ... und ich hab mir gesagt, wir alle könnten eine Aufmunterung gebrauchen.»

«Das könnten wir wirklich», sagte Lu Anne. «Und außerdem habe ich Geburtstag.»

Charlie war überrascht. «Ach du meine Güte», sagte er. «Aber ich dachte, du hättest letzten Monat Geburtstag gehabt.»

Lu Anne zwinkerte ihm verschwörerisch zu. Ann Armitage starrte sie unverwandt an.

«Wo *ist* Gordon?» fragte Charlie schnell.

«Also, gerade war er noch hier», sagte Lu Anne. Sie konnte sich nicht daran erinnern, ihn weggehen gesehen zu haben; sie war plötzlich beunruhigt. «Ich weiß nicht.» Zu ihrem Entsetzen sah sie, daß sich Dongan Lowndes dem Tisch näherte, begleitet von Axelrod, der ihm mit einer Entschlossenheit an den Fersen klebte, die an Verfolgung grenzte.

«Will denn niemand was essen?» fragte Charlie mit wachsender Verzweiflung.

Als hätte der Himmel sie gesandt, erschienen Walter Drogue junior und Patty auf der Bildfläche. Ihre Teller waren bis zum Rand gefüllt. Charlie und Patty Drogue tauschten Küsse.

«Wo steckt denn dein alter Herr», fragte Charlie den jungen Drogue. «Will er uns nicht Gesellschaft leisten?»

Patty, die sich hastig den Mund mit Eßbarem vollgestopft hatte, versuchte vergeblich, etwas zu sagen.

«Er hat irgendwelchen Ärger mit seiner Begleiterin», erklärte der junge Drogue.

«Yeah?» fragte Charlie. «Wer ist die glückliche Dame?»

«Du hast sie bestimmt schon gesehen, Charlie», sagte Drogue. «Die kleine Australierin mit der frechen Klappe.»

Freitag legte sich einen Moment die Hand über die Augen.

«Wahnsinn», sagte er leise. Er sah sich schuldbewußt um, als könnte der alte Drogue etwas mitbekommen. «Ein Teufelsbraten.»

«Beste Figur im ganzen Team», sagte der junge Drogue. «Anwesende ausgenommen.»

«Typisch Wally», sagte Ann Armitage. «Ich darf wohl annehmen, daß er bei bester Gesundheit ist?»

«Das kann ich nur für ihn hoffen», sagte Freitag. «Ich hab mir den Feger ein bißchen angesehen.»

Lu Anne, die wußte, daß sie auf die Dauer nicht darum herumkommen würde, wandte sich Dongan Lowndes zu. Im selben Augenblick spürte sie etwas auf ihrem Knie, das nur seine Hand sein konnte.

«Mal wieder eine Prüfung des Amtes für Körperbau, Mr. Lowndes?» fragte sie.

Seine feuchte Hand schlidderte davon wie eine Friedhofsratte. Sie betrachtete sein Gesicht, während die Rattenhand den Weg zurück zu ihrem Eigentümer suchte. Als sie wieder ganz bei ihm angekommen war, spitzte sich für einen Augenblick sein stumpfes Gesicht und bekam den Ausdruck eines Nagetiers, der Ratte tief in ihm. Selbst unter Aufbietung aller Kräfte gelang es ihr nicht, den Blick von ihm zu lösen oder einen Hauch von Mitleid zu empfinden. Die Ratte mag verweilen, wo sie sich heimisch fühlt, dachte sie. Mag sie ihm bis ans Ende aller Tage die Eingeweide zernagen, sich hinter seinen Augenhöhlen satt fressen. Solange sie vor der Ratte sicher war.

Während Lowndes ihrem tadelnden Blick standhielt, wurden seine Augen feucht. Sie entdeckte in ihnen das, was er vermutlich als menschliche Leidenschaft, Begierde, Verblendung bezeichnet hätte, einen Impuls, die Geliebte zu bezwingen. Das Problem bestand darin, daß er kein Mann war. Kein Mensch.

«Mr. Lowndes», hörte sie Axelrod mit leiser Stimme sagen, «würden Sie mich bitte ansehen, wenn ich mit Ihnen rede?»

Mit Mühe gelang es ihr endlich, den Blick von Lowndes loszureißen.

«Mr. Maldonado», fragte sie den Mann ihr gegenüber, «sind Sie ein guter Maler?»

Miss Armitage setzte zu einer Antwort an, verstummte jedoch.

«Das bin ich noch nie gefragt worden», sagte Maldonado.

«Lu Anne», sagte Charlie mit ernster Miene, «Raúl ist einer der besten Maler Mexikos. Er hat Ausstellungen in aller Welt.»

«Das kann man wohl sagen», sagte Miss Armitage.

«Ich selbst», verkündete Charlie, «besitze eine Reihe exzellenter Maldonados. Sie hängen bei mir zu Hause, und für mich sind sie – der Inbegriff von Mexiko. Die Sonne, das Meer. Enchiladas und Tacos.»

Maldonado und Miss Armitage warfen ihm kalte Blicke zu.

«Sie wissen, was ich meine», stammelte er. «Alles, was wir so lieben an . . .» Er verstummte, sah auf seinen Teller und wischte sich über die Brauen.

«Dad hat ungefähr anderthalb Tonnen von den Dingern», sagte der junge Drogue.

«In der Gesellschaft von Bohemiens», sagte Lu Anne, «oder, was damit vergleichbar wäre, in einer Demimonde wie der unsrigen – muß man mit der bewußt taktlosen Frage rechnen.»

Maldonado lächelte matt. «*Mierda*», sagte er.

«Das kann man wohl sagen», sagte Ann Armitage.

«Jeder hier weiß von sich, ob er gut ist oder nicht», sagte Lu Anne. «Der kleinste Anstoß genügt, und die Leute geben bereitwillig Auskunft.»

«Ich bin kein guter Maler», verkündete Maldonado der Gesellschaft. Nach einem kurzem Schweigen erhob sich allgemeines Protestgemurmel.

«Die Großen», sagte Charlie mit einem unbehaglichen Kichern, «sind nie zufrieden mit ihrer Arbeit. Sie brauchen uns, um sie zu ermutigen.»

«Ich wünschte, Sie wären ein guter Maler«, sagte Lu Anne zu Maldonado. «Vielleicht sind Sie es am Ende ja doch.»

«Wenn ich es um Ihretwillen sein könnte», sagte Maldonado galant, «seien Sie versichert, daß ich es wäre. Vielleicht sogar auch um meiner selbst willen. Aber ich fürchte, es würde mein Leben verkomplizieren.»

Lowndes' Gegenwart hatte die Alten Freunde verstummen lassen; sie hatten wieder ihre übliche schlechte Laune, in der sie unberechenbar waren und ihr allen möglichen Ärger machen konnten. Sie begann nervös zu werden.

«O Gott», sagte sie, «wo ist Gordon? Ich brauche ihn.»

«Jon», sagte Freitag zu Axelrod, «kannst du mir einen Gefallen tun und deinen Freund Walker suchen? Sei so gut.»

Selbst in dem flackernden Licht war unschwer zu erkennen, daß Axelrod vor Wut kochte.

«Klar, Charlie», sagte er. Wieder legte er Lowndes eine Hand auf die Schulter. «Was meinst du, Dongan? Willst du mir nicht helfen, unsern Kumpel Gordo zu suchen?»

Lowndes wischte wütend die Hand beiseite. «Ich kann die Vertraulichkeiten von euch Zelluloidmackern nicht ab», sagte er zu Axelrod.

«Das war nicht nett, Dongan», sagte Axelrod.

«Mr. Maldonado», begann Lu Anne, «würden Sie ihn für mich suchen?»

«Haben Sie keine Beine?» fragte Miss Armitage. «Können Sie Ihre verdammten Freunde nicht selber suchen?»

Lu Anne goß vorsichtig Rotwein aus einer Karaffe in ihr Glas. Sie trank es in einem Zug leer.

«Ich kann nicht gut sehen», erklärte sie. «Und es ist ein solches Gedränge.»

«Selbstverständlich», sagte Maldonado. «Mr. Walker. Ich werde ihn suchen. Ich gehe sofort.»

Er tupfte sich mit der Serviette die Lippen ab, obwohl er nichts gegessen hatte, und verschwand.

«Herrgottnochmal, Charlie», sagte Miss Armitage zu ihrem Gastgeber. «Wo hast du bloß immer diese Leute her?»

«Woher ich auch dich habe», sagte Charlie Freitag strahlend. Niemand am Tisch lachte mit ihm.

Walker war auf der Toilette des Poolhauses und schnupfte Kokain vom Porzellanwaschbecken, als hinter ihm die Tür aufging. Im Spiegel über dem Waschbecken sah er im Türrahmen einen Mann, der ihn auf frischer Tat ertappt hatte. Der Mann hatte weit aufgerissene Augen und zerzaustes Haar; er trug ein weißes Frackhemd mit offenem Kragen und dunkle Hosen. Es war ein unwillkommener Anblick.

«*Cocaína*», sagte der Mann.

Walker drehte sich langsam nach dem Mann im Spiegel um und erkannte Maldonado.

«Ist schon gut», sagte er, ohne selbst einen blassen Schimmer zu haben, was er damit meinen könnte.

«Meine Freunde», erklärte der Maler, «finden so was bourgeois. Gringo. Meine Begleiterin – Miss Armitage – hält überhaupt nichts davon.»

«Das kann ich mir vorstellen», sagte Walker. Er ging an Maldonado vorbei, um die Tür zu verriegeln. «Ich dachte», erklärte er, «ich hätte abgeschlossen.»

«Nein», sagte Maldonado, «es war offen. Das ist schwierig», sagte er zu Walker. «Nehmen oder nicht nehmen?»

«Nehmen Sie was», schlug Walker vor. «Ich meine, es ist natürlich Ihre Entscheidung.»

«Ich werde es tun», sagte Maldonado. «Warum eigentlich nicht?»

Sie schnupften. Der Maler ging auf und ab, die Stirn in Falten.

«Man könnte sicherlich argumentieren«, sagte Walker, «daß es schlecht ist für die Indios. Was Ausbeutung angeht.»

Maldonado wischte das Argument beiseite.

«Es ist weder gut noch schlecht für die Indios. Es macht keinen Unterschied für sie. Uns selbst und unsere Gesellschaften machen wir kaputt.»

«So soll es sein», sagte Walker.

Sie schnupften mehr. Maldonado lief nicht mehr auf und ab, sondern fixierte Walker mit starrem Blick.

«Wer ist die Frau, Walker?»

«Sie meinen Lee Verger? Sie ist Ihnen vorgestellt worden.»

«Lee Verger», wiederholte Maldonado. «Schauspielerin?»

«Eine sehr gute Schauspielerin. Ziemlich bekannt.»

«Spielt sie im Augenblick? Heute abend? Vorstellung?»

Walker zögerte.

«Heute abend nicht», sagte er. «Nicht wirklich.»

«Ist sie Ihre Geliebte?»

«Ja», sagte Walker.

«Sie hat mich geschickt, Sie zu suchen. Ich bin eigentlich kein Laufbursche, der derartige Botengänge übernimmt, aber ich habe ihr gehorcht. Sie hat mich gefragt, ob ich ein guter Maler sei, und ich habe geantwortet, das sei ich nicht. Ich wollte mich erniedrigen.»

«Naja», sagte Walker, «vielleicht haben Sie sich in sie verliebt.»

«Ich kann mich erklären», sagte Maldonado. «Ich kann ihr alles erklären. Mit Ihrer Erlaubnis.»

«Oh, kein Problem», sagte Walker. «Gehen wir zurück und reden wir darüber.»

Die Gesellschaft schien bester Stimmung zu sein, als Walker und Maldonado an Charlie Freitags Tisch zurückkamen. Die Geiger konnten unbehelligt ihre Runden drehen; aus allen Ecken war angeregte Unterhaltung zu hören. Nur über dem Herzstück der Gesellschaft, über dem Kreis um Freitag, schwebte ein dunkler Bann.

Maldonado setzte sich wieder auf seinen Platz gegenüber von Lu Anne. Er und alle anderen sahen schweigend zu, wie Walker einen

Stuhl neben ihr ansteuerte und wie sie sich umdrehte, um ihn zu stützen. Als er neben ihr saß, nahm sie seine Hand und küßte sie und legte ihm einen Arm um den Hals.

«Ich möchte mich erklären», sagte Maldonado. «Ich möchte erklären, was ich gegen meine Malerei gesagt habe.»

«Das ist nicht nötig», sagte Miss Armitage. «Alle wissen, wie großartig du bist. Und es ist niemandem entgangen, daß du etwas getrunken hast.»

Wieder tönte die Stimme von Joy McIntyre über den Patio.

«Der Choreograph vom Sands ist tot!» schrie sie. «Der Choreog–» Sie setzte an, um den Satz zu wiederholen, wurde jedoch ziemlich abrupt mitten im Wort unterbrochen.

«Warum erzählen einem das die Leute hier andauernd?» fragte Lowndes.

«Weil wir unter lauter Zelluloidmackern sind», erklärte Axelrod. «Und sie überbringen dir eine Botschaft, Dongan.»

«Ich möchte über meine Malerei sprechen», sagte Maldonado. «Diese Dame hat mich herausgefordert, und ihr widme ich meine Bemerkungen.»

«Die Dame wird dich entschuldigen», sagte Ann Armitage fest. «Sie weiß, daß es Dinge gibt, über die man in der Öffentlichkeit besser schweigt. Sie versteht, daß wir bisweilen Dinge sagen, die uns tief verletzen können.»

«Trotzdem», sagte Maldonado leise.

Walker leerte den Drink, der an seinem Platz stand.

«Wir hier sind wahre Künstler», erklärte er. «Wir arbeiten ohne Netz.»

Der alte Drogue trat aus der Dunkelheit; er schien dunkle Striemen am Hals zu haben. Er kam an den Tisch, um sich zwischen seinen Sohn und Patty zu setzen.

Als Charlie aufstand, um ihn zu begrüßen, hob er die rechte Hand wie zum Segen und nahm Platz.

«Hallo, Paps», sagte Drogue junior. Patty hakte sich bei ihm ein.

«Ich komme aus Colima», erzählte Maldonado. «Meine Familie

war der letzte Dreck. Ich bin zur Schule gegangen und habe Kunst studiert, weil Kunst in diesem Land etwas gilt. Mein Lehrer war Schüler des Amerikaners William Gropper, darum hat er auch gemalt wie Gropper, und ich habe auch so gemalt. In Tepic habe ich ein ganzes Zimmer voll mit meinen alten Arbeiten – alles sehr realistisch und politisch.»

«Leidenschaftlich», erzählte Miss Armitage den Leuten am Tisch. «Stürmisch und voller Wut. Es sind wundervolle Arbeiten.»

«Es erinnert an die Cartoons von Mr. Magoo», sagte Maldonado. «Ein leidenschaftlicher, stürmischer und zorniger Mr. Magoo.»

«Er quält sich», klagte Ann Armitage.

«Ich quäle mich, indem ich Banalitäten schweigend ertrage. Ich wünschte beim Grabe meiner Mutter, die englische Sprache nie erlernt zu haben.»

«Vielleicht haben Sie es zu weit getrieben», sagte Walker. «Sie hätten ein bißchen Urlaubsenglisch lernen sollen. Genug, um Pfannkuchen im Restaurant zu bestellen. Aber unter keinen Umständen soviel, um Miss Armitage bei ihren Ausführungen über mexikanische Malerei folgen zu können.»

«Was hat er hier eigentlich zu suchen?» erkundigte sich Miss Armitage bei Charlie über Walker. «Warum ist er nicht irgendwo an ein Krankenhausbett gekettet?»

Charlie murmelte etwas Besänftigendes und sah auf den Tisch.

Maldonado wandte sich an Lu Anne.

«In Ihrer Gegenwart darf es nur reine Wahrheit geben. Das verlangen Ihre Augen.»

«Wie ernsthaft alles geworden ist», sagte Lu Anne. «Erst der Choreograph vom Sands, und jetzt das hier.»

«Du hast angefangen», erklärte Walker. «Man muß nur eine taktlose Frage stellen, und schon bekommt man eine endlose Antwort.»

«Der Choreograph vom Sands?» fragte Lowndes.

«Ich habe auf englisch noch nie die Wahrheit gesagt», erzählte Maldonado. «Kann man das überhaupt?»

«O ja», sagte Lu Anne. «Aber es ist sehr protestantisch.»

«Ich habe angefangen zu tauchen», erzählte der Künstler. «Ich fotografiere Korallen, wo immer ich sie entdecke. Und nach den Fotos male ich. Können Sie sich vorstellen, was es für ein Gefühl ist, den Grund des Meeres zum Klischee zu machen? Die Quelle allen Lebens? Sofern man den Unterschied kennt?»

«Nur Mut», sagte Walker zu dem Künstler, «Sie reden mit den richtigen Leuten. Es gibt Menschen an diesem Tisch, die sind in der Lage, noch das bloße Licht zum Klischee zu machen.»

«Ich möchte Ihnen noch mehr erzählen», sagte Maldonado. «Mehr von der Wahrheit.»

«Ist er nicht wunderschön?» fragte Lu Anne die anderen am Tisch.

«Tolles Gesicht», sagte der alte Drogue. «Gut gebaut.»

«Mr. Maldonado», sagte Lu Anne, «und wenn Sie der Gott aller Gutgebauten wären, der Knochen-Gott sozusagen, würde es keine Rolle spielen, was Sie erzählen. Die Wahrheit interessiert mich nicht.»

«Merkst du nicht, daß sie verrückt ist?» fragte Miss Armitage ihren Freund.

«Weil ich in Ihrer Sprache so gut lügen kann», sagte Maldonado, «und weil ich mir Lügen so gut anhören kann, darum bin ich erfolgreich. Vielleicht auch, weil ich hübsch bin und gut gebaut. Ich habe mittlerweile einen Exklusivvertrag mit einer sehr angesehenen Kaufhauskette geschlossen. Sie verkaufen dort meine Gemälde und meine Drucke. Und sie benutzen meine Entwürfe. Ich kann mich also auf den Tag freuen, Miss Verger, an dem meine Visionen auf sämtliche Duschvorhänge Amerikas gedruckt sein werden. In jedem Swimmingpool, in jedem Jacuzzi, in jeder Badewanne. Auf jeder Badezimmertapete und auf jeder Kloschüssel. Wo immer der Sanitärtechnik gehuldigt wird – Maldonados. In voller Pracht.»

«Irgend jemand muß es ja machen», sagte der junge Drogue.

«Moment mal», sagte Patty zu ihrem Mann, «du weißt, daß wir 'ne Menge Zeug von dem Typen haben, und er erzählt uns gerade, es ist alles Schrotto.»

«Wir regeln das morgen früh«, sagte der junge Drogue. «Ein Telefonat genügt.»

«Möchten Sie, daß ich Ihnen vergebe, Mr. Maldonado?» fragte Lu Anne. «Ich würde Ihnen vergeben, wenn ich es könnte.» Die Alten Freunde versammelten sich um sie. «Aber ich für mein Teil bin auch nichts weiter als ein gutgebauter Körper. Ein paar Lumpen, ein Büschel Haare und ein gutgebauter Körper.»

«Einen Augenblick», sagte Maldonado. «Wir haben eine Abmachung. Dies ist die Stunde der Wahrheit unter den Wahr-Sagern. Ihr alle», sagte er zu den Leuten am Tisch, «die ihr wißt, wie gut ihr seid! Erzählt es uns!»

«Komm wieder auf'n Teppich, Junge», sagte Axelrod.

«Yeah, Mann», sagte Dongan Lowndes. «Komm wieder auf'n Teppich.» Er schien geistig wieder bei Kräften zu sein und machte Axelrod bewußt nach.

Axelrod sah ihn nachdenklich an.

«Ich möchte, daß keiner den Tisch verläßt», sagte Maldonado, und die Spur einer Drohung lag in seiner Stimme. «Ich möchte, daß jeder sich erklärt.»

Lowndes hob sein Glas mit Tequila *au naturel* und prostete in Charlies Richtung.

«Gottseidank, es ist Freitag», rief er.

«Das macht Spaß», sagte Walker. «Das ist besser als Poker. Wer kommt raus?»

«Wie wird gezahlt?» fragte Ann Armitage. «Geben Alkoholismus und Impotenz einen Pasch?»

«Miss Armitage», verkündete Walker, «war die einzige Person in Amerika, die während der McCarthy-Ära tatsächlich hingerichtet wurde. Sie wurde auf dem Höhepunkt ihrer Karriere bei den Gärungsprozessen in Budweis von einem Amtsschimmel im Hexenkessel ersäuft.»

«Sie miese Null», sagte Ann Armitage mit ihrer kultivierten Stimme. «Sie Eunuch.»

«Miss Armitage ist eine Forscherin auf dem Gebiet sexueller Heldentaten bei Männern», fuhr Walker fort, «und außerdem eine führende Kritikerin mexikanischer Kunst. Sie vereinigt in ihrer einzigartigen Person die wesentlichen Attribute einer Eleonora Duse, einer Eleanor Roosevelt und einer Eleonore von Kastilien. Auch solche Rosa Luxemburgs, Saccos und Vanzettis. Wenn nicht eine zufällig vorbeikommende Gottheit sie dort während der Bierprobe hätte ersaufen sehen und wenn nicht eben dieser Gottheit die äußerlichen Manifestationen der Anmut an ihr aufgefallen wären, könnte ihr armer, alkoholkranker, impotenter Ehemann heute noch am Leben sein. Schon bald wird sie ihre Memoiren schreiben, und dann wird eine Parade von Tugendhaftigkeiten an uns vorüberdefilieren, die mindestens so lang ist wie die Parade von Macy's zu Thanksgiving und doppelt so protzig und phantasievoll.»

«Wir stehen alle furchtbar unter Streß», sagte Charlie Freitag grimmig.

«Sie sind alle betrunken, Charlie», erklärte Axelrod. «Das ist es.»

«Erzähl ihm was von dir, Gordon», sagte Walter Drogue junior.

«Walter versteht es großartig, Geschichten aufzubereiten», erzählte Walker dem Mexikaner, «und er ist Feminist und er will bei dem Drehbuch für diesen Film nicht als Co-Autor genannt werden, weil er das Drehbuch nicht geschrieben hat.»

«Sieh dich vor, Kleiner», sagte Patty Drogue.

«Das sind alles nur Beleidigungen», klagte Maldonado. «Es ist kindisch, Menschen vorzuwerfen, daß sie nur das sind, was sie sind. Ich möchte etwas über Begabungen erfahren.»

«Lachen», sagte Lu Anne. Im Licht der Fackeln war sie von strahlender Schönheit, und alle sahen sie an. «Begabungen und Seufzer.»

«Mein Gott noch mal, Maldonado», sagte Walker, «alle hier Versammelten sind zumindest ziemlich gut.» Er nahm Lu Anne bei der Hand. «Die hier glaubt, die Eule war eines Bäckers Tochter, allein das klare Wasser flocht ihr den Kranz dazu.» Er wandte sich zu Freitag um. «Und Charlie – Charlie», sagte er, «alles in Ordnung?»

«Wir stehen alle furchtbar unter Streß», sagte Charlie Freitag.

«Charlie steht furchtbar unter Streß», erklärte Walker.

«Erzähl ihm was von dir, Gordon», sagte der junge Drogue wieder.

«Er weiß Bescheid, Walter. Er und ich, wir sind *compañeros in crime*. Zwei Gauner-Gaukler. Wo sind wir vom rechten Weg abgekommen? Wer weiß das schon? Wen kümmert's? Wir sind ganz gut zurechtgekommen.» Mit einer weiten Armbewegung vereinnahmte er den Patio, die sorgfältig beleuchteten Wege und die dunkle Bucht. «Hier sind wir alle beisammen, Mensch. Auf der Spitze des Berges.»

«Auf dem Dach der Welt, Mann», sagte Axelrod.

«Dann haben wir hier noch unseren Axelrod», sagte Walker, «den besser jemand aus dem Fenster im neunten Stockwerk des Half-Moon Hotel gestoßen hätte, als er noch jung war.»

«Deine Mama», sagte Axelrod.

Gäste in verschiedenen Stadien der Trunkenheit näherten sich, um ein bißchen mitzuhören und um sich von Charlie Freitag zu verabschieden. Das Feuer wurde gelöscht und das Fleisch in Folie gewickelt, damit es warm blieb.

Maldonado sackte in seinem Stuhl zusammen. Sein Anliegen verlor an Dringlichkeit, Müdigkeit und Alkohol drückten ihn nieder. Er betrachtete Lowndes, der hellwach und mit einem falschen Lächeln auf dem Gesicht am anderen Ende des Tisches saß.

«Was ist mit *ihm*?» erkundigte sich Maldonado bei Walker.

«Er ist ein Knochen-Gott», sagte Lu Anne.

«Lassen Sie uns nicht über ihn reden», sagte Walker. «Er ist ein gefährlicher Umgang für Leute wie Sie und mich.»

Axelrod klopfte Lowndes auf den Rücken.

«Er ist Sammler. Er sammelt Kunst.»

Alle am Tisch sahen zu dem ehemaligen Schriftsteller.

«Es war himmlisch», sagte Patty Drogue. «Können wir jetzt gehen?»

«Ich werde mich jetzt zurückziehen», sagte Charlie. «Ich denke, das wäre für uns alle das Beste. Wenn alles gesagt und getan ist», erklärte er, «bleibt immer noch eine Menge Arbeit zu erledigen.»

«Oh», sagte Lu Anne, «aber nicht morgen, Charles. Morgen haben wir frei.»

«Stimmt genau», sagte Lowndes. Alles wandte sich ihm zu. «Diese Dame braucht keinen verdammten Freitag, der ihr sagt, wann sie ins Bett zu gehen hat.»

«He, Dongan», sagte Axelrod, «das ist nicht sehr höflich.»

Freitag schien nicht mitbekommen zu haben, daß er beleidigt worden war.

«Dongan . . .» begann er, «ich hoffe, Sie haben ein Nachsehen mit uns.»

«Nenn ihn nicht Dongan», sagte Axelrod, «er kann die Vertraulichkeiten von Zelluloidmackern nicht ab. He, Charlie», sagte er und faßte Lowndes beim Arm, «wie lange ist es her, daß wir zum letztenmal irgendeinem schlauen Wichser Bilder abkaufen mußten?»

«Was für Bilder?» fragte Freitag.

«Ja», fragte Ann Armitage, «was für Bilder, Mr. Lowndes?»

«Ich hab keine Ahnung, wovon ihr Arschlöcher redet», sagte Lowndes. «Wovor habt ihr solche Angst? Verfügen nicht alle hier über ein knallhartes Selbstbewußtsein?»

«Ich muß euch gestehen», sagte Lu Anne, «daß wir mit den Knochen gespielt haben. Ja, das haben wir getan. Gordon.» Flehend sah sie Walker an, und dann der Reihe nach alle anderen. «Mr. Lowndes. Walter. Charlie. Sir. Und Sie, Sir, und Sie, Madam, um Vergebung bitt' ich sehr. Wir sind auf den Friedhof gegangen, und dort, wo die Kammern – die Grüfte – zerstört waren, haben wir mit den Knochen gespielt.»

«Geh schon vor, Patty», sagte der junge Drogue. «Wir kommen gleich nach.»

«Folgen Sie nicht dem Ratschluß des Alkohols, Lowndes», sagte Walker. «Der Schnaps zählt nicht zu Ihren Freunden. Morgen organisieren wir eine Konferenzschaltung – Sie und Axelrod und van Epp –, und alles wird sich regeln. Alle werden zufrieden sein.»

«Was für Bilder?» fragte Charlie Freitag. «Was für Bilder haben Sie, Mr. Lowndes?»

«Charlie», sagte der alte Drogue, «laß sie das unter sich ausmachen. Aufregung schadet deiner Gesundheit.»

Lu Anne stand auf, ging zu Freitag und nahm seinen Arm. Lowndes beobachtete sie voller Gier.

«Die anderen haben gesagt, uns würde davon schlecht werden, und wir haben nicht auf sie gehört», erzählte sie Freitag. «Den ganzen Sommer lang sind wir am hellichten Tag rübergeschlichen. Drinnen war es kühl und es roch fürchterlich. Wir spielten mit den Knochen, bis der alte schwarze Pelletier kam und uns ausschimpfte. Ihr wißt ja alle, wie Kinder sind. Meine Schwester rannte über die Straße, schleckte ein Eis – wusch sich nicht mal die Hände.»

«Geh schlafen, Lu Anne.» Charlie wandte sich an Walker. «Gordon, bitte.»

Walker trat neben sie.

«Bilder?» fragte Maldonado.

«Er ist Reporter», erklärte Ann Armitage ihrem Freund. «Er hat ein heißes Bild und will dafür kassieren.»

Diese Information schien Maldonado aufs äußerste zu deprimieren.

«Wie hört sich das an, Lowndes?» fragte Walker. Er wandte sich an Maldonado. «Er kann die Vögel aus den Bäumen schreiben, dieser Typ. Die guten Feen haben ihn mit Einsicht und Erfindungsgabe und Tiefgang ausgestattet. Aber die böse Fee hat ihm den Mumm geraubt.»

«Provozier ihn nicht», sagte Lu Anne. «Du glaubst noch immer, er sei ein Mann. Aber er ist eigentlich keiner.»

«Da sitzt er nun», sagte Walker. «Alle großen Dinge laufen zu seinen Gunsten. Er ist ein erstklassiger Schreiber und ein viertklassiger Mensch. Ihm fehlt das Selbstvertrauen, er ist nicht Manns genug, seine eigene Begabung richtig zu nutzen. Ihm fehlt der Mumm.»

«Und was ist mit dir?» wollte der junge Drogue von Walker wissen. «Wenn du so gut wärst, wie du es von ihm behauptest, dann wärst du der Traum von einem Menschen. Ist es das, was du uns erzählen willst?»

«Wenn ich so gut wäre», sagte Walker, «würde ich keine Sekunde verplempern. Ich wäre Tag und Nacht bei der Sache. Ich würde keinen Tropfen Alkohol und keine einzige Droge zu mir nehmen, und ich wäre niemals mit einer Frau zusammen, die ich nicht liebe.»

«Hört euch das an», sagte der alte Drogue. «Da versucht man, den Leuten klarzumachen, daß Schreiber Arschlöcher sind, und kein Mensch hört zu.»

Die Drogues verschwanden in der Dunkelheit.

«Gute Nacht allerseits», sagte Ann Armitage. Sie stemmte sich aus dem Stuhl und wartete auf Maldonado. «Ihr Typen bringt mich um», sagte sie, «mit eurem ganzen Gequatsche über Mumm.» Traurig erhob sich der würdevolle Mexikaner und begleitete sie.

«Mir ist schlecht geworden», sagte Lu Anne. «Ich habe sie an einer Friedhofsmauer eingeatmet. Als ich mit den Knochen spielte. Sie. Die da.»

Sie zeigte auf die Alten Freunde, die sich um Lowndes versammelt hatten und versuchten, ihn mit ihren langen, zarten, klauenbesetzten Fingern zu berühren, ihn mit dem feinen Geflecht ihrer dunklen Flügel zu umfangen.

«Kleine Schwester», sagte Lowndes. «Du bist fern von zu Hause.»

«Ich bin einen weiten Weg gegangen seit meiner Friedhofsmauer», sagte Lu Anne. «Manchmal glaube ich, daß ich aufgehört habe, ein Kind Gottes zu sein. Ich glaube, Sie haben mich durchschaut, Mr. Dongan Lowndes.»

Axelrod und Lowndes erhoben sich gleichzeitig, und Axelrod richtete es so ein, daß er zwischen Lowndes und Freitag stand. Freitag, der Lu Anne untergehakt hatte, trat einen Schritt zurück.

«Sie sind eine hinreißende Frau», sagte Lowndes. «Sie gehören nicht hierher, unter diese Meute von Bluthunden.»

Freitag rang nach Luft.

«Alles klar, Wichser», sagte Axelrod. Er versuchte, Lowndes zu packen, aber der Autor entwischte ihm.

«Sie haben mich durchschaut», kreischte Lu Anne. «Die Scheiße zwischen meinen Zehen hat sich erhoben, um das Wort an mich zu richten.»

Lowndes hatte sich an Axelrod vorbeigedrängt und kam auf Freitag und Lu Anne zu. Er hatte seine Brille verloren und schwankte, als würde Lu Annes Strahlen ihn blenden.

Mit zusammengebissenen Zähnen schlug Lu Anne ihm ins Gesicht.

«Sein Inneres besteht nur aus Schmutz», sagte sie. «Man braucht ihm nur in die Augen zu sehen.»

Lowndes hob schützend die Hände. Walker ging dazwischen und zog sie sanft zurück.

Lowndes war rückwärts gegen den Tisch getaumelt. Er hatte den Kopf gesenkt und die Hände, nur halb zur Faust geballt, wie ein Boxer zur Deckung vor das Gesicht gehoben. Seine hellbraunen Augen standen voller Tränen und funkelten wütend wie die eines Kindes, während sein Blick bei dem Versuch, den Gegner zu fixieren, kurzsichtig von einer Seite zur anderen huschte.

Man konnte die Wut kriegen, wenn man den Mann in einer solchen Haltung sah, dachte Walker. Er schäumte innerlich vor Zorn und vor Mitleid und Abscheu.

«Laß mich in Ruhe, du wahnsinniges Stück Dreck», schrie Lowndes Lu Anne an.

Walker war sich nicht klar, ob Lowndes versucht hatte, sie zu schlagen oder nicht. Er zögerte einen Moment, kam zu dem Schluß, daß die lockergeballten Fäuste Provokation genug waren, und entschied sich im Selbstbewußtsein des Kokainrausches, loszuschlagen. Er war betrunken und ihm war schlecht und er schämte sich vor sich selbst; Lowndes würde dafür bezahlen. Er hörte, wie Axelrod etwas rief, das mit dem Foto zu tun hatte, und wie Charlie Freitag schrie, was genug sei, sei genug. Walker hatte im Laufe seines Lebens ein paar Dutzend Schlägereien in Bars miterlebt. Er war kein Unschuldslamm und Lowndes war ein unverschämter Kerl und, so dachte er, ein leichter Gegner. Er schnitt wütende Grimassen, und seine rechte Hand schwebte irgendwo jenseits von Gut und Böse in der ständig zurückweichenden Zukunft, als Lowndes ihn mit einem knochenharten Haken erwischte, der den ganzen weiten Weg von Escambia

County zu kommen schien. Einen Augenblick lang war er unfähig zu beurteilen, ob er sich im Stillstand oder in Bewegung befand.

«Ihr jüdisches Lumpenpack», schrie Lowndes. «Ihr Blutsauger. Ich bring euch alle um.»

Walker betastete die Seite seines Kopfes. Nach einer Weile kam er zu dem Ergebnis, daß er nicht lebensgefährlich verletzt war, aber er blutete und konnte auf dem linken Auge fast nichts mehr sehen. Er versuchte aufzustehen, was ihm mit einiger Mühe gelang. Niemand half ihm. Er suchte in der Hosentasche nach einem Taschentuch; als seine Hand wieder zum Vorschein kam, glitzerte sie von Kokainkristallen. Er leckte sie ab.

Als er wieder auf den Beinen war, sah er Billy Bly, der Lowndes beim Arm gepackt hatte und ihn in die Knie zwang. Seine freie Hand hatte Bly ausgestreckt, um Axelrod daran zu hindern, sich über den Mann am Boden herzumachen. Charlie Freitag, dessen Gesicht zu einem eiskalten bitteren Lächeln erstarrt war, hatte sich zwischen dem Kampfgeschehen und Lu Anne postiert.

Sie hatte ihre Sandalen abgestreift; Walker sah, wie der Ausdruck in ihren Augen wieder umkippte. Im nächsten Augenblick drehte sie sich um und rannte den Weg hinunter, der zu den Bungalows am Strand führte. Nur einen winzigen Moment schwankte Bly in seiner Entschlossenheit, Lowndes in Schach zu halten, und machte eine Bewegung in ihre Richtung. Walker folgte ihr instinktiv, aber in jeder Kurve mußte er abbremsen, um das Gleichgewicht nicht zu verlieren, und sein Herz raste. Er rannte verzweifelt und ohne zu überlegen, er setzte ihr nach. Er hörte das Tappen ihrer nackten Füße auf der Zementdecke des düsteren Pfades, aber sie konnte bis zum Strand hinunter ihren Vorsprung von einer Biegung halten.

Das Laufen im Sand war anstrengend. Er hörte ihre Tür knallen, und als er vor dem Bungalow ankam, brannte drinnen Licht. Er hämmerte an die Tür und rief ihren Namen. Nach einer Weile ging er ums Haus und stellte fest, daß die Verandatür unverschlossen war. Das Haus war leer. Im Schlafzimmer war alles voller Sand und überall lagen Sachen verstreut.

Er war schon auf dem Weg zu seinem Zimmer, als er in der Auffahrt, die von der Straße zum Haupteingang des Hotels führte, Scheinwerfer aufblitzen sah. In einem verzweifelten Spurt rannte er durch die verlassene Lobby des Hotels und durch die Eingangstür, als sich draußen gerade ein Wagen der Produktionsgesellschaft in Bewegung setzte. Er lief hinterher, hämmerte gegen die Hecktür. Lu Anne saß auf dem Rücksitz.

«Warte», sagte Walker. Er war völlig außer Atem und brachte kaum ein Wort heraus. «Lu. Warte.»

Sie sah starr geradeaus und hatte eine Hand vor den Mund gepreßt.

«*No va sin mío*», keuchte Walker zum Fahrer. «Lu, *no va. Sin mío.*»

Sie nickte. Der Fahrer hielt am Straßenrand. Während er zurück in sein Zimmer lief, hörte er, wie Bill Bly nach ihm rief.

Er nahm seinen Kokainvorrat, die Rolle Banknoten und eine grüne Windjacke, die an der Badezimmertür hing. Mit seinem spärlichen Gepäck rannte er so schnell er konnte zurück zum Wagen und kletterte neben Lu Anne auf die Rückbank.

«Fahren Sie», sagte sie zum Fahrer, «bitte.»

Auf dem Weg zum Tor lehnte sie sich an ihn, ließ sich von seinem Zittern anstecken. Er rang nach Luft.

«Ich muß hier weg, Gordon», sagte sie ruhig. «Ich brauche ein oder zwei Tage. Ich brauch ein paar Stunden Ruhe.»

Er nickte, unfähig zu sprechen.

«Ich wollte, daß du mitkommst», sagte sie. «Glaube ich jedenfalls. Ich bin doch nicht vor dir weggerannt, oder?»

Er versuchte vergeblich zu antworten. Er schüttelte den Kopf, während sich seine Brust heftig hob und senkte.

Am Highway hielten sie an. Der Fahrer öffnete ein Gatter, fuhr über einen Viehrost und schloß das Gatter hinter ihnen. Walker sah durch das Heckfenster und stellte fest, daß ihnen keine Lichter folgten.

«Wohin fährst du, Lu Anne?« fragte er, während der Wagen auf dem Highway gen Süden raste. «Ich meine, wohin fahren wir?»

Lu Anne lächelte matt.

«Sie werden denken, du seist mit mir abgehauen», sagte sie.

«Ja», sagte Walker, «das werden sie.»

«Um was für Fotos ging es da eben, Gordon? Irgendwelche Fotos, die . . . hat er ein Foto?»

«Yeah.»

«War es ein Foto von mir? Das war es doch, stimmt's? War es von uns?»

«Vielleicht hat er ein Foto. Vielleicht auch nicht. Das spielt jetzt keine Rolle. Er ist am Arsch.»

Walker beobachtete, wie das trockene Gebüsch im Licht der Scheinwerfer vorbeiflog. Nach einer Weile klopfte er auf seine Jackentasche, um sicherzugehen, daß er seine Drogen hatte. In derselben Tasche war auch eine Schachtel mit Dr. Siriwais Pillen. Er seufzte.

«Sagst du mir, wohin wir fahren?»

«In den Morgen», sagte sie nüchtern. «Wir fahren dorthin, wo Morgen ist.»

«Gibt es dort etwas zu trinken?»

Sie hatte die Flasche Scotch von Lowndes mitgenommen und reichte sie ihm. Dankbar nahm er sie und trank.

«Fledermaus oder Nachtigall?» fragte Lu Anne.

«Es ist deine Party, Kleines. Du sagst, was Sache ist.»

«Wir werden es wissen, wenn wir da sind», sagte sie.

Fünfzehn Kilometer weiter südlich machte die Straße, auf der sie fuhren, eine Biegung ins Landesinnere und überquerte die Berge, die das Rückgrat der Baja bilden, um dann für etwa fünfzig Kilometer in Sichtweite des Golfs von Kalifornien zu verlaufen. In der letzten Kurve dieses Schlenkers nach Osten zweigte eine Schotterstraße ab, die vom Highway hinunter zum Meer führte und an einem beliebten Angelzentrum namens Benson's Marina endete. Es bestand aus einem großen komfortablen Ranchhaus, ein paar schnellen, zum Hochseefischen ausgerüsteten Motorbooten und einer kleinen Flugpiste. Benson besaß zwei kleine Maschinen für längere Transporte und zum Ausspähen von Fischschwärmen.

Es war Frank Carnahan gewesen, der Lu Anne zu Beginn der Produktion von Benson's Marina erzählt hatte; sie und Lionel hatten Bensons Sohn angeheuert, sie für ein langes Wochenende nach San Lucas zu fliegen. Die Unternehmung hatte bei der Produktion großen Wirbel ausgelöst, weil die Versicherung improvisierte Charterflüge in unlizensierten Maschinen nicht abdeckte. Charlie Freitag war sauer gewesen, und Axelrod hatte sich in Vorwürfen ergangen.

In den frühen Morgenstunden erreichten sie Benson's Marina, und der Wagen hielt an der Pier. Walker hatte geschlafen; einen leichten Kokainschlaf voller theatralischer Alpträume, in denen seine Söhne eine wichtige Rolle spielten.

Lu Anne ging geradewegs zur Pier, blieb neben den Zapfsäulen stehen und ließ den Blick über den Golf gleiten. Walker stieg aus und sagte dem Fahrer, daß er den Wagen etwas abseits parken sollte. Im Schutz des Bootshauses schnupfte er eine Prise Kokain. Die Droge machte ihn zappelig, und er fröstelte im steifen Seewind.

Nach ein paar Minuten erschien verschlafen und mißtrauisch Bensons Sohn Enrique. Er war Eurasier – Sohn eines Promoters aus Texas, der sich seine Träume erfüllt hatte, und einer in Mexiko geborenen Chinesin. Als er Lu Anne erkannte, lächelte er.

«Wollen Sie wieder nach Cabo?» fragte er. Er schüttelte ihnen beiden die Hand, und Walker beobachtete, wie er bemerkte, daß es sich nicht um denselben Mann handelte, der beim letzten Flug dabeigewesen war.

«Nein», sagte Lu Anne. «Wir wollen nach Villa Carmel.»

Der junge Mann sah verlegen zu Boden und wußte nicht, was er sagen sollte.

«Ich weiß nicht, Ma'am. Über den Bergen hängt ein *chubasco*. Ich muß mir den Wetterbericht geben lassen.»

«Natürlich», sagte Lu Anne.

Der Junge blieb noch einen Moment bei ihnen stehen, dann ging er zurück ins Haupthaus.

«Wir sollten zurückfahren», sagte Walker.

Sie schüttelte den Kopf.

«Du vermasselst ihnen die ganze Tour», sagte Walker und nahm einen Schluck aus der Scotch-Flasche. «Du mußt morgen wieder arbeiten. Ich sollte lieber abreisen.»

Unbeirrt sah Lu Anne hinaus aufs Meer.

«Ich glaube nicht, daß ich morgen wieder arbeiten will. Und ich möchte nicht, daß du abreist.»

«Es ist sinnlos», sagte Walker.

«Warum bist du dann gekommen?»

Er dachte an den zwitschernden Vogel in den Bergen von Hollywood.

«Wo ist er hin?» fragte Lu Anne. Sie meinte den jungen Benson.

«Ich glaube, er ist gegangen, um sich nach dem Wetter zu erkundigen.»

«Pig wird hinter uns her sein», sagte sie. «Er wird sich denken können, wo wir sind.»

«Wer?»

«Billy», sagte sie. «Bly.»

«Ich verstehe nicht, warum du nach Villa Carmel willst. Was gibt es da?»

Sie schenkte ihm ein flüchtiges Lächeln, das ihn überraschte.

«Wart's ab.»

«Waren wir nicht schon mal in der Nähe?» fragte Walker. «Du warst zu Dreharbeiten irgendwo in der Sierra. Lange her.»

«Das war ewig weit weg. Wir haben in Constancia ein paar mexikanische Einstellungen für *Death Harvest* gedreht.»

«War das in Constancia?» fragte Walker. «Oder war es Benjamin Hill?»

«Es war ganz auf der anderen Seite vom Monte Carmel. Villa Carmel ist auf dieser Seite. Auf der Pazifikseite.»

«Warum willst du dorthin?»

«Der Grund . . .» begann sie und hielt inne. «Der Grund ist ein schöner Grund. Du wirst mir schon vertrauen müssen.» Sie nahm seine Hand. «Vertraust du mir?»

«Naja», sagte Walker, «wir sind schließlich zusammen hier draußen im Sturm der Ereignisse. Was hab ich schon groß zu verlieren?»

«Wir werden sehen», sagte Lu Anne.

Der junge Benson kam mit seiner Kartenmappe zurück und stieg hinauf in den kleinen Raum über dem Bootshaus, wo sein Funkschapp war. Er trug Lederjacke und weißen Seidenschal – seine Lieblingskleidung über den Wolken. Als er die Geräte einschaltete, kam unter Krachen und Knistern ein Wetterbericht in englischer Sprache aus dem Empfänger. Walker und Lu Anne konnten unten auf der Pier nichts verstehen.

Sie wühlte in ihrer Umhängetasche, brachte einen weißen Bankumschlag voller Geldscheine zum Vorschein und gab ihn Walker.

«Was ist das?»

«Seine Bezahlung.»

Er fing an zu protestieren. Sie wandte sich ab. «Meine Party», sagte sie.

Während er die Holztreppe zu Bensons Büro hinaufstieg, steckte er den Umschlag zu seiner Brieftasche, die noch immer prall gefüllt war mit seinen Gewinnen aus Santa Anita. Sie hatten beide soviel Geld, dachte er. Es war so angenehm.

«Wie ist das Wetter?» fragte er den jungen Benson, als er oben war.

«*Garay!*» sagte der junge Benson und sah ihn mit aufgerissenen Augen an. «Mann, Sie haben ja vielleicht ein Veilchen!»

Walker betastete sein geschwollenes Gesicht.

«Ist das echt?» fragte der junge Pilot. Walker starrte ihn völlig verständnislos an.

«Ich dachte, es ist vielleicht nicht echt», erklärte der Junge. «Ich dachte, es ist vielleicht geschminkt.»

«Ah», sagte Walker. «Es ist echt. Ein Unfall. Ein Fehltritt.»

«Yeah», sagte Benson. «Na, mal sehen. Ich schätze, ich kriege Sie heil da rüber. Höchstens beim Rückflug könnte es Probleme geben. Wann müssen Sie zurück sein?»

«Ich weiß nicht. Können Sie auf uns warten?»

«Das ist teuer», sagte der junge Mann unbestimmt. «Wenn der *chubasco* losgeht, hängen wir vielleicht fest.»

«Wann können wir abfliegen?»

«Sobald es hell wird», sagte Benson.

Walker nahm fünf Hundert-Dollar-Scheine aus dem Umschlag.

«Bringen Sie uns für einen Tag rüber. Wenn wir morgen bei Sonnenuntergang nicht zurück sind, legen wir noch ein paar hundert drauf.»

«Dreihundert für den Tag, wenn ich warte. Fünfhundert, wenn ich über Nacht warten muß.»

«Gut», sagte Walker. Er gab dem Jungen fünf Hunderter. «Behalten Sie die als Kaution.»

Sie erwartete ihn am Fuß der Treppe.

«Fliegt er uns hin?»

«Wir fliegen bei Tagesanbruch. Er sagt, wenn wir Pech haben, hängen wir wegen des Wetters drüben fest. Gibt es ein Hotel in Villa Carmel?»

Sie antwortete nicht. Er sah zum Himmel; er war wolkenlos, und es zeigten sich erste Spuren von Licht. Der Mond war untergegangen. Die Sternbilder des Herbstes waren zu sehen. Venus stand im Taurus – der Morgenstern.

Er fragte, ob sie wüßte, was das zu bedeuten habe, denn solche Dinge wußte sie gewöhnlich. Wieder gab sie keine Antwort.

Nach einer Weile zeigte sie auf den Fahrer, der hinter dem Steuer des geparkten Wagens eingeschlafen war.

«Bezahl ihn», sagte sie. «Bezahl ihn und schick ihn zurück.»

«Bist du sicher?»

«Gordon, ich will zum Monte Carmel. Willst du mitkommen oder nicht?»

Er ging hinüber, weckte den Fahrer, gab ihm Geld und sah zu, wie die Rücklichter des Wagens über die Straße schaukelten, die von Bensons's Marina zum Highway führte.

«Warum gerade dorthin?» fragte er sie.

Er dachte, sehr zu seinem Ärger, daß sie seine Frage wieder ignorieren würde.

«Weil es dort ein Heiligtum gibt», sagte sie. «Und ich brauche seinen Segen.»

«Der wäre, was mich angeht, eine glatte Verschwendung», sagte Walker.

Sie betrachtete ihn mit einem wissenden, freundlichen Bedauern.

Licht stieg empor über dem Golf von Kalifornien, grauweiß zunächst, dann immer mehr ins Rötliche spielend. Es verbreitete sich mit der atemberaubenden Heiterkeit tropischer Morgen. Walker empfand diese erfrischende Kraft eher als lästig. Er fürchtete sich ein wenig davor.

Der Morgen kommt plötzlich, dachte er. Der Abend bald.

Benson kam aus seinem Büro und klapperte die Treppe zur Pier herunter, und sein Schal flatterte verwegen hinter ihm im Wind.

«Los geht's, Leute.»

«Handelt es sich um ein christliches Heiligtum?» fragte Walker. «Ich meine», fuhr er fort, «dort werden nicht zufällig Jungfrauen geopfert?»

«Jungfrauen nie», sagte Lu Anne. «Dort werden ewig geile Typen geopfert. Und Tempelhuren.»

«Könnten Sie bei der Maschine mit anfassen, Mister?» fragte der junge Benson über die Schulter, als sie hinter ihm hergingen. «Das wäre außerordentlich freundlich.»

Benson öffnete die Schiebetür des Hangars und zog die Bremsklötze beiseite. Dann schob er zusammen mit Walker das Flugzeug aus dem Hangar und brachte es in Startposition. Bis alles soweit war, daß sie einsteigen konnten, hatte sich der Morgen vollends durchgesetzt. Die Sonnenscheibe war noch unter dem Horizont des Golfes, aber die ersten Drachenflieger kreisten vor den Blauschattierungen des Himmels, und aus dem Unterholz drangen die schnarrenden Rufe unsichtbarer Wüstenvögel, bis das Gebrüll des Motors sie übertönte.

«Ein echter Blender», sagte Benson, als sie in der Luft waren. Walker, der Kokain aus der hohlen Hand schnupfte, sah den Jungen wieder verständnislos an. Unterhielt er sich mit Lu Anne, die angeschnallt auf dem Sitz hinter ihm hockte?

Benson nahm den Blick nicht vom Cockpitfenster.

«Ich meine den Tag», erklärte er. «Ich meine, man würde niemals glauben, daß ganz in der Nähe so schlechtes Wetter lauert.»

«Ja», sagte Walker. «Ich meine, nein. Ich meine, wir können nie genug davon kriegen.»

Nach einigen Minuten Flug konnten sie die Gipfel am Ostufer des Golfs erkennen und darüber den Sonnenaufgang. Das ganze Meer breitete sich unter ihnen aus – leuchtend, eingeschlossen in rote Felsen, ein wüster Ozean, eine See der Zeichen und Wunder.

Er drehte sich zu Lu Anne um und sah, daß sie vor Glück weinte. Der Anblick bewog ihn zu einem beziehungsreichen Witz:

«Hat es je ein so himmelschreiendes Elend gegeben wie das unsrige?» rief er laut, um den Motorenlärm zu übertönen.

Sie schüttelte verneinend den Kopf.

«Alles in Ordnung?» erkundigte sich Benson.

«Muß ja», erwiderte Walker.

Nach kaum einer Stunde landeten sie auf einer Graspiste in der Mitte eines engen Tals, das umgeben war von grünen Bergen. Die Luft war feucht, kein Windhauch regte sich. Eine Schar Indiokinder mit runden Gesichtern und runden Schultern beobachteten sie, während sie zu dem Wellblech-Hangar am Rande der Piste gingen. Eine Ziegenherde knabberte an dem Gras neben der Rollbahn. Durch einen fernen Hain mit niedrigen Bäumen konnte Walker die weißgetünchten Häuser des Ortes erkennen – Kuppel und Glockenturm einer Kirche, Dächer mit blendendweißer Wäsche, eine Betonkonstruktion mit Art-Deco-Bögen und gespickt mit Antennen. Villa Carmel.

Während Benson seinen Papierkram erledigte, erkundigte sich

ein Indio mittleren Alters mit einem seraphischen Lächeln bei Walker, ob sie ein Taxi wünschten. Lu Anne stand draußen in der Sonne, hielt eine Hand schützend über die Augen und blinzelte hinauf zum Kamm der grünen Bergkette im Osten.

Walker beauftragte den Mann, der ihn angesprochen hatte, nach einem Wagen zu telefonieren, der zehn Minuten später eintraf – ein gepflegter VW-Bus mit drei Sitzbänken. Bevor sie einstiegen, kaufte er am Kiosk des Hangar eine Flasche Mineralwasser.

Sie ließen sich zusammen mit zwei weiteren Fahrgästen – Benson und ein Amerikaner mit Sombrero, der am Hangar herumgelungert hatte und sie keines Blickes würdigte – ins Zentrum von Villa Carmel bringen. Während der kurzen Fahrt passierte Walker etwas Sonderbares. Er betrachtete im Rückspiegel ein Gesicht, das er für sein eigenes hielt, bis er plötzlich merkte, daß das rosige, schlaffe Antlitz, das er so reumütig inspizierte, nicht ihm gehörte, sondern dem Mann auf der Bank vor ihm. Sein eigenes sah, als er es in sein Blickfeld rückte, aus wie eine demolierte Rindskeule. Das sonderbare Gefühl, sein eigenes Gesicht verwechselt zu haben, verfolgte ihn noch eine ganze Weile.

Auf dem kleinen, von Baumwollbäumen überschatteten Platz von Villa Carmel stiegen Benson und der Amerikaner aus, und der Fahrer wandte sich fragend an Lu Anne und Walker.

«Sag ihm, zur heiligen Stätte», sagte Lu Anne.

Walker versuchte es mit den Vokabeln, die ihm für Heiligtum einfielen – *la capilla, el templo.* Der ältliche Fahrer zuckte die Achseln und lächelte. Sein Lächeln war dasselbe wie das des Mannes am Flughafen, ein Teil der hiesigen Sprache der Indios.

«Monte Carmel», sagte Lu Anne entschieden. «*Queremos ir ahí.*»

Ohne ein weiteres Wort legte der Fahrer den Gang ein, drehte eine Runde über den Platz und fuhr in die Richtung zurück, aus der sie gekommen waren.

Sie kamen wieder an der Landepiste vorbei und folgten einer halbwegs erträglich gepflasterten Straße in die Berge. Als sie nach einem Stück Fahrt zurückschauten, konnten sie erkennen, daß der

Ort Villa Carmel selbst auf einer bewaldeten Hochebene lag. Je weiter der Minibus den Berghang hinaufkletterte, desto tiefer wurden die grünen Täler, die sich neben der Straße hinzogen. Sie kamen an einem Wasserfall vorbei, der aus einem Pinienhain in ein schattiges Becken stürzte. Geier schwebten mit bewegungslos ausgebreiteten Flügeln aus den Tiefen der Schluchten empor, indem sie die von der Sonne erwärmten aufsteigenden Luftströmungen nutzten.

Sie hatten den Bergkamm fast erreicht, als der Minibus anhielt. Hier begann ein Schotterweg. Sie konnten das nächste Tal überblicken, das weniger wild war als das, aus dem sie kamen. Mitten zwischen Feldern und Plantagen verlief eine Eisenbahnstrecke. Ortschaften lagen verstreut an einer asphaltierten Straße. In der Ferne erhob sich eine weitere Bergkette als Spiegelbild zu jener, auf der sie sich befanden.

«Wir sind schon mal hier gewesen», sagte Walker zu Lu Anne. Er stieg aus dem Bus und trat an die steile Felskante. «Wir waren in dem Tal da unten, bei einer heißen Quelle. Du hast hier in den Bergen gearbeitet. Oder vielleicht auch», sagte er und deutete mit einem Kopfnicken zur anderen Seite des Tals, «in den Bergen da drüben.»

Ihre Aufmerksamkeit galt ganz und gar einem gewundenen Pfad zu ihrer Rechten, der auf die Spitze des Berges führte. Walker sah, wie sie den Fahrer etwas fragte und wie der Fahrer mit seinem ewigen Lächeln den Kopf schüttelte. Er ging zurück zum Bus.

«Will er sagen», fragte Lu Anne, «daß er uns nicht ganz nach oben bringen kann?»

Walker redete mit dem Fahrer und erfuhr, daß sich der Mann in der Tat mit heiterer Miene weigerte weiterzufahren.

«Er sagt, er kommt da nicht rauf», erklärte Walker. «Er sagt, der Bus schafft das nicht.»

Walker nahm den Weg in Augenschein und stellte fest, daß es sich um wenig mehr als einen Ziegenpfad handelte, der es kaum verdiente, Straße genannt zu werden.

«Bezahl ihn», sagte Lu Anne.

Sein kleinster Schein war ein Zwanziger. Verschämt drückte er ihn dem Fahrer in die Hand. Die einzige Reaktion des Fahrers bestand in dem altgewohnten Lächeln.

«Ich möchte, daß er heute abend wiederkommt», sagte Lu Anne.

Als Walker den Vorschlag weitergab, sagte der Fahrer, es sei nicht ungefährlich für sie, den Tag allein in den Bergen zu verbringen. Es gäbe böse Menschen aus der Stadt, sagte er, die über den Highway kämen und schlimme Dinge täten.

«Wir werden nicht in die Nähe des Highway kommen», sagte Lu Anne.

Walker bat den Mann noch einmal, vor Sonnenuntergang zurückzukommen, und der Mann lächelte und fuhr davon. Walker nahm an, daß sie ihn nie wiedersehen würden.

Lu Anne ging über die Straße zum Anfang des Fußpfades.

«He, Penner», sagte sie. «Tu nicht so, als wüßtest du nicht, daß wir da raufgehen.»

Walker wußte es. Er trottete hinter ihr her.

«Der nächste Berg», sagte er, als sie ein Stück gegangen waren, «das gehört zu den Dingen, die mir nie was ausgemacht haben.»

«Nein», sagte Lu Anne.

«Ich war immer scharf auf den nächsten Berg. Den nächsten Ausblick auf den Horizont. Was immer einen da erwartet. Das ist der Grund, warum ich jetzt mitgekommen bin.»

Er blieb stehen, sah sich um und schnupfte eine Prise. Er ging verschwenderisch um mit seinen Vorräten. Nachdem er sich bedient hatte, nahm er einen Schluck aus der Wasserflasche. Lu Anne ließ sich etwas Kokain von ihm geben.

«Ja», sagte sie. «Du bist Walker.»

«Man nennt mich nicht umsonst Walker», sagte Walker. «Das ist was Besonderes.»

«Worin besteht das Besondere?» sagte Lu Anne.

«Naja», sagte er, «da ist die Straße. Und da bist du selbst.»

«Und wie geht man ran an die Straße?»

«Man setzt selbstbewußt einen Fuß vor den anderen. Linker Fuß, rechter Fuß. Energisch.»

«Oh», sagte Lu Anne, «das ist typisch Gordon. Das ist genau dein Stil.» Sie hakte sich bei ihm ein. «Erzähl weiter.»

«Naja», sagte er, «ein paar Dinge mußt du wissen.»

«Das hab ich mir gedacht. Erzähl.»

«Es gibt ein Hin und Her. Es gibt ein Vor und Zurück. Es gibt ein Rauf. Also auch ein Runter. Du mußt auf deine Füße achtgeben.»

«Und auf die kleinen Regenschauer», sagte Lu Anne.

«Und dann der Matsch. Und Kies und Sand. Und Scheiße. Und nasser Moder und trockener Moder. Und das Klettern über Zäune.»

«Darf man zurücksehen?»

«Niemals zurück. Du kannst hinuntersehen. Du mußt sehen, wo du hintrittst.»

«Aber bleibt auch Raum für die Kunst?» fragte Lu Anne mit einem besorgten Stirnrunzeln. «Es klingt alles so pragmatisch.»

«Es gibt das Pfeifen. Das ist die wichtigste Kunstform. Die richtige kleine Melodie am richtigen Ort. Was immer dir durch den Nachmittag hilft.»

«Wie traurig», sagte Lu Anne. Sie gingen weiter. «Wie majestätisch.»

«Die Straße ist niemals majestätisch», erklärte Walker. «Die Straße ist fußgängerisch.»

Als sie eine halbe Stunde gegangen waren, eröffnete sich ihnen ein Blick über beide Täler – die Felder im Osten und auf der anderen Seite die bewaldete Schlucht, durch die sie gekommen waren.

Sie blieben stehen, um den Rest Wasser zu trinken und noch eine Prise zu schnupfen. Die Straße, auf der sie gekommen waren, hatte sie nah an den Gipfel gebracht; die Spitze des Monte Carmel lag nur noch einige hundert Meter über ihnen.

«Dein Weg ist mein Weg, Walker», sagte sie.

«Stimmt», sagte er. Er sah sie an; sie klammerte sich an den Kragenspitzen des Armeehemdes fest, das sie nach der Party übergezogen hatte. In ihren Augen funkelte die Angst.

«Ich war die ganze Zeit für dich da.»

«Das wußte ich», sagte er. Er dachte, daß sie es natürlich nie und nimmer auch nur drei Monate am Stück miteinander ausgehalten hätten. Ankommen, abreisen, verliebtes Sehnen aus der Ferne und mörderische Trennungen waren das einzige, was sie je erlebt hatten. Vogelgezwitscher und Wortspiele, Drogenrausch und rauschende Romantik. «Wir waren nicht frei.»

«O Liebling», sagte sie, «Freiheit findest du nie.»

«Nur den Trost», sagte Walker, «in der Philosophie.»

«Was das angeht», sagte Lu Anne, «führe in deinem Fall ich Regie.»

Walker lachte, und da lachte auch sie.

«Desgleichen gibt es den Balsam der Religion», sagte Lu Anne, «den zu finden wir uns hier oben herumtreiben . . .»

«Unterm blauen Firmament», schlug Walker vor.

«Unterm blauen», wiederholte sie, «Firmament.» Sie blieb stehen und fing an zu weinen. Sie kniete im Staub nieder, verdrehte die Augen in absurder Verzückung und betete zur heiligen Jungfrau. Walker war entsetzt. Er beugte sich über sie.

«Kannst du mir nicht helfen?» fragte sie.

«Ich würde sterben für dich», sagte er. Das stimmte, dachte er, aber es war nicht sehr hilfreich. Er war genau so ein Liebhaber, wie Edna Pontellier eine Mutter war. Im selben Moment begriff er, daß sein Leben in Gefahr war und daß er, wie er schon früher vermutet hatte, vielleicht wirklich nach Mexiko gekommen war, um zu sterben. Sein Herz raste fürchterlich. Er hatte Seitenstiche.

«Ich lege keinen Wert darauf, daß jemand für mich stirbt», sagte Lu Anne. Er hatte den Verdacht, daß sie sich etwas vormachte. Wenn sie weinte, sah sie aus wie ein Kind und war von Schmerz gezeichnet, aber er konnte sich nicht erinnern, sie jemals schöner gesehen zu haben. Sie war im Laufe der Dreharbeiten sehr dünn geworden, so daß nur noch die deutlichsten Züge ihr Gesicht prägten, und die waren stark und edel und wurden von ihren Augen voller Intelligenz und Großzügigkeit und Wahnsinn erleuchtet. Die Philosophie, deren Trost sie verkörperte, war ein gieriger Moloch.

Er kniete keuchend neben ihr und spürte, daß er glücklich war. Darum war er gekommen: Er wollte in den Augenblicken der Not bei ihr sein, und er wollte glücklich sein.

Sie sah ihm ins Gesicht und berührte sein Haar. «Armer Fisch», sagte sie. «Ich war immer für dich da.»

«Ja», sagte Walker, «hier bin ich.»

«Zu spät.» Sie hob wieder den Blick. «Und da oben gibt's wohl auch nichts, was? Keinen Beistand? Keinen Wahn?»

Er half ihr auf.

«Wer weiß?» sagte Walker. «Vielleicht.»

«Vielleicht was?»

Sie rührte sich nicht von der Stelle; Walker stand oberhalb von ihr auf dem immer steiler ansteigenden Pfad.

«Weißt du, warum ich Schauspielerin geworden bin?» fragte sie.

«Warum?»

Plötzlich erstrahlte ein Lächeln auf ihrem Gesicht. Er konnte sich nicht vorstellen, welche Macht ein solches Lächeln gegen Tränen und Leid durchzusetzen vermochte.

«Du wirst schon sehen», sagte sie und nahm ihn bei der Hand. Sie stieg mit kräftigem, sicherem Schritt weiter. Erst kurz unterhalb des Gipfels ließ sie seine Hand los und fiel auf die Knie.

«Das ist die Art, wie wir raufgehen», sagte sie. Er sah zu, wie sie das letzte steile Stück auf Knien bewältigte. Als er ihr helfen wollte, stieß sie seine Hand weg.

«Das ist die Art, wie die Bretonen beten», erklärte sie ihm. «Die Bretonen beten wie irre.»

Also erreichte sie die Spitze des Berges auf Knien. Walker war vorausgegangen und entdeckte oben ein unscheinbares Gebäude aus dem Stein der Gegend mit einem Strohdach. Über der Tür klapperte im heftigen Höhenwind ein Holzschild, auf dem *Seguridad Nacional* stand. Ein fauliger Geruch lag in der Luft.

Er stand keuchend vor dem Gebäude und mit einem Schlag wurde ihm klar, wann er es zuletzt gesehen hatte und warum ihm die Landschaft im Osten so bekannt vorgekommen war. Es mußte zehn oder vielleicht auch zwölf Jahre her sein, da hatte er sich mit einer Limousine von Guadalajara in die Gegend bringen lassen, um sie bei den Dreharbeiten zu einer Traven-Verfilmung zu besuchen. Hauptdrehort waren die heißen Quellen von Constancia in dem kultivierten Tal im Osten gewesen. Er hatte auf vielen Locations in Mexiko gearbeitet und brachte sie in der Erinnerung manchmal durcheinander, aber jetzt, wo er das einfache Gebäude mit dem Schild sah, erinnerte er sich genau. Der Bautrupp des Teams hatte es in ein oder zwei Tagen hingestellt.

Lu Anne kroch auf den Knien über das harte gelbe Gras der Bergkuppe. Ein langer, gemächlicher Donner rollte die Bergkette entlang. Von der Küste her trieb eine riesige Wand von Gewitterwolken auf sie zu.

«Dies ist eine heilige Stätte», sagte Lu Anne. «Mir ist sie heilig.»

«Das ist die Polizeistation aus dem Traven-Film», sagte Walker. «Es ist nichts und nirgends. Es ist Fiktion.»

«Es ist heiliger Boden», sagte sie. «Die Erde hier blutet.»

Walker ging hinter das Gebäude; dort war der Boden matschig und stank. Er fand einen leeren Holztrog, um den herum alte Maiskolben verstreut lagen. Durch ein vergittertes Fenster konnte er geschichtete Maisähren und einen Haufen Getreidesäcke erkennen.

Er ging zurück zu der Stelle, wo Lu Anne kniete.

«Zum Teufel, Lu Anne! Das ist die Maiskrippe von irgendeinem verdammten Schweinebauern.»

Lu Anne, immer noch auf Knien, beugte sich vor und preßte die Stirn gegen den Boden.

Walker lachte.

«Oh, phantastisch», rief er. «Ich meine, erinnerst du dich an die Zeremonie, die sie veranstaltet haben? Wie der Gouverneur des Staates herkam? Sie wollten aus dem Ding ein Filmmuseum machen.» In manisch guter Stimmung stolzierte er auf und ab. «Es sollte ein Ausstellungszentrum für die Geschichte des Films werden, nicht? Für die ganze Hemisphäre, soweit ich mich erinnern kann. Das zweitgrößte nach Paris, mit einer vergleichbaren Sammlung. Mein Gott, ist das 'n Ding.»

Lu Anne hob den Kopf, füllte die Hände mit trockener Erde und preßte sie gegen ihre Brüste.

«Ein Filmmuseum», rief Walker. «Auf der Spitze eines Berges, mitten in der Einöde, mitten im Urwald. Komisch? Gar kein Ausdruck!»

Er legte sich in das pieksige Wüstengras.

«Und kaum waren alle weg», krähte Walker, «haben sie einen Schweinestall draus gemacht.»

Er lag da, lachte Tränen, rang nach Luft, war am Rande der Erschöpfung und hatte den Arm über die Augen gelegt. Als der erste Blitzschlag die Winkel seiner Traumwelt ausleuchtete, hatte er das Gefühl, ihm fehle ein Stück Erinnerung – als sei er ein paar Sekunden bewußtlos gewesen oder eingeschlafen. Er hob den Kopf und sah Lu Anne nackt über sich stehen. Er robbte rückwärts und versuchte, auf die Füße zu kommen. Ein gewaltiger Donnerschlag hallte in sämtlichen Höhlungen des Berges wider.

«Was hast du mit mir gemacht, Walker?»

In ihren Augen funkelte solche Wut, daß er ihrem Blick auswich. Er sah zu Boden und bemerkte, daß ihre Füße blutbeschmiert waren. Es war ihr von den Knien über die Waden bis zu den Knöcheln hinuntergelaufen. Als er aufsah, zeigte sie ihm die aufgerissenen Innenflächen ihrer Hände. Über die linke Seite ihres Körpers zog sich eine blutige Spur.

«Ich war deine Schwester Eva», sagte sie. «Ich hatte Geburtstag. Sieh dir meine Hände an.»

Sie hatte die Handflächen nach außen gekehrt und die Finger gespreizt. Das Blut lief ihr über die Handgelenke und tropfte in das gelbe Gras. Während er langsam zurückwich und ein Knie unter den Körper zog, bemerkte er neben dem Stapel mit ihren Sachen ein kleines Häufchen blutbeschmierter Flintsteinsplitter.

Er drehte sich zu ihr um und wollte etwas sagen, als er hinter ihr einen Blitz aufzucken sah. Die Erde unter ihm bebte wie ein Bühnenboden. Sie stand über ihm, als würde sie schwerelos zwischen der zitternden Erde und dem Unwetter schweben. Ihr Haar stand wirr, ihr Körper war in Licht getaucht. Ihre Augen loderten wie Amethyste.

«Vergib mir», sagte Walker.

Der Arm, an dem sie ihre blutige Hand vorstreckte, bewegte sich wie eine Schlange und hatte etwas Unwirkliches. Sie beschmierte sein Gesicht mit Blut.

«Ich war deine Schwester Eva», sagte Lu Anne. «Ich war deine Schauspielerin. Ich habe dich gelebt und geatmet. Ich habe verkörpert und Gestalt angenommen. Ich habe getan, was man für richtig hielt und was man mir riet. In meinem geheimen Leben war ich deine heimliche Geliebte.»

Walker hatte sich auf ein Knie gestützt und streckte seinerseits eine Hand aus, um sie zu berühren, aber sie stand zu weit von ihm entfernt. Wieder zuckte ein Blitz und erleuchtete den schwarzen Himmel, unter dem Lu Anne zu schweben schien.

«Ich habe dich nie betrogen. Es gab andere, die haben mich angefleht, Walker, aber sie haben keine Gnade gefunden vor mir. Mein Mann hat keine Gnade gefunden. Meine Kinder nicht. Nur du. Siehst du meine geheimen Augen?»

«Ja», sagte Walker.

«Wem ähneln sie?»

«Ich weiß nicht», sagte er.

«Nur die Wahrheit. Dies ist eine heilige Stätte.»

«Es ist keine Stätte», sagte Walker. «Du blutest und dir wird kalt werden.» Er stand auf und zog seine Windjacke aus, um sie ihr umzuhängen, aber sie blieb außerhalb seiner Reichweite. «Hier ist das schiere Nichts.»

«Gordon, Gordon», sagte sie, «dein Weg ist mein Weg. Mir gehört der Boden, auf dem du stehst. Dies ist der Ort, an dem ich dich will.»

«Hier ist das Nichts», sagte er. Er sah um sich herum das nackte Gestein, die nackte Bergkuppe. «Hier war nie eine Stätte.»

«Panik, Gordon? Frag mich, ob ich was von Panik verstehe. Ich bin es, die Friedhofsluft geatmet hat. Ich habe Alte Freunde, seit ich sechzehn bin. Ich kann mir die Musik nicht aussuchen, die ich höre, ob sie nun gut ist oder böse. Ich bin deine Schauspielerin, Gordon, dieser Ort gehört mir. Ich kenne jeden Stein und jeden Dorn und jeden Stumpf auf diesem alten Berg. Auch wenn ich irgendwo anders mit dir wäre, wären wir doch die ganze Zeit hier. Hast du das bedacht?»

«Nein», sagte Walker.

«Hab keine Angst, Gordon. Sieh mich an. Wessen Augen sind das?»

Er stand da, die Windjacke in der Hand, und starrte sie einfach nur an.

«Gordon», sagte sie, «so blind kannst du nicht sein.»

«Meine», sagte er.

«Es sind deine Augen», sagte sie. «Ich bin deine Schauspielerin, richtig. Ich bin Bänder und Spiegel. Siehst du, wie ich dort hänge und baumele und strahlend funkle? Am Ende deines Weges? Mister Wie-war-noch-gleich-der-Name Walker? Siehst du das?»

«Ja, ich sehe.»

«Ja? He, das ist Liebe, Mensch.»

«So ist es», sagte Walker.

Sie legte sich eine Hand hinters Ohr. «Du sagst, so ist es?»

«Ich habe gesagt, so sei es, ja.»

«Nun, du hast verteufelt recht damit, daß es so ist, mein Schatz.»

Walker konnte nicht umhin zuzugeben, daß es so war, aber es würde für keinen von ihnen jemals auch nur eine Spur Gutes bedeuten.

«Warum gerade ich? Das frage ich mich.»

«Warum?» Sie sah ihn nachdenklich an. «Oh, là là.» Sie zuckte die Achseln. «Ich glaube, irgendwann vor vielen Jahren hast du mal etwas Wundervolles gesagt, und du sahst wundervoll aus, als du es sagtest. Ich meine, irgendwie stelle ich mir vor, daß es so ähnlich gewesen sein muß, oder was meinst du?»

«Aber du erinnerst dich nicht zufällig noch daran, was es war?»

«Oh, du kennst mich doch, Gordon. Ich achte nie so genau auf den Text. Mir kommt es auf die Art des Vortrags an, auf die Gestik. Aber letztendlich», sagte sie und beschrieb mit dem Finger eine Linie zwischen seinen und ihren Augen, «sind es die Augen. Bei mir zu Hause sagen die Leute, wenn man ein Wild schießt, sieht man den Geliebten in den Augen des sterbenden Tieres. Bei einem Bären auch, sagen sie. Ein bißchen ist es wohl so. Jagen und Erkennen. Ein Glänzen in den Augen, und man ist gefangen. So ist es mir ergangen. So wird es bleiben.»

«Der Hirsch, der keine Hirschkuh findet», sagte Walker, «halte sich an Rosalinde.»

Sie lächelte abwesend. Wider zuckte ein Blitz, diesmal weiter entfernt. «Wie schön haben wir es doch auf unserem Berg», sagte sie. «Poesie und Musik.» Sie schloß die Augen, ließ die blutigen Hände vor ihrem Gesicht vorübergleiten, schlüpfte in eine Rolle. «Der Apfel fällt nicht weit vom Stamm, bei Rosalinde, bei Katze, Lamm.»

Walker holte tief Luft.

«Aber es ist nie was draus geworden.»

«Aus so etwas wird nie etwas, Gordon. So etwas ist einfach.»

Walker starrte seine Freundin an. «Du bist ganz und gar Licht», sagte er. Was er von ihr sah, war ganz und gar Licht, Funkeln, Feuerräder.

«O ja», sagte sie heiter. «Hast du das nicht bemerkt? Wirklich nicht?» Sie schüttelte verwundert den Kopf. «Du bist sehr eigenartig.»

«Ich habe es nie bemerkt», sagte er.

«Dies ist der Berg, auf dem du Dinge siehst, die du vorher nie bemerkt hast. Hier gibt es zweiundachtzigtausend Farben, Gordon. Ich war dein Spiegel. Jetzt werde ich mehr sein. Und du wirst mein Spiegel sein.»

«Mehr und ein Spiegel», sagte Walker. «Wie wär's damit?»

«Gordon, Gordon», sagte sie entzückt, «deine beiden liebsten Dinge. Mehr und Spiegel.»

«Ich glaube, das ist 'ne Art Kokain-Vision.»

«Nein, meine Liebe, mein Leben. Es ist eine Sackgasse. Es ist hinter den Spiegeln. Weil es nur eine Liebe gibt, meine Liebe. Es ist immer dieselbe.»

«Ich werde es nicht schaffen», sagte er. «Ich krieg's nicht auf die Reihe.»

Mit ihren geschmeidigen Armen und ihren langen, bildschönen Fingern wob sie ihm ein Muster, wobei sie den Ellbogen auf den Unterarm stützte und die Finger auf geheimnisvolle Weise spreizte.

«Alles ist vergeben, Gordon. Brauchst keine Angst zu haben. Ich bin deine Mutter. Ich bin deine Braut. Es gibt nur eine Liebe.»

«Diese Theorie ist mir schon in einem fortgeschritteneren Entwicklungsstadium begegnet», sagte Walker.

«Wirklich? Es ist alles wahr, Schatz. Nur eine Liebe, und wir betten uns mitten hinein.»

«Na gut», sagte Walker.

«Na gut!» rief sie. «Alles klar!» Sie machte einen Schritt auf ihn zu; er sah sie noch immer vor dem Hintergrund von Himmel und Gewitter. «Du kannst also ruhig mit mir kommen, meinst du nicht?»

«Nach dieser Theorie», gab Walker zu, «könnte ich das wohl.»

Ihre endlosen Arme umschlangen ihn. Er ging zu ihr. Sie spitzte die Lippen zum Kuß, um ihn abzulenken, und zog ihm das Päckchen Kokain und die Schachtel Quaaludes aus der Tasche.

«Weg mit dem Spielzeug», sagte sie. Sie warf beides über die Schulter ins dürre Gebüsch. «Wir brauchen unser Spielzeug nicht, wenn wir uns verlieben. Wir werden selber unser Spielzeug sein, wenn wir uns verlieben. Wir werden unsere kleinen Pferdchen sein.»

Er sah über ihre Schulter zu der Stelle, wo die Drogen gelandet waren.

Sie runzelte die Stirn und zog ihn am Kragen.

«Und wir ziehen uns die Sachen aus. Wir brauchen keine Kleider.»

Walker ließ seine Windjacke fallen. Als sie ihm das Hemd aufknöpfte, begann es zu regnen. Er zitterte. Er sah ihr zu, wie sie seinen Gürtel löste und dabei die Hose mit Blut beschmierte.

«Ich weiß, daß es irgendeinen Grund gibt», sagte er, «warum wir keine Kleider brauchen, aber ich kann mich nicht mehr erinnern, was es war.»

«Gordon», seufzte sie, «spiel hier nicht den spießigen Oberlehrer.»

Er beobachtete, wie ihr Blut, während sie ihn auszog, in seine Kleider sickerte. Es war unvorstellbar viel Blut.

«Regen», sagte er.

«Wir werden beten», antwortete sie. «Und dann werden wir schlafen.»

Er wandte den Blick hinauf zu den Gewitterwolken und sah, wie der schwarze Himmel brodelte.

«Nein!» rief er. «Nein, das tust du nicht.»

Als er loslief, rutschte ihm die Hose auf die Knöchel. Er strampelte sich frei, bückte sich, um sie aufzuheben, und schleifte sie, als er weiterrannte, hinter sich her. Lu Anne rührte sich nicht vom Fleck und sah ihm traurig nach. Er lief zu der Stelle, wo sie ihre Kleider hatte liegenlassen, und hob sie auf. Die Kleider und die spitzen Steine ringsumher waren voller Blut.

Die Tür des Gebäudes machte einen stabilen Eindruck, brach aber sofort auseinander, als er am Griff zog. Dahinter, ungefähr anderthalb Meter vom Eingang entfernt, hatten die Besitzer des Maislagers eine massive Tür eingesetzt, die mit einem rostigen Vorhängeschloß gesichert war. Walker kauerte sich in den geschützten Vorraum zwischen der kaputten Attrappe und der richtigen Tür.

Draußen stand Lu Anne im trommelnden Tropenregen und schüttelte ihr Haar. Der Regen spülte das Blut von ihren Wunden und reinigte das Gras um sie her.

«Lu Anne», rief er. «Komm rein.»

Sie hörte auf, ihr Haar hin- und herzuschleudern, sah ihn an und lachte wie ein Kind.

«Komm du raus.»

Er nahm seine Windjacke und ging zu ihr. Er trug Schuhe und Socken und blutbefleckte Boxershorts.

«Komm schon, Lu», sagte er. «Verdammt noch mal.»

Während er zu ihr vorrückte, hielt er die blutige Jacke wie ein Matador, der auf einen Stier losgeht. Als er näher kam, hob sie einen Stein auf und hielt ihn drohend über die Schulter.

«Bleib mir vom Leib, Walker.»

«Du bist total abgedreht», sagte Walker. «Ich meine es ganz ernst, du *hast* 'nen Schaden. Du bist 'n Scheißdreck.»

Sie warf den Stein nicht von oben, sondern seitlich, aber mit sehr viel Kraft. Er flog dicht an seinem lädierten rechten Wangenknochen vorbei – haarscharf daneben.

«Scheißziege», sagte er. Er drehte ihr den Rücken zu, überlegte es sich aber sofort anders. Er ging rückwärts zurück zu seinem Unterstand und hielt sich zum Schutz gegen Steinwürfe die ganze Zeit die Windjacke vors Gesicht. In der Hütte angekommen, entdeckte er in Lu Annes Tasche den Whisky.

«Erste Sahne», murmelte er vor sich hin. Er nahm zwei lange Züge und zeigte Lu Anne die Flasche.

«Sieh mal, was ich hier habe, Lu Anne», rief er. «Entweder du kommst her und holst dir 'nen Schluck, oder du bleibst da draußen und blutest heiliges katholisches Blut.»

Er beobachtete, wie sie mit vorsichtigen Schritten über die spitzen Steine zu seinem Unterschlupf stakste.

«Ich nehme nur ein ganz kleines bißchen», sagte sie. «Nur einen Tropfen.»

Walker war auf einen Angriff gefaßt.

«Und du schlägst mich nicht mit einem Stein nieder?»

«Sei nicht albern», sagte sie.

«Eben hättest du mir schon um ein Haar den halben Kopf weggepustet.»

«Das war reiner Reflex, Gordon. Du hast ein furchterregendes Spektakel aufgeführt.»

«Panik im Angesicht des Todes», gab Walker zu. «Vernichtungsphobie.»

«Du bist in Blut gewaschen», erklärte Lu Anne. «*Soweit* wirst du es nie wieder bringen.» Sie griff nach der Flasche, die er in der Hand wiegte. «Ich dachte, mir sei vorhin ein Drink angeboten worden.»

Walker beobachtete, wie sie ein paar Schlucke nahm.

«Was wäre denn als nächstes geschehen?»

«Ich glaube, wir wären gestorben. Was stört dich daran?»

«Leben ist besser als sterben. Moralisch gesehen. Findest du nicht?»

«Ich denke, wir hatten die Erlaubnis zu sterben. Vielleicht bekommen wir sie nie wieder.»

Walker nahm ihr die Flasche ab und trank.

«Wir werden von hier aus neu anfangen», sagte Walker. «Unsere Zeitrechnung wird mit diesem Berg beginnen.»

«Wessen Zeitrechnung, Gordon? Deine und meine?»

«Genau», gurgelte Walker glücklich. «Taufe! Erneuerung! Wiedergeburt!»

Lu Anne zeigte durch den Regen auf den Weg, den sie gekommen waren. «Von hier aus geht es nur abwärts, Gordon.»

«Mein Gott», sagte Walker. «Du hast mein Koke weggeworfen. Ich hatte mindestens noch sechs Gramm.»

«Das nimmt der Taufe, der Erneuerung, der Wiedergeburt den Reiz, nicht wahr? Wenn man kein Koke mehr hat?»

«Es wäre gut, wenn wir jetzt was hätten», sagte Walker ärgerlich. «Jetzt haben wir was zu feiern.»

«Leck mich am Arsch», sagte Lu Anne. «Leben! Einatmen, ausatmen. Tick tack! Trallali trallala. Wenn du abfährst auf diese Scheiße, Bruder – sie gehört dir. Und meinen Teil kannst du auch noch haben.»

Walker nahm ein paar von ihren blutverschmierten Kleidungsstücken und legte sie auf Lu Annes Wunden, um die Blutungen zu stillen. Der Regen wurde stärker und trommelte auf die Dachluke wie eine kleine Völkerwanderung.

«Was ist mit deinen Kindern?» sagte Walker.

Lu Anne sah hinaus in den Regen. Sie biß sich auf die Lippe und rieb sich die Augen.

«Zum Teufel mit dir, Gordon! Was ist mit deinen Kindern?»

«Ich hab zuerst gefragt», sagte Walker. «Und von meinen habe ich dir schon erzählt.»

«Meine, die haben mich nie ausflippen sehen. Und es würde ihnen erspart bleiben. Sie würden mich als ein reich geschmücktes und geheimnisvolles Wesen in Erinnerung behalten. Sie würden mich immer lieben. Ich wäre in Liebe gebettet, so wie wir beide uns gerade beinahe in Liebe gebettet hätten.»

Walker gähnte. «Schlaf, Kindchen, schlaf.»

Er nahm Windjacke und Hose und deckte sie damit so gut es ging zu.

«Yeah», sagte Lu Anne und seufzte. «Yeah, yeah.»

Sie legten sich nieder auf Erde und Stroh.

«Irgendwas krabbelt auf uns rum», sagte Walker schläfrig.

«Koke-Wanzen», erklärte Lu Anne.

Sie schliefen eine Weile, drehten sich abwechselnd um, redeten im Traum. Als Walker aufwachte, war er schweißgebadet, und alle Knochen taten ihm weh. Mit einem Fußtritt stieß er die Türattrappe auf. Der Himmel war blau. Er setzte sich auf und betrachtete das gelbe Gras und die Wildblumen auf der Bergkuppe, die unter einem Schleier von Feuchtigkeit glänzten. Er kroch auf Knien an Lu Anne vorbei und ging hinaus. Der *chubasco* war über sie hinweggezogen. Die tiefe grauschwarze Wolkenwand schwebte über das Tal hinweg nach Osten und warf düstere Schatten auf die weiten Felder. Ein Berg auf der anderen Seite lag halb im Sonnenschein, halb in der Finsternis des Unwetters. Über seinen felsigen Gipfel spannte sich ein leuchtender Regenbogen.

Walker besah seinen nackten Körper. Arme, Brust und Beine waren mit Lu Annes Blut beschmiert; die Shorts waren rosa durchtränkt.

«Du meine Güte», sagte er. Es gab weit und breit kein Wasser.

Als er sie wimmern hörte, ging er hinein und half ihr auf. Sie war halb bedeckt mit blutigen Fetzen, und ihr Haar war blutverklebt, doch trotz des starken Blutverlustes waren ihre stigmatischen Wunden nicht tief. Sie hatte ihre Hände so effizient zum Bluten gebracht, wie es sonst vielleicht nur einem Kind gelungen wäre.

Sie trat ins Freie und hielt sich schützend den Unterarm über die Augen.

«Wie ist dein Spanisch?» fragte Walker.

«Ich kann kein Spanisch. Ich dachte, du könntest es. Wie dem auch sei, warum ist das so wichtig?»

«Früher oder später werden wir erklären müssen, was mit uns los ist, und das wird verdammt schwierig.»

«Schwierig in jeder Sprache», sagte Lu Anne. «Mehr oder weniger unmöglich.»

«Was hältst du davon, wenn ich mich per Anhalter auf den Weg mache?»

«Naja», sagte sie, «du scheinst nicht verletzt zu sein, aber du bist voller Blut. Nur Leute mit einer hohen Toleranz gegenüber den Konflikten anderer würden dich mitnehmen. Ich würde dich natürlich mitnehmen.»

«Wir sollten erst mal was trinken.»

«O mein Vaterland», sagte Lu Anne, als Walker ihr einen Schluck Whisky gegeben hatte, «sieh dir den Regenbogen an!»

«Warum mußtest du mein Kokain wegwerfen», fragte Walker. «Jetzt kann ich nicht klar denken.»

«Es ist irgendwo dahinten», sagte sie und zeigte auf das Gestrüpp neben dem Steinhaus. «Vielleicht findest du es wieder.»

«Es ist wasserlöslich», erklärte Walker. «Mein Gott.»

«Ich war noch nie so nah an einem Regenbogen», sagte Lu Anne. «Das ist ja unglaublich!»

«Weißt du, worauf ich wette?» sagte Walker. «Ich wette, das ist ein Zeichen Gottes.» Er ging zu der Stelle, wo sie gelegen hatten, und sortierte die Kleider. Es gab kein einziges Stück, das nicht mit Lu Annes Blut vollgeschmiert war. «Gott will uns sagen, daß wir echt am Arsch sind.»

Lu Anne beobachtete, wie der Regenbogen verschwand, und weinte.

«Was jetzt?» fragte Walker. «Weitere Zeichen und Wunder?» Er untersuchte seine blutige Hose. «Warum soll ich sie eigentlich nicht anziehen», sagte er. «Das ist immer noch besser als gar nichts.»

«Gordon», sagte Lu Anne.

Walker hielt beim Anziehen der Hose inne. «Ja, mein Liebling?»

Sie kam zu ihm, schlang die Arme um ihn und legte das Gesicht an seine Schulter.

«Ich weiß, das alles muß irgendwas zu bedeuten haben, Gordon, weil es so sehr weh tut.»

Walker strich ihr über das verklebte Haar.

«Das ist nicht wahr», sagte er. «Das ist unlogisch.»

«Gordon, ich glaube, es gibt eine Gnade. Ich glaube, es muß eine geben.»

«Naja», sagte Walker, «vielleicht hast du recht.» Er ließ sie los und zog die Hose hoch. «Wer weiß.»

«Mach dich nicht lustig über mich», beharrte Lu Anne. «Glaubst du mir oder glaubst du mir nicht?»

«Ich schätze, daß du mich mit einem Felsbrocken bewirfst, wenn dir meine Antwort nicht gefällt.»

Sie stand auf Zehenspitzen und hüpfte ungeduldig. «Bitte sag's, Gordon.«

Walker machte seinen Gürtel zu.

«Gnade? Im Arsch einer Sau.»

«O je», sagte Lu Anne. Sie ging zu einem Felsen, neben dem er den Whisky hatte stehenlassen, und nahm einen Schluck. Dann erstarrte sie, die Flasche erhoben, den Blick in die Ferne gerichtet.

«Hast du nicht gerade den Arsch einer Sau erwähnt?» fragte sie ihn. «Weil ich glaube, daß ich in diesem Moment einen sehe. Um ehrlich zu sein, ich sehe sogar mehrere.»

Walker ging zu ihr und stellte sich neben sie. Auf einem Abhang unterhalb von ihnen stand bei einer Mooreiche eine Horde großer, halbwilder Schweine mit gewaltigen Hauern, die nach Eicheln suchten. Eine faßgroße Sau würdigte sie eines kurzen Blickes, ehe sie sich wieder ihrer Nahrungssuche widmete.

«Ist das nicht sonderbar, Gordon? Ich meine, du hast gerade den Arsch einer Sau erwähnt, und im selben Augenblick sehe ich zufällig in diese Richtung, und da stehen all diese alten Wildschweine. Ist das nicht erstaunlich?»

Walker war ihr mit dem ausgeblichenen blutbefleckten Armeehemd gefolgt. «Es ist ein Wunder», sagte er. Er legte ihr das Hemd um die Schultern und faßte sie beim Arm. «Das Gadarener Schwein.»

Mit tranigem Blick begann sie, den Hang hinabzusteigen. Walker folgte ihr. Sie stolperte und rappelte sich wieder hoch. Er folgte ihr schneller und winkte mit dem Hemd.

«Lu Anne», rief er, «diese Tiere sind gefährlich.»

Sie blieb stehen und wartete, bis er neben ihr war. Als er eine Bewegung machte, um ihr das Hemd umzuhängen, ging sie mit geballten Fäusten auf ihn los.

«Wer war es», kreischte sie, «wer hat Friedhofsluft geatmet? Wer lag da gefesselt im Grab?»

Walker rührte sich nicht, sah sie an, sprungbereit.

«Glaubst du etwa, daß dieses dreckige Grabeswesen mit den Kackaugen, glaubst du etwa, daß es mich nicht erkannt hat? Antworte mir», schrie sie. «Antworte mir! Antworte mir, Walker, verdammt noch mal!»

Walker starrte sie nur an.

Sie warf den Kopf in den Nacken und heulte und schwenkte die Fäuste durch die Luft.

«Mein Gott, Lu Anne.»

«Und du willst mir was vom Gadarener Schwein erzählen? Was meinst du, wer das war, wer lag da gefesselt und in Ketten? Wo, meinst du, sind mir die über den Weg gelaufen?» Sie zeigte um sich her auf Dinge, die für ihn unsichtbar waren. «Quäl mich nicht! Quäle mich nicht, Walker!»

«Komm», sagte er. «Ich hab nur Spaß gemacht.»

Knurrend fletschte sie die Zähne. Er sah in eine andere Richtung. Sie kehrte ihm den Rücken und ging zu einer matschigen Stelle beim Haus, wo ein mannshoher Haufen Spreu lag.

«Jesus», rief sie, «du Sohn Gottes des Höchsten. Ich beschwöre dich bei Gott: quäle mich nicht.»

«Amen», sagte Walker.

Sie faltete die Hände und sah zu den letzten Resten des Regenbogens hinüber. «Ich beschwöre dich, du Sohn Gottes des Höchsten.

Ich beschwöre dich. Quäle mich nicht.» Sie vergrub Gesicht und Hände in der Spreu. Nach einer Weile stand sie auf und ging zu Walker. Sie schien sich einigermaßen gefangen zu haben, und er hatte keine Angst vor ihr.

«Du bist ein Kind Gottes, Walker», sagte sie. «Genau wie ich.»

«Natürlich», sagte Walker.

«Das stimmt doch», sagte Lu Anne. «Oder etwa nicht?»

«Ja», sagte Walker. «Es stimmt.»

«Und trotzdem kannst du eine Frau nicht von ihrem unreinen Geist befreien, Bruder?»

Sie berührte seine Lippen mit den Fingern, ließ dann die Hand sinken, legte sie ihm auf die Schulter und sah in den Himmel. «Mein Gott», sagte sie, «es ist entsetzlich. Es ist entsetzlich, daß uns ein Geist gegeben ist und wir es nicht vermögen, ihn rein zu halten.»

«Ja», sagte Walker. «Da hast du recht.»

«Niemand kann mich davon befreien. Mann, ich war auf der Hut und ich habe gebetet. Und ich habe Hilfe gefunden, Walker.»

«Ja», sagte Walker. «Ich weiß.»

«Wenn du mir nicht glaubst», sagte Lu Anne. «Frag mich einfach, wie ich heiße.»

«Wie heißt du, Lu Anne?»

«Legion heiße ich», sagte sie. «Denn wir sind unser viele.»

Für einen kurzen Moment ließ sie sich von ihm in die Arme schließen.

«Alles in Ordnung jetzt?» fragte er.

«Es ist nicht in Ordnung», sagte sie. «Aber das Schlimmste ist vorbei.»

Er war erfreut über die Vernunft ihrer Antwort. Er ging und holte sich etwas zu trinken. Als er zurückkam, lag Lu Anne in der Spreu.

«Na», sagte er, «das sieht gemütlich aus.»

«O ja», sagte sie, «sehr gemütlich.»

Er legte sich neben sie in die warme Sonne und vergrub seine Arme in der Spreu.

«Ein Gefühl vollkommener Ursprünglichkeit.»

«Ursprünglich stimmt», sagte Lu Anne. Sie lachte ihn an und schüttelte den Kopf. «Du weißt nicht, was das für ein Haufen ist, oder? Weil du ein Stadtkind bist.»

Sie saß in dem Haufen und schaufelte mit rudernden Bewegungen die Spreu beiseite, bis darunter der Mist zum Vorschein kam und Lu Anne in einer Mischung aus Schlamm und Kot saß, in dem es von kleinen blassen Tierchen wimmelte, die aus dem Licht zu fliehen versuchten.

«Da ist er», sagte sie zu Walker. «Der Schweinemist am Ende des Regenbogens. Hast du nicht die ganze Zeit gewußt, daß er da ist?»

«Du holst dir eine Infektion», sagte Walker. Es überraschte ihn, was Lu Anne ihm gezeigt hatte. «Du bist verletzt.»

«Liegt hier draußen, bis er gebraucht wird, Gordon. Ist das nicht ein richtiges Sinnbild? Wie wär's mit 'nem Drink, Mann?»

Als er sich hinüberbeugte, um ihr die Flasche zu reichen, zog sie ihn neben sich in den Haufen.

«Ich hatte geahnt, daß du etwas in dieser Art tun würdest», sagte er. «Ich dachte . . .»

«Hör auf mit den ewigen Erklärungen», forderte Lu Anne. «Halt einfach den Mund und genieße deinen Schweinemist. Du hast es verdient.»

«Ich schätze, es funktioniert so ähnlich wie bei einem Orgon-Tank», vermutete Walker.

«Walker«, sagte Lu Anne, «wann wird es endlich verstummen, das unaufhörliche Getöse deiner verfluchten Spekulationen? Wird erst der Tod es vermögen, dir dein unwürdiges Maul zu stopfen?»

«Verzeih mir», sagte Walker.

«Herr im Himmel! Man zeigt diesem Mann einen Haufen Scheiße und er sagt einem, wie es funktioniert.» Sie nahm eine Ladung Matsch und Schweinemist und warf sie ihm ins Gesicht. «Da, Schätzchen. Da hast du dein Orgon. Ich wünsche dir einen schönen Orgonasmus.»

Sie sah zu, wie Walker versuchte, sich den Kot aus den Augen zu wischen.

«War das nicht herrlich therapeutisch?» fragte sie. «Und jetzt empfängst du den Segen.» Sie streckte die Hand aus und verrieb den Dreck auf seiner Stirn zu der Form eines Kreuzes. «Im Namen von Schweinemist und Schweinemist und Schweinemist. Amen. Laßt uns in diesem geheiligten Augenblick der Vergänglichkeit des Seins gedenken, sowie all dessen, was wir falsch gemacht haben. Laßt uns Bruder Walker bitten, uns mit einer einzigen Kostprobe aus seinem reichhaltigen Wortschatz einen Eindruck davon zu vermitteln, wie unser Befinden ist.»

«Nicht gut», sagte Walker.

«Yeah, im Gegenteil», sagte Lu Anne. «Wir schwimmen mit dem Strom. Und der Strom trägt uns hierher.»

«Das war mir nicht ganz klar.»

«Yeah», sagte Lu Anne. «Nun, jetzt weißt du's.»

«Ich würde sagen, alles wäre besser als das hier», sagte Walker, aber er war sich dessen nicht sicher. Er war gekommen auf der Suche nach Schimären. Alles in allem, dachte er, ließ er sich genauso gerne von Lu Anne mit Schweinemist segnen wie von der Hand einer gesunden Frau mit Weihwasser.

«Ich werde dir sagen, was wir jetzt machen könnten, wo wir schon mal hier sind», sagte Lu Anne. «Wir könnten uns eine prima Schweinemistschlacht liefern. Wie wär's damit?»

«Das wäre wunderbar», sagte Walker.

Eine Weile bewarfen sie sich gegenseitig mit Schweinemist, aber schon bald wurden ihre Würfe halbherziger.

«Das ist die Szene, die in *Porky* fehlt. Die Schweinemistschlacht-Szene. Wir sollten in *Das Erwachen* eine einbauen.»

«Wenn du ein Blutbad genommen hast», sagte Lu Anne, «läßt die Scheiße nicht lange auf sich warten.» Sie betrachtete ihre nackten Brüste und streichelte sie. «Und die Milch. Aber ich habe keine und werde auch nie welche haben.» Sie nahm beide Brüste in ihre schmutzigen Hände und massierte die Brustwarzen. «Ich müßte überall Titten haben», sagte sie. «Ich müßte sieben haben, wie eine Hündin.» Sie lehnte sich zurück und legte Kopf und Schultern in die Spreu; der untere Teil ihres Körpers blieb im Kot liegen. «Ich wünschte, sie könnten mich zusammen mit dem Schweinemist als Dung benutzen. Als Dung bin ich mehr wert, als ich es je als Schauspielerin war.» Sie richtete sich auf und betrachtete Walker mit kühler Neugierde. «Was ist los mit dir, Gordon? Warum bist du so verkrampft?»

Walker versuchte sich zusammenzureißen.

«Ich bin ein bißchen müde», sagte er.

Walker bemerkte, wie ihr Blick an ihm vorbei zum oberen Ende des Weges wanderte. Als er sich umdrehte, sah er zwei Mexikaner in den grünen Uniformen der Touristenpolizei. Einer von ihnen hatte eine Pistole auf sie gerichtet – er zielte nicht direkt, aber es kam der Sache nahe. Auf den Gesichtern beider Polizisten lag ein Ausdruck tiefer Melancholie.

«Willkommen, alle miteinander«, begrüßte Lu Anne die beiden.

Am Fuß der Treppe in der *posada* wartete ein Schwarm kleiner brauner Kinder, um sie vorbeikommen zu sehen. Walker ging voraus und hielt Lu Anne bei der Hand. Sie starrten beide geradeaus ins Leere, eine Art Blindheit vortäuschend. Aus der Küche rief eine Frauenstimme, und die Kinder rannten in alle Himmelsrichtungen auseinander, um sich zu verstecken.

Die Frau, die gerufen hatte, kam, um die Bezahlung in Empfang zu nehmen. Sie hatte die typische Physiognomie der Bewohner des Tals; dunkel und rund mit hohen Wangenknochen und frechen, intelligenten Augen. Ihr Mann hielt sich in der Küche verborgen.

Walker gab der Frau fünfzig Dollar. Sie hob das Kinn und ließ es wieder sinken.

«Ochenta», sagte sie. Walker gab ihr weitere dreißig Dollar, ohne sich zu beschweren. Es war gut, dachte er, an einem Ort zu sein, wo die Menschen wußten, was sie verlangen konnten.

Nachdem sie ihr Geld bekommen hatte, senkte sie den Blick und wich zurück, ohne sich umzudrehen. Die Nachmittagssonne strömte durch die Haustür, und Walker hatte den Eindruck, die Frau versuche, Lu Annes Schatten auszuweichen.

Draußen warteten die beiden Männer von der Touristenpolizei und der Fahrer, der sie auf den Monte Carmel gebracht hatte und der jetzt in einer Art militärischer Habtachtstellung neben seinem Wagen stand. Walker und Lu Anne stiegen in das Taxi und die beiden Polizisten in ihren Streifenwagen.

«Wieviel hast du ihr gegeben?» fragte Lu Anne.

«Achtzig», sagte Walker.

Es war kein schlechtes Geschäft gewesen. Sie hatten in der *posada* duschen können, und derweil waren die Kinder losgeschickt worden, um ihnen neue Sachen zu besorgen. Die Touristenpolizei und ein Polizist in der Stadt hatten zusammen vierhundert Dollar kassiert.

«Zum Glück», sagte Walker, «ist Geld wasserfest.»

Sie waren beide barfuß. Walker trug eine mexikanische Jeans, die er nicht zubekam, und ein Hawaii-Hemd mit roten Palmen, die das Wort MAZATLAN bildeten. Lu Anne hatte eine weiße Bluse aus Kunstseide und einen weiten Kattunrock bekommen, der ihr zu klein war.

Auf dem Flugplatz ging der junge Benson neben seiner Maschine auf und ab und trank eine Dose Sprite. Als sie eintrafen, brachte er ein gequältes Lächeln und ein albernes unschlüssiges Winken zustande. Nachdem sie ausgestiegen waren, wendete der Taxifahrer und fuhr sofort zurück in den Ort. Der Polizeiwagen hielt neben der Piste und blieb dort stehen.

Als die Maschine über die Rollbahn der Sonne entgegenholperte, kamen die Kinder und Jugendlichen aus ihren Verstecken gerannt, um besser sehen zu können. Die Ziegen, die am Rande der Piste grasten, ergriffen die Flucht. Erst als sie wirklich in der Luft waren, fuhr der Polizeiwagen ab.

Schon nach wenigen Minuten sahen sie vor sich das glänzende Meer. Sie saßen beide auf den hinteren Plätzen. Der junge Benson nahm den Kopfhörer ab und drehte sich zu ihnen um. Er machte ein zutiefst verwirrtes Gesicht.

«Keine Fragen, Junge», sagte Walker. «Flieg.»

Einer von Bensons Fahrern brachte sie zurück nach Bahía Honda. Als sie China Beach passierten, gerade außerhalb der Bucht am offenen Meer, sagte Lu Anne, sie wolle hier aussteigen und den Rest zu Fuß gehen.

«Ich bin erschöpft», sagte Walker. «Ich kann mir kaum vorstellen, daß es dir anders geht.»

«Mir geht's prima», sagte Lu Anne. «Bei Ebbe laufe ich hier oft. Der Weg unten am Wasser ist viel kürzer.»

Der Fahrer hielt, und sie gingen zum Rand des Kliffs.

«Siehst du, wie niedrig der Wasserstand ist?» sagte Lu Anne zu Walker. «Und wir können vor Einbruch der Dunkelheit bei meinem Bungalow sein.»

Walker sah seiner Freundin in die Augen. Es stand außer Frage, daß sie am Ende ihrer Kräfte war. Nur die Erschöpfung hielt ihre Dämonen im Schach. Die unbekümmerte Touristin, die vor ihm stand und einen kleinen Spaziergang vorschlug, war ein Trugbild.

Aber die Vorstellung, bei hellichtem Tag am Haupteingang des Hotels vorzufahren, war auch ihm ein Greuel. Er entschied, daß das nicht in Frage kam. Sie konnten langsam gehen, in der Brandung baden, das Farbenspiel des Sonnenuntergangs beobachten, und dann würde er sie zu Bett bringen.

«Einverstanden», sagte er. «Warum nicht?»

Er half ihr beim Abstieg vom Highway über einen kurzen dornigen Pfad, und sie gingen über den Strand zur Brandungslinie.

China Beach unterschied sich grundlegend von den Stränden innerhalb der Bucht. Hier prallte der offene Pazifik auf die Küste, und an diesem Nachmittag wehte ein kräftiger Westwind – die zahmen Nachwehen des Unwetters. Er schob große Wogen vor sich her, die sich auf dem schwarzen Sand brachen.

«Du siehst vielleicht aus, Gordon», sagte sie. «In deiner sexy Hose und diesem wahnsinnigen Hemd aus dem Sündenbabel des Wellenreitens. Den letzten beißen die Hunde, Gordon Walker. Mein einziger wahrer Freund.»

«Das bin ich», sagte Walker.

«Ist der schwarze Sand nicht wunderbar?»

«Ja, wirklich», sagte er. Sie liefen an der Gezeitenlinie, außer Reichweite der Brandung, über den Sand.

«Schwarz gibt es reichlich», sagte Lu Anne. «Basalt. Obsidian.»

«Ich glaube«, sagte Walker, «wir haben den Spaß zu weit getrieben.»

«Das kann ich nicht beurteilen, Gordon. Hört sich nicht gut an.»

«Wir werden einen Sonnenuntergang erleben», sagte Walker. «Kriegen wir das geregelt?»

«Solange unser Geld reicht», sagte Lu Anne.

«Wenn er über zweihundert kostet, können wir ihn uns nicht leisten.»

«Wir müssen aber», sagte Lu Anne. «Sonst bleibt das Scheißding da hängen.»

«Das würde mir gefallen», sagte Walker. «Das wäre herrlich, findest du nicht, wenn die Sonne einfach . . .?»

Sie legte ihm eine Hand auf die Brust, um ihn zu unterbrechen. Sie blieben an der Brandungslinie stehen.

«Jetzt können wir uns nie mehr trennen», sagte sie.

Er nickte.

«Natürlich könnten wir auch niemals zusammensein.»

«Das stimmt», sagte Walker.

Er ging weiter, aber sie rührte sich nicht von der Stelle.

«Oh, jetzt bin ich ziemlich erschöpft», sagte sie. «Laß uns eine Pause machen.»

Sie legten sich Seite an Seite in den trockenen schwarzen Sand. Während die Scheibe der Sonne tiefer sank, kühlte der Boden ab, auf dem sie lagen.

«He, Lu Anne», sagte Walker, «darf ich dich was fragen? Es geht um deine Vorstellungen.»

«Du meinst meine Wahnwelt, nicht?»

«Ja, natürlich. Du hast eine erstaunliche Krankheitseinsicht.»

«Über meine Krankheitseinsicht», sagte sie, «ist viel geredet worden.»

«Also – was ist ein Knochen-Gott?»

Sie legte ihm eine Hand auf den Mund, aber kurz darauf lachte sie. Das Lachen klang sonderbar; als wäre es nicht wirklich ihr eigenes.

«Also», sagte sie, «ein Knochen-Gott ist eine kleine alte afrikanische Handknöchel-Gottheit.»

«Das hätte ich wissen müssen, als die Drecksau mir eine verpaßt hat.»

«Armer Kerl», sagte sie. «Armes Ding, das da glaubt, es sei ein Mann, und ist doch gar keiner.»

«Er ist einer von uns, bestimmt», sagte Walker.

«Nein, Liebling», sagte Lu Anne. «Er ist einer von meiner Sorte.»

Die Sonne sank tiefer. Meer und Himmel leuchteten in unvorstellbaren Farben.

«Was sagst du dazu», sagte Walker. «Sie ist umsonst untergegangen.»

Sie ließ den schwarzen Sand durch die Finger rinnen.

«Es klebt immer noch an meiner Haut», sagte sie. «Meine Milch. Das Blut und die Scheiße.»

«Ich bin ein Idiot», sagte Walker. «Du brauchst antiseptische Mittel.» Er gähnte. «Auf alle Fälle brauchst du eine Tetanusspritze.»

Er erhob sich mühsam und hielt ihr eine Hand hin. Sie nahm sie, stand auf, öffnete den Verschluß ihres Schulmädchenrockes und ließ ihn zu Boden fallen. Darunter trug sie das Männermodell von Baumwollshorts.

«Ich fühle mich schmutzig, Gordon. Ich spring mal kurz ins Wasser.»

«Komm, Lu», sagte Walker nervös. «Ich finde, das läßt du lieber.»

«Sieh mal, Walker», sagte sie, «man sieht schon die Lichter vom Hotel.»

Sie hatte jenseits der dunklen Landmassen von Bahía Honda auf eine weite Bucht gedeutet, wo auf einer privaten Halbinsel das

Hotel lag. Die Tiki-Fackeln und die kleinen Lampen entlang der Wege brannten bereits. Als er sich wieder zu ihr umdrehte, hatte sie die Bluse ausgezogen und war gerade dabei, die unförmigen Shorts abzustreifen.

«Tut mir leid», sagte er, «aber ich möchte nicht, daß du ins Wasser gehst. Wenn du reingehst, muß ich auch gehen, und dazu habe ich nicht die geringste Lust. Ich meine, ich bin ziemlich fertig, Schatz.»

«Ich habe Geburtstag», sagte sie.

«Hast du nicht.»

Mit drei anmutigen Schritten rückwärts entfloh sie tänzelnd seinem Zugriff. Er kam mit ausgebreiteten Armen auf sie zu wie ein Basketballspieler, der seinen Gegner am Wurf hindern will.

«Schluß jetzt, Lu!»

Sie täuschte einen Ausfall nach links vor, machte kehrt und wiederholte ihren Drei-Schritte-Rückzug. Diese wunderbaren Bewegungen, dachte Walker. Schritte aus der Hüfte mit gestreckten Beinen. Sie war in Form, was man von ihm, um es gelinde auszudrücken, nicht behaupten konnte. Er war auf ihren Scheinausfall hereingefallen, und sie war ihm entkommen. Ausgetrickst.

«Kapierst du die Welt, Walker? Wie sie funktioniert?»

«Schluß!»

Lächelnd schüttelte sie den Kopf. Sie drehte sich im Kreis und beugte sich nach links und nach rechts, als versuche sie, die Deckung zu durchbrechen. Walker wich zurück bis ans Wasser und wollte sie kommen lassen. Im selben Moment erkannte er, daß er einen Fehler gemacht hatte. Alles würde von seinem Tempo abhängen, und sie war schneller.

«Laß den Quatsch», sagte er.

«Den Mantel gib», sagte sie. «Setz mir die Krone auf. He, das ist Shakespeare, Walker.»

Sie kauerte sich zusammen, die Hände auf den Schenkeln, und warf den Körper von einer Seite zur anderen.

«Ein Sehnen nach Unsterblichkeit», sagte sie. «Hier kommt dein Hund Tray, Gordon, sieh doch, hier.»

Wenn sie reingeht, wird das Wasser sie bremsen. Ich werde sie ins Wasser locken, dachte er.

«Willst du mich heiraten, Walker? Ich sehe eine Kirche.»

«Ich flehe dich an», sagte er.

Sie klatschte in die Hände. Er blinzelte und machte einen Schritt zurück. Sie täuschte einen Ausfall nach links vor, dann nach rechts.

«Und sagtest du nur ein einziges Wort», sang sie, »getilgt wär' der Liebe ewiger Tort!»

Er stieß einen Schrei aus und ging zum Angriff über. Sie entkam. Er hielt die körperlose Luft umklammert. Er drehte sich um und sah, wie sie bis zur Hüfte in die Brandung tauchte. In der linken Hälfte seiner Brust explodierte ein Schmerz. Er blieb mit offenem Mund stehen und rang nach Luft. Er konnte ihr Gesicht nicht mehr erkennen. Sie war nur noch eine dunkle Gestalt vor dem blaßblauen Himmel.

«Dies ist die letzte», sagte sie lachend, «der *Gestae Francorum.*» Er hielt sich die Brust und stolperte auf sie zu.

«Komm mit mir, Gordon. So ist es am besten.»

«Ja», sagte er. Er versuchte sie zu überlisten. Als er das Wasser erreichte, war sie bereits unter dem Kamm einer Welle begraben.

An der Brandungslinie fiel, weil Ebbe war, der Strand plötzlich jäh ab. Er versuchte, den Schmerz abzuschütteln. Schritt für Schritt taumelte er tiefer hinein in die Fluten, hin zu ihr. Jede Bewegung war eine Qual, und der Stoß jeder Welle drohte, ihn umzuwerfen.

«Das ist die Seligkeit», hörte er sie sagen. Sie stand auf einer Sandbank, ihr Haar hing naß herab. Das Licht gab ihr die Aura blasser Regenbogen.

«Komm», rief sie. «Oder rette mich.»

Walker verlor den Grund unter den Füßen. Er schwamm. Er sah sie links vor sich, vielleicht sechs, sieben Meter entfernt. Hinter ihr rollte eine hohe Welle heran und spülte sie fort. Im nächsten Augenblick, gerade als sie begann sich zu brechen, traf dieselbe Welle ihn; er versuchte, unter ihr durchzutauchen, und stieß auf den sandigen Grund. Er war in knietiefem Wasser über der Sandbank, auf der sie gestanden hatte. Die Welle warf ihn um und trug ihn in tieferes Wasser näher zum Strand und hielt ihn unter die Oberfläche gedrückt. Als er wieder auftauchte, hatte er das Gefühl, Seewasser eingeatmet zu haben. Im ersten Moment bekam er keine Luft. Als er wieder in der Lage war zu schwimmen, ließ der Schmerz nach.

Er glaubte, ihre Stimme im Wind zu hören. Dann zog der Sog ihn seewärts, ein höllischer Sog, der ihn in Panik versetzte, und wenn sie noch einmal gerufen hatte, so hatte er sie nicht gehört.

Er konnte in der Dunkelheit nur mit Mühe den Strand erkennen, der sich mit jedem Blick weiter zu entfernen schien. Irgendwann wurde er von einer Strömung erfaßt, die parallel zum Ufer setzte, und es schien eine Ewigkeit vergangen zu sein, bis ihn die Wellen schließlich an den Strand trugen.

Er stolperte über den Sand und trat genau auf ihren Rock. Damit hatte er nicht gerechnet; er hatte geglaubt, meilenweit am Ufer entlanggeschwommen zu sein. Als er sich hinlegte, bemerkte er, daß sie den Rock mit einem Stein beschwert hatte, und Hoffnung stieg in ihm auf. Er war plötzlich sicher, daß sie zurückkommen würde und daß er nur auf sie zu warten brauchte. Wieder eine ihrer verrückten Nummern, ihrer todesverachtenden Aktionen. Sie war die bessere Schwimmerin.

Er rief ihren Namen, bis ihm die Stimme versagte. Dann legte er sich hin und versuchte, sie durch Gebete zurückzuholen, und dann schlief er ein. Stunden später wurde er von der steigenden Flut geweckt. Er machte sich über den dunklen Strand auf den Weg zum Hotel, mit der phosphoreszierenden Brandung als Orientierung. Als er versuchte, um die Spitze des Kliffs in die Bucht zu gelangen, trieben ihn die Brecher zurück, und er mußte sich unter die niedrigen Felsen kauern, um das erste Tageslicht abzuwarten. Als es hell wurde, machte er sich wieder auf den Weg und es gelang ihm, trockenen Fußes die Felsspitze zu umrunden. Er ging, stolperte, rannte kurze Strecken und blieb stehen, wenn die Schmerzen ihn dazu zwangen.

Er hatte entsetzliche Angst, daß sie verschwunden sein könnte.

Daß sie nirgends mehr wäre und sich ihre unbändig liebende Seele in nichts aufgelöst hätte. Die Vorstellung war ihm unerträglich.

Als er in der Ferne eine Gestalt über den Strand laufen sah, flackerte noch einmal Hoffnung in ihm auf. Sie war so schnell wieder verflogen, daß er versuchte, sie zur genaueren Begutachtung zurückzuholen. Die Gestalt war ein Mann beim morgendlichen Dauerlauf.

In der Hoffnung liegt die Gnade. Ein Fünkchen Hoffnung, ein Schimmer. Es gab tausend kleine Klischees, an die der Verlierer sich klammern konnte, während er verlor. Warum funktionierten gerade sie so gut, fragte er sich, diese abgenutzten Begriffe? Warum entsprachen gerade sie der Sehnsucht des Herzens?

Während er zusah, wie der Läufer sich näherte, fragte er sich, worin Gnade eigentlich bestand. Worin die erste Gnade bestanden haben mochte. Sie hatte ihn gefragt, ob es Gnade überhaupt gab, und er hatte es mit einem Fluch verneint.

Er hätte ihr sagen sollen, daß es sehr wohl Gnade gab, dachte er. Denn es gab sie. So sicher, wie es in der Wüste an verborgenen Stellen Wasser gab, so sicher gab es die Gnade. Ihre verrückte Art zu lieben war eine Gnade. Diese Liebe hätte sie retten können.

Jack Glenn blieb vor ihm stehen und wischte sich den Schweiß aus den Augen.

«Scheiße», sagte er keuchend. Er stemmte sich die Hände mit den Handflächen nach außen in die Seiten und ging mit schnellen Schritten auf und ab. «Sag mal . . . wo seid ihr gewesen? Das gibt ein Donnerwetter, kann ich dir sagen. Wo ist Lu Anne?»

«Noch nicht zurück?» fragte Walker.

«Sie ist verschwunden», sagte Glenn. «Wart ihr nicht zusammen?»

«Doch«, sagte Walker.

«Und, wo ist sie?»

«Im Wasser», sagte Walker.

«He, ich kann sie nirgends sehen, Gordon.»

Walker sah eine weitere Gestalt über den Strand laufen. Es war Billy Bly, der Stuntman.

«He, Gordon», sagte Jack Glenn. «Ich kann sie nirgends sehen.» Er drehte sich um und musterte Walker von oben bis unten. «Dein Auge sieht schlimm aus. Wo hast du die komischen Klamotten her?»

Walker antwortete nicht.

«O mein Gott», sagte Jack. «Irgendwas stimmt hier nicht, nicht wahr? Ich halte nämlich Ausschau nach ihr, Gordon, und ich kann sie nirgends sehen. Irgendwas stimmt hier nicht, nicht wahr?»

Walker nickte.

«O mein Gott», sagte Glenn. «O Herr im Himmel, Gordon.»

Walker sah dem jungen Mann ins Gesicht. Es veränderte sich vor seinen Augen. Glenn starrte mit einem Ausdruck des Entsetzens hinaus aufs Wasser. Für den Bruchteil einer Sekunde dachte Walker, daß er sie vielleicht da draußen irgendwo entdeckt hatte. Doch als er sich umdrehte, war da nichts.

«Ich habe sie verloren», sagte Walker.

An einem Sonntagnachmittag gegen zwei Uhr saßen Shelley Pearce, Jack Glenn und ein französischer Schauspieler namens Celli an der Bar im Joe Allen's. Weil es draußen regnete und kalt war und weil sie am Vormittag einen Gedenkgottesdienst besucht hatten, tranken sie Brandy und waren alle ein wenig betrunken.

Sie unterhielten sich über das Strafmaß bei Trunkenheit am Steuer und über Autounfälle von Freunden, als Gordon Walker die Bar betrat. Sie beobachteten mit verblüfftem Schweigen, wie er sich zu ihnen gesellte.

«Na, hallo, Gordon», sagte Jack.

Er machte Walker und Celli miteinander bekannt. Celli begrüßte Walker mit einem herzlichen amerikanischen Händedruck, während die anderen ihn beobachteten, um herauszubekommen, ob er wußte, wem er da die Hand schüttelte.

«Wie war's?» erkundigte sich Gordon bei Shelley.

«Oh, es war gut, Gordon. Wirklich gut, wie solche Veranstaltungen eben sind.«

Walker nickte.

«Fast hätte ich gesagt, schade, daß du nicht dabei warst, aber natürlich war es richtig, daß du nicht dabei warst.»

«Ich war nicht eingeladen.»

Er gab dem Barkeeper ein Zeichen und bestellte ein Perrier.

«Ich meine», sagte Shelley, «wie meinst du das – ‹Wie war's?› Es war entsetzlich. Ihre Kinder haben geheult. Er schien erleichtert, was er garantiert auch war. Ein paar Leute von der Presse waren da, sind aber nicht geblieben.» Sie nahm einen tiefen Schluck aus ihrem Cognacschwenker. «Die Presse liebt Särge, und wir hatten keinen zu bieten.»

«Zwischen dem Unglück und der Feier liegt eine lange Zeit», sagte Celli. «In Frankreich machen wir so was gleich danach. So eine Gedenkfeier, zwei Monate später, das ist ganz was anderes.»

«Naja», sagte Shelley, «vielleicht wollten sie abwarten, ob sie nicht doch noch . . .»

«Genau», sagte Jack Glenn rasch. «Das war ein weiterer Schlag. Daß sie nicht gefunden wurde.»

«Das war kein Schlag», sagte Walker. «Das war besser so. Finde ich jedenfalls.»

«Findest du, Gord?» fragte Shelley. «Das ist gut. Ich sehe, du trinkst Perrier.»

«Ich hatte Hepatitis», erklärte er. «Wenn ich nicht die Gammaglobulinspritze gekriegt hätte, wäre ich draufgegangen.» Er fuhr mit dem Finger über den Rand seines Glases. «Jedenfalls sind die Zeiten des Alkohols für mich vorbei.»

«Ist das nicht hart?» sagte sie.

«Und was treibst du so?» fragte Walker sie.

«Ist es nicht hart, nicht zu trinken? Wie kommst du damit zurecht?»

«Oh», sagte Walker. «Naja, ich sehe fern.» Er lachte verlegen.

«Abends ist es schwer, da kommt der Katzenjammer. Und ich trink 'ne Menge Tomatensaft mit Tabasco.» Er räusperte sich. «Ich trinke ungesalzenen Tomatensaft, weil mein Blutdruck ein bißchen hoch ist.»

«Das ist anständig», sagte Shelley. «Vernünftig. Joggst du?»

«Noch nicht. Sie sagen, daß ich in ein, zwei Monaten damit anfangen kann. Wenn mein Blutdruck wieder besser ist. Ich fange wieder an zu schreiben.»

«Dann hattest du also keinen richtigen Herzinfarkt?» fragte Jack.

«Anscheinend nicht.»

Shelley bestellte noch eine Runde und ein Perrier für Walker.

«Was zieht dich an diese Küste?» fragte sie. «Was machst du, treibst du dich rum? Der geheimnisvolle Trauernde?»

«Ich höre, du hast einen eigenen Laden aufgemacht», sagte Walker.

«Genau, Mensch. Alle Macht dem Volk.»

«Sie behauptet, sie würde nur Frauen betreuen», sagte Jack. «Die Wahrheit ist, daß sie zwei Drittel von Keochakians Klienten abgeworben hat. Der arme Kerl hängt rund um die Uhr am Telefon und fleht die Leute an, bei ihm zu bleiben.»

«Bist du mit ihr gegangen?» wollte Walker von Jack Glenn wissen.

«Darauf kannst du aber Gift nehmen.»

«Ich begreife nicht, was du in der Stadt zu suchen hast», sagte Shelley. «Bist du geschäftlich hier oder was?»

«Wir ziehen weg», sagte er. «Wir lassen uns wieder im Osten nieder.»

«Wir?» fragte sie. «Wer ist wir?»

Walker nippte an seinem Perrier.

«Connie ist aus London zurückgekommen, als ich krank war. Wir sind wieder zusammen. Wir ziehen um. An die Ostküste.»

«Oh, Gordon«, sagte Shelley. Sie legte sich eine Hand auf die Brust, als wäre es *ihr* Herz, dem Gefahr drohte. «Ist das nicht entzückend! Connie ist heimgekehrt. Herr im Himmel! Wie findet ihr das, Freunde?» fragte sie ihre Begleiter. «Ist das nicht entzückend?»

«Ich freu mich wirklich, das zu hören», sagte Jack.

Gordon dankte ihm. Der Franzose hob einen Ellbogen und sah in sein Glas.

«Ich habe die Branchenpresse nicht gelesen», sagte Walker. «Was macht der Film?»

«Er ruht auf dem Grund des Pazifik», sagte Shelley. «Zusammen mit der verstorbenen Lee V.»

«Er wird neu geschnitten», sagte Jack. Er zuckte die Achseln. «Ein paar Szenen haben sie mit Joy gedreht. Wahnsinniges Schwein gehabt.»

«Es ist wundervoll, daß Connie heimgekehrt ist», sagte Shelley. «He», fuhr sie begeistert fort, «wie wäre das als Titel? *Connie kehrt heim*? Ich fürchte allerdings, die Leute würde denken, es handelt sich um einen Tierfilm.»

Jack Glenn lachte und biß sich auf die Lippe.

«Ich finde es einfach wunderbar, Gordon», sagte Shelley. «Schlicht wunderbar. Wirklich.»

Walker sah weg.

«Als sie starb, Gordon, sind dir da irgendwelche berühmten Zitate von Shakespeare durch den Kopf gegangen? Er kann stundenlang Shakespeare zitieren», erklärte Shelley ihren Freunden. «Er ist eine wandelnde Konkordanz. Sie war genauso. Los, Gordon», beharrte sie. «Du standest am Strand, als sie auf Tauchstation ging. Was hast du gesagt?»

«Ich war an dem Abend, als es geschah, sehr betrunken. Ich kann mich, um die Wahrheit zu sagen, an das, was passiert ist, kaum noch erinnern. Das, woran ich mich noch erinnern kann, ist ziemlich scheußlich. Wie dem auch sei, warum hörst du nicht endlich auf?»

«Mit dir kann man sich gar nicht mehr richtig amüsieren, seit du das Trinken aufgegeben hast. Wenn man selber nicht trinkt, sind Betrunkene ein Horror. Ich schätze, das hat dir noch nie jemand gesagt.»

«Schon sehr oft», sagte Walker. «Immer wieder.»

«Mir fällt ein Zitat ein», sagte Shelley. «Zuviel des Wassers hast du, arme Schwester.» Sie streckte die Hand aus und stieß ihm das Glas Perrier in den Schoß. «Wie gefällt dir meine Wahl?»

Walker versuchte, sich mit der Serviette zu trocknen.

«Ich bin eigentlich nur deshalb nach der Trauerfeier hergekommen», sagte er zu Shelley, «um dich zu sehen.»

Shelley schluckte schwer.

«Oh», sagte sie fröhlich. «Oh, mich.»

«Ich hatte gehofft, daß du mich in Zukunft . . . ich hatte gehofft, daß du mich in Zukunft vertreten würdest.»

Sie blinzelte und sah sich im Joe Allen's um, als würde sie jemanden erwarten. Ein strahlendes Lächeln überzog ihr Gesicht.

«Natürlich, Gordon. Unbedingt.»

«Ich habe ein paar Ideen», sagte er.

«O ja?» Ihre Stimme war ein heiseres Krächzen. «Verzeihung», sagte sie und räusperte sich. «Und zwar?»

«Darüber reden wir ein andermal. Ich muß jetzt gehen.» Er stand auf und schüttelte Jack und Celli die Hand. «Ich habe mir gedacht, daß ich in meinem Alter aufhören sollte, mit dem Strom zu schwimmen.»

«Wir werden 'n paar gute Sachen machen», sagte Shelley, ohne ihn anzusehen. «Darauf kannst du dich verlassen. He. Tut mir leid mit dem Drink, Gord.»

«Ist ja nur Wasser», sagte er. «Bis dann.»

«Genau», sagte Shelley, während er zur Tür ging. «Und außerdem geht's auf meine Rechnung.»

«Auf Wiedersehen, Shelley», sagte Walker.

Als er gegangen war, saßen sie eine Weile schweigend da.

«Verzeihung», sagte Celli. «Aber ich weiß nicht, wie ich das alles verstehen soll.»

«Du warst ziemlich brutal zu dem Jungen», sagte Jack Glenn. «Und ziemlich brutal zu Lu Anne.»

Sie drehte sich zu ihm um.

«Verdammte Scheiße», sagte sie. «Ich habe um sie getrauert. Glaubst du etwa, ich hätte nicht um sie getrauert? Ich fand sie wunderbar. Es kommt mir immer vor, als hätte ihr jemand einen giftigen Apfel zu essen gegeben.»

Sie weinte in ihr Taschentuch. Jack bestellte noch eine Runde.

«Einen noch», sagte er. «Noch ein Schluck kann nichts schaden.»

Als die Drinks kamen, reichte Jack ihr ein Glas. «Trink mich», sagte er. Shelley trank.

«Sie hat immer von ihrem großen Abend als Rosalinde erzählt», sagte Jack. «Ich glaube, das war ein Studententheater.»

«Ich war dabei», sagte Shelley. «Ich hatte mich bei der Schauspielschule in Yale beworben, und darum bin ich von Northampton runtergefahren. Ich hab sie als Rosalinde gesehen.»

«Und, war es – war es toll?»

«Yeah», sagte Shelley. «Yeah, es war ganz hübsch.»

«Süß ist die Frucht der Widerwärtigkeit. Das ist *Wie es euch gefällt*, nicht wahr?» fragte Jack.

«Richtig», sagte sie. Sie steckte ihr Taschentuch weg. «Die Menschen sind von Zeit zu Zeit gestorben, und die Würmer haben sie verzehrt, aber nicht aus Liebe.»

«Tolles Zitat», sagte Jack Glenn.

Robert Stone

Unter Teufeln

Roman
Deutsch von Benjamin Schwarz
384 Seiten. Gebunden

Saigon ist überall. Das erfährt der kleine Schmuggler Hicks, als er wegen drei Kilo Heroin vom CIA und Großdealern quer durch die USA gehetzt wird. Mit «Unter Teufeln» beschreibt Robert Stone den langen Schatten, den der Vietnam-Krieg auf Amerika wirft.

«Dieses Buch enthält nahezu alles, was man sich wünschen kann: eine spannende Story mit runden Charakteren, eine immer wieder aus dem Rahmen des Üblichen fallende Sicht menschlicher Antriebe und Beweggründe sowie lakonische Dialoge und konzentrierte Szenenschilderungen.» Die Zeit

Das Geschrei deiner Feinde

Roman
Deutsch von Benjamin Schwarz
rororo 12416

«. . . Es ist nach all den schick gewordenen Polit-Thrillern eine Wohltat, wieder einmal ein im wahren Sinn solides Werk zu lesen, das alle dem Roman zugehörigen Elemente aufweist, Anteilnahme und Spannung weckt und erfüllt, ohne im Detail je krude zu werden.»
Frankfurter Allgemeine Zeitung

Zerrspiegel

Roman
Aus dem Amerikanischen von
Paul Baudisch und Wulf Teichmann
rororo 5826

«Robert Stone erhielt für diesen Roman den William-Faulkner-Preis. Eine verständliche Ehrung, denn ‹Zerrspiegel› ist sozialkritisch, heftig, impressionistisch, zuweilen auch übertrieben – wie ein Bühnenstück um der Wirkung willen übertreibt – und grundehrlich. Robert Stone versteht zu begeistern.» Patricia Highsmith, Welt am Sonntag

Rowohlt

Paul Auster

Mond über Manhattan

Roman
Deutsch von Werner Schmitz
384 Seiten. Gebunden

Im Jahr der ersten bemannten Mondlandung entdeckt Marco Stanley Fogg geheimnisvolle Zeichen, die sein Leben schicksalhaft mit dem Mond verknüpfen. Paul Auster nutzt die Tradition des spannenden Abenteuerromans, um seine grotesken Bilder einer modernen Zivilisation zu zeichnen.

«Paul Auster ist der vielleicht bedeutendste amerikanische Autor der letzten Jahre; seine literarischen Qualitäten suchen auch hierzulande ihresgleichen.» Deutschlandfunk

Im Land der letzten Dinge

Roman
Deutsch von Werner Schmitz
200 Seiten. Gebunden

Tagebuchaufzeichnungen aus einer namenlosen Großstadt im letzten Stadium des Untergangs. Diese apokalyptische Fabel von einer Überlebenden inmitten des allgegenwärtigen Todes behandelt auch die utopische Macht der Sprache, der Erinnerung gegen die Auslöschung der Bedeutungen.

«Ein ausgezeichnetes, höchst lesbares Buch. Paul Auster hat sowohl der modernen Literatur als auch unserer Sicht der Welt eine Dimension hinzugefügt.» The Boston Globe

Die New York-Trilogie

Stadt aus Glas / Schlagschatten / Hinter verschlossenen Türen
Deutsch von Joachim A. Frank
rororo 12548

«Eine literarische Sensation!» Sunday Times

Rowohlt